孙常叙著作集

楚辞《九歌》整体系解 外二种

上册

孙常叙 著
孙屏 整理
张世超 校订

上海古籍出版社

圖書在版編目(CIP)數據

楚辭《九歌》整體系解：外二種 / 孫常敘著；孫屏整理；張世超校訂. —上海：上海古籍出版社，2021.7

(孫常敘著作集)

ISBN 978-7-5732-0004-4

Ⅰ.①楚… Ⅱ.①孫… ②孫… ③張… Ⅲ.①《九歌》—詩歌研究 Ⅳ.①I207.223

中國版本圖書館CIP數據核字(2021)第139498號

楚辭《九歌》整體系解(外二種)
(全二册)

孫常敘　著
孫　屏　整理
張世超　校訂

上海古籍出版社出版發行

(上海瑞金二路272號　郵政編碼200020)

(1) 網址：www.guji.com.cn
(2) E-mail：guji1@guji.com.cn
(3) 易文網網址：www.ewen.co

浙江臨安曙光印務有限公司印刷

開本890×1240　1/32　印張28.25　插頁8　字數610,000

2021年7月第1版　2021年7月第1次印刷

印數：1—2,100

ISBN 978-7-5732-0004-4

H·241　定價：128.00元

如有質量問題，請與承印公司聯繫

1964年摄

吉林教育出版社1996年初版封面

出版説明

　　孫常叙先生(1908—1994)，又名曉野，著名語言文字學家，在古文字、漢語詞彙學、古文獻學等領域成就卓著，廣受學界讚賞和推崇。

　　本册收録的《楚辭〈九歌〉整體系解》由吉林教育出版社初版於 1996 年，是孫常叙先生治楚辭之學 50 餘年的結晶，在學術史上具有重要地位。他踵繼王國維等學者的觀點，主張《九歌》十一章是一部主題明確、情節完整的歌舞劇作，并結合傳世文獻和出土材料進行了系統地論證。

　　此次排印出版，主要是在孫常叙先生四子孫屏先生的定稿基礎上進行的。我們也參考了吉林教育版和作者手稿，在儘可能尊重原著的基礎上，對各版的錯訛和疏失作了校改和補正。對個別語詞、標點符號、注釋方式、引例篇名等按現行規範作了調整和處理。爲了方便讀者，我們徵得孫屏先生同意，爲書中部分青銅器銘文補配了銘圖；也補充了初版時因製版困難而删去的《楚辭〈九歌〉整體系解圖釋》和作者手繪的劇情圖，庶幾彌補前憾。

　　書中的《〈詛楚文〉古義新説》一文，見於《孫常叙古文字學論集》。該文是《楚辭〈九歌〉整體系解》的重要組成部分，我們也予以保留。

爲了幫助讀者理解原書，我們也收錄了《〈史記·天官書〉經星五官坐位圖考》和《洛陽西漢壁畫墓星象圖考證》。前者全文及星圖，係孫常敘先生長子孫魯據其所述整理、繪製。

　本次整理由孫屏先生負責，張世超先生審定了部分內容。

　本書在編校過程中得到了劉釗、劉思亮、瞿秋石、闞海、沈黎、程少軒、陳志輝等學者的幫助，謹致謝忱。

凡　例

一、本書是一部關於楚辭《九歌》整體系解和問題考證的論文集，部分篇章曾在某些雜誌發表，本書未作過多修改。

二、楚辭《九歌》十一章本爲一個有機整體，對此整體給予系統地破譯和理解。

三、本書所據之本爲南朝梁昭明太子蕭統的《文選》，惟《文選》所錄僅只六章（首），所缺之處，用隆慶重雕宋本補之。

四、本書卷二，《楚辭〈九歌〉整體系解》部分，被解原文以仿宋體字出之。

五、附錄二，《楚辭〈九歌〉解》原是作者青年時代所作。爲了突出後來觀點，對舊稿略有更動，改動文句，於該句文字下，每字注以"·"號。

目　録

張松如序 ·· 1
作者自序 ·· 1

卷一　楚辭《九歌》緒説 ·························· 1
　一、楚辭《九歌》和《楚辭·九歌》 ················ 1
　二、對立統一和楚辭《九歌》 ······················ 3
　三、楚辭《九歌》的寫作時間、主要背景及其作者 ······ 9
　四、楚辭《九歌》的寫作目的及作者 ················ 22

卷二　楚辭《九歌》整體系解 ······················ 26
　一、引言 ·· 26
　二、迎神之辭 ···································· 29
　　（一）東皇太一 ································ 29
　　（二）雲中君 ·································· 47
　三、愉神之辭 ···································· 64
　　（一）湘君 ···································· 64
　　（二）湘夫人 ·································· 113
　　（三）大司命 ·································· 130

（四）少司命……………………………………… 141
　　（五）東君………………………………………… 161
　　（六）河伯………………………………………… 188
　　（七）山鬼………………………………………… 199
四、慰靈之辭…………………………………………… 209
　　國殤………………………………………………… 209
五、送神之辭…………………………………………… 228
　　禮魂………………………………………………… 228

卷三　楚辭《九歌》考證……………………………… 235
一、楚神話中的九歌性質、作用和楚辭《九歌》…… 235
　　（一）傳説中的九歌是一種愉情之制…………… 235
　　（二）神話中的九歌是一種愉享上帝的樂舞…… 240
　　（三）用《九歌》愉太一這個"賓帝"思想到前漢末
　　　　　　期還是爲人所知的………………………… 248
　　（四）神話傳説中的《九歌》性質、作用和楚辭
　　　　　《九歌》………………………………………… 250
二、東皇太一與楚辭《九歌》………………………… 252
　　（一）東皇與五帝………………………………… 252
　　（二）東皇與太一………………………………… 257
　　（三）太一和楚國………………………………… 261
　　（四）太一即太歲………………………………… 264
　　（五）太一和天一、青龍………………………… 269
　　（六）太一和戰爭………………………………… 276

（七）歲星之神即戰爭之神這一觀念並不是在
　　　漢代才有的 …………………………………… 280
（八）把歲星之神叫作"太一"是星歲紀年的產物，
　　　它也並不是漢代才有的 ……………………… 286
（九）太一和楚辭《九歌》………………………… 289
三、楚辭《九歌》各章情節的地理關係 …………… 291
（一）人世間的河漢兩水 …………………………… 292
（二）神話中的崑崙山水 …………………………… 317
（三）湘水和九疑 …………………………………… 340
四、楚辭《九歌》各章情節的整體關係 …………… 347
（一）東皇太一 ……………………………………… 350
（二）雲中君 ………………………………………… 351
（三）湘君　湘夫人 ………………………………… 352
（四）大司命　少司命 ……………………………… 355
（五）東君 …………………………………………… 356
（六）河伯 …………………………………………… 357
（七）山鬼 …………………………………………… 359
（八）國殤 …………………………………………… 361
（九）禮魂 …………………………………………… 362
五、楚辭《九歌》各章稱謂之詞的整體關係 ……… 362
（一）靈 ……………………………………………… 363
（二）帝子　公子 …………………………………… 367
（三）爾我之間的稱謂 ……………………………… 377
六、"子"作敬稱有複數 …………………………… 387
七、楚辭《九歌》本意失傳原因的初步探索 ……… 390

（一）從作品的語言對立統一關係中看到的楚辭
　　《九歌》本意……………………………………… 390
（二）楚辭《九歌》本意失傳的原因……………………… 393

八、楚辭《九歌》歌辭的戲劇性和"靈巫"的腳色性
　　…………………………………………………… 405
（一）東君眼裏的《九歌》場面…………………………… 406
（二）十一章歌辭裏的"靈"的腳色性…………………… 409

九、哈雷彗星與楚辭《九歌》………………………………… 426
（一）戰國時期哈雷彗星曾出現過四次…………………… 426
（二）哈雷彗星在戰國時期的第三次出現正是秦
　　滅蜀取巴奪取楚黔中商於之年……………………… 429
（三）戰國時期對彗星的迷信……………………………… 432
（四）楚懷王喪師失地辱國又喪師失地…………………… 435
（五）楚辭《九歌》是楚失商於後一連串失敗中的
　　產物…………………………………………………… 437
（六）楚辭《九歌》的"撫彗星"………………………… 438
（七）哈雷彗星週期使我們進一步瞭解楚辭
　　《九歌》，楚辭《九歌》歌辭又相對地填補了
　　哈雷彗星史書載記的闕文…………………………… 441

十、"吹參差"非"吹洞簫"説——《洞簫賦》"吹參差
　　而入道德兮"和《湘君》"望夫君兮歸來，吹參差
　　兮誰思"解 ………………………………………… 442
　　前篇　"參差"不是洞簫 ……………………………… 442
（一）"參差"是列管形象而不是洞簫的別名…… 443

(二)《洞簫賦》的"吹參差"並不是"吹洞簫"…… 446

(三)《洞簫賦》"吹參差"的"吹"是"籥"的借字
…………………………………………… 449

後篇 作品語言的對立統一關係和《湘君》
"望夫君兮歸來,吹參差兮誰思" ……… 450

(一)蕭選《九歌》別有所據,不同于王逸之本 …… 450

(二)"歸來"應是原文,"未來"當是後改 ………… 456

(三)"吹參差兮誰思"舊注的否定……………… 458

(四)小結………………………………………… 463

十一、《荀子》"莊蹻起楚分而爲三四"和楚辭《九歌》
………………………………………………… 463

(一)從《荀子》看莊蹻………………………… 465

(二)莊蹻入滇,秦取商於,楚分爲三……………… 476

(三)"吾復吾商於之地"和楚分爲四……………… 497

(四)楚分爲四和楚辭《九歌》…………………… 504

十二、"莊蹻暴郢"乃是"莊蹻暴'枳'"的方音誤記
——支耕陰陽對轉造成的語言誤解………… 512

(一)"莊蹻暴郢"的由來………………………… 512

(二)"相暴"即"相搏"——"暴"乃是"撩"字…… 515

(三)"韓、荆、趙"與"此三國者之將帥貴人"互相
依存,莊蹻決非爲盗…………………… 519

(四)"暴郢"乃"暴枳"之誤記
——因方音音變,支耕陰陽對轉,説話人與
寫話人地區不同、方音差異,而致誤記
誤解……………………………………… 521

（五）支耕對轉與"枳"、"郚"方音 …………… 524

十三、莊蹻的時代問題 …………………………… 531

　（一）莊蹻王滇不是由於他"既滅夜郎" ………… 534

　（二）秦從巴蜀攻取楚黔中主要戰場都不在湘西
　　　沅水 ………………………………………… 535

　（三）另一條可以入江的"沅水" ………………… 537

十四、秦取楚商、於之地在周慎王六年（前315）
　　　——司馬錯伐楚取商、於之地是秦滅蜀取
　　　巴事的一個計劃部分，其時應在周慎
　　　王六年 ……………………………………… 541

十五、《華陽國志·蜀志》司馬錯伐楚取商於之地
　　　繫年刊誤
　　　——附：論晉朝尚用木簡 ………………… 551

十六、《詛楚文》古義新説
　　　——"今"和"今又"的區別 ………………… 564

　（一）絳帖本和汝帖本的剪帖和互補 …………… 564

　（二）《詛楚文》"今楚王熊相"與"今又悉興
　　　其衆"的"今"和"今又"
　　　——"吾復得吾商於之地"與《華陽國志》之
　　　關係 ………………………………………… 567

　（三）《詛楚文》秦、楚都是十八世 ……………… 583

十七、《詛楚文》古義新證 ………………………… 586

　（一）新發現的《詛楚文》例證 …………………… 586

　（二）周金文給予的啓示 ………………………… 591

十八、《商君書》、《去强》爲"經"
　　　《説民》、《弱民》爲"説"説
　　　——"楚國之民"以下抄《荀子·議兵》而亂
　　　　其次序 …………………………………… 614
　　（一）《去强》和《弱民》、《説民》"經"、"説"關係
　　　　　對照表 …………………………………… 615
　　（二）從《對照表》看《弱民》、《説民》同《去强》的
　　　　　關係和性質 ……………………………… 624
　　（三）從《對照表》看《去强》、《弱民》、《説民》三篇
　　　　　的錯簡 …………………………………… 628
十九、敬答李延陵先生 ……………………………… 645
　　（一）本來不必説明的説明 ……………………… 645
　　（二）不能掠前人之美 …………………………… 647
　　（三）不能把《毛詩注疏》等書斥之於"一切古書"
　　　　　之外 ………………………………………… 648
　　（四）李先生的"奇貨"和《河伯》的"奇禍" ……… 652
　　（五）最根本的分歧在對待作品的態度和研究
　　　　　作品的方法 ………………………………… 658
二十、楚辭《九歌》史事簡表 ………………………… 661

附録一 …………………………………………………… 679
　一、自題《楚辭九歌解詁初稿》 …………………… 679
　二、楚辭九歌解詁初稿序 …………………………… 680
　三、再序 ……………………………………………… 681

附録二 ………………………………………… 685
　楚辭九歌解
　——楚辭《九歌》歌舞劇解 ……………………… 685

附録三 ………………………………………… 707
　一、孫曉野論《東皇太一》和楚辭《九歌》 ……… 707
　二、關於《詩經》與楚辭 …………………………… 708
　三、高晉生先生來信 ………………………………… 709

附録四 ………………………………………… 710
　楚辭《九歌》參考圖書舉要 ………………………… 710

附録五 ………………………………………… 735
　作者手繪楚辭《九歌》插畫 ………………………… 735

外二種

《史記·天官書》經星五官坐位圖考 ……………… 763
洛陽西漢壁畫墓星象圖考證 ………………………… 859

張松如序

　　老友曉野先生，集六十年治楚辭《九歌》的心得創獲，裁雲縫錦，含英咀華，結成斯編，要我寫幾句話以作序言。對我說來，這實在是一個榮幸而沉重的囑託。一則得蒙素所尊崇的兄長之信任，自是情深意重；二則於這一課題我實不甚了了，頗愧空疏無所附麗。從而於欣然應命之餘，未免又感到幾分惶恐。大有拿起筆來還沒有想清楚要說些什麼的困窘，即使破了題也還把不準怎樣承接下去。

　　只得繞個彎兒，從題外說起吧。

　　且説1948年秋，我與曉野先生初遇在淞城八百壟，當時我們共同執教於新由佳木斯遷往的東北大學。校務叢脞，未遑道學。而從萍水一面中，約略聞知：先生方逾不惑，長我三歲，乃吉林名士，家學淵深，精研甲骨金石，擅長考據訓詁，兼善書法篆刻，飽學而富才藝，不勝心嚮往之。而未及相與過從，旋以長春解放，我被指派來此間主持東北大學第三部工作，遂一別經年。迨翌秋於建國前夕，東北大學全部搬來，我們才又得聚首。爾後先生在課堂上講授治學方法，每以楚辭《九歌》爲例，多抒創見，不同凡響，深爲諸生所折服，亦得同仁之贊賞。至此，我方逢有餘裕，輒叩門領教，且得一讀先生所撰寫的《楚辭〈九歌〉懸解》手稿。我於早年雖然也曾寫過一本《白荼齋九歌注》，只是纂集陳說，了無己意；得此，實形同於舊遊之地另闢新境，天地頓然闊大，氣象恢宏而明朗。這是我初讀先生手稿時的感受。

閒嘗思之：先生斷《九歌》十一章是一渾然整體，各章之間有密切的內在聯繫。乃我國第一位偉大詩人屈原借傳説中的《九歌》形式，新創作的一部愛國主義作品。並謂寫作時間及時代背景，當在楚懷王十七年之際，時丹陽大敗，又失漢中，悲憤哀痛，準備藍田會戰，雪恥報仇，誓復商於之地。它實際上義如秦之有《詛楚文》，乃是楚之《詛秦文》，以"求福助，卻秦師"爲目的，而表演了一出祭祀五帝之首"東皇太一"的歌舞劇。先生明鑒及此，得出這樣確切的結論，固然基於豐富的學識，於歷史文物的考證，於文字音韻訓詁，都付出了巨大的心力，而且也還緣於機敏的靈感。當其盡屏舊疏，專繹白文，洎寒溽暑，輾轉於我吾之言，呻吟於爾汝之語，恍見仿佛，及與梅娘伴讀於魁星樓下，則於諸神酬對之辭，眷顧之情，更頓然如在眼前；得非謂"情性所鑠，陶染所凝"，而掀起的"筆區雲譎，文苑波詭"嗎？這樣，便非徒以言論，而是乃由意致，頗有賴於直覺思維的頓悟。故得能數十年如一日，樂此不疲，既功在復原，而又實同藝術之再創造。依《九歌》內部情節，分迎神、愉神、慰靈、送神四個部分，繪出示意略圖，且嘗戲以元人雜劇，擬其形似，並不須要在歌辭之外再搬什麼人物來相助，遂使音容笑貌，悠揚婆娑，俱都躍然紙上。信哉，用志不紛，乃凝於神矣。

嗣後十年，我輾轉調來吉林大學任教，至今。在"文革"前兼做中文系主任，1964年秋，曾特邀先生開設"楚辭《九歌》"專題講座，又得一聆鴻論。當時受業諸生將先生的《楚辭九歌懸解》

與聞一多《九歌古歌舞劇懸解》對照研讀，多以爲在歷史文物的考證以及文字音韻訓詁諸方面，先生用力尤多，至諸神間吾我爾汝的酬對眷顧，其情其境，亦以先生體會爲深。而兩者都把這十一首美麗的抒情詩，讀爲聯章，看作一個整體，解爲一篇歌舞劇。這論斷既穎且鑿，是有説服力的，能夠爲多數讀者所接受。從而也便論證了：楚辭之有《九歌》，於劇，得稱作詩劇；於詩，得稱作劇詩。它是出現於先秦時代的詩劇或劇詩。雖然在演唱場合仍是"必使發巫覡作樂歌舞以娱神"，還不是由專業藝人扮演，更不曾直接演人事，不過它久已脱離宫廷廟堂，在娱神活動中實則以娱人爲目的："羌聲色兮娱人，觀者憺兮忘歸"(《東君》)。而劇中出場人物形象盡都取自相沿的神話傳説，在這一點上與古希臘、印度於文明初啓時出現的詩劇或劇詩是一樣的，完全可以認作我國最早產生的詩劇或劇詩了。

當然，在中國詩歌發展史上，抒情詩佔據絶對優勢，劇詩與史詩相對説來是不發達的。對於這種現象，黑格爾曾予以解釋説："中國人没有民族史詩，因爲他們的觀照方式基本上是散文性的，從有史以來最早的時期就已形成一種以散文形式安排的井井有條的歷史實際情況，他們的宗教觀點也不適宜於藝術表現，這對史詩的發展也是一個大障礙。"(《美學》第三卷下册)這裏説的是史詩，自然也適用於説明中國古代劇詩或詩劇的闕如。於此，魯迅先生也曾於其《中國小説史略》中作過説明："説者謂有二故：一者華土之民，先居黄河流域，頗乏天惠，其生也勤，故重實際而黜玄想，不更能集古傳以成大文。二者孔子出，以修身齊家治國平天下等實用爲教，不欲言鬼神，太古荒唐之説，俱爲儒者所不道，故其後不特無所光大，而又有散亡。"以上兩説，互相映照，不無道理，確也揭示出古代中國一定歷史現象的一定社會根源。但是，楚辭《九歌》卻對它們作出了有力的反駁，至少是大相徑庭的"例外"吧。蓋"中國在一萬年以內至商代以前的史前時期早就存在著六大文化區系，經過多次撞擊、融合，最終凝聚成多源、一統的中國傳統文化，這種傳統鑄就了中華民族經久不衰的生命力"——這是中國考古學會理事長、著名考古學家蘇秉琦於其《關於重建中國史前史的思考》(《光明日報》1991.9.13)一文中闡述的觀點。若此，則中國古代歷經夏商周直到春秋戰國，逐漸由多源融匯而成的華夏文明，並不只是始發於黃河流域號稱中原文化的史文化，也還包容著斑駁陸離的四夷文化。其中最重要的一個分支便是荊楚文化的巫文化。已經構成悠久文化傳統之源頭的華夏文明乃是一個內涵無限豐富的復合體，很難以一刀切的"觀照方式"、"宗教觀點"或"儒家教義"來籠統概括。即如以可與日月同光的華夏第一位偉大詩人屈原來論，"是儒乎？是巫乎？"抑還是巫而儒乎？或儒而巫乎？豈不直到現在還在爭論中嗎？這部《楚辭〈九歌〉整體系解》的面世，對於疑難的澄清，對於問題的解決，定當能夠作出有力的貢獻。謹以老友的情誼，在這樣期望著，在這樣期待著，想當河清有日矣！

張松如

1992 年 3 月 16 日上午

長春東中華路 33 號 201 室

作者自序

楚辭《九歌》十一章乃是一個不可分割不可顛倒的渾然整體。不需要更動原來篇章次序，便能從頭至尾，完整而成體系地得出一個爲了戰勝秦國而祭祀東皇太一的故事情節。它不需要在歌辭之外再搬弄什麼人物來相助，只需運用對立統一規律，借助歌辭自己訓詁能力，就可以全篇貫通。當然，這種新的理解，隨著處理楚辭《九歌》，就需要作出相應的考據。所以這本書的名字，沒有別的辦法，只好叫作《楚辭〈九歌〉整體系解》。

牽一髮動全身，此書的難度很大。一詞之定，涉及全域。自己卯(1939)寒食迄於今朝，作輟不常，凡五十餘年。昔日歌德作《浮士德》一書，自1773—1775年初稿到1808—1832年定稿前後寫了六十年，余不敏不敢和歌德相提並論，但就成書的時間之長，則深有同感。

起初，乙亥(1935)夏，爲諸生説《楚辭》，至《九歌》十一章，於其爾我之間多所疑慮，遂覺王叔師以降，入神雜揉之解，君國幽憤之説，不能安矣。於是盡屏舊疏，專繹白文，即辭求解，別無依附，知我吾之言，乃神之自謂，而爾汝之辭，則神之相謂也。挈領頓裘，無不順者。其秋復與梅娘讀於魁星樓下，更於前説，別有所會，於其酬對之辭，眷顧之情，昭昭然招之如見，呼之欲出矣。

己卯(1939)初春，爰取舊稿，綴爲新疏，復於名物訓詁之間，略得數事，雖無師説，然甘苦所及忍而不能舍也。遂成《楚辭〈九歌〉解詁初稿》二卷。

卷上，包括《本義解》、《神祇解》、《雜劇解》諸解。其《本義解》略謂：楚辭《九歌》，楚之決戰文學也。楚人之有《九歌》猶秦人之有《詛楚文》，假鬼神以助兵，乃厭勝之辭，兵家陰陽之流也。蓋秦楚丹陽之役楚懷王憤張儀之辱，怒而興師，舉國力以與秦惠文王周旋，乾坤一擲，期於必勝，乃因其巫風敬事神，思以歲星之衝壓制秦軍。秦《詛楚文》自著録以來，其義不晦，惟楚辭《九歌》爲兵家厭勝之説則自王叔師《章句》以降，莫之能明。比桐城馬通伯祭神卻秦之論及海寧王靜安優舞戲曲之説出，探賾索隱，稍得端倪。

常敘以爲，知《九歌》乃楚人所傳古舞樂之名，娛神之制也。而楚辭《九歌》則屈原之作，敬娛東皇太一，所以爲楚懷王隆祭祀、事鬼神，以助卻秦軍者。其時在懷王十七年春，丹陽之敗，又失漢中，楚王爲雪恥復仇，準備藍田會戰，屈原被召復用，再度使齊之前也。

其辭：首以《東皇太一》、《雲中君》，迎神之辭也。終以《禮魂》，收場之辭也。中繫以《湘君》之屬七章。七章者，以"湘君"與其夫人離合爲主，近似"雜劇"性質，即屈原所藉以命名之《九歌》，即所謂以之敬娛太一者也。繼之以《國殤》祀丹陽死國之士，慰英靈之意也。其地在楚國壽宫。

卷下爲《閒詁》，隨文講解，以説明辭意。

庚辰(1940)復取楚辭《九歌》白文，按迎神之辭、愉神之辭、慰靈之辭和送神之辭四個部分，爲《楚辭〈九歌〉解》。依楚辭《九歌》內部情節，戲以元人雜劇，擬其形似，略見酬答之情。時代倒轉，略見比擬之辭，並不是說楚國巫風完全和後世之"元曲"相當。這篇文章姜亮夫先生《楚辭書目五種》第五部分《楚辭論文目錄》第 494 頁，孫常敘《楚辭九歌解》(《學藝》一輯)予以著錄。

甲申(1944)長夏，爰將《楚辭〈九歌〉解詁初稿》二卷付印，用代鈔胥之勞。

1948 年(戊子)三月，吉林市解放。革命工作與學習並舉。

1950 年(庚寅)夏，爲同學試講治學方法，並以楚辭《九歌》爲例。

譬如，強調整體性，反對獨立的局部性。全域性的東西，不能脫離局部而獨立，全域是由它的一切局部構成的。我們考察什麼事情，必須從整體性出發，應該著重考察事物的整體聯繫，以及各個部分相聯繫成的復雜網絡。有些現象看起來是偶然堆積雜亂無章的。其實它們是有內在聯繫的統一整體，其中各個對象或各個現象是互相密切聯繫著，互相依賴著，互相制約著的。不應該滿足於表面現象的羅列和描述，而應該透過現象深入到事物內部，並尋找把握其內在的聯繫，只有從事物的內在聯繫的統一整體出發，才能對事物的各個方面作出正確的理解和說明。

在這種研究的基礎上，寫了《楚辭〈九歌〉懸解》一卷，這篇文章認爲：

第一，《東皇太一》。從戰國到前漢初期統治者謹祀五帝，而五帝就是當時的五上帝。歲星爲五帝之一，且爲之首，於是尊稱太一，並其方位而稱之是爲"東皇太一"——把五帝降爲太一之佐是前漢中期才開始被帝王承認的思想。

第二，屈原作品證明《九歌》是先屈原而有的。傳說中《九歌》是一種愉享上帝的樂舞，是一種娛情之制。楚辭繼承了這種關係。

第三，楚辭《九歌》十一章歌辭的結構關係，是一個組織完美的渾然整體。它的通體情節是：（一）迎神之辭是《東皇太一》、《雲中君》。（二）愉神之辭是《湘君》、《湘夫人》、《大司命》、《少司命》、《東君》、《河伯》、《山鬼》。（三）慰靈之辭是《國殤》。最後是送神之辭《禮魂》。

第四，各章情節的語言關係。（一）靈。（二）爾我之間的稱謂關係，自稱，對稱。

第五，各章情節的地理關係。（一）涔陽和北渚。（二）西澨。（三）九坑。（四）昆侖、咸池、陽之阿。（五）河伯引湘君接湘夫人的"九河"路綫，是大司命、少司命所指示的。

第六，楚辭《九歌》的寫作時間及其主要的時代背景。愉神之辭和慰靈之辭的重點顯然是後者。丹陽大敗，又失漢中，雪恥復仇，"魂魄毅兮爲鬼雄"悲憤再起，這是寫作《國殤》的動機。而《山鬼》"若有人兮山之阿"若訓爲尚，"尚有人兮山之阿"，此事還没有完，必須使"吾復得吾商、於之地"！

第七，楚辭《九歌》的寫作目的。這是一部愛國主義作品。它的作者是屈原。

愉神之辭是解決問題的關鍵，而其重大者都集中在"爾"、"我"與本事上。此兩事過去基本解決。但是，遺留問題牽涉文字、音韻、訓詁、語法以及文物制度，牽一髮動全身，實非易事。

所有這些，都不是從頭腦裏憑空想象出來的。而是從楚辭《九歌》語言辯證關係中發現它各種各樣的聯繫。這樣，邊認識，邊改正，邊提高，直到最近，自己認爲有妨礙於整體性和統一性的問題，都試探地在訓解中或考釋中得到了初步的解決。當然，個人能力究竟有限，處理問題可能未能盡善，一切問題都有望於來者！

1950年到1966年，先後以科學活動時間，結合楚辭《九歌》研究，寫成《楚辭〈九歌〉懸解》十二卷（一卷爲序說）。爲本校中文系作學術報告，題目是《論〈東皇太一〉和楚辭〈九歌〉》（見1961年7月4日《光明日報》）。風氣所及，1963年夏，在哈爾濱的本校畢業生，出於愛慕之情，竟將1944年發表的《楚辭〈九歌〉解詁初稿》"探微"而去。1964年（甲辰）秋，吉林大學公木同志，邀我去該校爲中文系研究生作楚辭《九歌》專題講座。

1966年（丙午）六月以後，楚辭《九歌》原稿和其他手稿頗有淪失。直至1978年（戊午），《社會科學戰綫》創刊號刊登《楚辭〈九歌〉十一章的整體關係》一文，楚辭《九歌》研究工作，檢點殘餘才又重新開始。

自思年歲已大，放棄集各家訓詁爲《楚辭〈九歌〉懸解》的想法，集中精力，寫自己的體系，定名爲《楚辭〈九歌〉整體系解及考證》。"整體系解"標誌著十一章爲一體，不可分割，不可顛倒，一氣呵成；"考證"則標誌著如此解釋，自有來頭。

其爲過去已經作過的，如：《九歌》的性質、作用和楚辭《九歌》，戰國時期太一的發展和《東皇太一》，楚辭《九歌》各章的地理關係和神話地理，各章稱謂之詞的綜合研究等，除個別的需要補充以外，都基本照舊。

其爲過去所沒有的，如：楚辭《九歌》有沒有本意，有本意而失傳的原因究竟在哪裏，楚辭《九歌》說"羌聲色兮娛人，觀者憺兮忘歸",《九歌》的"觀賞性"和它的演出的"戲劇性"、"腳色性"在古代巫術裏有什麼關係,"舉長矢兮射天狼","登九天兮撫彗星",是不是都實有所指,它如文字、音韻、訓詁等方面也還有些需要進一步加深或者重改作問題。

而其至關重要者,如《史記·楚世家》所記,楚懷王十六年秦"使張儀南見楚王",說"今使使者從儀西取故秦所分楚商、於之地方六百里",又說"日與置酒,宣言吾復得吾商、於之地",是楚秦丹陽之戰以前,楚商、於之地早已失掉。何時失掉的,《華陽國志·蜀志》:"周慎王五年秋,秦大夫張儀、司馬錯,都尉墨等從石牛道伐蜀。……冬十月,蜀平。司馬錯等因取苴與巴。""六(七)年,司馬錯率巴、蜀衆十萬,〔1〕……浮江伐楚,取商、於之地爲黔中郡。"這是楚懷王十四年(前315)丟掉商、於的過程。其事在十七年(前312)丹陽戰敗又失漢中之前。

黔中商、於,就是《史記·西南夷列傳》所説"會秦擊奪楚巴、黔中郡"的巴。事情涉及到"將軍莊蹻"。由於兩水同名誤爲一水,產生了歧異。是循江入沅(《漢書·地理志》"不狼山,鬯水所出,東入沅。"),還是湖南之水本不入江,事出常識之外,而又和商、於問題密切相關。爲此,又先後寫了四五篇專論莊蹻的文章。

楚辭《九歌》最難的問題莫過於"莊蹻暴郢",郢爲當時楚國首都,若郢中果真出了大動亂,楚國不會不知道,而此事於史無徵,實屬可疑,一時間疑竇叢生,百思莫得其解。

於是按照自己的老習慣把它暫時擱置,重新搞起甲骨文和

---

〔1〕 見本書考證《秦取楚商、於地在周慎王六年》。

古金文。到1989年(己巳)選集自己新舊作品得二十篇,名爲《古文字及古文字學論文集》。[1] 與此同時,把《楚辭〈九歌〉解詁初稿》中的《詛楚文》抽出,交四子孫屏重新組撰。然後再重檢楚辭《九歌》,譬如故友重逢,會當別有新意。

我想:文字一經寫成話,它的各個方面,就按著一種思想,使各個文字化而成詞,依一定的路程奔騰下去。這樣,它遂體現了整個思想的整體性與彼此互相作用的聯繫性,依賴性和制約性。

《呂氏春秋・介立》這一段文字是把"莊蹻之暴郢也"和"鄭人之下轅也"、"秦人之圍長平也"相提並論的,是在"韓、荆、趙,此三國者之將帥貴人皆多驕矣,其士卒衆庶皆多壯矣"的前提下提出來的。這三件事都是國與國的戰爭。若把莊蹻自滇歸來,與司馬錯爭奪黔中商、於之戰相比,其酷烈程度最爲近似。而《史記・西南夷列傳》所記正是"循江"上,經由黔中商、於,直至滇池之地。

商、於之戰,決戰關鍵在於"涪陵水會"——"枳"的得失。得此,則可以出入延水(黔江)、長江。當初莊蹻"循江",得"枳"而進入商、於。此次欲"歸報",而"道塞不通"。等是有家歸不得,真是"楚得'枳'而國亡"!

枳、郢二字古方音相同。古音"枳"在支部而"郢"在耕部。兩部正好陰陽對轉。王力先生擬音,支爲[*-e]而耕爲[*-eng],兩韻韻腹完全相同,所不同者:一個是光秃秃地沒有尾巴,一個是後面拖著[-ng]舌根鼻聲韻尾。在方音上兩部可以通押,合爲一

---

[1] 編者按:即孫屏、張世超、馬如森編校:《孫常敘古文字學論集》,東北師範大學出版社,1998年。2016年由上海古籍出版社再版。

韻。《詩經》、《楚辭》其例甚多。汨羅水名，古字寫作"汨"或"澬"，兩字同文，共爲古代湘音。但就其字源來説，一支一耕，"買"在支部而"汨"字從冥省聲，聲在耕部。這和"枳"在支部而"郢"在耕部是同一道理。

"郢"在方音上既等於"枳"，那末，過去多少年來疑難問題，一下子即時解決，"暴郢"很簡單，它就是"暴枳"！《介立》的難點到此也就冰消瓦解了。

到這爲止，我對楚辭《九歌》十一章，無論它本身的或外圍的，各個方面的問題都落到了實處。從頭到尾渾然一體的整體性、系統性、不可顛倒性以及它的神話的、歷史的、地理的、文物制度等問題，都初步作了應有的解釋和説明。

當然，可能還有些問題沒有想到，而想到的問題尚須充實、調整，甚或是部分改寫。所有這些願待來日。

1991年(辛未)冬至，曉野孫常敍
自序于東北師範大學

卷一　楚辭《九歌》緒説

一、楚辭《九歌》和《楚辭·九歌》

按《華陽國志·蜀志》載，秦惠文王更元九年，司馬錯浮江伐楚，自巴涪水取楚商於之地，爲黔中郡。在此之前，楚將"莊蹻將兵，循江上，略巴—黔中以西。……蹻至滇池，地方三百里，旁平地肥饒數千里。以兵威定屬楚。欲歸報，會秦擊奪楚巴、黔中郡，道塞不通。因還以其衆王滇"。[1] 從此使當時剛剛開拓遼闊疆域的整個楚國一分爲三。

楚懷王爲"吾復得吾商、於之地"[2]，而受騙於張儀。爲此懷王怒而伐秦，但商、於未得，反倒又失了漢中。爲報仇雪恨，楚懷王準備再次大舉襲秦。在準備中，除軍事部署外，同時幻想借"神"的力量以鎮服秦國。於是他效法夏后啓的故事，以《九歌》來敬愉上帝[3]，欲以其"衝"，來壓倒秦軍。戰國時代，人們所崇奉的上帝，已經分化爲五個，而東皇太一爲五帝之一，實是五帝之長。

由於上述歷史原因，單提《九歌》與夏后啓重複，而於《左傳》

---

[1]《史記·西南夷列傳》——"巴—黔中以西"原作"巴(蜀)黔中以西"。
[2]《史記·楚世家》。
[3]《墨子·非樂》、《山海經·大荒西經》。

"《夏書》曰:'戒之用休,董之用威,勸之以《九歌》,勿使壞。'九功之德皆可歌也,謂之《九歌》"。[1] 的《九歌》之名,易於混淆。所以人們加以國名來區別它,曰:楚辭《九歌》。

楚辭《九歌》作于楚懷王十七年(前312)秋天。當時楚國在丹陽之役遭到慘敗,漢中已失,楚懷王大怒,於是盡發國中兵,準備再次襲秦。在這藍田大戰之前,楚、秦兩國戰雲低迷的嚴峻形勢下,楚辭《九歌》的創作是懷有特殊任務的。它的"公演"是欲以敬愉東皇太一,而對秦軍進行"決定性"的狠狠打擊。結果,楚國在藍田之戰再度慘敗,楚國從此元氣倍傷,國勢大衰,再無與秦軍抗衡的軍力了。楚辭《九歌》也就沒有重演的可能,一直到楚國滅亡,永遠喪失了復演機會。

在秦滅楚後,楚人畏懼秦法,憚"擅興奇祠"[2],何況楚人反秦,《九歌》之作又是以反秦爲其主題,因而在強秦的一統天下,是要遭到絕對禁止的。再加上秦人對楚,始終戒心很強,對故楚實行"出其人"、"徙其郡",動輒"遷虜"待之。如"班氏之先,與楚同姓,令尹子文之後也。……楚人謂虎'班',其子以爲號。秦之滅楚,遷晉、代之間,因氏焉"[3] 就是其例。

楚辭《九歌》之作,下距楚亡90年。當年一次演出此"歌"者,已百餘歲。至此,可以試想當年曾能目睹《九歌》演出實況者,實在是微乎其微了!致使這篇以"歌"與"舞"結爲一體的創作,失去了它原有的舞蹈語言,只剩下寫在竹帛之上的有聲語言的書寫形式——歌辭,後人只能觀其辭而略其舞。這種情況使

---

[1]《左傳·文公七年》。
[2]《睡虎地秦墓竹簡·法律答問》。
[3]《漢書·敘傳》。

《九歌》的歌辭失去其"舞蹈語言",也就使它失去了它當年創作的直接意義,楚辭《九歌》也只剩下光禿禿的楚辭了。

漢興,廢除秦代苛法。如《漢書·地理志》所說:"高祖王兄子濞于吳,招致天下之娛遊子弟,枚乘、鄒陽、嚴夫子之徒,興于文景之際;而淮南王安亦都壽春,招賓客著書;而吳有嚴助、朱買臣貴顯漢朝,文辭並發,故世傳楚辭。"——楚辭之名在漢代興起。

漢嚴助貴幸,"薦(朱)買臣,召見,說春秋,言楚詞,帝甚説之。拜買臣爲中大夫,與嚴助俱侍中,是時方築朔方"。[1] 按:《武帝紀》元朔三年,"秋,罷西南夷,城朔方城,令民大酺五日"。[2] 這一年是劉徹當皇帝的第十五年。——楚辭或寫作楚詞。

等到"宣帝時,修武帝故事,講論六藝群書,博盡奇異之好,徵能爲楚辭九江被公,召見誦讀。[3] 益召高材劉向、張子僑、華龍、柳褒等,待詔金馬門[4]"。——楚辭寫作楚辭。

這樣一直到這些高材中間的護左都水使者光祿大夫劉向,著手編輯成《楚辭》一十六卷,《楚辭》一書方成。因而《楚辭·九歌》乃爲漢人輯錄於《楚辭》書中之一篇,故《楚辭·九歌》用於劉向以後則可,而用於劉向之前的時代則絕對不可。

二、對立統一和楚辭《九歌》

楚辭《九歌》和其他的先秦文學作品一樣,是以書面語言寫

---

[1]《漢書·朱買臣傳》。
[2]《漢書·武帝紀》。
[3]《御覽》八百五十九引《七略》:"宣帝詔徵被公,見誦楚辭。被公年衰母老,每一誦,輒與粥。"
[4]《漢書·王褒傳》。

作而成的,它是以文字、辭句、篇章結構等使人感知的形式和讀者相見的。而這形式,在創作過程中是被它的内容決定的。但是,形式有它的相對的獨立性。同一作品,往往由於讀者的原因,或多或少發生反作用,產生不同程度地不符合原作的理解。

從作品説,它有本字、借字、譌誤字,詞有本義、變義、常用義,辭有不同句讀,篇有自己分章、標目的標準,或者在某一部分有共同形式。同一作品,同一字、詞、句、章,往往有導致不同理解的因素。而作品的讀者,每人又各有自己的文化素養、生活遭遇,而且世界觀和方法論也常是因人而異。因此同一篇作品不同人可能有不同的理解。

楚辭《九歌》十一章,二百五十五句,篇幅不算大,語言文字難度也並不高,而自王逸以來論注多家,看法和説解各有己見。

訓詁不同的,例如:

《湘君》:"隱思君兮陫側。""隱"有的説是痛(洪興祖),有的説是隱伏(王逸),還有的説是暗地裏(高亨)等等。"君"有的説是懷王(王逸),有的説是湘君(來欽之),有的説"君爲湘君,借喻懷王(沈祖緜)"等。"陫"有的説是陋(王逸),有的説是隱(朱熹),有的説爲厞的或體,隱也(戴震),有的説"讀爲憒悱之悱"(俞樾)。"側"有的説是不安(朱熹),有的説是惻隱之惻(俞樾)。有人把陫側兩字合起來説是側陋(王逸),説是室隅厞隱之側(姜亮夫),説是悱惻(俞樾),説是悲傷(高亨),説是轉側(畢大琛),説是纏綿(徐英)等。

句讀不同的,例如:

《東皇太一》:"蕙肴蒸兮蘭藉。""蕙肴蒸"有的把"蕙肴"看作一個詞組,把"蒸"看作動詞,説"蒸"進也,此言以"蕙"裹"肴"而進之(洪興祖)。有的把"肴蒸"看作一個詞(戴震),而把"蕙"看作它的定語。

《山鬼》:"余處幽篁兮終不見天,路險難兮獨後來。"這句歌辭有兩種讀法,王逸説前半句"言山鬼所處乃在幽篁之内,終不見天地"。他是在"天"字作讀的,這是一種。朱熹説他"嘗見有讀'天'字屬下句者。問之,則曰:韓詩'天路幽險難追攀'語蓋祖此。審爾,韓子亦誤矣"。可是吳世尚《楚辭注疏》,卻仍舊主張上半句到"見"斷句,説"天路險難,所謂君門萬里者是也"。

以上數例雖不全面,卻也可看出:在同一辭句裏,字、詞、語法、句讀都有出現不同理解的可能。而這些不同理解,又都可以用文字學、詞彙學、音韻學、訓詁學、語法學、修辭學等學科知識和規律加以説明的。然而這些學科所認定的現象與規律,卻不能成爲引導讀者正確理解解問題的鑰匙和方法。因爲本字、借字、本義、變義、音訓、義訓、主語、謂語等,從認識這些現象來説,都是不可缺少的非常可貴的財富。但在指導閱讀、理解和注釋古典作品上,它們都只能提供可以考慮的方面或綫索。而不能成爲規定讀者從中選用哪一條才能得到,或接近得到正確理解的鑰匙。

訓詁句讀不同,對作品結構及其性質的理解也相應地有所不同。反之,對作品結構及其性質的理解不同,對字、詞、句的處理上也相應地有所不同。這種關係在關鍵辭句上表現得最爲突出,而關鍵辭句又隨著讀者的觀點而有所不同。此方以爲關鍵者,彼方可能以爲無足輕重;此方以爲無關宏旨,而彼方卻以爲非常重要。

如此等等,不一而足。一般説來,在不同程度上,都是從作品的某一點出發的。可是作品本身也對他們提出困難,使之顧此失彼，不能自圓其説。

　　一個作品，在創作中總有它的思想，有它的目的，是有所爲而發的。因而作家寫作，遣詞造句，命題名篇，都是有其思想脈絡的。即或是諷喻、雙關，也絕不是詞無定意，語無倫次，任憑讀者亂猜的。

　　方法説來只有一個，用對立統一規律，從各方面發現問題，解決問題，錯綜復雜，層層迭進，以處理作品的各種依存關係，以求最後的對立統一。尊重作品原貌，讀者要服從作品，而不使作品服從讀者。換句話説，要找文字、詞彙、語音、訓詁、語法知識的幾種可能性，和文獻語言的特殊性，來落實到語言文字上。用這些錯綜復雜的依存關係確定作品語言的字、詞、句、章和篇章結構及其性質。

　　一部作品的字與詞，就先秦語言來講，字是詞的書寫形式，而詞是字所寫的内容。字與詞的對立統一關係不是孤立的，它在具體的作品中，是以詞造句。在句與節，節與章，章與全篇，形式與内容，部分與整體，互相依賴，互相制約等錯綜復雜的對立統一關係中確定的。而作品語言錯綜復雜的對立統一關係也不是孤立的，它又與作者所處的時代，促使寫作的事因，以及他的思想、感情是分不開的。因果的依存關係，對作品來説也是整體的，某些辭句和某些史事的偶合並不就是實際情況。

　　從作品語言形式與内容、部分與整體的依存關係，認識作品的寫作思想與其時代背景，又從作品的時代背景來驗證作品語言形式與内容，從而確定它的字、詞、句、章，乃至通篇結構及其性質。

　　用這一規律來釋讀楚辭《九歌》，如果能從頭至尾得到貫通，那麼這十一章便是一個整體,便是一篇完整的作品。反之,如果各章之間或各組之間,窒礙難通,那麼它就是一些各自獨立,或分組獨立的"雜詩"彙編。

經過反復驗證,證明楚辭《九歌》應是前者。十一章歌辭是一個整體,由迎神之辭、愉神之辭、慰靈之辭、送神之辭四個部分構成。它們共同地貫穿著一個思想:為丹陽敗後,收復失地,打敗秦國,而"穆愉上皇"——敬事"東皇太一"的。

這個粗疏的結論,是和下列一些觀點相對立的:

有人認為楚辭《九歌》是先於屈原的,是從《陳風》到《離騷》的楚辭發展史中,前期的過渡詩篇。

也有人認為楚辭《九歌》是民間歌舞,或者是民間歌舞的潤色加工,而不是一時的創作,或者說楚辭《九歌》是趙、代、秦、楚之謳,實際是各地民歌的選輯等。

也有人認為,楚辭《九歌》沒有共同的寫作目的,沒有統一的主題思想。楚辭《九歌》中諸神各自獨立,或分組獨立,各組之間各不相干。楚辭《九歌》是忽而"受享",忽而"效歡",或分享並祀等。

也有人認為,楚辭《九歌·少司命》的:"與汝遊兮九河,衝飆起兮水揚波"這兩句應該刪掉。在楚辭《九歌》的篇目中,《東君》應該放到《雲中君》的前面去。

楚辭《九歌》"揚枹兮拊鼓,疏緩節兮安歌,陳竽瑟兮浩倡"中間傳丢了一句,應該湊足才是。便加上了一句"□□□□"。按:《河伯》也多四句一節,可是"魚鱗屋兮龍堂,紫貝闕兮朱宮,靈何為兮水中"和"乘白黿兮逐文魚,與女遊兮河之渚,流澌紛兮將來下"都是三句一節。這種四句三句間用的事實,顯得這種增框加句的辦法,確實有些畫蛇添足之嫌了。

此外還有,不必列舉。

總之,把楚辭《九歌》分成幾個各不相關的部分,這種零打碎敲,對楚辭《九歌》來說是不對的。

這十一章從頭至尾是一個主題思想:丹陽之敗,漢中淪陷,司命之神令河伯引湘君,自北渚(順流而下,浮海)逆九河,上昆侖,下洋水以迎湘夫人;復自原路雙歸湘水,以解湘君、湘夫人離居之苦,而中心懷念,不忘商、於之山——"於山"。同時,特寫丹陽之敗,將士剛強、勇敢,視死如歸,深受東皇太一的贊揚和嘉許。

十一章共分四個部分:

一、迎神之辭兩章:《東皇太一》、《雲中君》。前一章《東皇太一》中,東皇太一並未出場,出場者是巫祝,作祀場準備。後一章《雲中君》中,由雲中君奉東皇太一車駕,從天上降臨人間,到楚國壽宮,靜待享祀。

二、愉神之辭七章。此七章主要的神祇是"湘君"、"湘夫人"、"大司命"、"少司命"、"河伯"。湘漢一家,湘君、湘夫人夫婦各掌一水,同屬楚國,呼吸可通。而今漢中淪陷,夫婦阻隔,北渚、西滋遂成異域。於是大司命令少司命"道(導)帝子(之)兮九阮",少司命承命約河伯前來北渚,指示河伯攜湘君由北渚順流而下,浮海,逆九河而上,登昆侖,下陽(洋)水,至涔陽極浦而接湘夫人。然後,掉頭回轉,使湘君夫婦自昆侖、九河,由海歸湘,一家人重新團聚。

七章之次要神祇是"東君"、"山鬼"。

東君,太陽神,象日之出入,以見朝夕過程。"展詩會舞"以見《九歌》聲色，而"舉長矢兮射天狼"以見報秦之心。

山鬼，是等待解放的商、於之鬼。

整個十一章是歌舞的，而其中七章是愉神的"歌舞劇"，是以娛太一爲主體的，是據夏后啓用《九歌》愉享上帝的神話傳說而創作的，是這十一章總名爲《九歌》的依據。

三、慰靈之辭一章，《國殤》。丹陽一戰，楚國將士英勇殺敵，以身殉國，得到東皇太一的痛惜和贊許。

這是十一章的上演的主題。

四、送神之辭一章，《禮魂》："盛（成）禮會鼓"，"傳芭代舞，"將所祀之神鬼，按《周禮·大宗伯》："掌建邦之天神、人鬼、地示（祇）之禮"分作三類。然後依次歌以送之。首先，送天神之最尊者東皇太一，而雲中君以車駕護送。次爲天神，大司命、少司命、東君諸神。最後爲地祇和人鬼，兩者都在地上，可以一道送之。湘君、湘夫人、河伯三者爲水神，山鬼、國殤兩者爲人鬼。

三、楚辭《九歌》的寫作時間、主要背景及其作者

壹　從作品定時代

楚辭《九歌》十一章是什麼時代的作品？

迎神之辭、愉神之辭、慰靈之辭及送神之辭，這四個組成部分，從不同角度共同地指明了它的創作時間，同時也向我們明確了它的時代背景。

一、《國殤》一章是楚辭《九歌》的紀年碑

《國殤》中所展示的場景形象，不是歷次戰役的一般概括，而

是一個實際戰鬥的具體描寫。"旌蔽日兮敵若雲",戰爭規模是相當大的。在敵人"凌余陣兮躐余行"的嚴重情況下,主將的戰車"左驂殪兮右刃傷",失去了行進和戰鬥能力。這時車上的主將還是"援玉枹兮擊鳴鼓",繼續指揮,堅決奮戰,終至"嚴殺盡兮棄原壄",全軍覆沒。

在戰鬥的最後時刻,這位主將矢盡刀摧,用指抓住敵劍鋒鍔,伸手奪過秦人長弓,"帶長劍兮挾秦弓",[1]徒手肉搏壯烈犧牲。

"帶長劍兮挾秦弓",點明這次戰爭的對手是秦軍。而此事又與《東君》"舉長矢兮射天狼",秦占狼弧相應。以此可知這次戰役是楚秦之戰。

戰國時代,楚國的對外戰爭的史實,與《國殤》所述懷王十七年春,楚秦丹陽之戰的鏖戰情況,正好相符。

《史記·楚世家》:"(懷王)十七年春,與秦戰丹陽,秦大敗我軍,斬甲士八萬,虜我大將軍屈匄、裨將逢侯丑等七十餘人,遂取漢中之郡。"

同書《張儀列傳》則載屈匄等七十餘人都是陣亡而非被俘。

《史記·張儀列傳》:"楚(懷)王不聽,卒發兵,而使將軍屈匄擊秦。秦齊共攻楚,斬首八萬,殺屈匄,遂取丹陽、漢中之地。"

《張儀列傳》又記此後張儀說楚王之辭,曰:

楚嘗與秦構難,戰於漢中。楚人不勝,列侯執圭死者七十餘人,遂亡漢中。(《戰國策·楚策一》"列侯"作"通侯")

----

[1] 詳見本書《歌辭系解》。

孫作雲以"在戰爭時，大將擊鼓"，和《國殤》末段"子魂魄兮爲鬼雄"等事爲主要論據，證明《國殤》"所暴露的戰敗情況：全軍覆没，主將被殺，可能是專指公元前312年春季丹淅大戰之事而言。從這裏可以推測《國殤》的寫作年代應該在這一年。"[1]

《國殤》是楚辭《九歌》十一章整體組織中的一個部分。《國殤》的寫作年代就是它所在的十一章歌辭的創作年代。孫作雲没有看到十一章的整體關係，只從《國殤》論《國殤》，没有在作品中發現其他論據，孤立地進行推論，所以他的結論也只能説是"可能是"。

我們通過楚辭《九歌》的整體研究，把《國殤》的壯烈犧牲和莊蹻起楚分而爲三四，楚懷王"吾復吾商於之地"，以及太一的性質和作用，《湘君》以迄《山鬼》所反映的離散的情節綜合起來，從十一章相互依存的對立統一關係，再對應楚國史實，可以肯定其創作時代。

二、楚辭《九歌》的主要目的是"穆愉上皇"。它是爲了祭祀戰爭之神——東皇太一而作的。祭東皇太一這事實，在其性質上，是和漢武帝劉徹爲了伐南越而奉太一靈旗一樣的，是爲了借助他"所在國不可伐，可以伐人"的靈威，以其衝壓勝秦國而作的。當然，這一點對任何一個戰役都可適應，可是祭戰神——東皇太一及以陣亡主將爲代表的《國殤》所述，從戰國時代的楚國戰史來説，則其事自非丹陽敗後、藍田戰前莫屬了。

《漢書·郊祀志下》記谷永的話説："楚懷王隆祭祀，事鬼神，欲以獲福助，卻秦師，而兵挫地削，身辱國危。"師古曰："卻，退

―――――――――

[1] 孫作雲《論〈國殤〉與〈九歌〉的寫作年代》，《開封師院學報》創刊號第150頁。

也"。這段話是和楚辭《九歌》穆愉上皇,褒揚《國殤》,演唱湘漢水神離散求合的情事完全相應的。它是楚辭《九歌》寫作時代的指針。

"欲以獲福助,卻秦師。"這兩句明示這次"隆祭祀,事鬼神"之事,是由於在敵我力量對比上,楚軍已處於劣勢地位,秦軍已進佔了楚國國土,楚懷王急於扭轉局勢,想從自己國土上擊退秦軍的形勢和心情。這是丹陽大敗,秦取漢中,熊相(《史記》作槐,此從《詛楚文》)憤而興師急於報秦的史實縮寫。

谷永所説"楚懷王隆祭祀,事鬼神,欲以獲福助,卻秦師"之事在丹陽敗後,藍田戰前,而以"穆愉上皇"爲主題思想的楚辭《九歌》與之相應。則這十一章歌辭的創作時代,也就是楚丹陽戰敗秦取漢中之後,楚準備報秦之時。

三、楚辭《九歌》的愉神之辭,是以湘君和湘夫人離散求合之事爲主的一個"歌舞劇"。

但那時,尚無今日"歌舞劇"之名,只是比況而已。

湘、漢兩水橫江可通,一脈相連本無阻隔。可是在這個穆愉上皇專爲東皇太一"演出"的《九歌》裏,湘君迎湘夫人,北征之途至北渚而不能再進;湘夫人思公子也不能去涔陽而至北渚;河伯奉大司命之命'引湘君繞道九河,登崑崙,下漾水,入漢中,才得以至涔陽與湘夫人相會。而相會之後,又不能順流東下進入楚國,須折返舊路,仍循河水,乃得攜手東歸。是北渚、涔陽之間必有一個不可逾越的勢力在隔阻著他們。

漢中屬楚,涔陽、北渚同在漢水。從北渚赴涔陽溯流可上。湘漢一家,湘君夫婦往來無阻。然而這次水程卻一反常態:北渚、涔陽不能由楚入漢,往返繞道;假途河水,也不可自漢入楚回湘。可見北渚以西的漢中之地已經和楚國本部不能相通了。從楚國本土不能直達漢中，是時漢中已非楚有，且於邊境之上有森嚴戒備，阻隔楚人出入。

自此看來，湘君、湘夫人離散求合一事，正是漢中淪陷于秦的反映。漢中淪陷，是楚秦丹陽之戰楚敗于秦的後果。而"穆愉上皇"，又正是激於丹陽之敗，準備再舉襲秦的一個組成部分。從這組愉神之辭可以看出：楚辭《九歌》的創作是公元前312年，楚懷王十七年，秦楚丹陽戰後，藍田戰前，楚人準備雪恥收復失地，再舉襲秦時寫成的。

"帝子降兮北渚，目眇眇兮愁予。嫋嫋兮秋風，洞庭波兮木葉下。""秋蘭兮麋蕪，羅生兮堂下，綠葉兮素枝，芳菲菲兮襲予。……秋蘭兮青青，綠葉兮紫莖。滿堂兮美人，忽獨與余兮目成！"就季節來說，應如孫作雲所說，是楚懷王十七年，公元前312年，秋季。

貳 從商、於看收復失地

湘君、湘夫人離散求合反映了漢中淪陷，而"采三秀兮於山間"之《山鬼》則反映商、於猶陷於秦。從楚辭《九歌》所反映的收復失地的內容，可以看出先後兩次被秦國攫取的地方是漢中和商於之地；而漢中之失，又在急於收復商、於失地之後。

因此，商、於問題在楚辭《九歌》的理解上也是比較重要的。同時，這個問題也是學術界一直關注，而又一直未得到解決的問題。

一、張儀以商、於之地欺楚，是以秦所取楚地許楚，而不是以秦地與楚。

楚、秦丹陽之戰，在表面上看，它的直接原因好像是由於張儀欺楚。在這個問題上，一般多受《史記·屈原列傳》"（秦惠王）乃令張儀詳去秦，厚幣委質事楚，曰：'秦甚憎齊，齊與楚從親。楚誠能絕齊，秦願獻商、於之地六百里。'楚懷王貪而信張儀"[1]的"貪"字影響，多強調楚王的貪慾，嘲笑他愛小便宜愛到糊塗的程度。往往忽略了一個事實：他的貪慾之中有一個急於收復失地的思想。

《史記·楚世家》記張儀説楚懷王時，寫道：

（張儀謂楚王曰：）王爲儀閉關而絕齊，今使使者從儀西取故秦所分楚商、於之地方六百里。如是，則齊弱矣。是北弱齊，西德于秦，私商、於以爲富，此一計而三利俱至也。懷王大悦，乃置相璽于張儀，日與置酒，宣言："吾復得吾商、於之地。"

"故秦所分楚商、於之地"和"吾復得吾商、於之地"這兩句話很重要。它説明商、於之地原來本是楚國土地。而且是秦國從楚懷王手中奪去之地。足見在張儀説楚之前，楚懷王就已經在心裏橫著一個"吾復得吾商、於之地"的收復失地問題。

"不見可欲使人心不亂"，老子這句話，在一定意義上是符合當時爾虞我詐利令智昏的情況的。

張儀爲了達到使楚絕齊，以便進一步孤立、打擊和削弱楚國，就利用楚懷王"吾復得吾商、於之地"的焦慮急切心情，詐以退還部分商、於之地（是商、於之地六百里，而不是商、於），故示以楚地還楚，于秦爲不費之惠的假象；"楚弓楚得"，于楚爲不戰而收復失地的"可欲"，以亂其心，誘使楚懷王貪利忘害，視可能

---

[1]《史記·張儀列傳》意亦同此。

的假象爲可信的真實，作出錯誤的判斷，從而大上其當。導致丹陽之敗，商、於未復，反失漢中。

二、商、於之地在黔中。《史記·張儀列傳》在敘述楚大敗于藍田，割兩城以與秦平之後，接著説"秦要楚，欲得黔中地，欲以武關外易之"。張守節《正義》認爲武關外"即商於之地"。學者多因之不疑，説商、於就是"自陝西商縣至河南内鄉一帶地方"。

商，春秋楚邑，曾以之封子西爲公。秦孝公封衛鞅爲商君。周顯王十八年，秦孝公十一年（前351）"秦城商塞"，顯王二十九年，孝公二十二年（前340）"衛鞅既破魏還，秦封之於商十五邑，號爲商君"。[1] 於商，即商於。事都在楚威王之前，威王死，懷王立，是其地早在楚懷王之前已經歸秦，非自熊相失之。

《索隱》："於、商二縣名，在弘農。"《竹書紀年》："秦封衛鞅于鄔，改名曰商。"《水經注·濁漳水注》："衡水又北徑鄔縣故城東。"

於、在内鄉。或謂商於在河南淅川縣西，並據《通典》言其地今有於村，亦曰於中，即古商於地。按：丹水自商縣東來至淅川而淅水入之。丹水之陽實即丹、淅兩水之夾角，故楚、秦丹陽之戰，亦或謂之戰於丹淅。《史記·張儀列傳》説丹陽之戰，秦、齊共攻楚，斬首八萬，殺屈匄，遂取丹陽、漢中之地。是戰前丹陽之地，亦即丹、淅兩水夾角地帶猶然屬楚。無論商、於之於地在内鄉或淅川之西，在大戰之前，其地與漢中並未入秦。由此可見，張儀説楚懷王絶和于齊時，其地自是楚國境内地方。在這種情

---

[1]《史記·商君列傳》。

況下,張儀怎能把它和商地並舉去以楚地賂楚?而楚懷王又怎會就自己未失之土侈談他"吾復得吾商、於之地"的夢想?

如此看來,非但張守節武關外即商、於之地的說法不可信,就是我們習聞的商、於在楚北而屬秦的說法也是不符合當年實際的。

按:商、於之地在戰國時代實有兩處,一是大部分並未入秦的楚北商、於,一是隨著新領土的開拓而建立的楚國西部的黔中商、於。

黔中商、於是楚國經略西南的前進基地,是一個咽喉要地。楚國經略西南,第一步是先取得黔中。其事遠在秦取巴、蜀之前。《史記·秦本紀》:"孝西元年,河山以東彊國六。……楚自漢中南有巴、黔中。"可見秦孝公即位以前,黔中已歸楚有。因此,其後楚威王才得以黔中爲基地,派莊蹻將兵,循江而上,攻略巴、黔中以西的地方,以實現他們擴張領土的第二步打算。

《史記·西南夷列傳》:

> 始楚威王時,使將軍莊蹻將兵循江上略巴、(蜀)黔中以西。——莊蹻者,故楚莊王苗裔也。……蹻至滇池,地方三百里,旁平地肥饒數千里,以兵威定屬楚。欲歸報,會秦擊奪楚巴、黔中郡,道塞不通,因還,以其衆王滇,變服,從其俗以長之。

《漢書》與此基本相同。

《華陽國志·南中志》:

> 周之季世,楚威王遣將軍莊蹻溯沅水,[1]出且蘭,以伐夜

---

[1] 《漢書·地理志》牂柯郡:"鐔,不狼山,鐔水所出,東入沅。"《華陽國志·南中志》牂柯郡:"鐔縣,故犍爲郡城也。不狼山出鐔水,入沅。"——古武陵山脈嶺西也叫"沅"。

郎。植牂柯,繫船於是。且蘭既克,夜郎又降,而秦奪楚黔中地,無路得反,遂留王滇池。——蹻,楚莊王苗裔也。

這兩段記載,説明了楚國向西擴張土地,和秦、楚兩國在這一片新開拓的領土上的土地爭奪。

楚黔中之地也有商、於。

《華陽國志·巴志·巴郡》:

涪陵郡,巴之南鄙,從枳南入析、丹。涪水本與楚商、於之地接。秦將司馬錯由之,取楚商、於地爲黔中郡也。

《續漢書·郡國志·五》劉昭注:"涪陵出丹"引《巴漢志》曰:

涪陵,巴郡之南鄙。從枳南入析、丹。涪陵水與楚商、於之地接。

涪陵水就是貴州烏江的下游。洪亮吉《延江水考》略云:烏江自婺川縣折西北流,逕四川酉陽州西南,又北稍西,逕彭水縣南,又西,逕武隆廢縣南,又北屈,逕涪州城東北銅柱灘入大江,總名曰涪陵水[1]。涪陵水,流經黔中,也叫黔江。枳,在今四川涪陵附近。[2] 涪陵水與楚商、於之地接;而涪陵郡在巴之南鄙,從枳南進入析、丹就是其地。析、丹即淅、丹。商、於,淅(析)、丹,都是楚北之地,而其名又都復見於烏江下游黔中。

《史記·六國表》周顯王十八年(前351),秦孝公十一年,秦"城商塞"。其時正當楚宣王十九年。是楚威王以前商於之地早已部分入秦了。楚人遠征西南,開疆拓土,以故楚北名區,名新得西南重地,商、於、析、丹見於黔中。僑置地名,在這裏正是攫

[1] 《卷施閣文甲集》裏《貴州水道考·延江水考》。
[2] 《華陽國志》:"枳縣在江州郡治,涪陵水會。"

土殖民的產物。

三、黔中商、於,是楚懷王丟掉的。擴張土地,攫取別國和其他民族的領土,以便進一步擴大土地。"欲富國者務廣其地,欲強兵者務富其民。"這就是戰國時代諸侯征戰,進行土地掠奪的一種口號。

楚懷王熊相(《史記》作槐)是在公元前328年接楚威王而即位的。楚威王爲了更多地攫得新的領土,至晚在公元前331年,"使將軍莊蹻將兵循江上略巴、(蜀)黔中以西",轉戰經營,逐步深入直至滇池(今雲南昆明市附近一帶),他至滇池之時,蓋已爲懷王之世。《華陽國志·巴志》:

> 周慎王五年,蜀王伐苴侯。苴侯奔巴。巴爲求救于秦。秦惠文遣張儀、司馬錯救苴、巴,遂伐蜀,滅之。儀貪巴、苴之富,因取巴,執王以歸;置巴、蜀及漢中郡,分其地爲四十一縣。儀城江州。司馬錯自巴涪水,取楚商、於地,爲黔中郡。

司馬錯稍事修整之後,自江州由枳逆流而上,趁莊蹻在滇之機,攫取黔中商、於。江州故城在今四川巴縣西。涪水即涪陵水,今貴州烏江下流。周慎王五年,正是秦惠文王後九年,楚懷王十三年,亦即公元前316年。《史記·秦本紀》惠文君後九年,"司馬錯伐蜀,滅之"。《六國表》秦惠文王後九年,"擊蜀,滅之"。所記正是此事。滅蜀之後,稍事整頓,"司馬錯自巴涪水取楚商、於"。

楚國此次失地,致使楚、滇之間道塞不通,莊蹻王滇,脫離楚國。不僅滇池地方三百里及其旁平地肥饒數千里,一旦都成空花,而楚人西征子弟也都淪爲異國。商、於一失,遂亡滇池,楚地三分，因損其二。喪師失地，沉重地打擊了楚國統治者拓疆之夢，這也是楚懷王耿耿於心的大事。

這是楚懷王的第一次失地。

楚懷王失掉黔中商、於之地之後第三年，張儀來到楚國。他利用以楚王熊相（《史記》作槐）爲代表的楚國統治者急於收復商、於失地，以解決滇、黔楚被腰斬肢解所造成的政治、經濟、軍事各方面困境和焦躁急切情緒，以秦國退還黔中商、於爲誘餌，使楚絶齊，從而進一步孤立楚國。張儀許楚可以"使使者從（張）儀西取故秦所分楚商、於之地方六百里"[1]。這在正爲喪失西上拓地的咽喉要地而惱火焦慮的楚懷王看來，是求之不得的莫大便宜。他滿以爲可以不出一兵一卒而坐收失地，攫取滇池附近數千里肥饒之地，緩和他們的幾年來所處困境。於是他貪於己利，而犧牲齊、楚之盟，輕信張儀，"日與置酒"，夢想著"吾復得吾商、於之地"。"吾復得吾商、於之地"這句話充分地表現了楚懷王自我失之，自我復之，著意於收復的急不暇擇的昏憒心情。這是楚懷王十六年，公元前 313 年的事。

及至熊相絶齊，張儀毁約，復地之夢已破，孤立之勢已成。楚懷王憤而攻秦，遂有十七年（前 312）丹陽之戰。

丹陽之戰，如《史記·楚世家》及《張儀列傳》所説，其結果是秦、齊共攻楚，大敗楚軍，斬甲士八萬，殺屈匄、禆將逢侯丑等列侯執圭者七十餘人，秦人遂攫取楚丹陽、漢中之地。

這是楚懷王第二次失地。

這次戰敗失地之後，"楚懷王大怒，乃悉國兵復襲秦，戰于藍

---

[1]《史記·楚世家》。

田"。結果,還是被秦國"大敗楚軍",楚人在丹陽、漢中之外又失兩城。《史記·張儀列傳》:

> 楚又復益發兵而襲秦,至藍田,大戰。楚大敗。於是楚割兩城以與秦平。

自從莊蹻西上拓地至此,楚國領土不但沒有得到擴張,反而失掉了黔中商、於,失掉了滇中肥饒之地,失掉了漢中等地。此三處與楚國本土合而爲四。一個完整的楚國,至此分而爲四而失其三。《荀子·議兵》及《史記·禮書》所説"莊蹻起,楚分爲三、四"就是指楚懷王所造成的這種結局説的。

四、楚懷王之收復失地和楚辭《九歌》。

楚懷王爲了"吾復得吾商於之地",而上張儀之當,絶和于齊,故有丹陽之敗。他没有達到復得商、於之地的目的,反而又失了漢中之地。羞惱憤怒,爲了雪恥復仇,收復失地,他在丹陽慘敗之後,立時又積極地悉興國中兵,準備捲土重來和秦國再作周旋。

楚辭《九歌》十一章反映了這個史實,慰靈之辭《國殤》給我們指明了時代,迎神之辭《東皇太一》揭明了宗旨,而愉神之辭又以《湘君》之屬七篇突出地表明了事件的中心:收復失地——特别是收復漢中之地的思想。而整個十一章分作四個"辭團",共同地以不同的側面,完成整體任務。

湘、漢兩水一脈相通。湘君、湘夫人這一對神仙眷屬爲什麽忽然横生阻隔,發生離居之苦呢?這個問題在認清當時史實,通觀全部作品,搞通語言、情節的依存關係,是可以得到初步解決的。

北渚、涔陽同在漢水。何以湘君北征止於北渚而不得進溯涔陽？湘夫人坐困涔陽，不得順流東下，並北渚而不能至。漢水之路何以中斷？河伯承司命之旨，引湘君以會湘夫人，何以繞道九河，經昆侖，入漾水，以至漢水涔陽？爲什麼他們相會之後，又復溯漢西上，復經昆侖入河而歸？爲什麼捨近求遠兜了這麼大的圈子？這些情況都説明了漢水此時已經中斷，北渚，涔陽之間必有一種不可逾越的力量阻隔了兩地交通。

　　我們從《國殤》知道楚辭《九歌》是作于丹陽之戰以後，藍田之戰以前的。丹陽之戰，楚失漢中，涔陽歸秦；北渚、西滢遂成楚秦邊境。於是脈脈一水不復相通，北渚、涔陽遂成異國！把楚辭《九歌》的時代、地理、語言、情節等等關係和當時的歷史情況結合起來，可以看到湘君、湘夫人的離居之苦，其原因是由於楚敗丹陽而失漢中。

　　楚辭《九歌》作者根據楚國當年形勢，利用楚人神話傳説，以湘君和湘夫人的離居，來反映由於秦國侵楚，漢中淪陷而造成的楚人離散之苦，並通過這一對神仙眷屬的兩地相思，一意求合，司命相助，終得團圓，攜手東行，同歸故國的故事情節，表現了力圖恢復的決心和信念。基於這一中心思想創作出來的愉神之辭，上與迎神之辭"穆愉上皇"，以祭戰神之旨相應，下與慰靈之辭褒揚國殤之意相應，使三個部分成爲一個渾然整體。

　　丹陽之戰是由於楚懷王想"吾復得吾商、於之地"，而丹陽之敗，又反而失了漢中；爲了收復漢中之地，又有楚辭《九歌》之作和其後的藍田之役。因此，我們説：收復失地一事是和楚辭《九歌》緊密相關的。不認識這一關係，不僅不能理解愉神之辭的情節和十一章的通體關係，更重要的是不能認清楚辭《九歌》的寫作目的和主題思想。

四、楚辭《九歌》的寫作目的及作者

1. 寫作目的

根據前面提到的一些問題和初步看法，我們可以從《東皇太一》的性質和作用，從十一章歌辭的語言、情節等通體的辯證關係，從作品本身所標識的寫作時代，從和這個時代以及和作品內容有關的秦、楚之間的主要"國際"關係，從戰國時代的古神話傳說，以及其後的漢代所承襲的有關東皇太一跟《九歌》的殘餘材料，可以看出：楚辭《九歌》是一部目的明確，結構嚴整，組織分明，以十一章爲一個渾然整體的文學創作。

楚懷王十七年（秦惠文王後十三年，周赧王三年，即前312）丹陽大敗之後，楚懷王爲了雪恥復仇，收復漢中新失之地和黔中商、於舊失之地，他悉舉國中兵，重整旗鼓，激勵士氣，準備捲土重來，大舉報秦時，他利用楚國巫風和當時神道觀念，奉祀歲星之神——當時的宇宙尊神——東皇太一，他想憑藉歲星所在國不可伐而可以伐人的靈威，扭轉新敗之後的士氣，增強信心，鼓舞鬥志，保障楚國，而戰勝強秦。

爲了取得東皇太一的歡心，使他積極地福祐楚國，詩人屈原受命，抽筆操觚，他根據古神話傳說中，夏后啓用《九歌》愉享上帝的故事，根據傳說中《九歌》愉情的性質，利用漢中和黔中商、於山水之神，精心塑造，創作出一部"歌舞劇"——"穆愉上皇"的新《九歌》來。

這部新的《九歌》是以愉神的形式，傾訴收復失地，戰勝強秦的願望。它的主題思想是：漢中淪陷，親人離散，楚人思漢，漢亦念楚，欲解倒懸，端在收復。而黔中商、於亦復如是，不能使商、於山鬼，淚灑空山，眷懷楚國，徒存思慕。而楚軍英烈，雄心難懲，丹陽之敗，天時實墜，非戰之罪，應予褒揚，明神在我，必勝秦方。

總之，愉神求助，收復失地，堅定信心，激勵士氣，是創作楚辭《九歌》的動機，是創作目的，也是它的主題思想。

2. 楚辭《九歌》的作者是屈原

以丹陽之敗，漢中淪陷爲創作題材，運用楚人熟悉的神話傳說，用湘君、湘夫人的離散求合，山鬼的空山哀慕，形象地、生動地表現了兩個先後淪陷地區的人民對故國的懷戀和期待，表現了楚國人民對他們的懷念和努力，也表現了急於收復失地的迫切心情，和必然會有"失而復得"終歸楚國的信念。用陣亡將士的形象表達了楚國將士英勇奮戰，堅強不屈，爲國犧牲的精神。借褒揚以明神助，慰國殤而勵士氣，化悲憤爲力量，亦所以乞靈於東皇太一，而大聲疾呼以之告楚人。這部反映現實，富於想象，充滿熱情和信心的愛國主義的傑出作品，無論從思想內容和藝術造詣，都可以肯定它的作者是一個有很高文學修養的人。這個大手筆，就楚國當時情況和楚國文學水準來看，是非屈原莫屬的。此是其一。

在楚、秦兩國汲汲於蠶食兼併，擴張領土以壯大自己的戰國時代，屈原是一個主張聯合齊國，孤立秦國，具有遠見的政治家和外交家。他的外交政策是當時楚國的主要敵人——秦國所最怕的。《新序・節士篇》說："秦欲吞滅諸侯，并兼天下。屈原爲楚東使于齊，以結强黨，秦國患之。使張儀之楚，貨楚貴臣上官大夫靳尚之屬，上及令尹子蘭、司馬子椒，内賂夫人鄭袖，共譖屈原。屈原遂放於外。"這便是這個事實的反映。

屈原聯齊反秦的外交政策是和楚辭《九歌》的反擊秦國，收復失地的中心思想是一致的。從作家作品和思想的一致性這一點來看，在楚國當時，也只有堅決反秦的文學家屈原才能寫出這樣熱情奔放，具有强烈的反秦、收復失地意識的偉大的愛國主義作品。此是其二。

楚懷王急於"吾復得吾商、於之地"，而昧於形勢，作出了錯誤地估計，以爲秦國的目的是在"與齊爭長"，而黔中商、於又原非秦有，乃不費之惠，而輕信張儀之言，否定了屈原的聯齊政策，絶和于齊，放逐了屈原。這是懷王十六年（前312）的事。

及至"使使如秦受地"，受張儀之欺，他才始認識到屈原的忠正，"悔不用屈原之策，以至於此！於是復用屈原"。可見丹陽戰後，反秦的屈原曾一度復職，奉命重修齊好。

丹陽敗後，"懷王乃悉發國中兵以深入擊秦，戰于藍田。魏聞之，襲楚至鄧，楚兵懼，自秦歸，而齊竟怒不救楚"。是直至藍田之役，楚齊之交尚未恢復。

楚已絶齊，齊無救楚之理。而云"齊竟不救楚"，明楚又向齊求續墜盟，以救危機。齊余怒尚存，所以"竟不救楚"，此句可以看出，楚在丹陽敗後，曾欲重新結齊。直至懷王十八年（前311），如《史記・楚世家》所記，秦國忽然又"使使約復與楚親"，並且還想"分漢中之地以和楚"，而"（懷）王願得張儀，不願得地"。張儀再度使楚，而楚王又釋放了張儀。釋放張儀後，"屈原使從齊來",是楚、齊之交至此始復,並且又起了作用——使秦復欲與楚親。

就秦、楚這兩年的事情看,可以肯定丹陽戰後、藍田戰前,在楚懷王已然悔悟之下,屈原已被召回起用,而尚未使齊。這段時間正好和楚辭《九歌》的創作時間相同。此是其三。

合此三事,可以說楚辭《九歌》的作者是屈原。

卷二　楚辭《九歌》整體系解

一、引　言

楚威王時，使將軍莊蹻將兵，循江上略巴——黔中以西。楚得枳，溯巴涪水，南入枆丹，置楚商於地於黔中以西，是爲戰國楚商於之地。其後，莊蹻又溯沅水（即巴涪水）出且蘭以伐夜郎，直至滇池，以兵威定屬楚。楚國版圖得到空前擴張。

楚懷王十四年（前315），秦司馬錯以滅蜀取巴之勢，乘莊蹻入滇之機，浮江伐楚，自巴涪水取楚商於地爲秦黔中郡。從而掐斷了莊蹻及其所率楚軍與楚國本土的聯繫。致使莊蹻自滇池欲歸報，道塞不通，因以其衆王滇。這樣，整個楚國國土竟分而爲三。

收復商於，在當時遂成爲楚國恢復國土的一件大事。

秦惠文王利用楚懷王"吾復得吾商於之地"的急切心情，誘使楚懷王閉關而絕齊。齊楚絕交，而張儀以六里欺楚。楚懷王大怒，大興師伐秦。

楚懷王十七年（前312）春，與秦戰丹陽。秦大敗楚軍，斬甲士八萬，殺楚大將軍屈匄、裨將軍逢侯丑等七十餘人，秦遂取楚漢中地。至此，楚不但商於未復，反而又失漢中。楚分爲三，一變而分爲四。楚懷王大怒，乃悉國兵復襲秦，同年秋，戰于藍田，秦又大敗楚軍。

楚懷王十七年，丹陽敗後、藍田戰前，他想借歲星之神所在國不可伐而可以伐人的迷信觀念，隆祭祀，事鬼神，欲以獲福助卻秦軍，使秦軍從其所侵佔的楚國土地上退出去，讓屈原根據楚國神話夏后啓以《九歌》賓帝的傳說，作楚辭《九歌》以穆愉歲星之神，也就是戰爭之神——東皇太一。他既是五上帝之一，又是五上帝之長。

屈原所作楚辭《九歌》是按照楚人神話中的《九歌》性質，作爲愉神之制來寫的。在寫作中，他以漢中淪陷爲題材，寫湘君、湘夫人，湘漢一家因秦奪楚漢中而離散。得司命和河伯相助，終於離居復合，散而復聚。湘君、湘夫人夫婦攜手同歸，而於山山鬼猶然哀怨，用以表示收復漢中不忘商於之意。

爲了雪恥復地戰勝秦軍，在愉神《九歌》之外，又寫丹陽將士艱苦奮鬥壯烈犧牲，寫他們受到東皇太一及衆靈的襃揚，以此激勵士氣。

楚辭《九歌》十一章是由四個部分組成的：

（一）迎神之辭　兩章　東皇太一　雲中君

（二）愉神之辭　七章　湘君　湘夫人　大司命　少司命　東君　河伯　山鬼

（三）慰靈之辭　一章　國殤

（四）送神之辭　一章　禮魂

這十一章歌辭是一個整體。它們直接、間接地互相依賴、互相制約，是不容顛倒割裂的。

十一章四個組成部分中的愉神之辭是楚辭《九歌》的本體。

這篇作品之所以叫作《九歌》,是因在楚人《九歌》之前已有夏后啓九歌,它是夏后啓賓天之辭。屈原擬此九歌來祀東皇太一,所以亦稱《九歌》。

這四組互相依存的歌辭,如作者通過"東君"之口所説,當年實際演唱時,是"展詩兮會舞"的。它反映作者在創作時,是把舞蹈語言同詩句一同考慮的。歌辭中有人物,有情節,有見人見事的行動。

作者雖然只寫詩的辭句,没有同時寫出與之相應的行動,但是語言的各種對立統一關係,它會顯示給我們的。

書面語言是古典文學作品藉以存在,藉以理解的物質基礎。楚辭《九歌》的書面語言形式,從作者創作來説,是被它的内容決定的。但是,由於語言形式的相對獨立性,同一作品,在不同的歷史條件下,不同的讀者,會有不同的理解的。

楚辭《九歌》十一章,一般説來,難字難句是比較少的。可是它使人容易發生困惑的地方卻是很多的。古今學者,見仁見智,各有所得,他們爲我們學習提供了很多好的參考。這是應該感謝的。可是他們意見往往互相抵觸,衆説紛紜,取捨爲難。作爲一個楚辭愛好者,在學習中感到十分困惑。怎麽辦?試用對立統一規律解決作品語言疑難問題,這就是學習楚辭《九歌》,就作品來認識作品的方法。

作爲規律來説,它是全面理解作品語言,審察徵用文獻,取捨各家意見的一條準繩。

由於個人思想水準和業務水準的限制,在試用這條規律處理問題時,難免會有很多錯誤。

本書所論楚辭《九歌》,是以仿宋胡刻《文選》爲主的。其爲

《文選》所遺者,以隆慶重雕宋本《楚辭章句》補之。

二、迎神之辭

● 東皇太一
● 雲中君

(一) 東皇太一
(採用仿宋胡刻《文選》本)

戰國後期隨著七國爭霸,上帝觀念也分化爲五,所謂五帝思想[1]。"東皇"、"西皇"是它們的職稱[2],謂東皇太一爲五帝之一,"太一"是"東皇"的尊號,視之爲五帝之長。

第一章是巫祝一人歌舞。布置祀場,不能没有名字;因爲祀典主題是敬祀東皇太一,於是就以《東皇太一》來叫它。

楚懷王十七年,秋。

楚國壽宮堂上。

楚辭《九歌》出場歌舞衆靈,除東皇太一、雲中君外,同時上場。

出場歌舞者一人:巫祝。

巫祝出場,楚懷王爲求福助卻秦軍以收復漢中失地而愉東皇太一之禮開始。

東皇太一在本章並不出場。

巫祝是爲迎東皇太一之尸——靈保而出場的。

---

[1] 《九章・惜誦》:"令五帝以枅中兮。"
[2] 《離騷》:"詔西皇使涉予。"《遠遊》:"遇蓐收乎西皇。"

爲什麽楚懷王不親自迎東皇太一之尸而使巫祝爲之？

這是當時的禮制。先秦時，祭祀必有尸。"禮，天子以卿爲尸，諸侯以大夫爲尸，卿大夫以下以孫爲尸"。楚辭《九歌》則以巫爲尸而謂之"靈保"。所以這樣作，《禮記·祭統》解釋說："君迎牲而不迎尸，別嫌也。"它的實質，正如孫希旦所分析，是因爲"君出迎尸，則君屈於臣。故不出者，所以全君之尊，而君臣之義所以明也"。換句話說，這是新興地主階級政權爲了維護他們最高統治者的階級地位和絕對權威，從奴隸主階級那裏繼承下來的，在任何時候都在堅持君臣之別的一套"原則"和措施。

這一章是序曲，是準備"迎尸"工作的序曲。

它的音樂是：揚枹拊鼓，緩節安歌，竽瑟浩倡。還沒有正式進入金奏迎神。

它的歌辭的基本內容是：迎神之禮即將開始，巫祝出場。他向已經準備好了的靈保虛位，撫劍前進，到席前，鎮席、布芳、進肴、奠酒。說明這次愉享的預期效果，將會使東皇太一"欣欣兮樂康"。

● 巫祝出場。
● 巫祝唱：

> 吉日兮辰良，
> 穆將愉兮上皇；
> 撫長劍兮玉珥，
> 璆鏘鳴兮琳琅

兮　古音同"呵"。將馬王堆漢墓帛書《老子》甲乙本和傅本對校，都可證明這一事實。

甲本

　　與呵其若冬□□
　　□□□□畏四□
　　□呵其若客
　　渙呵其若凌澤
　　湷呵其若握
　　湷□□□□
　　□□□若浴
　　——（用"呵"字）

乙本

　　與呵亓若冬涉水
　　猷呵亓若畏四叟
　　嚴呵亓若客
　　渙呵亓若浚澤
　　沌呵亓若樸
　　湷呵亓若濁
　　湷呵亓若浴
　　——（用"呵"字）

傅本

　　豫兮若冬涉川
　　猶兮畏四鄰
　　儼若客

涣若冰將釋
敦兮其若樸
曠兮其若谷
混兮其若濁
——（用"兮"字）

"兮"與"呵"同音，除古書異文外，在古文字中也有證驗："呵"從"可"聲，"可"和"兮"都從"丂"聲。我們可以說在周代"兮"是和"可"、"呵"同音的。請看周金文——

可　可　可　兮　兮　兮
師㝬簋　林氏壺　可侯簋　兮仲簋　兮甲盤　兮熬壺

古音"可"字與"兮"同音，從"可"得聲之字也自然與"兮"同音。例如猗，從犬奇聲，而奇從可聲。《詩·衛風·淇奧》一章，以猗與磋、摩相叶；《小雅·車攻》六章，以駕、猗、馳、破相叶；《節南山》二章，以猗與何、瘥、多、嘉、嗟相叶。可知猗古韻在歌部。《書·泰誓》："如有一介臣，斷斷猗無他伎。"《禮記·大學》引作"若有一個臣，斷斷兮無他伎。"《詩·伐檀》："河水清且漣猗。"《隸釋》引漢石經"猗"作"兮"。馮登府《漢石經考異》說"周有兮仲敦，古無以兮爲氏者，兮仲即猗仲也。《路史·國名紀》河東猗氏，夏侯伯國。亦猗兮相通之證。"[1]

古音歌部之字有時以雙聲音轉入侯。《呂氏春秋·觀表》"其僕曰：'曩者右宰穀臣之觴吾子也甚歡。今侯渫過而弗辭？'"

---

[1] 敘按：《路史·國名紀》云："猗：河東猗氏縣南二十有猗氏故城。魯人因陶朱興富於猗氏，因曰猗頓。"又引《潛夫論》云："樓、疏、猗姓"。"猗"古音在歌部而與"兮"通，這同"呵"、"兮"相通一樣，也是"兮"字古讀爲"呵"的一個證據。

高誘注：「侯，何也。重過爲湊過。何爲不辭右宰？」《漢書·司馬相如傳》載相如《言封禪事遺劄書》：「君兮君兮，侯不邁哉？」師古注曰：「侯，何也。邁，行也。言君何不行封禪。」「何」而曰「侯」，正如《詩·東山》「果臝之實，亦施於宇」，毛傳「果臝，栝樓也」。臝在歌部而音轉入侯部一樣，是一種音變。

「何」從可得聲，與「呵」同音，而音變入侯。這一事實使我們對《三侯之章》有所理解：

《史記·樂書》：「高祖過沛，詩《三侯之章》，令小兒歌之。」司馬貞《索隱》：「按：過沛詩即《大風歌》也。……沛詩有三兮，故云三侯也。」「三侯」何以就是「三兮」？我們既知「呵」、「猗」兩字古音並在歌部，它們都與「兮」字同音；又知與「呵」、「猗」同一聲符的「何」字，可以音轉而進入侯部爲侯。那麼與「呵」、「猗」、「何」同音的「兮」字也自然可以一聲之轉而音變爲侯了。「三侯」之爲「三兮」只是兮的古音音變，而不是它本音讀侯。

古音歌部字，晚周到前漢，有一部分是往往與支部合韻的。楚辭《九歌》正處在這個時期。《少司命》：「悲莫悲兮生別離，樂莫樂兮新相知。」「離」、「知」兩字相叶，就是這種語音現象的一個反映。到了後漢，「離」、「猗」、「兮」等歌部字已經都進入了支部。[1]

「兮」、「猗」等歌部字爲什麼能與支部合韻，爲什麼能音變入支？

關於這個問題，林語堂《支脂之三部古讀攷》可作參考。他說，支韻字依《詩經》用韻分別，古或合歌戈麻，或合佳，或合脂微齊皆灰，所以有三種的古讀，後來轉變併合爲一，同讀 ie，於《切韻》自成一韻，正如支脂之三韻後來也歸併同用。素來古韻家分

―――――
〔1〕 見羅常培、周祖謨：《漢魏晉南北朝韻部演變研究》第一分册《兩漢詩文韻譜》。

支佳爲一部,歌戈麻爲一部,實則考以三百篇,支韻字大部分與歌戈麻合,並非與佳合。不但如此,若照字數算起來,這歌戈麻部中,支歌字數不相上下,支歌合韻的例子,到處皆是,實不如稱此部爲支歌部妥當(戈是歌的合口,麻韻字數不多)。我們可依他們的合韻分此支韻的字爲三類如下：(1) 與歌戈麻韻的,(2) 與佳齊韻的,(3) 與脂微齊皆灰韻,第一類的字讀 ia 是沒有問題,因爲他們古爲歌戈麻韻。歌部古讀 a(呵)音,音韻家無異辭[1],所以支一定讀 ia,由 ia 轉入 ie,再由 ie 轉入現代的 i 音[2],《楚辭·九歌》寫作時,在語音上正是歌部讀 a,支部讀 ia,兩部已經有相當一部分走上了合韻的時代。

汪榮寶說兮字"古詩歌多用以爲頓挫或終止之聲,元曲中以呵字爲之。如云'殷勤呵正禮','欽敬呵當合',此與兮字用法全同。古亦作猗。《伐檀》'河水清且漣猗',《莊子·大宗師》'而我猶爲人猗'。猗在歌部,古音當讀 ya,今俚歌中有此聲,其字作呀,蓋歌者曼曼以爲節,斷無作斂音之理"。[3] 按汪氏以元曲"呵"字比擬古詩歌"兮"字古音,在文獻和音理都是相合的。"猗"字古與"兮"同音,也讀爲"呵"。至於"兮"、"猗"之音變爲"呀",從林氏的推測看來,正是歌支合韻的語音,也正是從歌入支的過渡。

辰良 《國語·楚語下》觀射父對楚昭王問,說"百姓夫婦擇其令辰,奉其犧牲,敬其粢盛",擇令辰而祭祀自是楚風楚語。"令"與"良"雙聲而同義。變"令辰"爲"良辰"而倒用,是爲了與下句"上皇"之"皇"叶韻的緣故。

---

[1] 參見《讀汪榮寶歌戈魚虞模古讀書後》一文。
[2] 官話"記"及"知"的元音。
[3] 《論阿字長短音答太炎》。

穆愉上皇 王逸云：“穆，敬也；愉，樂也；上皇，謂東皇太一也。”常敍按：“穆將愉兮上皇”句是指這次享祀，將演唱新創作的楚辭《九歌》，以敬愉東皇太一而説。其目的出於討歲星夕神的喜歡，使他以其靈威助楚而戰勝秦國。漢《郊祀歌》雖祀神目的和楚辭《九歌》不同，但在“合好效歡虞泰一，《九歌》畢奏斐然殊”[1]的語意上，還承襲並保留了楚人用《九歌》愉太一的傳説。

撫劍 古習語，有兩種意義：一是握劍莖準備抽拔，一是按定劍鞘使不動搖。《孟子·梁惠王下》：“夫撫劍疾視曰：‘彼惡敢當我哉！’”這是準備抽拔的撫劍。楚辭《九歌》這句歌辭，則是指用手按定佩劍的重心中點——珥部而説，其目的是使劍不搖動，便於禮儀上的周旋進退。

玉珥 楚劍玉珥已有出土實物可見。如湖南省文物管理委員會《長沙仰天湖第 25 號木槨墓》這篇報告所説，隨葬銅劍“套於墨漆劍鞘内。鞘的末端有玉珌。鞘上的中部有玉珥，色青白，正面刻有穀紋。”（原文稍長，有刪節）郭寶鈞《殷周的青銅武器》以輝縣趙固戰國墓玉具劍爲例，説玉珥是琫的另一名稱，“琫近鞘口，並非直接位在鞘口處。實居全劍的重心中點，爲人手所把握或捧持處，故曰琫。它的構造爲便於繫繩，底空爲橋，傍視若人耳，故亦稱劍珥，即俗所稱的‘昭文帶’者是。”

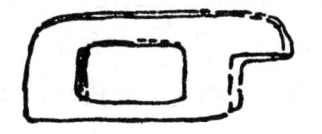

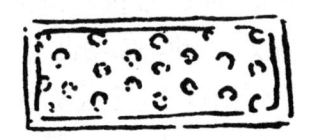

玉珥

---

[1]《漢書·禮樂志第二》。

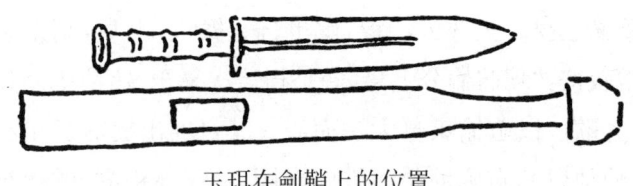

玉珥在劍鞘上的位置

這個玉珥的珥和簪珥之珥不同。

璆鏘 王逸云：或曰"糾鏘鳴兮琳琅"。鏘，《釋文》作鎗。

常敘按：《古文四聲韻》卷三，"糾，古《論語》作𦅻"，卷二，"丩，《汗簡》作𢇍"。同書卷一，"身，古《孝經》作𤕤"。古文丩和身字形相近。以字形、語音、詞義和楚辭《九歌》本句的語言依存關係考之，"糾鏘"或"糾瑲"當是"鈞鎗"字誤。

《論語・先進》："鼓瑟希，鏗爾，舍瑟而作。"《集韻》十三耕："挴，琴聲。《論語》：挴爾，舍瑟而作。或作搷，通作鏗。"《玉篇》："挴，口耕切，琴聲。與鏗同。"《廣雅・釋詁四》："鈞鎗，聲也。"鈞與挴同爲象聲之詞。

《禮記・樂記》："君子之聽音，非聽其鏗鎗而已也。"《説苑・修文》引用這句話，把鏗鎗寫作鏗鏘。《一切經音義》第五十六玄應《佛本行集經》音義："鏗鏘，又作鈞，同，苦耕反。下又作瑲，同，且羊反。《廣疋》：'鈞鏘，聲也。'案：《禮記》'子夏聽其鏗鏘。'"鈞鏘、鈞鎗、鏗鏘、鏗鎗是同一個詞的不同寫法。

《説文》："瑲，玉聲也。"《禮記・玉藻》："古之君子必佩玉，……進則揖之，退則揚之，然後玉鏘鳴也。"鄭氏注："鏘，聲貌。"《文選》潘安仁《西征賦》："想珮聲之遺響，若鏗鏘之在耳。"鈞鎗、鏗鏘自是玉石相碰的聲響。

楚辭《九歌》這句歌辭的鈞鎗就是鏗鏘。它下與琳琅相屬，是珮玉的聲音。

琳琅 戴震云"琳,即《禹貢》球琳,美玉也。琅,即琅玕,或謂之珠樹,或謂之碧樹,其赤者爲珊瑚,或謂之火樹。"

常叙按:球、琳是兩種美玉。《説文》:"球,美玉也。"(從王筠據嚴氏改)"琳,美玉也。"顧頡剛《禹貢注釋》説:"球,鄭玄以爲是美玉。"《禮記·玉藻》:"笏,天子以球玉,注:'球,美玉'也。"是古代帝王笏是用球作的。琳也是玉,司馬相如《上林賦》"玫瑰碧琳",班孟堅《西都賦》"琳瑉青熒",則琳具青碧色,與今翡翠同。琅玕也是玉之類。《説文》説"琅玕似珠",今不知爲何物。《荀子·正論》:"犀象以爲樹,琅玕、龍兹、華瑾以爲實。"用犀角象牙作樹,以琅玕、龍兹、華瑾作果實。琅玕似珠而與龍兹、華瑾並列,以爲犀象之樹所結果實,它是圓形的玉石是可以肯定的。戴氏把這句辭的琳、琅看作兩種玉石的名字是對的,琅玕而稱琅,正像把"銅琵琶、鐵綽板"説成"銅琶鐵板"一樣,是一種語詞節縮。

瑶席兮玉瑱,
盍將把兮瓊芳。
蕙肴蒸兮蘭藉,
奠桂酒兮椒漿。

瑶席 譚介甫云:"瑶,假爲䔄。《山海經·中山經·中次七經》:'䔄草,其葉胥成,其華黃,其實如菟丘。'"

王夫之云:"席,神席。"

玉瑱 洪興祖云:"瑱,壓也。音鎮。下文云'白玉兮爲鎮'是也。《周禮》:'玉鎮,大寶器。'故書作瑱。鄭司農云:'瑱,讀爲鎮。'"

屈復云："瑱，與鎮同，所以壓神位之席。"

常敍按：《詩·柏舟》："我心匪席，不可卷也。"《釋名·釋床帳》："席，釋也。可卷可釋也。"惟其可卷，故以鎮壓之。

盍將把　常敍按：《説文》："盍，覆也。"《廣雅·釋言》："將，且也。""把"借作"杷"。《説文》："杷，收麥器。"王褒《僮約》："屈竹作杷。"《急就篇》"捃穫秉把插捌杷"，顔師古注："無齒爲捌，有齒爲杷。"在此作爲動詞。《釋名·釋樂器》"引手卻曰杷"，也正是使用以手爬疏之義。

瓊芳　瓊玉一樣的香料。"芳"在《九歌》中都是芳香之義。"山中人兮芳杜若"，以之爲動詞，"播芳椒兮成堂"，則用它作形容詞，而"芳菲菲兮襲予"，又把它作名詞使用。"瑶席兮玉瑱，盍將把兮瓊芳"，"瑱"與"芳"相應的用法和《湘夫人》"白玉兮爲鎮，疏石蘭兮爲芳"相同。"疏石蘭以爲芳"是散布石蘭用來作生香的香料，而"盍將把兮瓊芳"則是在鎮平席子之後，又在它的上面倒覆並爬疏開，瓊玉一樣的香料。

蕙肴蒸　洪興祖云："肴，骨體也。蒸，進也。《國語》曰：'親戚宴饗，則有殽烝。'注云'升體解節折之俎'。藉，薦也。"

姜亮夫云："蕙與蘭爲對文，與下桂酒椒漿，皆所以芳香，香備五味。此本虚言，不爲實指。則酒曰桂，漿曰椒，與肴曰蕙，意正同。則蕙肴必爲連文無疑。又'蕙肴蒸兮蘭藉'。若以肴蒸連文，則當句無動字，似不可通。"又云："言酒曰奠。則言肴以禮經文例之當曰薦。薦熟薦腥。余疑今本蒸字當爲薦字之誤，而又誤倒者也。本文當作'薦蕙肴兮蘭藉'。"

常敍按：姜説"蕙肴"是。改蒸爲薦並以之爲誤倒則非。

《爾雅·釋詁》:"烝,進也。"《詩·信南山》"是烝是享",毛傳:"烝,進也。""蕙肴烝"是"烝蕙肴"的賓語提前。實際上,它也是以肴烝進的"肴烝"。

肴烝,在禮數上反映祭享的性質。《左傳·宣公十六年》:"冬,晉侯使士會平王室。定王享之。原襄公相禮,殽烝。武子私問其故。王聞之,召武子曰:'季氏,而弗聞乎?王享有體薦,宴有折俎。公當享,卿當宴,王室之禮也。'"這件事,《國語·周語》中也有記載:"晉侯使隨會聘于周。定王享之餚烝,原公相禮。范子私于原公曰:'吾聞王室之禮無毀折,今此何禮也?'王見其語,召原公而問之,原公以告。王召士季,曰:'子弗聞乎?禘郊之事,則有全烝;王公立飫,則有房烝,親戚宴饗,則有餚烝。'"餚蒸即殽烝、肴烝、肴蒸。韋昭說它是"升體解節折之俎"。楚辭《九歌》用肴蒸而不用全蒸,可知它是一種饗神之禮,而不是禘郊之事。

朱季海云:"上文云'穆將愉兮上皇'。王注云'上皇、謂東皇太一也。言已將修祭祀,齋戒恭敬,以宴樂天神也'。然則此祭本以宴樂天神,雖祀上皇,猶同宴饗之禮,寧舍體薦,而用折俎也。"

奠 洪興祖云:"《說文》:'奠,置祭也。'"段玉裁《說文解字》注云:"置祭者,置酒食而祭也。故從丌。丌者所置物之質也。如置於席,則席為丌。"

漿 戴震云:"漿,《禮》注謂之酨漿。酢漿也。"

洪興祖云:"《周禮》四飲之物,三曰漿。"《周禮·酒正》:"辨四飲之物,一曰清,二曰醫,三曰漿,四曰酏。"鄭氏注:"漿,今之酨漿也。"孫詒讓《周禮正義》曰:"漿,今之酨漿也者。鄭《內則》注亦云:'漿,酢漿'。《說文·水部》'漿'、《酉部》'酨',並云'酢漿也。'‘漿’即‘酨’之正字。《釋名・釋飲食》云：‘漿，將也，飲之，寒溫多少與體相將順也。’《廣雅・釋詁》云：‘酪、酨、醶，漿也。’按：漿、酨同物，縏言之則曰酨漿。蓋亦釀糟爲之，但味微酢耳。"

　　常敘按：《莊子・則陽》記"孔子之楚，舍於蟻丘之漿"。《釋文》："李云‘賣漿家。'"《列禦寇》說："列禦寇之齊，中道而反，遇伯昏瞀人。……曰‘吾嘗食於十䫻，而五䫻先饋'。"《釋文》："本亦作漿。司馬云：‘䫻，讀曰漿。十家並賣漿也。'"《列子・黃帝》引作"吾食於十漿，而五漿先饋"。張湛注云："客舍賣漿之家。"《史記・信陵君列傳》："薛公藏於賣漿家。"這些事例，可見漿是古人通常飲料。

　　《詩・大東》："維北有斗，不可以挹酒漿。"酒漿並列，是生活上，特別是宴饗上常見之事。《儀禮・公食大夫禮》："飲酒漿飲，俟于東房。"鄭氏注："飲酒，清酒也。漿飲，酨漿也。"又，"上大夫庶羞，酒飲漿飲"，《禮記・曲禮》："凡進食之禮，左殽右胾，食居人之左，羹居人之右，膾炙處外，醯醬處內，葱渫處末，酒漿處右。"宴饗是酒漿齊備的。

　　桂酒椒漿並見，可知楚辭《九歌》是爲饗神而作的。這同前句用肴蒸是一致的。

　　　　揚枹兮拊鼓，
　　　　疏緩節兮安歌，
　　　　陳竽瑟兮浩倡。

　　揚枹拊鼓　王逸云："揚，舉也，拊，擊也。"洪興祖曰："枹，房尤切，擊鼓槌也。"

常叙按：這一節説明此次愉享將有的歌舞盛況。

　　楚辭《九歌》此章此時，東皇太一的靈保尚未降臨，没有"賓入門"的現實條件，它同本節後面的辭句一樣，都是這位上場巫祝，在太一之神即將降臨之際，鎮席布芬，進蕙肴，奠酒漿之後，説他降臨時會出現的迎接靈保的盛況。

　　疏緩節　常叙按："緩節"與"安歌"對文。"疏"不是"希也"，也不是衍文。它在這裏借作"相"。相是節鼓，也叫柎、柎搏，搏柎，是用以節樂的"節拍器"。

　　所以這樣説，因爲"疏"和"胥"都是從"疋"得聲的字。《説文》："疏，從㐬從疋，疋亦聲。胥，從肉疋聲。"《詩·大雅·緜》："予曰有疏附，予曰有先後，予曰有奔走，予曰有禦侮。"《尚書大傳》："周文王胥附、奔輳、先後、禦侮，謂之四鄰。""疏附"寫作"胥附"。"疏"、"胥"同音，而胥或以魚陽對轉音變作相。《書·大誥》："惟大艱人，誕鄰胥伐于厥宗。"《漢書·翟方進傳》王莽依《周書》作《大誥》，套用這句説"大艱人，翟義、劉信，大逆，欲相伐於厥室"。把"胥伐"寫成"相伐"。《詩·緜》"聿來胥宇"，《新序·雜事三》引作"聿來相宇"。是與"胥"同音之"疏"也可以通相。

　　胥，疏之爲相，正像"元"之與"亡"一樣，是魚陽對轉的音變。

　　《禮記·樂記》："治亂以相。"鄭氏注："相即柎也，亦以節樂。柎者，以韋爲表，裝之以穅，——穅一名相，因以名焉。今齊人或謂穅爲相。"

　　柎，作爲名詞。是古樂節鼓——相的別名。《周禮·大師》"令奏擊柎"，鄭玄謂"柎形如鼓，以韋爲之，著之以穅"。或叫柎搏。《禮記·明堂位》："柎搏、玉磬、揩擊、大琴、大瑟、中琴、小瑟，四代之樂器也。"鄭氏注："柎搏以韋爲之，充之以穅，形如小鼓。"或叫搏拊。《釋名·釋樂器》:"搏拊,以韋盛穅,形如鼓,以手拊拍之。"

相,也或叫作節。《爾雅·釋樂》:"和樂謂之節。"邢昺疏:"一云:'節,樂器名,謂相也。……言治理奏樂之時,擊拊以輔相干樂而爲節也。'"

疏,借作相,相即拊,是古樂節鼓。"疏緩節兮安歌",緩節與安歌對文,節和歌都是動詞。在這種語言關係中,疏應是升歌時"令奏擊拊"的拊的別名——相。這句歌辭的語意是:節鼓緩緩地打著節拍,靈巫在安詳地歌唱。

陳竽瑟 王逸云:"陳,列也。""陳竽瑟",具而不用,與本句"浩倡"意不相應。因爲陳列並非演奏,竽瑟無歌,不能浩倡。

常敘按:"陳"借作"敒"。

"陳"古與"田"、"申"同音,同在真部。陳完奔齊,以國爲氏,而《史記》謂之田氏。《說文》:"陳,古文作𨹉。"[1]

《詩·周頌·有瞽》:"應田縣鼓。"《禮記·明堂位》"周縣鼓"鄭氏注引《周頌》作"應𩏑縣鼓"。《周禮·大師》"令奏鼓敒",鄭衆云:"敒,小鼓也。先擊小鼓,乃擊大鼓,小鼓爲大鼓先引。故曰敒。敒,讀爲道引之引。"——引,喻母四等,古音喻四歸定,是真部定母字,與陳、田、敒同音。

同音詞書寫形式得以通假。所以"陳"可以寫敒。楚辭《九歌》這句歌辭是把它作爲動詞使用的。它的詞義是"鼓敒",也就是《說文》所說的"擊小鼓引樂聲也"。

"陳竽瑟兮浩倡",是說擊起引樂小鼓,引竽瑟之樂,歌聲倚

―――――

[1] 申,古電字,它和陳、田,古音都是定紐真部字。

之浩然而倡。

演奏中的竽瑟關係，如《韓非子·解老》所説："竽也者，五聲之長者也，故竽先，則鐘瑟皆隨；竽唱，則諸樂皆和。"竽、瑟並列，竽是主導的。

> 靈偃蹇兮姣服，
> 芳菲菲兮滿堂。
> 五音紛兮繁會，
> 君欣欣兮樂康。

靈 洪興祖云："古者巫以降神。'靈偃蹇兮姣服'，言神降而托于巫也。下文亦曰'靈連蜷兮既留'。"朱熹云："靈，謂神降于巫之身者也。"

王國維云："楚辭之靈，殆以巫而兼尸之用者也。其詞謂巫曰靈，謂神亦曰靈，蓋群巫之中，必有象神之衣服形貌動作者，而視爲神之所憑依，故謂之曰靈，或謂之靈保。"

常敘按：《詩·靈臺》"經始靈臺"，毛傳："神之精明者稱靈。"《國語·楚語下》："民之精爽不攜貳者，而又能齊肅衷正，其智能上下比義，其聖能光遠宣朗，其明能光照之，其聰能聽徹之，如是，則明神降之，在男曰覡，在女曰巫。"《説文》："巫，祝也，女能事無形，以舞降神者也。"《説文解字》："靈，巫以玉事神，从玉霝聲。靈，靈或从巫。"按，以玉事神，非巫舞以降神的職能[1]。而"巫"字甲骨文、古金文和秦《詛楚文》分别寫作

---

[1] 徐灝《説文解字注箋》引《左傳·哀公二年》"衛太子禱曰'佩玉不敢愛，《正義》曰'《金縢》稱周公植璧秉珪，乃告大王、王季、文王'。是禱請用玉也。"禱請用玉，是衛太子、周公之事，二人非巫。不足以證明"以玉事神"之必爲靈巫。

甲骨文　　齊巫姜簋　　詛楚文

巫，其形與王特别是古文玉玉很相近。"靈"，"靈"都是從"巫"之字。"以玉事神"之説當是誤"巫"爲"玉"而成的。神靈之靈，金文"靈"是其字，從示霝聲。從巫霝聲的"靈"應是神附于巫身的。

楚辭《九歌》的"靈"，除個别辭句外，一般指巫以舞降神，使神附其身，而神則憑藉巫的肉身軀體以顯其思想感情語言行動。

《國殤》："身既死兮神以靈，魂魄毅兮爲鬼雄。"鬼也稱"靈"。因而楚辭《九歌》附巫而顯靈的神和鬼都統稱之爲靈。

"靈偃蹇兮姣服"的靈是泛指上場上靈而説的。

偃蹇　王逸云："舞貌。"

常敍按：偃蹇即㫃寒，是屈曲頻伸飄擺夭矯的形象。

《爾雅·釋天》、《釋文》："㫃，音偃。《説文》云：'旌旗得風靡也。'"北宋本《説文》："㫃，旌旗之游，㫃蹇之皃。……讀若偃。"又云："游，旌旗之流也。"旌旗幅上横出的"飄帶"，它從風而靡，夭矯頻伸，是旌旗上最流動的部分。

甲文㫃　　爵文㫃　　觚文㫃字所從之㫃

甲骨文，古金文"㫃"正象其形。在屈曲頻伸夭矯飄擺這一形象特點上，㫃偃（亦即偃蹇）與夭矯同義。張衡《思玄賦》："偃寋夭矯婉以連卷兮,雜遝叢領颯以方驤。"雜遝、叢領,同義並舉,都是衆多之義。在同它對文的條件下,偃寋、夭矯也是同義連用的。它們的共同意象是連卷,有勾曲頻伸之義[1]。《廣雅·釋訓》:"偃寋,夭撟也。"司馬相如《上林賦》:"夭蟜枝格,偃寋杪顛。"郭璞注:"皆獼猴在樹暴戲恣態也。夭蟜頻申也。"[2]偃,於攇切;夭,於兆切。都是影母字;寋,居偃切,矯、撟、蟜,居夭切,都是見母字。姜亮夫説"偃寋、夭矯一聲之轉也"[3],這是對的。

"靈偃寋兮"的偃寋是就衆靈舞蹈時屈曲頻伸夭矯飄擺的姿態説的。所謂流風迴雪,蜿若游龍,如傅毅《舞賦》所説"若俯若仰,若來若往","若翹若行,若竦若傾","羅衣從風,長袖交橫,駱驛飛散,颯擖合併,鶹鵜燕居,拉搭鵠驚,綽約閑靡,機迅體輕,姿絕倫之妙態",其基本形象可以體會偃寋的意義。

姣服 王逸云:"姣,好也。服,飾也。"《考異》云:"姣,一作妖。服,一作般。"

常敘按:妖,《説文》作媄,巧也。般,疑是"般"字之誤。《爾雅·釋詁上》:"服,事也。"《釋文》云:"服,本或作艀,符福反。又作般字。"《荀子·賦篇》:"忠臣危殆,讒人服矣。"楊倞注:"本或作'讒人般矣'。"《廣雅·釋詁一》:"服,行也。"《釋詁二》:"服,任也。"《釋言》:"儡,服也。""服"各本都譌作"般"。王念孫説這是由於"服本作艀,故譌而爲般"。"服"可以形譌爲"般",同理,"般"也可以形誤爲"服"。"般"也有旋義。《爾雅·釋言》:"般,

---

[1] 《文選》李善注"偃寋,驕傲之貌也;夭矯,自縱恣貌也"有誤。《思玄賦》注。
[2] 夭撟字或作夭矯、夭蟜。
[3] 見姜亮夫《屈原賦校注》第200頁。

還也。"《釋文》:"還,音旋。"郝懿行云:"還者,與旋同。回也,轉也,圍也,便也。經典旋與還多通用。"《説文》:"般,辟也,象舟之旋。"

姣、娱兩字,朱駿聲説它們所寫詞義略同[1]。《説文》:"姣,好也。"《九章·惜往日》"嫫母姣而自好",王逸云:"醜嫗自飾以粉黛也。"姣有自己加工爲美的意思。這一點和"娱,巧也",而"巧,技也"、"利用之善也"、"爲之妙耳",之意相同,姣、娱之美多屬伎藝之事,姣般或娱般是指衆靈舞蹈時廻旋之美説的。

芳菲菲 《廣雅·釋器》:"芳,香也。"司馬相如《上林賦》:"應風披靡,吐芳揚烈。鬱鬱菲菲,衆香發越。"菲菲,如郭璞注説,是"香氣射散"的情況。楚辭《九歌·少司命》:"芳菲菲兮襲予。"菲菲襲人,反映菲菲是向外發散香氣陣陣撲人的樣子。與現代漢語"香噴噴"相似。

繁會 王邦采云:"繁會者,衆樂一時合奏。"黄孝紓云:"繁會,可釋作交響。"

常敍按:繁,盛也。會,合也。——合有和諧之義,《吕氏春秋·古樂》"以比黄鐘之宮適合",高誘注:"合,和諧。""五音紛兮繁會"是對緩節安歌竽瑟浩倡的總括。《禮記·學記》"五音弗得不合"可與此句相參。《説文》"會,古文作佮",從合;敆,合會也。從攴從合,合亦聲。會有合義,李周翰説"繁會"是"錯雜也"。這是不對的。

君 李周翰云:"君,謂東皇也。"

---

[1] 見朱駿聲《説文通訓定聲》。

欣欣 王逸云："喜皃。"《孟子·梁惠王下》："舉欣欣然有喜色。"

樂康 是"康樂"的倒文。這和本章把"良辰"倒用爲"辰良"一樣,是爲叶韻的緣故。康樂,古習語。《墨子·非樂上》："啓乃淫溢康樂。"《吕氏春秋·先識覽》："康樂歌謡好悲。"《禮記·樂記》："嘽諧、慢易、繁文、簡節之音作,而民康樂。"康,有安和的意思。

"君欣欣兮樂康",語意與前文"穆將愉兮上皇"相應,是"穆愉"的效果。康樂是"康娱"的結果,與以《九歌》愉太一,與《九歌》的性質和作用相應。

《東皇太一》韻讀
良　皇　琅　芳　漿　倡　堂　康　（陽部）

(二) 雲中君
（採用仿宋胡刻《文選》本）

雲中君,雲神。

王逸云："雲中,雲神所居也。"[1]"君,謂雲神也。"[2]他認爲雲神是豐隆[3]。

但是,雲神卻不是這一章主神。這一章主神是東皇太一,雲中君是他的御手。東皇太一在本文裏八句,居第一位;雲中君居第二位,四句;巫祝暨所代表的衆靈,居第三位,兩句。

―――――
[1] 王逸在本章標目神名下無注。此見"焱遠舉兮雲中"注。
[2] 此見"思夫君兮太息"注。常敘按：這句辭的"君"是指東皇太一說的,王逸以爲指雲神,非是。但它所映王氏對"雲中君"的"君"的理解。
[3] 見"與明兮齊光"注。

雲神——雲中君從天上以彩雲奉東皇太一車駕,降臨楚國壽宮。楚國壽宮堂上,巫祝暨場上眾靈熱烈迎神。東皇太一之神就位。

湖北省荆州地區博物館《江陵天星觀1號楚墓》祭禱的鬼神竹簡中有"雲君"——"……雲君○珥瑁……",所謂"雲君"當是此"雲中君"的簡稱。

東皇太一是以"尸"——"靈保"的形式出現的。

歌舞此章者,巫三人。其中:

巫祝一人,接前章在場。

靈巫二人,雲中君、東皇太一。

東皇太一

● 本章歌辭:
● 雲中君雲舞,奉"帝車"上。

    浴蘭湯兮沐芳,
    華采衣兮若英。

沐芳 王逸云:"沐香芷。"洪興祖補云:"《本草》:白芷,一名芳香。"《説文》:"沐,濯髪也。"

華采衣 朱季海云:"華,楚語謂䶪也。《方言》:'華,䶪也。齊楚之間或謂之華。'又曰:'焜,暈,䶪也。'注:'韡暈,焜耀,䶪皃也。'是華與韡暈、焜耀同意。此言華者,正謂衣飾之美曄如也。采衣即五彩之衣,不以華采爲義。"

常敘按:䶪與盛通。《爾雅·釋詁》郭注:"自穆穆已上皆美盛之貌。"《釋文》:"美盛,或作䶪,同。"《方言·一》:"華、荂,䶪也。"慧琳《一切經音義》卷十《濡首菩薩無上清淨分衛經》下卷"華孚"下,引《方言》作"華、荂,盛也"。盛的義場較廣,光彩濃豔之盛,別爲"皵"字來寫它。華、蕐、焜晃之皵專用此義。《説文》新附字"晠,明也",當是"皵"的或體。光豔美盛,詞的音義與"盛"相通。朱先生説"華采衣"之"華"是"衣飾之美曄如也",是正確的。

若英 王逸云:"若,杜若也。"以"若英"爲"杜若之英"。

高步瀛云:"吴先生曰:'此言以若英爲采服也。'步瀛案,《爾雅·釋草》曰'榮而不實者謂之英'。此言杜若之華耳,不必泥雅訓。朱釋若爲如,非是。"

沈祖緜云:"《離騷》'夕餐秋菊之落英'注:'英,華也。'《詩·鄭風·有女同車》'顔如舜英'傳:'英,華也。'"

東皇太一上,贊雲中君:

> 靈連蜷兮既留,
> 爛昭昭兮未央。

這兩句是東皇太一出場,贊雲之辭。

靈 是附于巫體的神靈,一神只附一巫,一巫只一神。在歌辭中,是衆靈之間稱謂之詞。這句辭,靈是東皇太一指雲中君而説的。

所以這樣説,因爲:在"連蜷"雲舞的句子裏,"靈"顯然不是雲中君的自謂,而是場上另一位神稱他所見的雲神之詞。在下文"壽宫"、"帝服"等辭句的制約下,知"靈連蜷"兩句是具有上帝身份的東皇太一的唱辭。

辛紹業云："靈，謂雲神也。"從上述的歌辭語言依存關係説，是合適的。

連蜷　戴震云："連蜷，蓋以狀雲卷舒之貌。"

常敘按：戴説得其義。"連蜷"一詞往往與"偃蹇"並用。楚辭《遠遊》："駕八龍之婉婉兮，載雲旗之逶蛇。……服偃蹇以低昂兮，驂連蜷以驕驁。""偃蹇"、"連蜷"都是婉婉的一種形象。"駕八龍之婉婉兮"句也見於《離騷》。《釋文》説"婉"作"蜿"。《文選·司馬相如〈封禪文〉》："宛宛黃龍。"李善注引《楚辭》曰："駕八龍之宛宛。"《史記·司馬相如列傳》"宛宛黃龍"，《索隱》引胡廣曰："宛宛，屈伸也。"《離騷》"駕八龍之婉婉兮"，錢杲之《集傳》曰："婉婉，曲折貌。"胡文英《屈騷指掌》曰："婉婉，屈曲貌。"而王褒《九懷·陶壅》"駕八龍兮連蜷"，以驂之連蜷寫龍之宛宛（婉婉、蜿蜿），是連蜷與宛宛同義，有連續屈伸的動態形象。偃蹇有夭蟜之義，其動象與不斷屈伸的宛宛、連蜷相似。淮南小山《招隱士》："桂樹叢生兮山之幽，偃蹇連蜷兮枝相繚。"在"枝相繚"的制約下，更可見連蜷一詞與偃蹇、宛宛一樣，同義所概括的動態有夭嬌屈伸的形象。

連蜷屈伸而動，如戴氏所説，是"雲卷舒之貌"。

留　王逸云："止也。"

《吕氏春秋·季春紀·圜道》："一不欲留，留運爲敗。"高注："留，滯。"行雲滯止，對即將來乘雲中所奉帝車的東皇太一説有等待的意思。

爛昭昭　王逸云："爛，光貌；昭昭，明也。"《詩·大雅·韓奕》："諸娣從之，祁祁如雲。韓侯顧之，爛其盈門。"也是"爛"和"雲"相應。《毛傳》："爛爛，粲然鮮明且衆多之貌。"《唐風·葛生》:"角枕粲兮,錦衾爛兮。"《正義》曰:"粲然而鮮明。""爛然而色美。"《文選·楊雄〈甘泉賦〉》:"半散昭爛,粲以成章。""昭爛"與"爛昭昭"有一定的承襲活用關係。昭爛現象的物質實體是"粲以成章"的。可見昭爛和爛昭昭的"爛"有燦爛之意。

"爛昭昭",燦爛奪目,光色鮮豔,與上句"華采衣兮若英"相應。

東皇太一唱:

> 蹇將憺兮壽宫。
> 與日月兮齊光。
> 龍駕兮帝服,
> 聊翱游兮周章。

這四句是東皇太一的唱辭。

憺 常敘按:"憺"借作"瞻"。《說文》:"瞻,臨視也。"親臨俯察,有佫、至之意。《莊子·讓王》"中山公子牟謂瞻子曰",釋文:"瞻子,賢人也,《淮南》作詹。"《方言·一》:"假、佫、懷、摧、詹、戾、艐,至也。摧、詹、戾,楚語也。"《爾雅·釋詁上》:"詹,至也。"《詩·小雅·采綠》:"五日爲期,六日不詹。"《魯頌·閟宫》:"泰山巖巖,魯邦所詹。""詹",毛傳都訓爲至。

《周頌·良耜》:"或來瞻女,載筐及筥,其饟伊黍。其笠伊糾,其鎛斯趙,以薅荼蓼。"一個"或"兩個"其×伊×",在它們和"饟"的相制約中,這個"饟"當是《漢書·食貨志上》"男子力耕,不足糧饟"的"饟",是耕者的資糧。它和"笠"一樣,同是視田人所帶來的勸業物資,而不是每天來送的。可見這個"或來瞻女"

的"來瞻"正是"臨視"之意。《左傳·襄公三十一年》:"諸侯賓至,甸設庭燎,僕人巡宮,車馬有所,賓從有代,巾車脂轄,隸人牧圉,各瞻其事。"隸人、牧圉等和甸人、僕人、巾車等人一樣,各盡其職各視其事,這個"瞻"也正是親臨視事。親臨視事,說"瞻"的"臨視"之意。"臨視"者必至其處,所以"瞻"有至義,而"瞻"之訓"至",實際上是臨而視之。

臨必躬親,親臨視楚,自是東皇太一的口氣。

壽宮 王逸云:"壽宮,供神之處也。"

常敘按:壽宮,戰國時巫祝官祠鬼神之所。楚辭《九歌》之壽宮,是楚懷王使巫祝祠東皇太一之處。

《呂氏春秋·先識覽·知接》:"(桓)公又曰:'常之巫審於死生,能去苛病,猶尚可疑邪?'管仲對曰:'死生命也,苛病失也。君不任其命,守其本,而恃常之巫,彼將無不為也。'……管仲死……明年,公有病。常之巫從中出曰:'公將以某日薨。'易牙、豎刀、常之巫相與作亂。……公慨焉歎涕出曰:'我將何面目以見仲父乎?'蒙衣袂而絕乎壽宮。"[1]

《史記·封禪書》:"漢武帝病,巫醫無所不致。不愈。游水發根言,上郡有巫,病而鬼神下之。上召置祠之甘泉。及病,使人問神君。神君言曰:'天子無憂病。病少愈,強與我會甘泉。'於是病癒。遂起,幸甘泉。病良已,大赦,置壽宮神君。壽宮神君,最貴者太一。其佐曰大禁、司命之屬皆從之。"

楚辭《九歌》有東皇太一,而太一"蹇將憺兮壽宮"。有大司命、少司命,而《大司命》之辭曰"紛總總兮九州,何壽夭兮在予",

---

[1] 《呂覽》所記與《左傳》僖公十七年不同。是六國時一種傳說。如《管子·戒》雖然也是六國人所作,記此事也與《呂覽》不同。

而疾病生死也正是壽夭之事。

以上三事的共同點是：

《吕覽》壽宮　巫　　　　　　病
《史記》壽宮　巫　太一　司命　病
《九歌》壽宮　巫　太一　司命　壽夭

在這三事對照中，可以看出：

壽宮原來是由巫事神以求卻病延壽之所。王逸説："祠祀皆欲得壽,故名爲壽宮也。"就平時説,這是對的。楚辭《九歌》是戰時之事,就其地,使其巫,事壽宮神君之最貴者——東皇太一,求他助楚卻敵以戰勝秦軍。

事在壽宮,神迎太一,所乙太一之來,降臨壽宮。

與日月兮齊光　王逸云："齊,同也。光,明也。"

常叙按：東皇太一是歲星之神。歲星在先秦觀念中是與日、月、星辰並列的。《書·洪範》五紀："一曰歲,二曰月,三曰日,四曰星辰,五曰曆數。"日、月與歲並列,所以東皇太一這個歲星之神,爲五帝之一,且爲五帝之長,乃有"與日月齊光"之辭。

《廣雅·釋詁三》："光,照也。""與日月兮齊光"是東皇太一自己説他降臨楚國壽宮,將與日月一同光照楚國。

龍駕　朱熹云："龍駕,以龍引車也。"

常叙按：《説文》："駕,馬在軛中。"段玉裁注云："毛傳曰'軛,烏噣也。'""烏噣"即《釋名》之"烏啄"。轅有衡,衡,橫也,橫馬頸上。其扼馬頸者曰烏啄,向下叉馬頸,似鳥開口向下啄物時也。駕之言以車加于馬也。

《河伯》云："駕兩龍兮驂螭。"《九章·涉江》云："駕青虬兮驂白螭。"駕與驂並舉,知駕本爲駕車的中央夾轅之兩馬,也就是"服"。服馬在軛,故許慎説:"駕,馬在軛中。"《東君》之辭曰:"駕龍輈兮乘雷。"《説文》"轅,輈也";"輈轅也",正是服馬夾轅以駕車。(《離騷》:"駕八龍之婉婉兮。"兼服驂而言之,則是"駕"的詞義擴大。)

帝服 王逸以來,注家多以"服"爲服飾。

常叙按:下句"翱游周章",辭意是飛行瞻望(説見下)。"靈皇皇兮既降"是雲中君説東皇太一既已登上帝車。兩事都與服飾無關。而這兩句都是承此"龍駕帝服"來的。因此知這"帝服"之"服"應與車乘之事相關,而不是服飾。

"服"在這句辭裏當是駕轅兩馬,所謂中央兩馬夾轅者。《詩·鄭風·大叔于田》:"兩服上襄,兩驂雁行。"鄭氏箋云:"兩服,中央夾轅者。"《戰國策·宋衛策》:"新婦謂僕曰:'拊驂'無笞服。"高誘注云:"兩旁曰驂,轅中曰服。"

"龍駕兮帝服"龍在軛中駕轅,乃是帝之服馬。這句辭是東皇太一自言其車乘之辭。

聊 王逸云:"聊,且也。"

翱游 王逸以翱翔釋翱,分翱遊爲二,云"且遊且翱也"。

常叙按:翱游就是敖遊、遨遊。翱、敖(遨)古音都是疑母字,前者幽部,而後者在宵部。幽宵兩部字,從《詩經》到《楚辭》,往往合韻相叶。如《詩·良耜》以宵部之趙與幽部之糾、蓼、朽、茂相叶。《陳風·月出》以幽部之糾與宵部之皎、僚、悄相叶。《九章·惜往日》以幽部之流與宵部之昭相叶。

《詩·王風·君子陽陽》:"君子陶陶,左執翿,右招我由敖。"《齊風·載驅》:"汶水滔滔,行人儦儦;魯道有蕩,齊子遊敖。"敖,遨是宵部字,而與陶、翿、滔等幽部字押韻。可見"翱"這個幽部字,它不僅同聲(都是疑母),而且在一定的方音音變的條件下,可以同音。

所以"翱翔"即"敖翔","翱遊"即"敖游"。

《説文》:"敖,游也。"敖、游同義。《詩·邶風·柏舟》:"微我無酒,以敖以游。"毛傳云:"非我無酒可以遨游忘憂也。"《莊子·列禦寇》:"無能者無所求,飽食而遨游,汎若不繫之舟,虛而敖游者也。"《釋文》:"遨遊,本又作敖。"汎若不繫之舟,無拘無束地游蕩,正是"敖游"一詞所概括的行動形象。"翱"與"敖"同音,而"翱"字從羽。"翱游"遂用來寫在空中自由自在地游蕩。實際上,"翱游"是"敖游"(敖游、遨游)的另一個書寫形式。

周章 王逸云:"周章,猶周流也。"

沈祖緜據《集韻·唐》"徸"字注:"徜徸,行貌。"說"周章,當訓行貌"。

常敍按:從作品語言的依存關係看,"周章"一詞,在一定條件下,不僅僅是表示動態的"行貌",而且同時還表示邊行動邊瞻望,行而且看的動象。

《文選·王文考〈魯靈光殿賦〉》:"於是乎乃歷夫太階,以造其堂,俯仰顧眄,東西周章,彤彩之飾,徒何爲乎?"這在堂上的"東西周章"一與"俯仰顧眄"並舉,二與"彤彩之飾"相接,可見它的"周章"不單走動,而是邊走動邊觀看。

《孔子家語·五儀》:"緬然長思,出於四門,周章遠望,亡國之墟,必將有數焉。"出門遠望,周章正是且行且望的行動。

《抱朴子·外篇·疾謬》說"而今俗婦女"時,列舉許多他看不慣的事情,其中"開車褰幃,周章城邑。"便是在車裏掀起幃幕邊走邊向外看。可見"周章城邑"不只是乘車而行，而是包括著車中人坐在車中且行且看。

《顏氏家訓·風操》："梁世被繫劾者，……子則草屩麤衣，蓬頭垢面，周章道路，要候執事，叩頭流血，申訴冤枉。"周章道路，其目的在於發現所"要候"的執事。這個周章無疑是邊走邊看，唯恐錯過時機。

同理，《後漢書·陳忠傳》："百姓流亡，盜賊並起。忠獨以爲憂，上疏曰：'……雖有發覺，不務清澄，至有逞威濫怒，無辜僵僕，或有踢蹋比伍，轉相賦斂，或隨吏追赴，周章道路。'"這個"隨吏追赴"的"周章道路"，也是在追赴中邊跑邊看，作虛張聲勢追盜搜索。

《文選·左思〈吳都賦〉》："輕禽狡獸，周章夷猶。"周章，邊走邊看，狼顧而進，詞義與"狡"和"夷猶"相應。

《顏氏家訓·文章》："（楊雄）著《劇秦美新》，妄投于閣，周章怖慴，不達天命，童子之爲耳。"行動中恐懼顧盼，這個周章，且行且看，察顏觀色，正是"怖慴"情行。《勉學》："（田鵬鸞）所居卑末，使彼苦辛，時伺間隙，周章詢請。""時伺間隙"，正是邊進行，邊察看，找時機，"懷袖握書"向人"詢請"的情形。

《漢書·武帝紀》：元狩二年，"南越獻馴象"。應劭曰："馴者，教能拜起周章從人意也。""周章從人意"這個周章也是且行且看在行動中窺伺人意的。

《三國志·魏志·陳登傳》裴松之注引《先賢行狀》曰："（登）昧爽開南門，引軍詣賊營，步騎抄其後。賊周章方結陣，不得還船。登手執軍鼓，縱兵乘之，賊遂大破，皆棄船迸走。""周章方結陣"指臨時集合，"周章"也是奔走瞻顧的物件。

《論衡·道虛篇》："或時間曼都好道，默委家去，周章遠方，終無所得。力勌望極,默復歸家。"在"周章遠方"與"終無所得"、"力勌望極"的相互依賴、相互制約中,這個"周章"也還是一邊走一邊尋覓(用目搜索,東北方言叫 Xueme),且行且看的意思。

從這些語例來看,可知"周章"一詞,它的詞義不是周流(王逸)、不是往來迅速(《文選》五臣注)、不是周遍而章明(王邦采)、不是不定之意(朱珔),既不同于譸張佁張(朱珔、沈祖緜),也不是躊躇之轉(姜亮夫),而是行進中縱目觀望。

龍駕、翱游兩句在本章中的關係　"龍駕帝服"以"帝服"明確東皇太一所見雲中之車乃是帝車。它既説明此車雖然也是"龍駕",但與《河伯》"駕兩龍兮驂螭"的河伯之車有別。同時,又反映本章頭兩句,雲中君出場時,彩雲連蜷中已有帝車——雲中君是靠帝車而上的。帝車在雲中的存在,爲下文"靈皇皇兮既降,猋遠舉兮雲中"提供了語言條件。

"龍駕"句是東皇太一看見雲中之車。

"翱游"句是東皇太一登車時的唱辭。

雲中君

● 發軔：唱

　　　靈皇皇兮既降,

● 起飛：唱

　　　猋遠舉兮雲中。

開始金奏。

　靈　雲中君謂東皇太一。

　皇皇　黄孝紓云："皇,同煌。煌煌,光明燦爛。"

降　下，降臨。

　　常敘按："靈皇皇兮既降"這句辭，前有"龍駕帝服，聊翱游周章"。東皇太一見雲中帝車，將欲乘之出行，後有"猋遠舉兮雲中"的起飛動作。可知這個"既降"之"靈"是雲中君指東皇太一說的，而"靈"的既降是雲中君說東皇太一已經降臨于帝車之上。

　　東皇太一是天神之最貴者，身為五帝之長。雲中君，雲神位卑於太一，所以説他登車時使用敬語"降"。

　　猋　借作"旚"，飛揚貌。或誤寫為猋。

　　常敘按："猋"古與"飄"同音通假。"猋風暴雨"即"飄風暴雨"。《禮記・月令》：孟春之月，行秋令，則"猋風暴雨總至"。《釋文》通志堂本作"猋"，説它"必遥反。徐，芳遥反。本又作'飄'"。猋是猋的誤字。《吕氏春秋・慎大覽》："飄風暴雨，日中不須臾。"

　　畢沅《集解》舊校云"飄風一作猋風"。也是把猋誤寫為猋。

　　票和猋，古同音，同是宵部重唇塞聲字。《説文》："旚，旌旗旚繇也，從㫃票聲。""旚，旌旗飛揚也，從㫃猋聲。"飛揚和旚繇（飄搖）詞義所反映的動態是基本一致的。

　　"猋遠舉"的"猋"，在這裏寫作"旚"，是在空中飛揚飄搖的樣子。

　　舉　《説文》："舉，對舉也。"有捧之而起的意思。帝車在雲中，東皇太一降臨帝車之上，雲中君遂以彩雲捧持帝車而起，開始飛行。

　　起在空中而行，故舉也有飛義。《吕氏春秋・仲秋記・論威》："知其不可久處，則知所兔起鳧舉死殕之地矣"，高誘訓解云："舉，飛也。"

　　"猋遠舉兮雲中"這句歌辭上與東皇太一唱"蹇將憺兮壽宫"

自言去向，見"龍駕帝服"，唱"聊翱游兮周章"而登車三句和雲中君見太一上車而言"靈皇皇兮既降"的辭句相應。

雲中君彩雲接駕，擁著載有東皇太一的帝車飄然遠舉，以赴楚國壽宮。

在飛行中，東皇太一在雲中車上。俯瞰橫顧，"翱游周章"。

東皇太一

● 在帝車上向下看：

> 覽冀州兮有餘，

● 橫顧四海：

> 橫四海兮焉窮。

覽 王逸云："覽，望也。"

常敘按：覽，俯瞰也。《說文》："覽，觀也。從見監，監亦聲。"

徐鍇曰："監，臨也。"《說文》"監，臨下也"，"臨，監臨也"都是俯身下看，古金文的形象更爲突出。監，象人俯身向盆水照影察形之形。鑑、覽等字都是以它爲基礎，隨著詞的分化而孳生出來的。向下察看，是監、覽等詞的基本詞義。臨，也是俯身下看，自上臨下之象。

頌鼎　盂鼎

冀州 洪興祖云："《淮南子》曰：'正中冀州，曰中土。'注云：'冀，大也，四方之主。'又曰：'殺黑龍以濟冀州。'注云：'冀，九州中，謂今四海之內。'"

常敘按：冀州與四海對舉，義爲四海之內，當如洪氏所引《淮南子》說，而非《禹貢》九州之冀，亦非《爾雅·釋地》之兩河間也。

《淮南子·地形訓》云:"何謂九州？東南神州,曰農土;正南次州,曰沃土;西南戎州,曰滔土;正西弇州,曰並土;正中冀州,曰中土;西北台州,曰肥土;正北泲州,曰成土;東北薄州,曰隱土;正東陽州,曰申土。"

《淮南子·覽冥訓》云:"於是女媧煉五色石以補蒼天,斷鼇足以立四極,殺黑龍以濟冀州,積蘆灰以止淫水。"高誘注:"冀,九州中,謂今四海之內。"

《史記·孟子荀卿列傳》說:齊人騶衍"以爲儒者所謂中國者,於天下乃八十一分居其一分耳。中國名曰赤縣神州。赤縣神州內,自有九州。禹之序九州是也。不得爲州數。中國外,如赤縣神州者九。乃所謂九州也。於是有裨海環之。人民禽獸莫能相通者,如一區中者,乃爲一州,如此者九,乃有大瀛海環其外,天地之際焉"。

冀州在四海之內,正猶有裨海環之之赤縣神州。齊、楚於中土稱名不一,而六國時的大九州觀念則是基本一致的。

《爾雅·釋地》:"九州,兩河間曰冀州。"[1]戴震云:"冀州,古帝都,因以爲王畿之稱。"

楚都不在兩河間,如以《禹貢》、《爾雅》的九州觀念來解此辭冀州,不僅與楚國楚都無關,並且把楚也排入"橫四海"之數了。《離騷》"指西海以爲期",明楚國自在中土冀州。

橫 常敍按:"橫四海"與"覽冀州"對舉,而東皇太一此行目的在直趨冀州楚國郢都壽宮,事與"橫行四海"(王逸)有別,意與

───────

[1] 王逸用此說。

"橫被四表"(姜亮夫)不同。"覽"爲俯身下視。"橫"在"覽"的制約下,當是橫顧。這是東皇太一乘帝車去楚國壽宮途中,在雲中俯瞰大地橫望四海的情形。

四海 "四海"與"冀州"對舉,明"四海"在冀州之外。不能以五經無西海、北海之文,遂否定戰國已有四海思想。《離騷》:"路不周以左轉兮,指西海以爲期。"《莊子·逍遙遊》:"北冥有魚。"又云:"窮髮之北,有冥海者,天池也。"在作品中已經明見西海、北海。神話傳説之事不能拘於經文。

焉 《廣雅·釋詁一》:"焉,安也。"

窮 《説文》:"窮,極也。"

王逸釋"焉窮"爲"安有窮極也"。

覽冀州、橫四海兩句的依存關係 這兩句是承"聊翱游兮周章"而言。"覽冀州","橫四海",就是乘車起飛後,在雲中車上"翱游周章",行進中邊行邊看,上下左右,下視中土,橫觀四海。

東皇太一在天空翱游周章,被雲中君駕彩雲漸漸擁到楚國壽宮上空。在以巫祝爲首的壽宮堂上衆靈翹首仰望中,雲中君奉帝車奉東皇太一徐徐而降。

● 巫祝暨場上衆靈,齊唱:

  思夫君兮太息,
  極勞心兮忡忡。

● 金奏。
● 巫祝迎東皇太一(靈保)。
● 東皇太一(靈保)入席、就位。

夫君　朱熹云：“夫君，謂神也。《記》曰'夫夫也'是。”

常敘按：“思夫君”的“夫”是語中助詞，無義。“思夫君”就是“思君”。正如《湘君》辭中的“望夫君兮歸來”的“望夫君”一樣，“望夫君”就是“望君”。

這句歌辭“思夫君”的“君”是壽宮堂上巫祝和眾靈指那由彩雲奉駕，從天而降的東皇太一而說的。

這章歌辭雖以《雲中君》標目，可是它所寫的事情卻是以東皇太一降臨楚國壽宮爲主的。前章《東皇太一》只是巫祝之辭，準備迎神。到這一章才見神的到來。從前後章和本章語言形式及歌辭內容的各種對立統一關係，可以説“思夫君兮太息”的主語，發“思君”之情的人是從前章就已登堂出場的巫祝和眾靈，準備迎神愉神的靈巫，而被她們所“思”之“君”則是東皇太一。

太息　即“大息”。一種與情緒相應的身態表現，有意識地表達情緒地長出氣。《史記·蘇秦列傳》蘇秦説韓惠宣王“於是韓王勃然作色，攘臂瞋目，按劍仰天太息曰”，《索隱》云“太息，謂久蓄氣而大籲也”。《黃帝内經·靈樞·口問》：“黃帝曰：'人之太息者，何氣使然？'岐伯曰：'憂思則心系急，心系急則氣道約，約則不利，故太息以伸出之。'”“憂思”而“太息以伸出之”，語意與此辭“思夫君兮太息，極勞心兮忡忡”，正好相應。

勞心　“勞，憂也。”《淮南子·氾論訓》：“禹之時，以五音聽治。……當此之時，一饋而十起，一沐而三捉髮，以勞天下之民。”高誘注：“勞，猶憂也。勞，讀勞勑之勞。”

勞心忡(懺)忡　《考異》：“懺，一作忡。”

《廣雅·釋訓》：“懺懺，憂也。”

《爾雅·釋訓》：“忡忡，憂也。”《説文》：“忡，憂也。從心中聲。”

《詩》曰:'憂心忡忡'。"《詩·召南·草蟲》:"未見君子,憂心忡忡。"毛傳:"忡忡,猶衝衝也。"

忡忡,憁憁是同一個詞的不同書寫形式,它們所寫的詞,在詞義上是憂心所感到的心情動態——隨著情緒而來的生理變化。忡忡是憂的情態在生理上可以自己感覺到的情況,和憂相關而有別。

《法言·五百篇》:"從之,則棄其所習,逆其所順,強其所劣,捐其所能,衝衝如也。"衝衝是衝突抵觸的情況,注引司馬光曰:"心相逆鬥之貌。"

期其必來,而不見其來;不見其來,而期其必來。懸念翹盼,心衝衝然。是耶?非耶?立而望之,翩何姍姍其來遲?

忡與沖都從中得聲。童、動都從重得聲(童從辛重聲)。而衝從行童聲,字亦作衝。

錢大昕曰:"古無舌頭舌上之分,知徹澄三母,以今音讀之,與照穿牀無別也。求之古音,則與端透定無異。《說文》:'沖讀若動。'《書》:'惟予沖人。'《釋文》:'直忠切。'古讀直如特。'沖子'猶'童子'也。字母家不識古音,讀'沖'爲'蟲'。不知古音讀'蟲'亦如'同'也。《詩》:'蘊隆蟲蟲。'《釋文》:'直忠反,徐徒冬反。'《爾雅》作'爞爞',郭都冬反。《韓詩》作'烔',音徒冬反。是'蟲'與'同'音不異。"[1]

忡忡,爞爞與衝衝同音,可以通假。

"思夫君兮太息,極勞心兮爞爞"這兩句歌辭接在"覽冀州"。"橫四海"之後,而稱所迎的降臨之神爲"君",顯然東皇太一從上空向壽宮下降時,場上巫祝和衆靈對他表示殷切歡迎辭。

---

[1] 錢大昕:《十駕齋養新錄·舌音類隔之說不可信》。

從十一章歌辭通體,迎神之辭兩章,以及《東皇太一》所涉樂次等等相互制約關係,知這一章末兩句,在迎神神到之後,還有有事無辭之事二:

一、迎神金奏。

二、東皇太一在壽宮入席就位。

《雲中君》韻讀:

芳　英　央　光　章　（陽韻）

降　中　窮　爐　爐　（冬部）

三、愉神之辭

● 湘君

● 湘夫人

● 大司命

● 少司命

● 東君

● 河伯

● 山鬼

（一）湘　君

（採用仿宋胡刻《文選》本）

湘君,湘水之神。他管領楚國江南沅、澧諸水。

他的妻子湘夫人,漢水水神。

湘、漢兩水分在南北,而都入于江——當然也歸於海。湘、江、漢一脈相通。湘君夫婦平時分治兩水，各司其事。定期相會，往來無阻。

楚、秦丹陽之戰，楚軍大敗，漢中淪陷。湘夫人陷秦，難於東歸南下。一家眷屬分在異國。湘君得此噩耗後，一心想把湘夫人接歸楚國。他命舟北上，發湘水，轉洞庭，橫大江，在舟上"禓神"求助；從江入漢，至北渚。由於敵我對峙，漢水西上之路中斷。他弭節停舟，無使命不得私自入秦。他在北渚重申當年信誓，采杜若使侍女持之，侍女隻身西上，送給湘夫人以致意。

出場歌舞這章歌辭的，靈巫二人：

湘君

湘君侍女（見於文中）

知湘君有侍女，是從《湘君》、《湘夫人》有關辭句及其依存關係知道的：

（一）《湘君》："禓（揚）靈兮未極，女嬋媛兮爲余太息。"在本章歌辭中，"余"是標目主神湘君的自稱。在本句裏，"女"是"太息"的主語，而"爲余"之"余"則作爲介賓片語的賓語修飾"太息"。可見"女"是湘君之外的另一人。這一事實，自王逸以來，古今學者早已覺察。或者説她是女須，或者説它指旁觀之人，或者説湘君侍女，或者説是湘君下女，或者説是神之侍女，或者説是湘夫人之侍女，或者説是女巫。除極個別的以爲"疑指湘君"之外，不管各家觀點有什麼差異，結論有多大分歧，總的説來，把這句歌辭中的"女"看作"余"以外的另一人，則是絕大多數的共同認識。

（二）湘君弭節北渚後，追懷當年捐玦遺佩與湘夫人定情往事。采杜若，使人"將"之以貽"下女"。是他身旁必有可以囑託之人。而湘夫人也以同樣的回憶，同樣的誓辭，同樣地搴杜若，使人"將"以遺"遠者"。湘君、湘夫人阻于秦軍,同天隔離,相見爲難。何以兩人兩地酬答如此相應?其中必有往返于兩方之間爲他們作信使以傳言寄物者。從來去關係説,這個人當是來自湘君而又返於湘君的。在"女嬋媛兮爲余太息"的制約下,這個人必然是女的。

（三）《湘夫人》:"朝馳余馬[1]兮江皋,夕濟兮西澨,聞佳人兮召予,將騰駕兮偕逝。"這四句説明,必有使她得"聞佳人"相"召"之人,已經到達她的身邊。而這個人,他在"夕濟兮西澨"之前,曾"朝馳騁兮江皋"。而這一事又恰好與《湘君》"朝騁鶩兮江皋,夕弭節今北渚"的行程相應。朝江皋,夕北渚、西澨,至涔陽而見湘夫人。這時間,這路線,又正與湘君弭節北渚、采杜若、使人持之以貽"下女",湘夫人聞佳人相召,搴杜若,使人持之以貽"遠者"相應。可知這位傳言寄物之人,她當是發自湘君,達于湘夫人,而又復返於湘君的侍女——"女嬋媛爲余太息"之女。

- 漢中淪陷,消息火速傳到江、湘。
- 湘君一聽,萬分焦躁,恨不得立刻把他遠在"涔陽極浦"的妻子——湘夫人接回來。他心説:

　　　　君不行兮夷猶,
　　　　蹇誰留兮中洲。
　　　　美要眇兮宜脩,

君 姜亮夫云:"君,謂湘夫人也。此詩蓋巫者扮爲湘君之

---

[1] 王逸本無注。洪興祖本正文同此,但有注文。文曰:"一云'朝馳騁兮江皋'而未注明'補曰'。"

神,而招湘夫人之詞也。"

常敍按:姜先生之説是對的。這個"君"是指湘夫人説的;不過,這裏的"君"是湘君遠指"望涔陽兮極浦"説的,那個人並没在眼前。

湘夫人發現涔陽已經屬秦時,秦已經從西瀯以西掐斷了楚軍歸路。——她不同於"個人",還可以冒風險,來個隻身偷渡!

湘君得知消息後,恨不得立即沿湘、江、漢,北行西上,把湘夫人接得回來。湘君説:"(還不走)還有什麽可留戀的地方,在中洲!"

夷猶 王逸云:"夷猶,猶豫也。"姜亮夫云:"(夷猶、猶豫)皆雙聲聯綿字,謂不定之貌。字又作夷由。《後漢書·馬融傳》引此作夷由是也;又作易由,見《詩·小弁》。聲變爲容與,《九章》:'然容與而狐疑。'"

常敍按:"夷猶",是雙聲的雙音節詞。《廣韻》:"夷,以脂切";"猶,以周切"。同是喻母四等。喻母四等字,如曾運乾所證,古隸舌聲定母。由與猶同音,古音同在幽部。故夷猶或寫作夷由。《九章·抽思》:"悲夷猶而冀進兮,心怛傷之憺憺。""低徊夷猶宿北姑兮。"在"冀進"的制約下,明"夷猶"原是不進,在與"低徊"相伴的條件下,知"夷猶"與低徊義近。王逸釋前者爲"意懷猶豫",釋後者則曰:"夷猶,猶豫也。"《後漢書·馬融傳》:"或夷由未殊,顛狽頓躓。"注:"夷由,不行也。"欲行而不行之義並與此章"君不行兮夷猶"之夷猶相應。

誰 《説文·言部》:"誰,何也。"徐英云:"言何所爲而止子中洲耶?"

要眇 姜亮夫云:"要眇,王注:'好貌。'《遠遊》'神要眇以淫放'，《補》：'精微貌'字又作要妙，《老子》：'是爲要妙。'又作腰眇，《海賦》'腰眇蟬娟'是也。又作幼妙，《長門賦》：'聲幼妙而復揚。'又作幼眇，《長揚賦》：'增聞鄭衛幼眇之音。'聲轉爲幽昧，見《離騷》；又轉爲隱閔，《思美人》：'寧隱閔而壽考兮。'詳余《騷聯綿字考》。"

又云："惟要眇一詞，漢以前略有兩義：一指視之美，一指聲之美。《遠遊》'神要眇以淫放'，《淮南·本經》'侈苑囿之大，以窮要眇之望'，又《論衡·恢國篇》'夫經熟講者要妙乃見'，此指視言；《魏都賦》'清謳微吟之要妙'，《長門賦》'聲幼妙而復揚'，《長揚賦》'增聞鄭衛幼眇之音'，《中山靖王傳》'每聞幼眇之音'，則指聲之美言。此美要眇者，猶言美目盼兮也。今吾鄉方言謂竊視曰眇，即要眇之急言。此與《湘夫人》章'目眇眇兮愁余'之意同。《九歌》……凡狀三神，皆於眉目皓齒之間表其美盛，《少司命》'忽與余兮目成'，亦眇睇而視，兩心相會之意；《山鬼》'含睇宜笑'，則表情爲最真，故以目齒寫女神之美，亦爲《九歌》表情之一法。蓋美目流盼，齴齒竊笑，正美人靈魂攝人，精神相授之事，故古今贊美人者無例外，自三百篇、楚辭、漢樂章、辭、賦，莫不皆然，則此要眇，指目之流盼美妙而言，無可疑矣。"

宜 常敘按："宜"，即今言"合適"。《荀子·正名》："名無固宜，約之以命。約定俗成謂之宜，異於約則謂之不宜。"

修 常敘按：這個字從文意來看，它應該是從目脩聲的"睸"字。《説文》："睸，失意視也。"這句話"失意"和"得意"相對，謂人在"失意"之時"看待"一切事物的情景。

這時漢中剛剛淪陷。身在湘江的湘君恨不得馬上拯救出他的妻子——湘夫人。他的心裏在想説：你還不快走，猶猶豫豫。

（這時候）爲誰留在中洲，（想你）美妙的身影不失身份地，失意地呆呆地瞅！

● 湘君傳令侍女：我將親自乘船去接。
● 舉行軷祭，以求路神福祐；
● 傳達命令，令湘、沅、江諸水風平浪静。

　　沛吾乘兮桂舟，
　　令沅湘兮無波，
　　使江水兮安流！

　　這三句都是命令之辭。本章能爲湘君下達命令的只有他的侍女。所以説是"湘君命侍女"。

沛　常敘按："沛"在這句歌辭裏，應借爲"軷"。

"沛"《説文》作"𣲙"，從水宋聲。

《説文》："𣎵，從艸木盛，𣎵𣎵然。"桂馥説宋通作孛，《天文録》："孛星者，芒氣四出曰孛，孛謂孛孛然也。""𣎵𣎵然"即"孛孛然"。"孛"，《説文》作"𡴘"，云"從𣎵，人色也，從子"。徐灝認爲從子宋聲，朱駿聲謂當從𣎵，從𠬞省，會意，𣎵亦聲。孛是從𣎵得聲之字。

從孛得聲之字"誖"，《説文》説它籀文從二或，一正一倒，作𢻻。又説："𢻻，㷸𢻻也。𢻻籀文孛字。""㷸𢻻，火皃。""炦，火氣也。從火友聲。"㷸㷸即㷸炦，是以火勢風威中的聲響成詞的。它與渾波觱發這以寒風之聲象聲造詞者相同。《説文》："渾，寒風也。""波，'一之日渾波'，從冫友聲。"《毛詩·七月》作"一之日

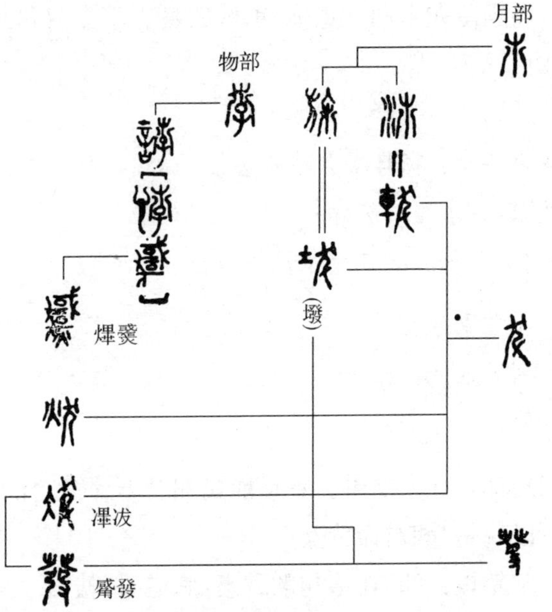

觱發。”朮、朮、犮發,古音在月部,孛古音在物部,都是重唇音,兩部音近得發相通。

從朮得聲之旆,《毛詩・商頌・長發》“武王載旆”用本字。《説文》“坺”字解説寫作“武王載”,而《荀子・議兵》引作“武王載發”。

從朮得聲之字與從犮得聲之字同音通假,則從朮得聲之“沛”,可以與從犮得聲之“軷”相借。

《湘君》“沛吾乘兮桂舟,令沅湘兮無波,使江水兮安流”這三句是湘君在侍女問後,從中洲下來,行將發船時,爲保證航行安全而下的三道命令。

下文“駕飛龍兮北征,邅吾道兮洞庭”是指示航向和航線,這時方始開船。

從這些關係看，"沛吾乘"的"沛"既不是"行貌"，也不是與"沛"同音之"發"。

楚人巫風好祭，它當是"犯軷"之"軷"的同音假借。

《詩·大雅·生民》"取羝以軷"，《毛傳》："軷，道祭也。"《邶風·泉水》疏引《詩傳》曰："軷，道祭，謂祭道路之神。"《説文》："軷，出將有事於道，必先告其神。立壇四通，樹茅以依神爲軷。既祭，犯軷轢牲而行，爲範軷。從車戈聲。《詩》曰：'取羝以軷。'"《周禮·夏官·大馭》："大馭掌玉路以祀。及犯軷，王自左馭，馭下祝，登受轡，犯軷，遂驅之。"鄭氏注："行山曰軷。犯之者，封土爲山象，以菩芻棘柏爲神主。既祭之，以車轢之而去，喻無險難也。"

軷祭之事雖屬於車，可是楚辭《九歌·湘君》本是以"車"説其"舟"的。一則曰"沛吾乘"，再則曰"駕飛龍"，三則曰"鼂馳鶩"，乘、駕、馳鶩都是用行車之事來説其行舟的。因此放舟之前也有軷祭，犯軷之時方始啓航。

湘君軷桂舟，其目的也同樣是爲此行之不遇險難。

"軷"古與"沛"同音，"沛吾乘兮桂舟"即"軷吾乘兮桂舟"。湘君啓航之前，爲使他一路安全，命令爲他所乘桂舟行軷祭之禮。"沛"借作"軷"，在句中是動詞。

這樣，"沛吾乘兮桂舟"與"令沅湘兮無波，使江水兮安流"三句，在求得一路平安上取得了統一。

這三句是湘君命令之辭。他爲了一路平安，啓航前，命令侍女爲他作好兩件事：軷祭，以求路神福祐；傳命沅、湘、江水，要他們風平浪靜。

● 湘君與侍女登舟
● 湘君：

> 望夫君兮歸來，
> 吹（吹）參差兮誰思！

這是湘君在舉行軷祭，祈求路上不遇險難的基礎上，想到他要把湘夫人接歸楚國來，有難以克服的困難。

夫君 劉夢鵬云："夫，語辭。"姜亮夫云："夫，讀如扶，君指湘夫人。"

常敍按：夫，是語辭。劉説是。君指湘夫人。姜説是。

歸來 王逸《章句》作"未來"。《文選》作"歸來"。

常敍按：從形式和内容、部分和整體的對立統一關係來説，這個"歸來"應從《文選》，改"未"爲"歸"。

在語言所反映的事情上，"來"這一行動，就説話人來説，是指他所説的人從另外一個地方向著他所在地行進的。歌辭的"未來"，是説對方没有從她那裏向我這裏行進，或行進到我們這裏。來人的起腳點在説話人所在地外，彼此有一定距離，由外向内，而不問她到她起腳點所在地的來路，路線是單程的。"歸來"的"歸"對"來"作了規定：它要"來"有"處"（有行進的起腳點），而且還要有她到她那"來處"的"來處"。——儘管在具體辭句中往往省略，但這些來路是可以從文理解的。"歸來"之人，她的前一起腳點原來是與説話人同在一地（就當時情況説，可大到一國），因某種緣故，到另外一個境地。以後又以這個境地爲起腳點，從那裏折返，回到她與説話人當初同在之地。由内向外，然後又由外向内，路線是往復的。

若原句是"望夫君兮歸來",則《湘君》此辭有"有約不來"之意。《湘夫人》"登白薠兮騁望,與佳期兮夕張"兩句證明,"約"是有的。可是,並不是要湘夫人自漢中來會湘君,相反的是湘夫人在漢中涔陽,待湘君北上西行去同她相會。如果作"未來",則使作品語言情節發生抵觸,從而失去了彼此依存關係。

《湘夫人》之辭,夫人在見到湘君侍女之後,得"聞佳人兮召子,將騰駕兮偕逝",到湘水中"築室"。新居落成時,"九疑賓(繽)兮並迎"。它反映湘君此行的目的是接湘夫人歸回國。

這些辭意,同時又與《大司命》:"帝子(之)兮九阬。"《少司命》、《河伯》:"與女游兮九河。"《河伯》:"子交手兮東行",使湘君、湘夫人離人復合,同歸楚國相應。

形式與内容、部分與整體的對立統一,可知《章句》"未來"是"歸來"之誤。

"望夫君兮歸來"是湘君乘舟出發時自述此行的目的。

吹參差　王逸云:"參差,洞簫也。"以"吹簫作樂"解之。劉良云:"吹聲參差。"陸時雍云:"參差,笙也。"

"參差"有兩說:或以爲樂器,或以爲樂聲。

常敘按:"參差"非洞簫,非被"吹"之物,而是吹奏出來的聲響——樂音旋律。"吹"當寫作"欥"。所以這樣說,詳見本書《"吹參差"非"吹洞簫"說》。

誰思　思,在這句歌辭裏,不是"思念",而是"相憐哀"。

《方言・十》:"噎、無寫,憐也。沅澧之原,凡言相憐哀謂之噎,或謂之無寫。江濱謂之思。"江濱言相憐哀謂之"思",這個"思"與"吹參差"正好取得統一。

這兩句歌辭是湘君爲了營救湘夫人,使她從淪陷于秦的漢中歸回楚國來,自述他此次"北征"的目的和他在困境中哀歎望助的急切情緒。這兩句歌辭在本章的情節發展上,是在湘君命令侍女,使人"沛(軷)舟"以祭道路之神,教她傳令沅、湘、江水,使它們"無波"、"安流"之後,指示航向,下令開船,和啓航行舟之前唱的。

　　這兩句歌辭的語意是:切望湘夫人歸來故國,只是這"'參差'之事有誰憐哀"!

　　這難中求助的哀歎,爲本章"橫大江兮揚靈(褐靈)",及《大司命》、《少司命》、《河伯》等章準備了思想條件。

● 軷祭、傳令之事已完。
● 湘君與侍女登舟。
● 湘君指示航向和航程:

　　　　駕飛龍兮北征,
　　　　澶吾道兮洞庭!

　　飛龍　譚介甫云:"《淮南子·本經訓》:'龍舟鷁首,浮吹以娛。'本篇下文也謂'飛龍兮翩翩',蓋謂快舟,此亦同。"

　　常敍按:本章前面説"沛吾乘兮桂舟",這裏説"駕飛龍兮北征",兩者是一事。"桂舟"是就其造船之材來説,"飛龍"則是就其舟的造形及速度而説的。

　　《方言·九》:"舟,南楚江湘凡船大者謂之舸。……首謂之閤閭,或謂之艗艏。"艗艏即鷁首,船首閤閭,如郭璞所説,是"船頭屋——飛閻"。"龍鷁首"與本章後文説船屋之飾"薜荔柏兮蕙綢",有搏壁幬帳相應。

《離騷》："爲餘駕飛龍兮，雜瑤象以爲車。""駕飛龍"本是指車説的。《九歌》常用"車"來説"船"。"沛吾乘兮桂舟"，"沛"借作"軷"字。"犯軷"行車，這裏用以爲行舟之祭。"朝騁騖兮江皋，夕弭節兮北渚"、"朝馳（余馬）兮江皋，夕濟兮西澨"也都用車説船。車、船都是乘物。"駕飛龍"原來本是説"車"，在這裏用以説"船"，《九歌》歌辭自有其例。

北征 王逸云：征，"行也。"

戴震云："自沅湘以望涔陽，故曰北征。"

邅 王逸云："轉也。"又《離騷》"邅道夫崑崙兮"，注："楚人名轉爲邅。"

《廣雅・釋詁四》："邅，轉也。"

洞庭 《水經・湘水》："又北經下雋縣西，微水從東來流注。"酈道元注云："湘水左會清水口，資水也，世謂之益陽江。湘水之左，逕鹿角山東，右逕謹亭戍西，又北，合查浦。又北，得萬石浦，咸湘浦也。湘水左，則沅水注之，謂之橫房口。東對微湖，世或謂之麋湖也。右屬微水，即《經》所謂微水經下雋者也。西流注入于江，謂之麋湖口。湘水又北。逕金浦戍北帶，金浦水，湖溠也。湘水左，則澧水注之，世謂之武陵江。凡此四水注洞庭，北會大江。名之五渚。《戰國策》曰'秦與荊戰，大破之，取洞庭五渚'者也。湖水廣圓五百餘里，日月若出没於其中。"《水經》又云："（湘水）又北至巴丘山入江。"酈氏注云："山在湘水右岸。"

洪興祖《補注》引《水經》（按：是《水經注》）"四水同注洞庭"一段而略其前半。爲了便於瞭解湘水和沅、澧、洞庭和大江的關係，補録《水經・湘水》"經下雋縣西"前部《注》文。

又，後文"薜荔拍兮蕙綢，荃橈兮蘭旌"，是他進入舟中細觀舟飾之辭。而"駕飛龍兮北征,邅吾道兮洞庭",這兩句說明行舟方向和進程。舟中飾物可於行舟中邊行邊看,而行舟方向和航線必須在開船之前明確。因知這兩句應是湘君偕侍女登舟後下令開船前向舟人指示啓航之辭。

● 湘君指示航向下令開船後,觀察舟中飾物。
● 湘君:

  薜荔拍兮蕙綢,
  (承)蓀橈兮蘭旌。

  薜荔 王逸云:"香草也。"
 戴震云:"薜荔,蔓生,緣木石牆垣,大者謂之木蓮,小者謂之絡石。"
  拍 王逸云:"搏壁也。"
 戴震云:"拍,王注云:'搏壁也。'劉成國《釋名》云:'搏壁,以席搏著壁也。'此謂舟之閤間搏壁矣。"
 姜亮夫云:"搏壁,以席著壁,即今之壁衣。"
 常敘按:《招魂》:"蒻阿拂壁,羅幬張些。"王逸注:"拂,薄也。"薄壁即搏壁。王、戴、姜說是。《方言·九》:"舟,自關而西謂之船,……南楚江湘凡船大者謂之舸。……首謂之閤間,或謂之艗艏。"郭璞注:"今江東呼船頭屋謂之飛閤是也。""薜荔拍"以薜荔爲船頭屋中壁衣也。
  蕙綢 高先生云:"蕙,香草名。綢借作幬,帳子的古名。"船屋内有帳子。蕙帳是用蕙草做的帳子。
 朱季海云:"綢讀爲幬。(《釋訓》:'幬謂之帳。'《釋文》:'幬,本又作裯。'《詩》又作裯,《小星》:'抱衾與裯。'《箋》:'裯,床帳也。'《正義》引《鄭志》答張逸問曰:'今人名帳爲裯,雖無名被爲裯。'《説文》云:'㡡,襌帳也。'凡此諸文,實一物也。)楚亦謂帳爲幬,與漢人同語耳。劉成國釋搏壁在《釋床帳》中,帳與搏壁,物以類舉,故歌辭取以成文矣。《招魂》曰:'翡阿拂壁,羅幬張些。'正其比也。其曰'蕙幬',于'太康之英'則曰'密葉成翠幄'云爾(見陸機《招隱詩》,李善注引杜預《左氏傳注》:"幄,帳也。")。"

荃橈 《文選》"荃"上有一"承"字。王逸《章句》作"蓀橈",無"承"字。

常敘按:"承"是"荃"的字誤。魏涼州刺史元維墓誌"承"寫作"丞"。"丞"即"承"字。"荃"草書寫作"荃",形與"承"之作"丞"者相近,讀者在"荃"下加注"荃"字以正之。傳寫時被誤認爲兩字,遂鈔成"承荃"。

荃 王逸《章句》作"蓀",說它是"香草也"。又云"蓀,一作荃"。《文選》用王注,説"荃,香草也"。

《離騷》:"荃不察余之中情兮。"洪興祖云:"荃與蓀同。《莊子》云:'得魚而忘荃。'《音義》云:'七全切。'崔云:'音孫,香草也,可以餌魚。'《疏》云:'蓀,荃也。'陶隱居云:'東間溪側有名溪蓀者,根形氣色極似石上菖蒲而葉正如蒲,無脊。詩詠多云蘭蓀,正謂此也。'"

常敘按:"荃"與"蓀"是同一詞,因方音音變而異字。古音,前者在文部,後者在元部。《楚辭》文、元兩部由於方音相近而合韻的現象是比較多的。例如:

《天問》：
　　悟過改更，我又何言？
　　吳光爭國，久余是勝。
　　何環穿自閭社丘陵，
　　爰出子文？

《九章》
《抽思》：
　　茲歷情以陳辭兮，
　　蓀詳聾而不聞。
　　固切人之不媚兮。
　　衆果以我爲患。

《悲回風》：
　　孤子唫而抆淚兮，
　　放子出而不還。
　　孰能思而不隱兮，
　　照彭咸之所聞。

又：
　　吸湛露之浮源兮，
　　漱凝霜之雰雰。
　　依風穴以自息兮，
　　忽傾寤以嬋媛。

《遠遊》：
　　曰：道可受兮，不可傳，

其小無内兮,其大無垠。
無滑而魂兮,彼將自然。
壹氣孔神兮,於中夜存。
虛以待之兮,無爲之先。
庶類以成兮,此德之門。

《九辯》:
食不媮而爲飽兮,
衣不苟而爲温。
竊慕詩人之遺風兮,
願託志乎素餐。
蹇充倔而無端兮,
泊莽莽而無垠。
無衣裘以御冬兮,
恐溘死不得見乎陽春。

《招魂》:
步及驟處兮誘騁先。
抑鶩若通兮引車右還。
與王趨夢兮課後先。
君王親發兮憚青兕。(無韻)

字下標"。"者,文部;標"·"者,元部。文、元兩部合韻。這一事實反映作者所操方音文、元兩部已經變得基本相同,否則不能合轍押韻。

這種現象,到了漢代就更爲明顯。例如:

《説文》:"阮,從𨸏元聲。"小徐本:"讀若昆。""琨,從玉昆聲。

(虞)夏書曰：'揚州貢瑤琨。'瓃，琨或從貫。"小徐曰："貫聲。"

《書·禹貢》、《釋文》："琨，音昆，美石也。馬本作瓃。韋昭音貫。"《詩·大雅·皇矣》："串夷載路。"鄭氏箋云："串夷即混夷，西戎國名也。"《禮記·內則》："濡魚，卵醬實蓼。"鄭氏注云："卵，讀爲鯤。鯤，魚子。或作攔也。"

《周禮·春官·巾車》："素車，棼蔽。"鄭氏注："棼，讀爲薠。"《禮記·王制》："名山大澤不以朌。"鄭氏注："朌，讀爲班。"《明堂位》："頒度量。"鄭氏注："頒，讀爲班。"

《說文》："繭，讀若蠻。""鬗，從髟繭聲，讀若蔓。"

《周禮·夏官·大司馬》："卒長執鐃。"鄭氏注："鐃，讀如讙嘵之嘵。"賈疏云："從《毛詩》云：'以謹謹嘵。'"按《毛詩·大雅·民勞》作"以謹惽怓"。賈疏所以蓋本三家詩。

《禮記·緇衣》："事純而祭祀。"鄭氏注："純，或爲煩。"

《周禮·地官·遂師》："及窆車之役。"鄭氏注："窆，《禮記》或作椁，或作輇。"《禮記·喪服大記》："君葬用輴，……大夫葬用輴，……士葬用國車。"鄭氏注："大夫廢輴。此言輴，非也。輴，皆當爲'載以輇車'之輇，聲之誤也。輇字或作團，是以文誤爲國。"

我們從漢人經傳師讀中可知文、元兩部字有的已經變到同音通假的程度。

"荃"從"全"得聲，"全"是從母字。"蓀"從"孫"得聲，"孫"是心母字。從、心兩母音變的實例也是不少的。例如：

從──心
從　疾容切　　愯　息拱切
戔　昨幹切　　幾　蘇旰切
泉　疾緣切　　線　私箭切

坐	祖果切	趖	蘇禾切
靁	才盍切	儳	私盍切
心——從			
司	息兹切	絧	疾資切
絲	息兹切	兹	疾之切
算	蘇管切	笑	在丸切
肖	私妙切	誚	才笑切
昔	思積切	耤	秦昔切

　　根據上面這些情況，《楚辭》裏"蓀"、"荃"異文是文、元兩部音變而產生的同音通假。"荃橈"即"蓀橈"。

　　橈　王逸云："船小楫也。"

　　洪興祖云："《方言》云：'楫謂之橈，或謂之櫂。'"

　　常敘按：《淮南子·主術訓》："夫七尺之橈而制船之左右者，以水爲資。"高誘注："橈，刺船棹也。資，用也。橈，讀爲煩嬈之嬈也。"

　　蘭旌　王逸云："(以)蘭爲旌旗。"

　　洪興祖云："《周禮》云：'析羽爲旌。'《爾雅》云：'注旄首曰旌。'"

　　常敘按：兩句兩事，以薜荔爲搏壁，以蕙草爲幬帳，以蓀飾爲櫂，以蘭飾爲旌。前一句是湘君進船屋，説屋内之飾，後一句是湘君自船屋出來，觀看屋外船飾。

　　觀察中，船在前進。

● 船行已過洞庭，進入大江。

● 湘君在船上向湘夫人所在的涔陽方向遥望。爲了此行成功，使湘夫人回歸楚國,他在船上"禓靈"祭神以求助。

● 湘君:

> 望涔陽兮極浦,
> 横大江兮禓(揚)靈。

涔陽 洪興祖云:"涔,音岑。今澧州有涔陽浦。《水經》云:'涔水出漢中南鄭縣東南旱山,北至安陽縣南,入於沔。涔水即黄水也。'"

常敍按:涔陽是漢中涔水之陽。涔水是楚國漢中的漢水之源。它是楚國漢水水神治所之所在。這時由於楚大敗於丹陽,它已隨漢中一起淪陷於秦。

這個地理位置是被楚辭《九歌》自己限定的。

一、"望涔陽兮極浦"與"望夫君兮歸來"、"惟極浦兮寤懷"是前後相應的。所望者,所懷者都是湘夫人,而她所在之地是很遠的——極浦,這個極浦乃在涔陽。

二、湘君自湘水而北征,遭洞庭横大江,又自江阜而弭節於北渚。這説明他所望之地——涔陽極浦必在江北。

三、江北涔陽在漢中。《水經》:"涔水出漢中南鄭縣東南旱山,北至安陽縣南,入於沔。"酈道元注云:"涔水即黄水也。東北流逕成固南城北。黄水右岸有悦歸館。涔水歷其北,北至安陽左入沔,爲涔水口也。"《沔水》也説:"又東過魏興安陽縣南,涔水出自旱山,北注之。"注云:"涔水出西南而東北入漢。"《涔水注》酈注:"涔水……東北流逕成固南城北"云,"城在山上,……義熙九年索邈爲果州刺史,自成固治此,故謂之南城。……城北水舊有桁。北渡涔水。水北有趙軍城。城北又有桁,渡沔,取北,城即大成固也。"" 冹水水北"，水北爲陽，是"冹陽"矣。

漢中冹水，《漢書》寫作鸑水。《地理志》："漢中郡安陽，鸑水（今本作鸑谷水，依王念孫説改）出西南，北入漢。左谷水出北，南入漢。"《説文》："鸑，從鬲殀聲，讀若岑。"《毛詩》"潛有多魚"，《韓詩》作冹。《書·禹貢》："沱潛既道。"《史記·夏本紀》作"沱冹已道"。《漢書·地理志》寫作"沱灊既道"。可見鸑水、灊水、潛水、冹水原是同一水名的不同寫法。

顧頡剛注釋《禹貢》"沱潛既道"，引《漢書·地理志》這一條之後説："安陽，今陝西成固，左谷水即今湑水，漢即今沔水，潛即漢水之源。"

四、楚漢中西起冹水。《地理志·漢中郡》有縣十二。它們是：西城、旬陽、南鄭、褒中、房陵、安陽、成固、沔陽、錫、武陵、上庸、長利。其中南鄭、褒中、沔陽，戰國時早已屬秦。《史記·六國年表》秦厲共公二十六年（前451），"左庶長城南鄭"。秦躁公二年（前441）南鄭反。秦惠公十三年（前387），蜀取我南鄭。《秦本紀》："（惠公）十三年，伐蜀，取南鄭。"南鄭之地失而復得又屬於秦。由此可知，在楚懷王十七年（前312）楚失漢中之前，139年前，漢中南鄭以西之地並不屬楚。

楚漢中之地當自安陽始。

《地理志》："安陽，鸑水[1]出西南，北入漢。"鸑水就是冹水。它是楚國漢中之地，楚漢水的最遠源頭。從楚神話來説，它上通於天，與河水、赤水、洋水、黑水等同出昆侖。就人世間來説，當時楚人觀念，楚國漢水之神，只能管理楚漢中的楚漢水。

───────

[1] 從王念孫説，删"谷"字。見《讀書雜志·漢書第七》。

漢水的上源在涔水,因而涔陽遂成爲漢水神管理漢水的治所。湘夫人是漢水之神,她的治水之所就在涔陽這裏。

五、湘、江、漢,三水相連,往來無阻。湘君望涔陽而北征,發湘水,遭洞庭,橫大江,自江皋北上,至北渚弭節而不能前進。過江入漢,不能進入涔陽,説明漢中有變,已非楚有事與楚秦丹陽之戰,楚軍大敗,漢中淪陷于秦相應。事與楚辭《九歌·東皇太一》穆愉上皇,《國殤》慰陣亡將士相應。事與《九歌》娱太一七篇故事情節相應。

六、漢中淪陷,湘夫人坐困涔陽,難於自拔。敵我對峙,湘君望涔陽而難入。事出參差,難中求助。離人復合,切盼憐哀。"望涔陽"句上與"望夫人兮歸來,吹參差兮誰思"相應,下與"橫大江兮揚靈"相倚,是聯繫上下的紐帶。

極浦 王逸云:"極,遠也。浦,水涯也。"

洪興祖云:"《説文》:'浦,濱也。'《風土記》曰:'大水有小口別通曰浦。'"

橫大江 王逸云:"橫度大江。"

吕向云:"將橫絶大江。"

蔣驥云:"大江,以別于楚南諸江而名。"

揚靈 《離騷》:"皇剡剡其揚靈兮,告余以吉故。"洪興祖《補注》云:"《九歌》曰:'橫大江兮揚靈。'"

常敍按:由於"揚靈"在語句中的地位和作用,以及它所在語句與上下文乃至前後章相互依賴,相互制約的對立統一關係,有些學者已經發現它不同《離騷》的"揚靈"。例如:王夫之以爲"靈"當作"艫","揚,鼓枻而行,如飛揚也"。王闓運以爲"靈,舲船也"。馬其昶、徐英、姜亮夫、馬茂元等都從其説。他們都是只就本句"橫大江"而立説的。

"橫大江"是"揚靈"的一個條件,限定它行事的時間和地點。但是制約它舟中之事的性質、目的和效果的,卻不是就止於此。

《湘君》這句歌辭,前有"望夫君兮歸來,欨(吹)參差兮誰思(憐哀)"切望湘夫人歸回楚國,慨歎只這參差困境有誰憐哀。北征中,湘君是以難中望助的心情,從舟中北望湘夫人所在地——涔陽極浦的。

湘君 這句歌辭,後有大司命、少司命自天而下,以"導帝子(之)兮九坑(九河)"的辦法,使河伯引湘君從九河登昆侖,下洋水,由漢水上游進入涔陽,然後再溯洋水上昆侖,由昆侖入河,以遊河之渚,使湘君夫婦交手東行,涉海歸楚。《大司命》、《少司命》、《河伯》諸章一系列的錯綜復雜的對立統一關係,它們也都直接、間接的與《湘君》之辭共同地制約著"揚靈"。

在古代漢語詞彙書寫形式學(與漢字形體學的文字學有別)中,字是詞的書寫形式,而詞是字所寫的内容。古典文學作品是用古漢語文學語言寫作而成的。字是它的頭一層門户。置文字於不顧,是不可能得到符合作品原意的理解的。

在字與詞的形式與内容的對立統一關係中,字是有它的相對獨立性的。在作品具體辭句中,它可以是與它所寫詞相結合的本字,也可以是同音詞的關係借寫它詞,成爲借字,也可能是因形近而譌變成誤字。

"揚靈"這個片語,如王夫之等人所發現,如以《離騷》的"揚其靈光"來處理,使它會在歌辭中失去依存關係。在這種情況下,爲尋其形式與内容,部分與整體的對立統一,今以借字或誤字求之。

今按："揚靈"之"揚"從手易聲。在從"易"得聲的字群裏，《説文》説："禓，道上祭，從示易聲。"《急就篇》："謁、禓、塞、禱、鬼神寵。"顏師古注云："謁，告請也。禓，道上之祭也。塞，報福也。禱，求助也。言既請禱又報福之，故爲鬼神所寵佑也。"《漢書·郊祀志》："冬，塞禱詞。"師古曰："塞，謂報其所祈也。"謁、塞、禱三字義近，都有告請于神而求助之義。詞以類聚，是史游此句所録之"禓"，它的詞義也是以告請祈禱求助於神爲其基義内容的。所不同者，只是它是行之於"道上之祭"的。

"道上祭"、"道上之祭"和"將行犯軷之祭"——"祈請道神謂之祖"（《初學記·十三》引《説文》）的"道祭"是不同的。"祖"是上路之前祭道路之神，而"禓"是已行之後，在道路上舉行的祭祀，其對象已經不是道神。

"禓"是進行中在道上舉行祭祀，其性質爲告禱求助。這個詞在《湘君》中，前與"望夫君兮歸來，欥（吹）參差兮誰思"難中望助的心情相接。後與下幾章《大司命》、《少司命》、《河伯》天上人間之神出而相助，使湘君終於排除困難迎湘夫人回歸楚國相接。"橫大江兮揚靈"在楚辭《九歌》中是很重要的一個環節。

"望涔陽兮極浦"，以望湘夫人爲條件，説明"橫大江兮禓靈"的目的和内容，——告請天神祈求相助，使他能在困難之中把湘夫人接回楚國。

湘君北征，中途在舟上禓神求助，這事感動了身旁侍女。"橫大江兮禓靈"遂又爲下文"女嬋媛兮爲余太息"的張本。

"揚靈"的"揚"應是"禓"字，因涉《離騷》"揚靈"而誤。"靈"是"靈之來兮如雲"之"靈"，説的是神靈。

● 侍女見湘君爲湘夫人禓神求助，感動得潸然流涕。
● 湘君：

> 禓（揚）靈兮未極，
> 女嬋媛兮爲余太息。

未極 王逸云："極，已也。"

常敘按：《詩・唐風・鴇羽》"曷其有極"，鄭氏箋云："極，已也。"

女 林雲銘以爲"湘君之侍女"。蔣驥、戴震，劉永濟、姜亮夫、馬茂元也都以爲湘君侍女。

常敘按：這個"女"就是本章開始時傳湘君之命：命"沛（軷）舟"，令"沅湘"之人，如林雲銘所說，是湘君的侍女。以後她又奉湘君之命，把他所采的芳洲杜若送達于湘夫人。

嬋媛 朱起鳳、姜亮夫、聞一多也都注意到"嬋媛"即楚語"嘽咺"。但是，對此語的理解卻存在著不同。

常敘按："嬋媛"，疊韻連語。聞氏引《方言》近似而有誤。《方言一》：

> 謾台，脅鬩，懼也。燕代之間曰謾台，齊楚之間曰脅鬩。
> 宋衛之間凡怒而噎噫，謂之脅鬩。南楚江湘之間謂之嘽咺。

這兩段方言詞是不相同的。前者以"懼也"爲詞義，而後者的詞義則是"怒而噎噫"。因爲"脅鬩"在燕代和齊楚之間有同音關係，揚子雲把這兩組不同義詞前後排在一起，並不是混而爲一的。

從楚辭看楚語，劉向《九歎・思古》：

>   魂佊佊而南行兮，
>   泣霑襟而濡袂。
>   心嬋媛而無告兮，
>   口噤閉而不言。

這一段歌辭所說的心情是悲憤愁苦。伴隨這種情緒而來的身態變化是泣。可見"嬋媛"一詞與悲悶愁苦傷痛之情相近，並沒有恐懼之義。

《九章·哀郢》：
>   望長楸而太息兮，
>   涕淫淫其若霰。
>   過夏首而西浮兮，
>   顧龍門而不見。
>   心嬋媛而傷懷兮，
>   眇不知其所蹠。

與"嬋媛"相依存的事情是人民離散相失而流亡。去國離鄉，東遷就遠，而不知其"焉極"。在感情上是軫懷故國，哀君不見，望長楸而太息，涕淫淫其若霰。由於時代觀念的局限，作者把問題歸之於天。可是就在這種情況下，"何百姓之震愆"這一句話卻反映了作者面臨這種重大事變，在思想上對"老天爺"只是責問而不是恐懼。這些關係說明"嬋媛"一詞，它的詞義有悲苦、愁悶、傷痛至於涕泣之意，它不是恐懼。王逸《章句》也只能說"心嬋媛而傷懷兮"是"心中牽引而痛"，卻不是"而懼"。

又，《九章·悲回風》："依風穴以自息兮，忽傾寤以嬋媛。"王逸云："心覺自傷，又痛惻也。"根本不涉及"懼"字。

《離騷》在"民生各有所樂兮,余獨好修以爲常。雖體解吾猶未變兮,悲余心之可懲"之後,寫道:

> 女嬃之嬋媛兮,
> 申申其詈予,
> 曰鯀婞直以亡身兮,
> 終然殀乎羽之野,

"鯀婞直以亡身","紛獨有此姱節","薋菉葹以盈室","判獨離而不服","世並舉而好朋",爲何偏要特立孤行?申申而詈都是悲憤之辭。王逸説:"言女嬃見已施行不與衆合,以見流放,故來牽引數怒,重詈我也。"游國恩説:"嬋媛者,蓋嘽咺之借字。《方言》'凡怒而噎噫謂之脅閲,南楚江湘之間謂嘽咺',疑即此文嬋媛之義。蓋上言怒而下言詈,其義本相應也。"這個"嬋媛"也是與恐懼没有關係的。

《湘君》這句歌辭,"嬋媛"是與"太息"相依的。《吕氏春秋・士節》:"晏子上車太息而歎曰。"太息,是歎氣,所謂"久蓄氣而大籲也"。引起太息的事因是很多的,可以是悲,可以是懼,可以是怒,可以是其他。《湘君》的"嬋媛"、"太息"是在前文所説"望夫君兮歸來,吹參差兮誰思(誰憐哀)"和"望涔陽兮極浦,横大江兮楊(揚)靈"的情事上發出來的,這個"太息"是湘君正在揚靈時,聽到他的侍女見他由於漢中喪失,夫人淪陷,北上營救,束手無策,不得已而禓神求助的情況下,而發出來的悲憤哀歎之聲。因而在前文和本句的各種互相依賴,互相制約的關係中,"嬋媛"只有悲憤、愁苦、傷痛之情,並無恐懼之意。

《莊子·齊物論》:"大塊噫氣,其名爲風。""噫"是向外出氣。在人,它是"歎傷之聲"[1],是"痛傷之聲也"[2],是"恨聲也"[3]。"嘅",《說文》:"飯窒也。"《詩·王風·黍離》:"中心如噎。"《傳》云:"憂不能息也。""噎噫"是把憋在心裏的一口氣發洩出來。《方言》:"凡怒而噎噫,……南楚江湘之間謂之嘽咺。"而"嘽咺"即"嬋媛"。"嬋媛"這個詞是太息的一種具體情緒和與之相應而出的身態狀況與出氣方式。換句話說,"嬋媛"既有悲憤、愁苦、傷痛的心情,同時也有令人可見的表情和聲息。

● 湘君見侍女爲他悲歎,自己也潸然落淚。
● 禡靈已畢,
● 湘君:

　　橫流涕兮潺湲,
　　隱思君兮陫側。

潺湲　王逸云:"流貌。"

常敘按:"潺湲"水流貌。《湘夫人》:"觀流水兮潺湲。"《招魂》:"川谷徑復,流潺湲些。"涕流潺湲也見於《九辯》,其辭云:"倚結軨兮長太息,涕潺湲兮下霑軾。"

隱　洪興祖云:"痛也。"

朱季海云:"尋《悲回風》:'孰能思而不隱兮。'《注》:'誰有悲哀,而不憂也?隱,憂也。'《詩》曰:'如有隱憂。'此二隱同耳。顧

---

[1] 玄應《一切經音義》。
[2] 慧琳《一切經音義》。
[3] 希麟《續一切經音義》。

野王所謂'憂痛之隱'是也[1]。于《說文》蓋借爲'慇',許君云:'慇,痛也。'[2],段氏《注》:'《柏舟傳》曰:"隱,痛也。"此謂隱即慇之假借。'是也。王注《九章》、洪注《九歌》,比而觀之,足以見義矣。《公羊·隱三年傳》'隱之也',注:'隱,痛也。'是痛謂之隱。亦齊楚間通語矣。"

君 湘君稱湘夫人。

陫側 王夫之云:"與悱惻同。"

俞樾云:"陫,讀爲憤悱之悱。側,讀爲惻隱之惻。陫側即悱惻。"

常敘按:《說文》:"悱,痛也。""惻,痛也。"悱惻即悲惻。同義互足。古音之、職兩部字常與脂、質相轉。《說文》:"國"或作"闧","咸"讀若"洫"。《詩·大雅·文王有聲》:"築城伊淢。"《釋文》:"淢,字又作洫,《韓詩》云:'洫,深也。'"或聲之字在職部,洫聲之字在質部。《書·皋陶謨》:"剛而塞。"《史記·夏本紀》作"剛而實"。《左傳·昭公二十八年》:"比置三歖。""置",毛本作"至"。"塞"、"置"並在職部,而"實"、"至"都在質部。

質、職兩部的陰聲脂、之也有這種情況。《詩·鄭風·出其東門》:"縞衣綦巾。"《說文》引作"縞衣綟巾",說"綟或從其"作綦。《左傳·宣公十二年》:"楚人惎之。"《說文》:"畀"字引作"楚人畀之"。《詩·小雅·采菽》:"載驂載駟,君子所屆。""屆",《晏子春秋·內篇·諫上·第九》引此詩作"所誡"。"畀"、"屆"都在脂部,而"綦"、"誡"都在之部。

---

[1] 原本《玉篇·阜部》隱字下,《國語·晉語》:"隱悼播越。"《注》:"隱,憂也。"又《詩·柏舟》:"如有隱憂"《傳》"隱,痛也",是隱有憂痛之義。

[2] 見《說文·心部》。

古音"惻"在職部初母,"切"在質部清母,古聲母照二組歸精組。"惻""切"雙聲可以質、職音轉。《詩·衛風·氓》:"信誓旦旦。"鄭氏箋云:"言其懇惻欵誠。"朱駿聲云:"惻、切,雙聲。《後漢書·張酺傳》:'闇闇惻惻,出於誠心。'注:'懇也也。'"

"惻"與"切"以雙聲而職、質相轉,後來慣用的"悲切"一詞,推其原,當是"悲惻"音變後與之相應的書寫形式。

● 湘君在悲切中訴說他營救湘夫人歸楚的困難程度。
● 湘君:

> 桂櫂兮蘭枻,
> 斲冰兮積雪。
> 采薜荔兮水中,
> 搴芙蓉兮木末!

櫂 王逸云:"楫也。"

常敘按:《說文》無櫂字。楫字下云:"舟櫂也。"《詩·衛風·竹竿》:"檜楫松舟。"《傳》云:"楫,所以櫂舟也。舟楫相配,得水而行。"《史記·佞幸列傳》鄧通"以濯船爲黃頭郎"。裴駰《集解》引一說云:"能持櫂行船也。"《方言·九》:"楫謂之橈,或謂之櫂。"《釋名·釋船》:"在旁撥水曰櫂。櫂,濯也,濯于水中也。且言使舟櫂進也。……又謂之楫。楫,捷也,撥水使舟捷疾也。"櫂與楫是同實而異名。這種行船工具,它的作用在於撥水,是短槳。

枻 王逸《章句》作"枻"。《文選》作"栧"。如王念孫所說,它是爲了避唐太宗李世民諱而改的。

洪興祖云："枻，音曳。楫謂之枻。一曰柂也。"

高先生曰："枻即舵也。"

常敘按：洪氏第一說是對的。已知"櫂，楫也"。又說："楫謂之枻。"如此，則"桂櫂蘭枻"一句之中詞義復出，只以桂蘭爲別，沒有多大意義。應如《補注》所引"一曰"之說，說"枻"是"柂"。

"柂"就是"柁"，也就是現在所用的"舵"。《後漢書·趙壹傳》："奚異涉海之失柂。"李賢注云："柂可以正船也。音徒我反。"《釋名·釋船》："其尾曰柂。柂，拕也。在後見拕曳也。且弼正船，使順流，不使他戾也。"

知"枻"之爲"柂"者：《史記·司馬相如列傳》："浮文鷁，揚桂枻。"《漢書》相如傳裏也引他的《子虛賦》，把"揚桂枻"寫成"揚旌枻"。王念孫說"旌"是"桂"的誤字。顔師古注《漢書》引張揖"枻，柂也。""文鷁"與"桂枻"，鷁首在船頭，桂枻爲柂在船尾，一首一尾，正是相對爲文的。

"柂"與"枻"都是以其拖曳在後而得名的。枻是從動詞泄得名的。《說文》："抴，捈也。""枻，臥引也。""臥引"是把被引之物放躺下來拖。船柂也正是躺卧地搭在船後被拖的東西（這裏說的古柂），因而把這個被抴之物也叫作抴。在書面語言中，由於文字區別律的制約，因它是木製之器，換手著木，遂成枻字。《釋名·釋船》："柂，拕也，在後見拕曳也。"《集韻》："柂，或作拖，柂或作柁。"柂和柁的得名和成字也是這種關係。

抴、枻和曳、棷，古同意，聲爲喻母而韻在祭部。在詞義上也相同，《說文》："曳，臾曳也（'臾，束縛捽抴爲臾'）。"臾字象用雙手捽持人髮而拖之，曳字則象用兩手拖物之形，"曳"中所持之

"("爲被拖之物，恐其誤混，又用指示方法"／"以別之作"("。許慎用"從申"來解"曳"、"叀"兩字失其義，"曳"爲拖曳。栧爲初拖曳之物。栧之與柂是同一詞的不同書寫形式，並不是假借。

斲　王逸云："斫也。"

積　《廣雅·釋詁三》："聚也。"

常敘按："斲冰"是砍冰。"積雪"是攢雪，把地面上的雪攢聚在一起。"桂櫂兮蘭栧，斲冰兮積雪"兩句，是湘君説他這次北上營救湘夫人，就他自己的力量來説，成功的希望是很少的。他就好像用船划子砍冰，用船柂攢雪一樣是不容易達到目的的。

采　高先生云："古採字。"

薜荔　王逸云："薜荔之草緣木而生。"

搴　王逸云："採取也。"

芙蓉　王逸云："荷華也，生水中。"

"采薜荔兮水中，搴芙蓉兮木末。"王逸云："猶入池涉水而求薜荔，登山緣木而采芙蓉，固不可得也。"徐英云："猶緣木而求魚也。"錢鍾書云："蓋池無薜荔，山無芙蓉，《注》云'固不可得'者是，正如韋應物《橫塘行》所謂：'岸上種蓮豈得生？池中種槿豈能成？'或元稹《酬樂天》所謂：'放鶴在深水，置魚在高枝。'《湘夫人》：'鳥萃兮蘋中，罾何爲兮木上？'"認爲"當入王琪《續雜纂》中《左科》門者"。

常敘按：這兩句，湘君説他營求湘夫人的困難程度。説：想把她救歸楚國，就好像到水裏去采薜荔，上樹梢去采荷花一樣。其困難，難到了不可能的程度。

● 在這種困難情況下,湘君表示自己絕不動搖。
● 湘君:

> 心不同兮媒勞,
> 恩不甚兮輕絕!

媒勞 王逸云:"言婚姻所好,心意不同,則媒人疲勞而無功也。"

甚 沈祖緜云:"甚,即湛字。"

高先生云:"'恩不甚'是説恩愛不深。"

常敍按:《吕氏春秋·知士》:"靜郭君曰:'王之不説嬰也,甚。'高注云:'甚,猶深。'"沈説"甚即湛"。《文選·思玄賦》:"私湛憂而深懷兮。"舊注:"湛,深也。"

這兩句歌辭説兩心如一是最可貴的。説男女心意不同,媒人只落得勞苦(是撮合不成的),夫婦恩情不深(遇到一點兒小事),就會輕易地決絕。

楚秦對峙,形勢是嚴峻的。營救湘夫人的困難是難以克服的。是堅決北上營救,還是知難而退、半途而廢?這兩句歌辭,湘君意識到他對湘夫人的恩愛之情面臨著嚴酷的考驗。

● 湘君行舟在前進。船行駛在石瀨之上。
● 湘君:

> 石瀨兮淺淺,
> 飛龍兮翩翩。

石瀨 《漢書·司馬相如傳下》、《哀秦二世賦》云:"東馳土山兮,北揭石瀨。"師古曰:"石而淺水曰瀨。"《論衡·書虚篇》:

"溪谷之深,流者安洋;淺多沙石,激揚爲瀨。"《狀留篇》:"是故湍瀨之流,沙石轉而大石不移。"《説文》:"瀨,水流沙上也。"以沙或石,或沙石爲河床的淺水急流爲瀨。

淺淺 王逸云:"流疾也。"

常敘按:《木蘭辭》:"不聞爺娘喚女聲,但聞黄河流水鳴濺濺。"濺濺與淺淺同音,它倆都應該是流水之聲,"鳴"字可證。

飛龍 蔣驥云:"湘君所駕。"

常敘按:蔣説是。前云:"駕飛龍兮北征。"飛龍是湘君所乘之舟。

翩翩 洪興祖云:"《説文》:翩,疾飛也。"

常敘按:《文選・洛神賦》:"翩翩若驚鴻。"驚字可證翩爲疾飛。

石瀨行舟,容易擱淺。可是湘君所乘的飛龍之舟卻很快地翩然而過。湘君此辭,用來象徵他終將越過困難。

● 湘君決定踐約,從而營救湘夫人歸楚。
● 湘君:

> 交不忠兮怨長,
> 期不信兮告余以不閒。

怨長 洪興祖云:"此言朋友之交,忠則見信,不忠則生怨。"以生訓長。

常敘按:《國語・楚語》:"昔瓦唯長舊怨以敗于柏舉。"又,"君若不鑒而長之"。韋氏解云:"長,猶積也。""交不忠兮怨長"之長與"唯長舊怨"之長義同,當以上聲讀之。

期 高先生云:"期是約會。"《說文》:"期,會也。"段玉裁云:"會者,合也。期者,要約之意,所以爲會合也。"

不信 説了不算,不能恪守約定成言,不忠實地實踐約言。就期會來説,不能恪守約定時期到約定的地方相會。賈誼《新書・道術》:"期果言當謂之信。"

告 告問,不能親來,使人告以所問。《禮記・王制》:"八十,月告存。"《疏》云:"告,謂問也。君每月使人致膳,告問存否。"

余 湘君自稱。

不閒 常敘按:《國語・晉語六》:"郤至曰:'不可,楚師將退,我擊之必以勝歸。夫陣不違忌,一閒也;夫南夷與楚來,而不與陣,二閒也?夫楚與鄭陣而不與整,三閒也;且其士卒在陣而譁,四閒也;夫衆聞譁則必懼,五閒也。鄭將顧楚,楚將顧夷,莫有鬥心,不可失也。'"又《左傳・成公十六年》:"楚有六閒,不可失也。其二卿相惡,王卒以舊,鄭陳而不整,蠻軍而不陳,……合而加囂。各顧其後,莫有鬥心;舊不必良,以犯天忌,我必克之。""閒"是"間"之古字。這裏的"閒"非空暇義,當釋爲時機。《九歌・山鬼》:"君思我兮不得閒。""不得閒"當爲不能得到機會。故"不閒"亦爲没有機會,以表彼此間的體諒。

● 湘君乘舟過江,沿漢水北上。至北渚而弭節。

● 湘君:

    朝騁騖兮江皋,
    夕弭節兮北渚。

朝 王逸《章句》作"𪉼"。

騁騖 洪興祖云:"騁,音逞。騖,音務。《説文》:'騁,直馳也。騖,亂馳。'"

常敘按:"朝騁騖兮江皋"句,語義與《湘夫人》"朝馳騁兮江皋"(或作"朝馳余馬兮江皋")相同,都是以車馬賓士來比擬行舟之速的。這一點和本章前面"沛吾乘兮桂舟",以舟爲車乘而較之,是完全一致的。它並不是棄船上陸而騎馬。《釋名·釋船》:"輕疾者曰赤馬舟。其體正赤,疾如馬也。"《古今注·雜注》:"孫權時,名舸爲赤馬,言如馬之走陸也。"又小舟名馳馬。以馬名舟,用意和本辭相近。《北堂書鈔》稱《江表傳》:"孫權名舸爲馬,言飛馳如馬之走陸地也。"

江皋 王逸云:"澤曲曰皋。"

常敘按:江,即"橫大江"之江;皋,即澤。在楚辭《九歌》裏,指楚國漢水雲夢通渠——漢水下游,自堵口夏水來匯同的漢水,穿雲夢澤而入江的一段。它是由江溯漢的第一程水路。

爲什麼這樣説?

第一,在語言文字上"皋"、"澤"字通;

第二,在當時地理上存在著漢水雲夢通渠;

第三,在楚辭《九歌》形式與内容、部分與整體的各種關係中,制約它必須是這一部分水域。

這裏只説第一"皋"和"澤"的關係。第二個問題,請看本書《楚辭九歌各章情節的地理關係》,這裏不重述。第三個問題,在用對立統一規律,整體地、全面地、系統地解釋這十一章歌辭時,可以得到驗證和理解。

這裏先談"皋"和"澤"的關係:

《説文》:"澤,從水睪聲。"古音鐸部、定母。"皋,從本從白。"幽部、見母。隸書皋或寫作睾。

《史記·范雎列傳》:"王下兵而攻滎陽,則鞏、成皋之道不通。"《戰國策·秦三》這句寫作"舉兵而攻滎陽,則成睪之路不通"。《左傳·宣公四年》:"秋,七月戊戌,楚子與若敖戰於皋滸。"《太平御覽·兵部戰上》:"《左傳》曰:'楚子與若敖氏戰於睪滸。'"皋與澤字所從得聲之"睪",相對地形成了同詞異文。

澤或寫作睪,《荀子·正論》:"側載睪芷以養鼻。"朱駿聲云:"按即《儀禮·既夕禮》'實綏澤焉'之'澤',香草澤蘭也。"《書·禹貢》:"九川滌源,九澤既陂。"《國語·周語下》:"決汨九川,陂鄣九澤。"《孫叔敖碑》:"收九睪之利。"《隸釋》云:"澤去水而爲睪。"

皋或寫爲澤。《左傳·襄公十七年》:"築者謳曰:'澤門之晳,實興我役。'"《詩·大雅·緜》:"迺立皋門,皋門有伉。"《正義》:"襄公十七年《傳》,宋人稱'皋門之晳',諸侯有皋門也。"《史記·封禪書》:"太一、澤山君、地長用牛。"《孝武本紀》此事寫作"泰一、皋山山君、地長用牛"。《漢書·郊祀志》作"泰一、皋山、山君用牛"。皋山即澤山。故《史記集解》引徐廣曰:"澤,一作皋。"

漢隸"睪"聲之字,如衡方碑"鐸"、靈臺碑"擇"、北海相景君碑"澤"、綏民校尉熊君碑"繹"、張壽碑"驛"、耿勳碑"譯"等,都是把"睪"簡化爲"睪"的。

漢代"皋"字簡化,如《後漢書·馬援傳》李賢注引《東觀漢記》曰:援上書說"城皋令印,皋字爲白下羊;丞印,罒下羊;尉印,白下人,人下羊"。

這樣,四下羊的"睪"成了"睪"、"皋"兩字在簡化後的共同形式。它可以被讀爲"皋",也可以被讀爲"睪"。《荀子·解蔽》:"睪睪廣廣。"楊注:"睪讀爲皞。皞,廣大貌。"便是把"睪"看作"皋"的。

皋,古音在幽部;澤從睪得聲,在鐸部。幽、鐸兩部字有時以音變而同音。《周禮·秋官》:"翦氏掌除蠹物。"鄭氏注云:"故書蠹爲囊。杜子春云:'囊當爲蠹。'"囊在幽部,而蠹在鐸部。《詩·大雅·烝民》:"肅肅王命,仲山甫將之,邦國若否,仲山甫明之。"《後漢書·郎顗傳》顗上書薦黃瓊李固,引此四句,"肅肅"作"赫赫"。肅在幽部(也入覺部),而赫在鐸部。在聲母上,皋、見母;澤、定母。這種情況和唐從庚聲,庚、見母,而唐定母。隤從貴聲,貴、見母,而隤定母。皋、澤在聲母的關係也是古有其例的。

古皋、澤方音同音,所以常借皋寫澤。

一、《説文》:"臯,大白,澤也。古文以爲澤字。""皋,气皋白之進也。"兩字同音,而古書多以皋爲澤,是臯爲皋之或體。

《荀子·禮論》:"側載睪芷,所以養鼻也。"《史記·禮書》引《荀子》這段話,寫作"側載臭苣"。苣與芷同,"臭"不是"香也",而是因與"臯"形近而誤。睪芷爲澤芷,臯與皋爲或體。正是"臯(皋)古文以爲澤字"。

二、《水經·潁水注》云:"東南徑澤城北。澤城即古皋城亭矣。"澤城是當時用語,可知必有讀皋爲澤之事,才會使古皋城被人呼爲澤城。

三、《楚辭·招魂》:"皋蘭被徑兮斯路漸。"《文選》謝靈運詩《游南亭》有"澤蘭漸披徑"之句。這句詩用《楚辭》而以"澤蘭"出之。結合皋城而被稱爲澤城之事來看,可知《楚辭》"皋蘭"是被人讀作"澤蘭"的。

四、《太玄·上》："次五,鳴鶴升自深澤,階天不心。"范望注："君子之道闇然而日章,雖聲聞於天亦無所愧。《詩》曰:'鶴鳴於九皋,聲聞於天。'"李賡芸《文字證古》說:"據此,'九皋'當作'九澤'。《說文》:'皋,古文以爲澤字。'《毛詩》必本作'皋'字,與'皋'相似,因而致譌。"

皋與澤在詞的書寫形式即有相近之處,在詞的語音形式上也有音變的可能。因此,《湘君》。"朝騁騖兮江皋"的"江皋"當是"江澤"。

弭節 高先生云:"弭,停止。"姜亮夫云:"節,行舟之節也。"

常敘按:《詩·沔水》:"心之憂矣,不可弭忘。"《國語·周語》:"王喜,告邵公曰:'吾能弭謗矣,乃不敢言。'"《左傳·襄公二十五年》:"自今以往,兵其少弭矣。"毛氏《傳》韋氏《注》和杜氏《注》都說:"弭,止也。"《淮南子·主術訓》:"不直之於本,而事之於末,譬猶揚堁而弭塵,抱薪以救火也。""弭"的"止"義是指對正在進行中的事情,或正在發展中的事態使它中止的行動而說的。

"節",就楚辭來說,是由楚國官方製作,交付行者攜帶的,上面寫有指定的通行地區和行程路線以及向它征稅的證件;由於水、陸性質不同,而有舟節和車節兩種。

"弭節"是指行人乘舟或乘車,正在按著節文上限定的路程前進時,忽然中途"拋錨"或"剎車",放棄節上明寫著的尚未走完的進程而停止前進。"弭"是止,中途停止。"節"是以器物的名稱代替器物上所規定的事。

《離騷》:
  朝發軔於蒼梧兮,
  夕余至乎縣圃。

>　　欲少留此靈瑣兮，
>　　日忽忽其將暮。
>　　吾令羲和弭節兮，
>　　望崦嵫而勿迫。
>　　路曼曼其脩遠兮，
>　　吾將上下而求索。

崦嵫是日所入山。日將暮，使羲和"弭節"，不要迫近崦嵫，它正説明了"弭節"的中途停止前進之義。

1957年壽縣出土了鄂君啓節。它不但使我們看到楚節實物，看到它確有舟節和車節，而且又使我們從節文中看到明定行程路線的實例，體會到有關"弭節"的辭句。

爲了便於瞭解楚節和"弭節"的關係，我們把鄂君啓節，按照它的内容，分舟節和車節，把它們轉摹在這裏。

爲了理解"弭節"，用舟節釋文作爲實例：全文共分三段：

第一段：

　　大司馬卲（昭）鄏（陽）敗（敗）晉（晉）帀（師）於襄（襄）陵之戠（歲），䣄（夏）层之月，乙亥之日，王凥（处）於茂郢之遊宫，大攻（工）尹脽台（以）王命，命集尹恐（悼）糈（諸），裁（織）尹逆，裁（織）敚（令）阢，䣄（爲）鄙（鄂）君啓之賡（府）贖（就）盈（鑄）金節。

這一段節文，説明這種節是楚國大工尹以王命命有關官吏，爲鄂君啓的財貨之府製作的。它是官方發給的國内貿易通行證。

第二段：

　　屯三舟䣄（爲）一舿（舸），五十舿（舸），戠（歲）罷（羸）返，自鄙

卷二　楚辭《九歌》整體系解　/　103

舟節　　　　　　　　　車節

(鄂)埠(市),逾油(淯),辻(上)灘(漢),就屑(穀),就芸(鄖)易(陽),逾灘(漢),就邔(襄),逾頮(夏),内(入)邔(溳),逾江,就彭射(澤),就松(樅)易(陽),内(入)澕(瀘)江,就爰陵,辻(上)江,内(入)湘,就䐑(睽),就郷(洮)易(陽),内(入)瀰(潘、耒),就鄘(郴),内(入)渚(濱、資)、沅、澧、潡(油),辻(上)江,就木闡(關),就郢。

這一段節文,明記兩事:一、國家批准的船隊編制和船數;二、國家指定的航行線路、碼頭和航程。

第三段:

　　夏(得)其金節劕(則)母(毋)政(政、徵),母(毋)舎(舍、捨)桴(榽、饌)飤,不夏(得)其金節劕(則)政(政、徵),女(如)載馬、牛、羊,台(以)出内(入)闡(關)劕(則)政(徵)於大廈(府),母(毋)政(徵)於闡(關)。

這一段節文,明確過關征稅範圍:一、見到它的金節,就不要征稅了,並且不要給予棹糧[1]。二、不見到金節,那就征收賦稅。三、如果載有馬牛羊以出入關的,則轉請大府征收,不要征于關。

"節"的種類和用途是多種多樣的。《周禮·掌節》:"門關用符節,貨賄用璽節,道路用旌節。"但是,作通行憑證,它們"皆有期以反節"。都限定了行程和時日。

在長期實踐中,隨著以"節"行車,形成了一系列的術語。以司馬相如《子虛賦》和《上林賦》作例,例如"案節未舒,即陵狡獸",

---

[1] 于省吾説:"余舊藏有'淖飤之鉢'。"見《雙劍誃古器物圖録》。據可知"淖飤"別有專人管轄。

"案節"是按照預定路線行車,"然後侵淫促節,儵夐遠去"、"促節"是加急加速,"然後揚節而上浮,凌驚風,歷駭猋"、"揚節"是騰車而起;而"弭節"一事,兩賦都有敘述,《子虛賦》在楚王之車"軼野馬,轊陶駼,乘遺風,射游騏,……雷動熛至,星流霆擊,弓不虛發,中必決眥,……獲若雨獸,揜草蔽地"飛馳射獵之際,"於是,楚王乃弭節徘徊,翱翔容與,覽乎陰林……殫覩眾物之變態"。《上林賦》寫"天子校獵"也是在"車騎雷起,殷天動地,……徑峻赴險,越壑厲水,……箭不苟害,解脰陷腦,弓不虛發,應聲而倒"馳騁田獵之際,"於是乎乘輿弭節,徘徊,翱翔往來,睨部曲之進退,覽將帥之變態"。兩《賦》的共同語言,說明"弭節"是行車前進中的中止不前。這一點和上文所引《離騷》"弭節"是完全相同的。

就行舟進程來說,"弭節"同樣是在按預定航程中,情況突然變化,中途被迫"拋錨"(或"剎車")。

北渚 洪興祖云:"渚,沚也。《爾雅》:小洲曰陼。"

常敘按:《爾雅·釋水》:"水中可居者曰洲。小洲曰陼,小陼曰沚。"《說文》"渚"字下引《爾雅》曰:"小洲曰渚。"《國語·齊語》:"渠弭於有渚。"韋昭引侍中云:"水中可居者曰渚。"《莊子·秋水》:"兩涘渚崖之間不辯牛馬。"《釋文》引司馬云:"水中可居曰渚。""渚"即"陼"與"洲"同義。

北渚,即漢水中的滄浪洲。《太平御覽》卷六十九引《荊州圖經》云:"武當西北四十里,江有滄浪洲,長四里,中廣十三里。"這個"江"說的是漢水。

丹陽敗後,楚失漢中,長利以西之地都入秦手。長利鄖關成為秦在漢水流域——漢中的東境要塞。而與之相對之武當以西之地,遂成為楚與秦對峙的軍事要地。漢水的滄浪洲正接近這個前沿陣地。湘君溯漢而西上,行舟至此,欲進不能,中途而止,不得不"弭節"在這裏。[1]

- 桂舟駛向北渚。
- 湘君:命令侍女,將船靠岸。
- 湘君唱:

　　　　鳥次兮屋上,
　　　　水周兮堂下。

鳥次、水周　王逸云:"次,舍也。再宿曰信,過信爲次。"又云:"周,旋也。"林雲銘云:"杳不見神,惟淒寂之景現前矣。"蔣驥云:"鳥次、水周,江邊寥落之景。"劉夢鵬云:"鳥次屋上,水周堂下,則江皋北渚閴静無人之景也。"

常敍按:這兩句歌辭寫湘君駛舟向北渚靠岸前,在舟中所看到的渚邊景象:行人已斷,旅舍無煙,房屋之上竟棲飛鳥;港內無船,關津寂寥,堂下之流水可見。丹陽大敗,漢中淪陷,北渚地近前線,除軍事外,一般船舶已不往來,一片冷落荒涼。湘君眼中北渚,已是"閴静無人"、"淒寂"、"寥落"之景也。

- 泊舟,
- 湘君偕侍女下船登岸。
- 湘君:

　　　　捐余玦兮江中,

―――――――
[1] 此説詳見本書《各章情節的地理關係》中的《北渚》。

遺余佩兮澧浦。

捐玦、遺佩 呂延濟云："捐、遺，皆置也。"王逸云："玦，玉佩也。"洪興祖云："玦如環而有缺。"

常敘按：《說文》："捐，棄也。""棄，捐也。"《史記·魯仲連列傳》："昔者管夷吾……遺公子糾不能死，怯也。"《索隱》："遺，棄也。""遺"與"捐"、"棄"同義。如《呂氏春秋·慎大覽·下賢》："夫相萬乘之國而能遺之"之"遺"，高誘說它"猶舍也"。有拋開、扔掉、棄置之意。

"玦"，洪興祖云："如環而有缺。"《左傳·閔公二年》："佩以金玦，棄其衷也。……金寒玦離。"它雖以"缺"而得名，可是在生活上，卻常以同音詞關係，作爲表示決心之"決"的象徵。《左傳·閔公二年》："公與石祁子玦，與寧莊子矢，使守，曰：'以此贊國，擇利而爲之。'"杜注云："玦，示以當決斷。"《史記·項羽本紀》："范增數目項王，舉所佩玉玦以示之者三。"示之以玦，欲其即下決心，正是以"玦"表"決"之例。

"佩"，《詩·鄭風·子衿》："青青子佩。"毛傳："佩，佩玉也。"《左傳·閔公二年》："佩，衷之旗也。"杜注："旗，表也，所以表明其心。"

江中，湘漢之間，湘君與其夫人漢水女神當初定情之處。湘君"捐玦漢中"，所以表決心而質信于江[1]。

澧浦 洪興祖云："《方言注》云：'澧水在今長沙。'《水經》云：'澧水出武陵充縣，注於洞庭。'……今澧州有澧浦，因楚詞爲

---

[1]《左傳·僖公二十四年》："及河，子犯以璧授公子，曰：'臣負羈絏從君巡於天下，臣之罪甚多矣。臣猶知之，而況君乎？請由此亡。'公子曰：'所不與舅氏同心者，所如白水。'投其璧於河。"這裏事與物雖然和《湘君》不同，可是投玉于水以明誓，以質信，其用意則是一樣的。錄之存參。

名也。"

　　澧和沅、湘諸水都是見於鄂君啓節的舟節之上的。由漢入湘,橫大江,遶洞庭,進入湘水水系時,第一條水口便是澧水。它是自江入湘的門户。

　　《湘夫人》:"沅有芷兮澧有蘭,思公子兮未敢言。"澧在湘夫人和湘君的生活中有特殊的憶念作用。

　　"捐玦江水","遺佩澧浦",行程自北而南。在其下句"采杜若"、"遺遠者"的制約下,知這兩句的語意是思遠人,憶往事,而不是因弭節而南歸。

　　湘夫人是漢水女神,湘君之妻。

　　漢中淪陷,坐困涔陽。湘夫人望斷湘雲,難歸楚國。秦兵壓境,一水難通。湘君弭節北渚,營救路斷。念家山破,離人往事,患難中倍覺情親,當年信誓,顛沛中更見堅貞。

　　在十一章歌辭的各種制約關係中,這兩句歌辭是湘君北渚弭節,前進無路時,追憶他和夫人結婚時,親迎漢水,過大江而捐玦,至澧浦而遺佩,信誓猶在而人陷異國。

● 湘君采杜若。
● 把它交給侍女,使她持之前去涔陽,送給湘夫人,向他轉達湘君之意。
● 湘君:

　　　　采芳洲兮杜若,
　　　　將以遺兮下女!

芳洲　王逸云:"香草叢生水中之外。"劉良云:"芳洲多生香草也。"

常敘按：芳洲，指湘君弭節後偕其侍女所上的北渚——滄浪洲。

杜若 沈括《夢溪筆談·藥議》云："杜若即今天之高良薑。……高良薑花成穗，芳華可愛。土人用鹽梅汁淹以爲葅，南人亦謂之山薑花，又曰豆蔻花。《本草圖經》云：'杜若苗似山薑，花黃赤，子赤色，大如棘子，中似豆蔻，出峽山，嶺南北。'正是高良薑，其子乃紅蔻也。騷人比之蘭芷。"朱熹云："杜若葉似薑而有文理，味辛。"

朱季海云："《重修政和證類本草》卷第七：'杜若，味辛，微溫。主胸脅下逆氣，溫中，風入腦户，頭腫痛，多涕，淚出，眩倒，目瞇，止痛，除口臭氣。久服益精，明目輕身，令人不忘。……生武陵川澤及冤句，二月八月采根暴乾。'凡字旁無點者，《嘉祐補注》所出朱字《神農本經》，其加點者墨字《名醫》，因神農舊條而有增補者也。據此杜若自是上藥（在草部上品之下），平願采之，貽已匹儔，不但取其芬芳而已。《名醫》所記云：'生武陵川澤'，《政和本草》同卷又引《范子計然》云：'杜蘅、杜若，出南郡、漢中，大者大善。'是杜若故楚之良藥，既生於川澤，故欲往芳洲以采之也。王逸云：'芳洲，香草藂生水中之處。'是也。"

常敘按：朱季海先生之説是。但不是"平願采之"，而是"湘君采之"。湘君"采之，貽已匹儔"，蓋取其"令人不忘"之意。

將 《荀子·成相篇》："吏謹將之無鈹滑。"楊倞云："將，持也。"

遺 王逸云："與也。"沈祖緜云："遺與上文'遺余佩兮澧浦'之遺義異。故王逸兩釋之。此云：'遺，與也。'《離騒》：'相下女之可詒'詒一本作貽。《說文》不出貽，以詒爲之。《說文》：'詒，一曰遺也。'即解貽字。《爾雅·釋言三》：'貽，遺也。'遺實爲饋之假借。"高先生云："此遺是贈送。"

下女 王夫之云："下女，下土之人也。"

常敘按："下女"，下土之神女。在這章歌辭裏是湘君指他的夫人——漢水水神說的。

"下女"也見於《離騷》。《離騷》之辭，在至懸圃、叩帝閽、登閬風"哀高丘之無女"以後，又想要"及榮華之未落兮，相下女之可詒"，它所說的"下女"，從作品的語言關係看，就是"吾令豐隆乘雲兮，求宓(一作"虙")之所在"的宓妃，"望瑤臺之偃蹇兮，見有娀之佚女"的佚女，以及"及少康之未家兮，留有虞之二姚"的二姚。根據這種關係，蔣驥說："下女，指下虙妃諸人，對高邱言，故曰下。"姚鼐也有和他相近的看法。他說："上言'相下女'，故虙妃、有娀、二姚皆下土女，非謂神也。"屈復云："下文佚女爲高辛妃，二姚爲少康妃，若以意例之，則虙妃當是伏羲之妃，非女也。"按：王逸《章句》在"求宓妃之所在"、"令謇修以爲理"注解中說："謇修，伏羲氏之臣也。"實際上，他也是以宓(虙)妃爲伏羲之妃的。

已婚未婚的女性都謂之"女"。《詩·關雎》："窈窕淑女，君子好逑。"這個"女"是未婚的。《王風·中谷有蓷》："有女仳離，嘅其泣矣。"這個"女"是已婚的。《說文》："女，婦人也。"屈復以爲宓妃、佚女、二姚都是妃，因而說他們"非女也"，這是不對的。湘夫人是夫人，和那些妃一樣，都是已婚的婦女，都是可以稱之以"女"的。

《詩·小雅·小明》："明明上天，照臨下土。"下土是地。《說文》："神，天神。引出萬物者也"；"祇，地祇。提出萬物者也。"《周禮·春官》："大宗伯之職，掌建邦之天地人鬼地示之禮。"《釋文》云："示，本或作祇。"地示，即地祇。《大宗伯》："以血祭祭社稷五祀五嶽，以貍沈山林川澤，以疈辜祭四方百物。"鄭氏注云："此皆地祇，祭地可知也。"川澤屬於地祇，湘夫人——漢水女神之爲下土女神，之爲"下女"是可以知之的。

湘君"采芳洲杜若"，讓他的侍女"將"持它以"遺下女"，"下女"是湘君贈送杜若的物件，而她正是湘君北上，阻於北渚，而不得營救的湘夫人。可見這個"下女"是漢水女神，湘君之妻，而不是傳杜若的侍女。

《湘夫人》章末，夫人"搴汀洲兮杜若，將以遺兮遠者"。在這段答湘君之辭中，湘夫人使湘君侍女把她所采的杜若，回去送給"遠者"——湘君。"下女"與"遠者"相對，也在反映"下女"是指湘夫人而說的。

因此我們説："將以遺兮下女"是湘君把他采的杜若交給他的侍女，命令她拿著它，去送給"下女"——下土女神湘夫人。

● 湘君囑咐他的侍女：
● 要她在見到湘夫人時，除把杜若送給她外，要向夫人傳達湘君的話。
● 説：

　　　　旹不可兮再得，
　　　　聊逍遥兮容與！

　旹　《説文》："古文時，從之從日。"徐鍇曰："之聲。""旹不可再得",辛紹業云:"已復念前此良時,豈可再得。"

常敘按:"時",湘君指他和他的夫人從結褵到漢中淪陷前的幸福歲月。

逍遥 戴震云:"逍遥,《廣雅》云'懷佯'也。"

容與 林雲銘云:"容與,暢適也。"

常敘按:《離騷》:"折若木以拂日兮,聊逍遥以相羊。""逍遥"、"相羊"即《廣雅》的"逍遥,懷佯"。錢杲之《離騷集傳》云:"逍遥,自得貌。"《離騷》又云:"欲遠集而無所止兮,聊浮游以逍遥。""浮游"是"逍遥"的手段或方式。汪瑗説:"浮游逍遥,皆優遊自適之意。"《莊子·讓王》:"逍遥於天地之間,而心意自得。""心意自得"是"逍遥"的心境和效果。

《離騷》:"忽吾行此流沙兮,遵赤水而容與。麾蛟龍以梁津兮,詔西皇使涉予。"《九章·涉江》:"船容與而不進兮,淹回水而凝滯。"這兩句的"容與"都有動而不前之意。《文選·子虛賦》:"於是楚王乃弭節徘徊,翱翔容與。""容與"和"徘徊"相依,也反映從容低徊動而不進的意思。

這句話是湘君惟恐湘夫人陷秦悲憤成疾,故作寬慰之辭,要她在逆境中優遊自適,勿急勿躁。實際上,他和湘夫人一樣:都是痛山河之破碎,悲家人之離散。

《湘君》韻讀:

猶	洲	脩	舟	流	（幽部）
來	思				（之部）
征庭	旌	靈			（耕部）
極	息	側			（職部）
栧	雪	末	絶		（月部）

淺	翩	聞				（元真合韻）
渚	下	浦	女	與		（魚部）

（二）湘夫人

（採用仿宋胡刻《文選》本）

　　湘夫人，湘君之妻，漢水水神。

　　她的"治所"在漢水上游涔陽。此時她正在"治所"，隨著漢中淪陷而陷於秦。

　　湘君發湘水，過洞庭、橫大江、進至北渚而受阻于秦，不得前往。於是湘君侍女受湘君之命，持杜若，發北渚，濟西澧，至涔陽以見湘夫人。湘夫人知湘君北上相召，也重申誓言，搴杜若把它交給湘君侍女，讓她持之回報以答湘君，言即時回湘，以圖團聚。

　　出場歌舞此辭者，依出場先後，共有靈巫二人：

　　　　湘君侍女

　　　　湘夫人

　　知此章有湘君侍女出場者，因有以下四事：

　　一、《湘君》章，"女嬋媛"諸句表明湘君北上有女同舟。"北渚"、"弭節"後，湘君采杜若於芳洲，使她"將"之以"遺下女"。則此同舟之女遂又成爲他的自"北渚"、"西澧"直達貝闕朱宮，傳言信使。

　　二、湘夫人"聞佳人兮召予"，明言她已經見到了傳言之人。

　　三、《湘夫人》章末六句，誓事、信物、囑望，這三事與《湘君》章末六句，句句相應。酬答之辭表明湘夫人備聞湘君之言，親見湘君之物。傳言之人來自湘君，不問可知。

四、湘夫人"搴汀洲杜若",使之"將以遺兮遠者","將"持也。"遠者"指湘君。在上述歌辭語言制約下,知此被使之人,他來自湘君,至涔陽見湘夫人,又返於湘君。當即湘君所使,使之執杜若以傳言于湘夫人之信使,與湘君同舟北上之侍女。

- 接前場。
- 湘君侍女,執湘君所采杜若上。
- 湘君侍女唱:

> 帝子降兮北渚,
> 目眇眇兮愁予。
> 嫋嫋兮秋風,
> 洞庭波兮木葉下。

第一句與《湘君》章"夕弭節兮北渚"緊緊相應。

湘夫人"聞佳人兮召予"之前,她尚不知湘君已降於北渚。

"目眇眇兮愁予",含睇送遠,他在擔心著我。這句歌辭的主語是"帝子"。從《湘君》、《湘夫人》兩章所反映的往返傳言的信使說來,這個"予"應是受湘君之命,發北渚,濟西澨,至涔陽以見湘夫人的湘君侍女。那麼,這句歌辭當是湘君侍女在她西行路上,說她受命之後,離北渚而西上時,湘君在渚邊目送她的情況。

因此,把這四句看作湘君侍女的唱辭。

帝子 常敘按:謂湘君也。王夫之云:"帝子尊貴之稱,山川之神,皆天之所子也。""北渚",湘君弭節之地,是湘君侍女"采芳洲兮杜若"、"將以遺兮下女"的出發之地。

目眇眇 謂帝子(湘君)注視其侍女西上,隨著視線推移而漸遠。《管子·內業》："眇眇乎其如窮無所。"注："及欲窮之,則眇眇然無所。"又《內業》在此段之前已云："渺渺乎如窮無極。"注："渺渺,微遠貌。言心之微遠,如欲窮之,則無其極。"《一切經音義》卷八五《辯正論·第一卷》："眇眇"引"《廣雅》云:'眇眇,謂遠視眇然也。'"《九章·悲回風》"登石巒以遠望兮,路眇眇之默默",又"穆眇眇之無垠兮,莽芒芒之無儀"。曰登石巒以遠望,曰無垠無儀,是遠望芒芒,無邊無際之象。這正是"帝子"(湘君)引領西望,望眼欲穿的現象。

湘君侍女伴隨湘君整日奔波,從早到夕,爲時已晚。此時秦人疆界,剛好推進到西澨之地。西澨、北渚實爲楚、秦對壘之處。過此邊界很不容易。湘君侍女隻身偷渡！

去時,夜風在吹,她感到嫋嫋兮秋風。

嫋嫋 王逸注："嫋嫋,秋風搖木貌也。"洪興祖云："嫋,長弱貌。"王念孫《廣雅疏證·釋訓》引"嫋"亦"弱"也。卓文君《白頭吟》："竹竿何嫋嫋。"

她感到湘夫人的切盼,"洞庭波兮木葉下"和"遵吾道兮洞庭"相照映,湘君侍女百感交加,想到西澨,想到洞庭,想到秋風,想到樹葉飛下。

湘君侍女手執杜若,急忙忙向西澨方向走去！

- 湘夫人上。
- 湘夫人不停地張望。
- 局勢陡變,較估計爲早。昨日約定今日相接,誰知今日卻都成了空話。
- 湘夫人唱：

　　　　登白薠兮騁望，
　　　　與佳期兮夕張。

登白薠 常敘按：有登字爲宜。蓋此本"登"不可缺，而"薠"不可改。以《河伯》例之，水神"靈何爲兮水中"，常居水國，出門"遠望"自以水面爲好，四周空曠，矚目遠方，都無障礙。故其文下有"慌忽兮遠望，觀流水兮潺湲"。"登"字於此，突出重點。"白薠"《文選》王逸作"蘋草秋生"。隆慶本《王逸章句》云："蘋草秋生，今南方湖澤皆有之"，而洪興祖《補注》則爲"蘋草秋生，今南方湖澤皆有之"。看"蘋"、"蘋"乃一字之誤。試讀《招隱士》：

　　　　樹輪相紏兮，林木茷骩，
　　　　青莎雜樹兮，薠草靡靡。

王逸注："草木列居，隨風披敷也。"可知其非水上之物，以王注"今南湖澤皆有之"可證"蘋"字當是"薠"之誤。

騁望 朱熹云："縱目也。"常敘按：猶放眼而望。

佳 姜亮夫云："佳，湘君也。古女稱男曰佳，蓋親暱之詞。"

期 姜亮夫云："期，約也。"

張 王逸云："張，施也。……張施幃帳。……"朱季海云："尋《韓非子‧十過篇》：'設酒張飲，日以聽樂。'《漢書‧高帝紀》：'上流止，張飲三日。'張晏曰：'張，帷帳也。'此張飲之義也。洪又引《漢書》者，見疏廣及兄子受傳，此以'祖道'饗飲（師古曰'祖者，送行之祭，因饗飲也'，解《臨江閔王榮傳》、《劉屈氂傳注》略同），而及'供張'，則亦張飲之事也。凡漢人稱'供張'、'張飲'，其言'張'，蓋與楚俗無異。韓非既言'設酒'，又言'張飲'，明'張'不訓'設'。《説苑·反質篇》省云'設酒聽樂',可也;《韓詩外傳》卷第九乃云'張酒聽樂',始誤以'張酒'爲'設酒'矣。若此非寫書者失之,則當緣燕俗以張、設爲代語,又無'張飲'之稱,故嬰於《韓非子》有所未達耳。"

"與佳期兮夕張",同"佳"約定今夕設帳以相會,"張事"之地當在湘君那裏。《湘君》之辭,一曰"蹇誰留兮中洲",再曰"望夫君兮歸來",明言兩人相期,要湘夫人出其所居,由"魚屋龍堂","歸來"至湘君居處。

● 湘夫人唱:

　　鳥萃兮蘋中?
　　罾何爲兮木上?

此句是湘夫人欲歸不得,絶望之辭。

鳥萃、罾何爲　王逸云:"夫鳥當集木顛,而言草中;罾當在水中,而言木上。以喻所願不得,失其所也。"

常敍按:湘夫人自言歸楚相會,已經成爲不可能之事。下與"麋何爲兮庭中,蛟何爲兮水裔",意外之喜相應。

● 湘夫人唱:

　　沅有芷兮澧有蘭,
　　思公子兮未敢言。
　　慌忽兮遠望,
　　觀流水兮潺湲。

沅芷、澧蘭　極言故國之思。《湘君》"令沅湘兮無波",《湘夫人》"沅有芷兮澧有蘭",沅湘、沅澧,緊緊地概括了湘沅流域。而湘沅流域與她的關係非其他關係可比。《湘君》有"遺余佩兮澧浦";《湘夫人》有"遺余褋兮澧浦",其密切程度是"親結其縭"的。故此每一念及,情感倍增。

思公子 姜亮夫云:"公子,指湘君言。"朱熹云:"帝子而又曰公子,猶秦已稱皇帝,而其男女猶曰公子、公主,古人質也。"

常敘按:此事在楚辭標目猶曰"東皇太一",在歌辭中曰"詔西皇使涉予"(《離騷》),"遇蓐收乎西皇"(《遠遊》),"令五帝以折中"(《九章·惜誦》),"帝子降兮北渚","導帝子(之)兮九坑","夕宿帝郊","龍駕兮帝服";而與之相對的"公子",在楚辭裏有"思公子兮未敢言","怨公子兮悵忘歸","思公子兮徒離憂"。公子,即湘君。但《湘夫人》此辭之"公子",自王逸而下,包括朱熹在內,一般均謂"公子,謂湘夫人也",多因襲爲誤。

未敢言 馬茂元云:"指蘊藏在內心而無法傾吐的深厚情感,與上一篇的'隱思君'意同。"

慌忽 高先生云:"慌忽即恍惚,看不清楚。"

潺湲 見《湘君》注。

極目楚天,思人不見。

● 忽然瞥見湘君侍女自遠處冉冉而來。
● 湘君侍女拜見湘夫人。
● 湘夫人驚喜交集,急問湘君侍女:

　　　　麋何爲兮庭中,
　　　　蛟何爲兮水裔?

麋　王逸云:"獸名,似鹿也。"今俗稱四不像。

爲　《文選》作"爲",《補注》作"食"。吴先生曰:"'食'亦'爲'。"高步瀛按:"《爾雅·釋詁》曰:'食,僞也。'《荀子·性惡篇》楊注曰:'僞,爲也。'《魏志》:'華佗曰:佗恃能厭食事。'言厭'爲'事也。"

蛟　王逸云:"龍類也。麋當在山林,而在庭中,蛟當在深淵,而在水涯。"

裔　洪興祖云:"邊也,末也。"

這兩句雖然也是反問之辭,可是它所反映的思想感情與"鳥萃兮蘋中,罾何爲兮木上"不同。後者表示自己的盼望是不可能實現的夢想,而麋至庭中,蛟臨水裔,卻都是可能之事。這裏用它們從大地方到小地方的少見行動,來譬喻湘君以帝子之尊,竟派人到她這裏,使湘夫人感到意外的驚喜。

前有湘君弭節北渚,采杜若使侍女"將"之以"遺下女",後有湘夫人"聞佳人召予",而中間以"馳騁江皋"爲紐帶,使"弭節北渚"和"濟西澨"爲同夕之事。本章以"帝子降兮北渚,目眇眇兮愁予"開端,以與前章相接,表明湘君侍女受命西上。這兩句則說明她已"濟西澨"到涔陽,而爲湘夫人所見。湘夫人這兩句喜出望外之辭,也爲下文她"聞佳人兮召予"準備了條件。

● 湘君侍女向湘夫人敘述過程,並交待信物——杜若。
● 湘君侍女唱:

　　　朝馳余馬兮江皋,
　　　夕濟兮西澨。

《湘夫人》"朝馳余馬兮江皋,夕濟兮西澨"與《湘君》"朝騁鶩兮江皋,夕弭節兮北渚"是同類句子。

常敘按:今以《湘夫人》洪校本校之,"一云'朝馳騁兮江皋'",換"余馬"爲"馳騁"較爲合理。這類句子在《九歌》很多,以《湘君》同《湘夫人》,《少司命》同《河伯》最爲代表。(參看《少司命》解題)

濟 王逸云:"渡也。"

澨 王逸云:"水涯也。"《說文》:"澨埤增水邊土,人所止者。從水筮聲。《夏書》曰:'過三澨。'"《左傳》文公十六年有"句澨",宣公四年有"漳澨",定公四年有"雍澨",昭公二十三年有"薳澨",都與《說文》水邊地的意義相合。

常敘按:《左傳·文公十六年》:"庸人帥群蠻以叛楚……(楚人)自廬以往,振廩同食。次於句澨。使廬戢黎侵庸,及庸方城。"杜預注:"次於句澨","楚西界也。"唐盧潘《同食館辨》引作"楚境也"。顧棟高云:"句澨當在襄陽府均州西。"以爰"方城山"(非"方城")諸求漢水,《元和志》:"方城山,在方州竹山縣東南三十里,頂上平坦,四面險固。山南有城,周十餘里。"《一統志》:"方城亭,在鄖陽府竹山縣東南方城山上,庸故城在縣東南四十里,本庸屬國。"今以"方城山"爲起點,沿漢水流域以求之,云"楚西界也",自當于楚之西境漢水中得之。楚人"自廬以往,振廩同食,次於句澨",有庸國作證,有方城山作標,則漢水句澨不在下流矣。今以《中國歷史地圖集》第一册第25—26頁《楚吳越》地理所示3④可得"句澨"。"句澨"于楚漢水諸澨之中,位於最西,故曰"西澨"。

"朝馳騁余馬兮江皋"句與《湘君》"朝騁鶩兮江皋"相重,雖個別字不同,但在前後歌辭關係中,其人其事與前相接。在這種情況下,"夕濟兮西澨"與《湘君》"夕弭節兮北渚"是同一"夕"而緊相聯繫之事。

《湘君》"令沅湘兮無波,使江水兮安流""橫大江兮揚靈",然後是"朝騁騖兮江皋,夕弭節兮北渚",這是對全程的敘述。《湘夫人》是在前一篇的基礎上,簡縮了辭句,用"朝馳騁[余馬]兮江皋,夕濟兮西澨",來概括湘君北征,發湘水,遭洞庭,橫大江,入漢水,弭節北渚,采杜若,使侍女持之西上,濟西澨,至涔陽以見湘夫人的全部過程。

在下兩句的制約下,可知這兩句是湘君侍女向湘夫人呈交杜若時,替湘君向湘夫人傳言之辭,它的内容除上述湘君北上行程及橫江"禓[揚]靈"外,也概括他召夫人將與之"騰駕偕逝"。

● 湘夫人得知湘君相招。
● 驚喜之極,湘夫人唱:

　　　　聞佳人兮召予,
　　　　將騰駕兮偕逝。

佳人　與本章"佳"字同。姜亮夫云:"佳人,指湘君。"
召予　招請我。
騰駕　"騰",姜亮夫云:"《說文》:'傳也。'謂傳車馬騰馳。《離騷》'騰衆車使徑待',即此騰駕之意。"

常敘按:《一切經音義》卷十八:"《說文》'騰,傳也',謂傳遞郵驛。騰,乘也。"《廣雅》:"騰,奔也,疾也。"《說文》:"駕,馬在軛中。"猶言像郵車"快件"傳遞一樣,輪蹄馳驟,瞬息千里,有即將成行之意。

> 築室兮水中,
> 葺之兮以荷蓋。

於是,湘夫人想到即將搬回楚國湘江,住在湘江。

築室兮水中,這句話和《河伯》的"魚鱗屋兮龍堂,紫貝闕兮朱宮,靈何爲兮水中"前後呼應。

葺 《説文》:"葺,茨也。""茨,以茅葦蓋屋。"

蓋 《説文》:"蓋,苫也。""苫,蓋也。"蓋是苫蓋的意思。

荷蓋 用荷花的葉子,來苫蓋房屋。

"芷葺兮荷屋"與本章"葺之兮以荷蓋",原爲避復,故錯落出之。不必如俞樾所説:"此當作'芷葺兮荷蓋',芷字闕壞,僅存下字半止字,誤作之字,文不成義,因移葺字於上,使成文義耳。"

● 湘夫人面對湘君侍女所執信物,慨歎昔日,湘、漢一家,呼吸相通;誰想今日,兩地相思,翻成異國。
● 決定:夫妻相聚,搬回湘中;並設想,勾畫出未來新居的輪廓。
● 湘夫人説她的新居將是:

> 荃壁兮紫壇,
> 播芳椒兮成堂。
> 桂棟兮蘭橑,
> 辛夷楣兮药房。
>
> 罔薜荔兮爲帷,
> 擗蕙櫋兮既張。
> 白玉兮爲鎮,

疏石蘭以爲芳。

芷葺兮荷屋,

繚之兮杜衡。

荃壁紫壇　王逸云:"以荃草飾室壁,累紫貝爲壇。"

播芳椒成堂　朱季海按:聞一多援《儀禮·士喪禮》、《周禮·掌蜃》、《考工記·匠人》、鄭《注》,以成爲飾成,又以"一本成作盈",爲"不知成義而臆改"(見聞氏《楚辭校補》),並是也。其實自姬漢以還,下逮李唐,凡竟飾治之功者,猶謂之成矣。張彥遠《歷代名畫記》卷第三"記兩京外州寺觀畫壁",其記"上都",於"净土院"曰"次北廊向東塔院内西壁吴畫金剛變,工人成色,損";於"安國寺"曰"殿內(大佛殿)正南佛,吴畫,輕成色";于"寶應寺"曰"多韓幹白畫,亦有輕成色者";於"勝光寺"曰"塔東南院周昉畫水月觀,自在菩薩掩障,菩薩、圓光及竹,並是劉整成色",此皆以布色爲成也。亦有單稱成者,其記"東都",於"敬愛寺"曰"東間彌勒像,張智藏塑,陳永承成","大殿內……維摩詰、盧舍那,並劉行臣描,趙龕成",亦有父子異業,如劉行臣描,子茂德成者[1],"西禪院內日藏、月藏經變及業報差別變,吴道子描,翟琰成";又"講堂內金銅幡十三口,張李八寫,並成","畫絹幡十三口,張李八寫,並成"。是成者,所以畢畫、塑、描、寫之功,故康成曰"飾治畢曰成"也。[2] 依此之釋,本句爲"布香椒於堂上"。

桂棟兮蘭橑　即"以桂木爲棟,以木蘭爲橑"。

---

[1] 張氏所記敬愛寺大殿內:"法華太子變",即劉茂德成。
[2] 見《儀禮·士喪禮》注。

常敍按:"蘭橑",以木蘭爲蘭,此爲簡稱;以"榱"訓"橑",此是方言。《説文》:"橑,椽也。","橑,榱也。""榱,秦名屋椽,周謂之榱,齊魯謂之桷。"以方言同義詞爲訓也。

辛夷楣 洪興祖曰:"《本草》云:'辛夷樹大連合抱,高數仞。此花初發如筆,北人呼爲木筆。其花最早,南人呼爲迎春。'"

又云:"楣,音眉。《説文》云:'秦名屋櫋聯也。'《爾雅》:'楣謂之梁。'注云:'門户上横樑。'"

藥 洪興祖曰:"《本草》:'白芷,楚人謂之藥。'《廣雅》曰:'芷,其葉謂之藥。'"

房 王逸云:"房,室也。"李周翰云:"又以馨香爲房之飾。"

罔 王逸云:"罔,結也。言結薜荔爲帷帳。"洪興祖云:"罔,讀若網。"

帷 洪興祖云:"在旁曰帷。"

擗 王逸云:"擗,抃也。以材蕙覆櫋屋。擗,一從木,一作擘。抃,一作析。櫋,一作幔。"

常敍按:《孟子·滕文公》:"彼身織屨,妻辟纑以易之也。"其擗以辟爲之。焦循云:"趙岐、劉熙注《孟子》'妻辟纑',皆云'緝績其麻曰辟',辟音擘。合俗語'績麻析其絲曰擘'。"但於"以析蕙覆櫋屋",則頗有可商。"櫋",《説文》:"屋櫋聯也。"《釋名·釋宫室》:"櫋,縣也。縣連榱頭使齊平也。上入曰爵頭,形似爵頭也。"榱,上與"以木蘭爲榱"重複,下與"擗"、"張"隔閡。文字有誤。畢沅曰:"櫋,今本作'幔',誤也。據《御覽》引改。"以此爲契機,以上下文意推之,此字當是"幔"字。漢碑"蔓",《堯廟碑》"令裕衍蔓",蔓字作蔄。《韓勑碑》"邊杒禁壺",邊作邉。據此,該句上文是"罔薜荔兮爲帷",則下句就文意推之,當是"擗蕙幔兮既張"。細擗蕙草,作成幔子,已經張掛起來。

白玉爲鎮 王逸云:"以白玉鎮坐席也。"

疏 王逸云:"布陳也。"劉良云:"石蘭,香草。疏布其芳氣。"

石蘭 沈祖緜云:"王應麟《小學紺珠》:'石蘭似蘭而小,生澗邊,雉食其花輒醉。'"

芳 聞一多云:"'芳'疑當爲'防'字之誤也。《荀子·正論篇》曰:'居則張(帳)容負依而坐。'《爾雅·釋宮》:'容謂之防。'郭注曰:'如今床頭小曲屏風,唱射者所以自隱。'按:平居時負依而坐,唱射時設以自隱,其用異,其制同,皆防之類也。實則防、屏一聲之轉,《本草》:'防風,一曰屏風。'防即屏爾。故郭云如小曲屏風。上云'白玉兮爲鎮',謂坐席之鎮,此云'疏石蘭兮爲防'(王注:'疏,布陳也。'),謂坐旁之屏,二者皆席間所設之物,故連類並舉。今本防誤作芳,則篇中所言芳草衆矣,皆取其芬芳,奚獨石蘭以是明其不然。"

芷葺 王逸云:"葺,蓋屋也。"《説文》:"葺,茨也。""茨,以茅葦蓋屋。"其意已經得之。唯"葺"前之"芷"未釋。按:"芷"就是《荀子·勸學》"蘭槐之根是爲芷"的"芷"字。"芷"是"蘭槐之根",它是芳香之物,也是很好的黏土——黏合茅、葦以及荷葉的材料。(《荀子·勸學》:"蘭槐之根是爲芷,其漸之滫,君子不近,庶人不服,其質非不美也,所漸者然也。"楊注:"漸,漬也。"盧曰:"《淮南子·人間訓》:'滫,臭汁也。'")

荷屋 常敍按:《爾雅·釋草》:"荷,芙渠,其莖茄,其葉蕸,其本蔤,其華菡,其實蓮,其根藕,其中的,的中薏。"荷和芙渠是它的通名。《説文》:"荷,芙蕖葉,從艸何聲。"《九辯》之八:"彼日月之照兮,尚暗黮而有瑕,何況一國之事兮,亦多端而膠加。"魚歌合韻,屈宋作品亦有其例。是"其葉遝"與"荷,芙渠葉"于古音中,同音詞也。在當時方音中並不矛盾。《湘夫人》"芷葺兮荷屋"謂以荷葉作爲屋頂,與本章前句之"葺之兮以荷蓋",正好相應。

繚 王逸曰:"繚,縛束也。"洪興祖云:"繚,音了,纏也。"

杜衡 "杜衡"亦見《九歌·山鬼》"被石蘭兮帶杜衡"。又見《離騷》"雜杜衡與芳芷"。王逸云:"杜衡,香草也。"本章上下句意是:用蘭槐和泥,以荷葉蓋成房屋,最後用杜衡把它固定住(直到今天,個別農村草房,還有最後用繩子再行加網的習慣)。

水神,無論是誰,一般說來,在行動上是水旱兩路皆通的。但是,他住的房舍,應該從"築室兮水中,葺之兮以荷蓋,……芷葺兮荷屋,繚之兮杜衡,合百草兮實庭,建芳馨兮廡門"來考慮,考慮的結果還是"水居"。這樣既合文意,又與《河伯》"魚鱗屋兮龍堂,紫貝闕兮朱宮,靈何爲兮水中"整體關係相應。

● 湘夫人唱:

　　合百草兮實庭,
　　建芳馨兮廡門。

● 房舍已經建成,於是想到落成,想到來賓。
● 湘夫人唱:

　　九嶷繽兮並迎,
　　靈之來兮如雲。

百草實庭 向云:"百草,皆香草。實,滿也。"戴云:"堂下之門謂之庭。"

建　向云："樹。"

馨、香　王逸云："馨香之遠聞者，積之以爲門。"

廡　《說文》："廡，堂下周屋。"王筠云："堂下前三面皆有之，故曰周。《東觀漢記》：上在宣德殿南廡下。"

至此"築室兮水中"，修建之事敘述完畢。

湘江的新居落成，需要有來賓：

九嶷　九嶷山。《水經注》："營水出營陽泠道縣南山，西流逕九嶷山下，蟠基蒼梧之野，峰秀數郡之間，羅岩九舉，各導一溪，岫壑負阻，異嶺同勢，遊者疑焉，故曰九嶷山。大舜窆其陽，商均葬其陰。山南有舜廟，前有石碑，文字缺落，不可復識。自廟仰山極高，直上可百餘里，古老相傳，言未有登其峰者。"

九嶷繽兮並迎，靈之來兮如雲。王逸云："九嶷山名，舜所葬也。""言舜使九嶷之山神，繽然來迎二女，則百神侍送，衆多如雲。"又云："以爲堯以二女妻舜。有苗不服，舜往征之，二女從而不反，道死於沅湘之中，因爲湘夫人也。"[1]李周翰云："舜葬九嶷山，使其山之神靈來迎二女，其來之衆，繽紛如雲也。"古今學者多半如此解釋。

常敘按：《九歌・湘夫人》："合百草兮實庭，建芳馨兮廡門，九嶷繽兮並迎，靈之來兮如雲。"它"廡門"和"並迎"緊相結合，根本無關"二女"之事。它只說：九嶷諸神，我們按人行禮，繽繽紛紛地一道迎接，"靈"來多得像雲一樣。《廣雅・釋訓》："繽繽紛

---

[1]《湘君》注。

紛,衆也。"

《離騷》也有這樣的句子。它説:"百神翳其備降兮,九嶷繽其並迎。"王逸也是從舜説起,他説:"九嶷,舜所葬也。言巫咸得已椒糈,則將百神蔽日來下,舜又使九嶷之神,紛然來迎。"實際上,他説的是天上諸靈,"百神"蔽空而下;地上諸神,"九嶷(山神)"群起歡迎——"繽其並迎"。

"九嶷繽其並迎"這句話"繽其"是把鑰匙。"繽其"什麽?"繽其""並迎"。"繽其並迎"固定了,那麽"九嶷"也自得安排,同理,"繽兮並迎"也得到著落。因此,"九嶷繽兮並迎"是湘夫人在"涔陽極浦"遐想回到湘水,築室水中,落成時,預想自九嶷山前來祝賀的盛況。

● "聞佳人兮召余,將騰駕兮偕逝。"
● 是的,想當年結褵之時,信誓旦旦,言猶在耳。
● 湘夫人唱:

　　　捐余袂兮江中,
　　　遺余褋兮澧浦。
　　　搴汀洲兮杜若,
　　　將以遺兮遠者。
　　　——時不可兮驟得,
　　　聊逍遥兮容與。

常敍按:前一辭用"玦",此一辭用"袂",其實一也。"玦"、"袂"取同音之辭。《説文》:"玦,玉佩也。""玦"爲本字,"袂"爲借字。"捐余袂兮江中",即前辭"捐余玦兮江中"。

褋　《方言·四》:"襌衣,江、淮、南楚之間謂之褋。""襌,衣不重"謂單襌也。又"褋,南楚謂襌衣曰褋"。劉逵注《蜀都賦》引司馬相如《凡將》:"黄潤纖美宜制襌。"

搴　濟曰:"取也。"

遠者　湘夫人對湘君侍女遥指湘君而説的。湘君此時正在北渚,湘夫人正在"涔陽極浦",一東一西,距離較遠,故云"遠者"。使她向湘君轉達的,指"搴汀洲"之"杜若"而説的。

驟得　王逸云:"驟,數。"《廣雅·釋詁》亦云:"驟,數也。"《左傳》文公十四年:"公子商人驟施于國。"宣公元年:"驟諫而不入。"哀公十四年:"驟顧諸朝。"注:"心不安,故數顧之。"成公十六年:"與襄公語,驟稱其伐。"《正義》曰:"驟稱其伐,謂數數自伐其功。"《國語·晉語》:"多而驟立,不其集亡。雖驟立,不過五矣。"韋昭注:"驟,數也。"《吕氏春秋·離俗覽·適威》:"李克對曰:'驟戰而驟勝。'武侯曰:'驟戰而驟勝,國家之福也。'"並云:"驟,數也。"《楚辭·九章·悲回風》:"驟諫君而不聽兮,重任石之何益。"王逸注:"驟,數也。"

《湘夫人》韻讀:

渚 予 下	（魚部）
望 張 上	（陽部）
蘭 言 湲	（元部）
裔 濊 逝 蓋	（月部）
堂 房 張 芳 衡	（陽部）
門 雲	（文部）
浦 者 與	（魚部）

(三) 大司命

(採用隆慶重雕宋本《楚辭章句》)

大司命,掌管生死離合之神。

"紛總總兮九州,何壽夭兮在予。""固人命兮有當,孰離合兮可爲。"管理九州人命壽夭離合是大司命的職責。

天上之神,統理天下。洹子孟姜壺有云:"齊侯拜嘉命于上天子,用璧王備(佩)一笥於大無(廡),司誓於大司命,用璧兩壺八鼎,于南宮子用璧二備(佩)、玉二笥、鼓鐘一銉(肆)。""司誓於大司命"此齊器也,而上天星名同楚。于省吾説:"齊人已祀,大司命,自不應以楚俗爲限。"[1]

"地不愛寶。"湖北省荆州地區博物館《江陵天星觀 1 號楚墓》:"祭禱的鬼神有'司命'、'司禍'、'地宇'、'雲君'、'大水'、'東城夫人'等等。"其中……司命□一○……

……司命司□各一牂。

"司命"初不分大、小。[2] 後來,人事孔多,始分別名之爲"大司命"和"少司命"。

這一章歌辭的主要内容是:大司命偕少司命自天而下,他們的共同任務是:"道帝於(之)兮九阬。""九阬"就是"九河",稱九河爲"九阬"者小天下之意也。[3]

他們決定:把已至北渚而不能前進的湘君,引導到順漢水東流入海,然後再從海自九河溯流而上,登昆侖,下洋永,直至涔

---

[1] 于省吾《澤螺居楚辭新證(上)》見《社會科學戰綫》1979 年第三期第 224 頁。
[2] 《江陵天星觀 1 號楚墓》湖北省荆州地區博物館 1982 年第 1 期第 110 頁。
[3] 詳見本書《楚辭九歌各章情節的地理關係》。

陽,以迎接湘夫人,從原路返回楚國。這樣,繞過秦國的封鎖線,以完成夫婦回湘的任務。

大司命折疏圃之麻,使少司命持之以"續斷",以解湘君、湘夫人離居之苦。出場歌舞此辭者,靈巫二人。

大司命

少司命

說這章歌辭由兩個靈巫歌唱,主要是從下面這幾句歌辭看出來的:

君迴翔兮以下,踰空桑兮從女。

"君"和"女"都是第二人稱代詞。這種對稱關係告訴我們,在實際演唱中,若是每個靈巫只裝一神,那麼,在唱這句歌辭的靈巫以外,必然還有一個靈巫與之共同表演。否則,就無法體現"你在前面走,我在後面跟"的語言關係。

同理,"吾與君兮齋速,道帝子(之)兮九阬"。

"吾"與"君",我和你,不用說明就可以知道是兩人對話之辭。

認為本章歌辭中有兩個人物,這是古今學者都早已看到的。問題是:這兩方都是誰?

就第一人稱代詞"吾"來說,有人認為這一方指的是屈原,如王逸。他說:吾是屈原自謂,而君與女都是屈原稱司命。有人認為這一方指的是主祭者,如朱熹。他說:吾是主祭者之自稱,君與女皆指神。有人認為這一方是巫,如劉永濟。他說:吾是巫,君與女皆巫謂司命,"吾與君"是巫自謂司命。有人認為兩方都是神,是大司命和少司命。如吳世尚。他說:吾是大司命自謂,"君與汝,指少司命而言"。等等。儘管由於觀點、方法不同而各有結論,可是從作品語言看到這一章歌辭裏有對話雙方,這一點,則是絶大多數學者所共同感到的。

當然,也另有一些人,如王夫之,他認爲"稱君稱吾皆神也。自歌者言之稱君,述神之意稱吾。女,謂承祭之主人"。從而提出歌者、神、承祭之主人三方面之間的自稱對稱關係。

從歌辭辭句相互依賴、相互制約關係看,在"開天門"、"令飄風"、"使凍雨"一系列命令式的語氣中,"紛吾乘兮玄雲"的"吾",應是本章標目神的自稱,代表大司命。

"吾與君兮齋速,道帝子(之)兮九阬。""九阬"即九河,阬又作坑,從《少司命》、《河伯》兩篇看來,引湘君自九河上昆侖、下洋水以迎湘夫人,是少司命使河伯"導帝子"來作的。大司命是主神,少司命是副手,爲他執行任務。這些關係表明:這兩句歌辭中的"吾"是大司命自謂,"君"是他指少司命說的。

吳世尚的説法,在這兩個代詞都是指誰的問題上,基本上是正確的。

大司命使少司命下去執行任務後,他自己"乘龍轔轔,高馳沖天",乘車上升於天達到一定高度以相待。下章少司命完成任務後,他"孔蓋翠旌,登九天,撫彗星",也是乘車上天覆命的。兩司命既然各有車乘,那麼,《大司命》在第一節"開天門,乘玄雲,令飄風,使凍雨"以行車之後,"君迴翔兮以下,踰空桑兮從女"的"君"與"女",應是少司命隨大司命之後,驅車相從之辭,都是少司命指大司命説的。

● 天門大開,

● 大司命唱:

廣開兮天門，
紛吾乘兮玄雲。
令飄風兮先驅，
使凍雨兮灑塵。

"開天門"、"乘玄雲"、"令飄風"、"使凍雨"這一系列的命令式的口氣，反映"紛吾乘兮玄雲"的"吾"是本章標目神大司命的自謂。

天門 常敘按：《淮南子·原道訓》："經紀山川，蹈騰昆侖，排閶闔，淪（入也）天門。"《地形訓》："縣圃、涼風、樊桐，在昆侖閶闔之中。""昆侖之丘，或上倍之，是謂涼風之山，登之而不死，或上倍之，是謂懸圃，登之乃靈，能使風雨；或上倍之，乃維上天，登之乃神，是謂太帝之居。"閶闔，始升天之門也。

吾 王逸云："吾，謂大司命也。"

紛 劉夢鵬云："紛，多貌。"

乘 姜亮夫云："乘，猶駕也。"

玄雲 洪興祖云："漢樂歌云：'靈之車，結玄雲。"常敘按：玄雲，玄冥之雲也。

飄風 王逸云："迴風爲飄。"

凍雨 王逸云："暴雨爲凍雨。"

灑塵 朱熹云："以清道也。"

常敘按：《韓非子·十過篇》云"風伯進掃，雨師灑道"此意似之。"飄風"、"凍雨"古習語。《淮南子·覽冥訓》云："降扶風，雜凍雨。"扶風即飄風。《老子》二十三章云："故飄風不終朝，驟雨不終日。"

● 少司命接唱：

> 君迴翔兮以下，
> 踰空桑兮從女。

在前節開天門以備乘，令風雨爲先驅的條件下，這兩句應是少司命的歌辭。"君"和"女"都是他指大司命而說的。從辭意上看，大司命先行，少司命隨後而下。

君女(汝) 以《九歌》對稱正例來看，這兩個"君"和"女"都是大司命對少司命說的。

迴翔 朱熹云："迴翔，盤旋也。"

踰 吳世尚云："踰，越也。"

空桑 朱季海云："《九歎·遠遊》曰：'遡高風以低佪兮，覽周流于朔方。就顓頊而陳詞兮，考玄冥于空桑。'注：'空桑，山名也。玄冥，太陰之神，主刑殺也。'《九歌》所稱即此。司命主祿命，於此山從之，玄冥主刑殺，於此山考之，大抵神明所以祐善誅惡，爲萬民平正者，胥出於是。然向稱朔方、顓頊、玄冥，是北方山也，洪說誤。洪氏所引，可以說《大招》，而不可以說《九歌》。蓋空桑之瑟，本因地得名，'或曰：楚地名'(見《大招章句》)者，主名雖異，地望實同。楚既滅魯，魯之舊壤，亦被楚名耳。今尋《北山經》：'又北二百里曰空桑之山。'郭注'上已有此山，疑同名也。'郝氏《箋疏》：'懿行案：《東經》有此山，此經已上無之。檢此篇北次二經之首，自管涔之山至於敦題之山幾十七山。今才得十六山，疑經正脫此一山也。經内空桑有三：上文脱去之空桑，蓋在莘虢間，《吕氏春秋》、《古史考》俱言尹產空桑是也，此經空桑蓋在趙代間，《歸藏啓筮》言蚩尤出自羊水，以伐空桑是也；

兖地亦有空桑,見《東山經》。'季海謂此經所具,與司命所經,地望相應,真北方山也。《九歌》所稱,正謂是爾。郝氏此《疏》精矣,然遠引《歸藏》,而不及《楚辭》,亦千慮一失也。"[1]

● 大司命唱:

> 紛總總兮九州,
> 何壽夭兮在予。

總總 王逸云:"衆貌。"

九州 洪興祖云:"堯時九州見《禹貢》,商九州見《爾雅》,周九州見《周禮》。鄒衍云:赤縣神州内自有九州,中國外,如赤縣神州者九,乃所謂九州。《淮南》曰:天地之間九州:東南神州,曰農土,正南次州,曰沃土;西南戎州,曰滔土;正西弇州,曰并土;正中冀州,曰中土;西北台州,曰肥土;正北濟州,曰成土;東北薄州,曰隱土;正東陽州,曰申土。"

常敍按:本句爲大司命下降途中,從雲端俯瞰大地之辭。

壽夭 朱熹云:"因歎其威權之盛曰:'九州人民之衆如此,何其壽夭之命皆在於己也。'"

在予 "予"是大司命指他自己而説的。以上兩句是大司命唱辭。

● 大司命唱:

> 高飛兮安翔,

---

[1] 見孫常敍《伊尹生空桑和曆陽沉而爲湖》,《社會科學戰綫》1982年第4期,存参。

乘清氣兮御陰陽；
吾與君兮齋速，
道帝子(之)兮九阬。

高飛 常敘按：高高地飛著，非向高處飛也。

安翔 姜亮夫云："安，徐也。翔，猶翱翔。"

乘清氣、御陰陽 洪興祖云："《易》云：'時乘六龍以天。'《莊子》曰：'乘天地之正，御六氣之辨。'乘，猶乘車；御，猶御馬也。"

吾、君 吳世尚云："吾，司命自謂。君，指少司命也。"

齋速 常敘按：齋速，古習語，猶疾速也。《尚書·大傳》云："多聞而齊給。"《荀子·臣道篇》云："齊給如響。"《性惡篇》云："齊給便便敏而無類。"鄭氏及楊氏注並云："齊，疾也。"《淮南子·說山訓》云："力貴齊，知貴捷。"高注云："齊、捷，皆疾也。"《說文解字》："齎，炊䭀疾也。"又，"薺，蒺藜也。"齊、疾，同爲從紐，韻爲脂質對轉。齊、黎，同在脂部。蒺、黎乃薺之緩言。齊之訓疾，蓋同音詞在書寫形式上之通假也。故《春秋》衛世子叔齊，或書爲疾也。齊乃齋之古字，此辭"齋速"即《荀子·賦》云"行遠疾速而不可託訊者與"之"疾遫"，亦即《淮南子·兵略》所謂"擊之如雷霆，斬之若草木，耀之若火電，欲疾以遫"的疾遫。齊速與舒遲對文，舒遲之反是疾速也。王引之曰："'君子之容舒遲，見所遵者齊遬。'舒亦遲也。齊亦遬也。遬，籀文速字，疾也。言君子平日之容，舒遲不迫，見所尊者則疾速以承之，唯恐或後也。《爾雅》曰：'舒，緩也'，'齊，疾也。'舒遲與齊遬相對爲文。《楚語》'敬不可久，民力不堪，故齊肅以承之'，齊、肅皆疾也。與此齊遬同義，非謙慤自欽持之謂也。"

道 一作"導"。

帝之 乃"帝子"之誤。常敘按:"帝子"即"帝子降兮北渚"之帝子,謂湘君也。長沙仰天湖戰國墓出土古簡書"之"作"👆",而👆下所從"子"字,若泐其上下,其勢作"👆"。字形極似"👆"字[1]。《韓詩外傳》卷六第十八章"莊王曰:'君之不令臣'",趙本"子"作"之"。校云:舊譌"子",據兩書改。維遹按:趙校正也,今據正[2]。又《墨子·非攻中》:"雖北者且不一著何。"注:"墨子與子夏子門人同時。"聚珍本注文"門"上"子"字作"之",是。當據正[3]。又《吕氏春秋·愛類》:"惠子曰:'今有人於此,必欲擊其愛子之頭,石可以代之。'"高氏注云:"愛子,所愛之子也。舍愛子頭而擊石也。故曰石可以代子也。"按注語慣例,"故曰"之下必是原文,今本文作"代之",而注作"代子",是"子"爲"之"例也。[4]

九阬 又作"九坑",常敘按:即"九河也"。《廣雅·釋水》:"溝、渠、川、瀆,並訓爲'坑',是坑亦川瀆之同義詞也。川瀆之坑,《説文》以潢爲之,曰:"潢,積水池,從水黄聲。"阬、黄古同音,古金文"赤市恩黄"或寫爲"赤市恩阬"。[5]《左傳·隱公三年》:"潢汙行潦之水。"《史記·天官書》:"西官咸池曰天五潢。"潢亦爲池水之意也。大司命之辭呼九河爲九坑(九潢),視爲九個潢池之水,小天下之意耳!——九坑音變爲澮。《墨子·兼愛中》:"灑爲九澮。"澮,畢氏云:此澮之假音。《爾雅》云:"水注溝曰澮。"《説文》以澮爲水名。"九巜,即九河也。"古音以月、陽相

---

[1] 羅福頤《長沙仰天湖戰國墓出土古簡書摹本》。
[2] 許維遹《韓詩外傳集釋》第222頁。
[3] 李笠《定本墨子閒詁校補》上編第27頁。
[4] 許維遹《吕氏春秋集釋》卷21,愛類。
[5] 《説文》:"航,方舟也。"《方言·九》"方舟謂之江",是其徵也。

對轉,對揚亦稱對越,戚陽亦稱戚戉是其例也。

"吾與君兮齋速,道帝子(之)兮九阬。"這一任務從《少司命》、《河伯》兩章看來,是由少司命使河伯出面"道帝子"而完成的。大司命是主神,少司命是他的副手,爲他執行具體任務。

這些關係表明:這兩句歌辭中的"吾"是大司命自稱,而"君"爲大司命稱少司命之辭。

● 大司命唱:

> 靈衣兮披披,
> 玉佩兮陸離。
> 壹陰兮壹陽,
> 衆莫知兮余所爲。

靈衣 常敘按:"靈衣"就"壹陰兮壹陽,衆莫知兮余所爲"觀之,此乃大司命在乘雲迴翔之際,俯見衆靈——巫飾神,神附巫者之辭。衆靈在下,人所顯見,爲陽;兩司命安翔在天,未降於地,人不能見,爲陰。大司命下視群巫,各服其所飾神祇之服裝非常清晰,是能見者;反之,人間不能見司命之形,故雲陰陽相隔,衆人不知大司命之所爲也。

披披 並假爲"旇旇",《説文》:"旇,旌旗披靡也。"《埤蒼》:"旌旗,又衣服皃。"謂旌旗或衣服駊騀搖動之形勢也。

陸離 錢澄之云:"陸離,動搖而成色也。"高先生云:"陸離,光彩閃爍的狀態。"

壹陰 (壹陽)常敘按:謂一幽一顯也。"陰"謂神祇,視之不見,聽之不聞;"陽"謂人世間,總總者既見且聞也。

衆 常敘按：衆，指人間衆人也。言人神幽顯，神在暗中司壽夭，而人則不能見，不知神之所爲也。

余 辛紹業云："余，謂司命也。"即大司命。

● 大司命折疏麻，唱：

>　　折疏麻兮瑶華，
>　　將以遺兮離居。
>　　老冉冉兮既極，
>　　不寖近兮愈疏。

疏麻 常敘按：《淮南子·地形訓》："縣圃、涼風、樊桐，在昆侖閶闔之中，是其疏圃。""疏圃"之麻是謂疏麻。王逸云："疏麻，神麻也。"

瑶華 洪興祖云："謝靈運詩云：'折麻心莫展。'又云：'瑶華未折。'説者云：瑶華，麻花也，其色白，故比瑶；此花香，服食可致長壽，故以爲美，將以贈遠。江淹《雜擬》詩云：'雜佩雖可贈，疏華竟無陳。'李善云：'疏華，瑶也。'"

"折疏麻兮瑶華，將以遺兮離居"句法與"采芳洲兮杜若，將以遺兮下女"相同，是派人出去執行任務的語言。"疏麻"是神話中昆侖疏圃之麻。[1]

離居 常敘按："離居"指湘君、湘夫人。下去執行任務的是少司命，那麼這兩句歌辭則是大司命派遣少司命時唱的。他把"疏麻"交給少司命，讓他持之送于離居兩地的湘君夫婦，表示以

---

[1]《太平御覽》卷九六一引《南越志》曰："'疏麻大二圍'高數丈，四時結實，無衰落。騷人所謂'折疏麻兮瑶華'。"

神力使之相續。

從歌辭之意看,少司命從大司命手中接過"疏麻"之後,下場。

極 朱季海云:"極當訓至,自楚語耳。"[1]又,《九章·哀郢》:"荒忽其焉極?"朱季海按:"《淮南·説林訓》:'蹠越者或以舟,或以車,雖異路,所極一也。'《注》:'蹠,至。極亦至,互文耳。'今謂此極、蹠字,與《淮南》同。怊荒忽之焉極[2],猶眇不知其所蹠,亦互文耳。《淮南》語楚,至謂之極、蹠,故是楚俗,王氏兩注,皆未得其解。"

● 少司命接過"疏麻",下場之後,只剩下大司命一人。
● 大司命唱:

> 乘龍兮轔轔,
> 高駝兮沖天。
> 結桂枝兮延佇,
> 羌愈思兮愁人。

> 愁人兮奈何,
> 願若今兮無虧。
> 固人命兮有當,
> 孰離合兮可爲?

轔轔 王逸云:"車聲,《詩》云'有車轔轔'也。"

---

[1] 《九辯》:"步列星而極明。"王云:"至明",不誤。淮南語楚,"極,至"在《説林訓》高注義又詳《九章》中。
[2] 《渚宫舊事》録《哀郢》與一本合,今從之。

駝　蔣驥云："駝與馳通。"

結　猶結繩之結,聞一多云："本篇(《離騷》)又言以佩結立言,'解佩纕以結言兮',蓋楚俗男女相慕,欲致其意,則解其所佩之芳草,束結爲記,以詒之其人。結佩以寄意,蓋上世結繩以記事之遺。己所欲言,皆寓結中,故謂之結言。"[1]"結桂枝以延佇",蓋以記時間之長短也。

延佇　王逸云："延,長也,佇,立也。《詩》曰:'佇立以立。'"
羌　高先生云："發語辭。"又,"愈思","加倍懷想"。
孰　馬茂元云："孰,何也。"

　　《大司命》韻讀:

門 雲 塵	（文真合韻）
下 女 予	（魚部）
翔 陽 阮	（陽部）
披 離 爲	（歌部）
華 居 疏	（魚歌）
轔 天 人	（真部）
何 虧 爲	（歌部）

(四) 少司命
（採用仿宋胡刻《文選》本）

少司命:大司命之副,執行大司命之命令者。

爲了"道帝子(之)九阬"以解決湘君和湘夫人離居之苦,少司命承大司命之命,持疏圃神麻,偕河伯降于北渚。他又使河伯

---

[1]　聞一多《離騷解詁》、《古典新義》第306頁。

引湘君自北渚入海,由海溯九河,上昆侖,下洋水,至涔陽,以迎湘夫人歸楚。

出場歌舞此辭者,靈巫三人:

少司命

河伯

湘君

知此章歌辭,有上述三靈出場而演唱者,從以下三事知之:

一、楚辭《九歌》十一章,除首尾兩章外,每章都有與内容相應的標目神祇名稱。標目神祇就是主唱者。《少司命》乃標目的九位神祇之一,因此知這一章必有他的唱辭。

二、楚辭《九歌》有重複句式,而略變更一兩個詞,以表示前後照應互爲脈絡的,使人一讀,即知他們有一定關係。例如:

捐余玦兮江中,	捐余袂兮江中,
遺余佩兮澧浦。	遺余褋兮澧浦。
采芳洲兮杜若,	搴汀洲兮杜若,
將以遺兮下女。	將以遺兮遠者。
時不可兮再得,	時不可兮驟得,
聊逍遥兮容與。	聊逍遥兮容與。
(《湘君》)	(《湘夫人》)

第一句　捐余□兮江中

第二句　遺余□兮澧浦

第三句　□□洲兮杜若

第四句　將以遺兮□□

第五句　時不可兮□得

第六句　聊逍遥兮容與

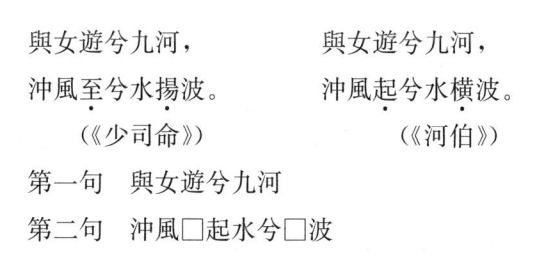

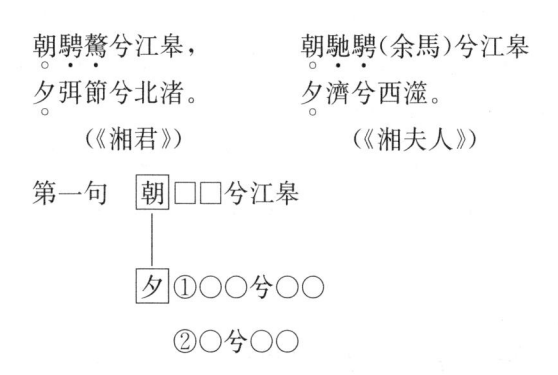

與女遊兮九河，　　　　與女遊兮九河，
沖風至兮水揚波。　　　沖風起兮水橫波。
（《少司命》）　　　　（《河伯》）

第一句　與女遊兮九河
第二句　沖風□起水兮□波

朝騁騖兮江皋，　　　　朝馳騁（余馬）兮江皋
夕弭節兮北渚。　　　　夕濟兮西澨。
（《湘君》）　　　　　（《湘夫人》）

第一句　朝□□兮江皋
　　　　│
　　　　夕①○○兮○○
　　　　　②○兮○○

　　第二句以上數例，經過對比，可以知道《湘君》和《湘夫人》篇末六句，依次看出它們兩篇在內容上有一定聯繫。一種是句子形式沒有動，只橫抽出一個字或兩個字，更換成別的詞，語意雖稍有變化，然而不很大；一種是兩句相比，隻字未變，不過是原句重複了一次。

　　另一類型，也很突出。第一句第一個字是"一星管二"的。橫著讀，它是《湘君》和《湘夫人》"朝□□兮江皋"骨架，豎著讀，第一、第二兩句合成"朝"、"夕"兩個字，而第一、第二兩句的第一個字——"夕"，又成了"弭節兮北渚"和"濟兮西澨"共同的時間副詞。

　　話再說回來，再撿起第二例來看一看：《河伯》第一句和《少司命》第十九句，字字相同。《河伯》第二句和《少司命》第二十句,除三和六兩字以外,也基本上是字字相同的。但是,這僅僅是形式,更重要的是和它形式統一起來的內容。

《河伯》游"九河"而登"昆侖",是不是《少司命》的路程也是如此呢?

是的,《少司命》也確實如此。如前所説,《少司命》歌辭的演唱者,實有三名,而且這一段的唱辭正是"河伯"。

《少司命》遊"九河"是肯定的,然而句子裏没有"昆侖"而有"與女沐兮咸池,晞女髮兮陽之阿"。

我們説:這在路上没有矛盾。譬如《離騷》:雖然在這一敘述中没有提到昆侖,但是他有"縣圃",而且也有"咸池"。

《離騷》是這樣説的:

> 朝發軔於蒼梧兮,夕余至乎縣圃。
> 欲少留此靈瑣兮,日忽忽其將暮。
> 吾令羲和弭節兮,望崦嵫而勿迫。
> 路曼曼其脩遠兮,吾將上下而求索。
> 飲余馬于咸池兮,揔余轡乎扶桑。
> 折若木以拂日兮,聊須臾以相羊。

"咸池"在哪裏?我們順著屈原指示線路可以找到(這不過是神話)。它的第一個目標是"縣圃"。"縣圃"又在哪裏?

《天問》説:"昆侖、縣圃,其凥安在?增城九重,其高幾里?"《天問》王逸注云:"昆侖山名也。在西北,元氣所出。其巔曰縣圃。縣圃乃上通於天也。"按《淮南子·地形訓》云:"縣圃、涼風、樊桐,在昆侖閶闔之中,是其疏圃。"又云:"昆侖之丘或上倍之,是謂涼風之山,登之而不死。或上倍之,是謂懸圃,登之乃靈,能使風雨。或上倍之,乃維上天,登之乃神,是謂太帝之居。"是縣圃乃昆侖之基礎。到縣圃已經到昆侖。

《天問》説：太陽"出自湯谷，次於蒙氾自明及晦，所行幾里"？《淮南子·覽冥訓》："過昆侖之疏圃，飲砥柱之湍瀨，邅回蒙氾之渚，尚佯冀州之際。"高誘注："疏圃在昆侖之上。"

《天文訓》："至於虞淵，是謂黃昏，至於蒙谷，是謂定昏。日入于虞淵之氾，曙于蒙谷之浦。""曙于蒙谷之浦"，《初學記》徐堅注云："蒙谷，蒙氾之水。""曙于蒙谷之浦"也就是由黑夜裏，一點一點地，由黑趨向明亮，正是民用晨光始的過程，也正是《天文訓》："日出於暘谷，浴於咸池，拂於扶桑，是謂晨明（離朏明和旦明還得經兩個過程）。"在蒙氾的邊緣上，可能是咸池的所在。《天文訓》"浴于咸池"和《少司命》"與女沐兮咸池"不是正合乎《離騷》"夕余至乎縣圃"之後，"飲余馬于咸池兮，揔余轡乎扶桑，折若本以拂日兮，聊須臾以相羊"嗎？

《少司命》有"河伯"之辭。其中二句，一句兩歌同辭，一句只換兩字。《湘君》、《湘夫人》成例在前，絶非無謂重複。河、漢二水，神話傳説中皆通於天。自九河，登昆侖，歷縣圃而上咸池。自九河，登昆侖可以；自九河，咸池也未始不可。因爲它的目的地遠遠超過了昆侖而是滸陽極浦，換句話説，從九河跨過昆侖而進入漢水上游。

想要解決問題，必須把形式和内容合起來，或者可以得到一把鑰匙。

"河伯"，他的形象出現在《少司命》裏面。

三、從哪裏知道《少司命》章内有"湘君"之辭？

第一，湘君北上，發自湘江，自家水域，無須提到。入江後，

"江、漢滔滔"自是另一領域。——漢水女神,論親屬曰湘夫人,論職權乃是漢水之主。故其居處平時在"涔陽極浦"。

湘君此次北上,"朝騁鶩兮江皋,夕弭節兮北渚",平時可直達涔陽,而今漢中陷落,格于秦軍,難於進入。只得另派侍女,繼"朝馳騁(余馬)江皋"之後,又"夕濟兮西澨",把湘君"采芳洲兮杜若"借此"將以遺兮下女"(下方女子)。不得已今夕暫住"帝郊"——帝的郊外,可是心搖搖如懸旌,靜待侍女的信息。

就這樣,"夕宿兮帝郊,君誰須兮雲之際"得到了著落。

第二,由《少司命》"望美人兮未來"之辭,知之。

《湘君》"望夫君兮歸來"和《少司命》"望美人兮未來",在《九歌》中兩辭相近而異篇,一個"望——歸來",一個"望——未來",兩人何以如此相似?

湘君驚聞漢中淪陷,湘夫人音信全無,惟盼其早日歸來。趕到湘君從湘水出發,入江漢,至北渚弭節之時,依舊息信不明。沒有辦法,只好遣侍女,冒險前進,"夕濟兮西澨"。至此,《少司命》又出現"湘君"唱辭。湘君唱直急得"望美人兮未來,臨風怳兮浩歌"。如此安排,則順理成章(等到湘君侍女從湘夫人住處歸來覆命時,湘君、湘夫人夫婦已經隨著河伯跨越昆侖,到九河送別。從此浮海入江,回洞庭而入湘江了)。

如此安排,不但"湘君"之辭得以合理解決,而且《少司命》中的——

與女遊兮九河,沖飆起兮水揚波。
與女沐兮咸池,晞女髮兮陽之阿。

不正是《大司命》所下達使命,而爲《少司命》與《河伯》層層落實的"道帝子(之)兮九阮"嗎？

　　根據以上理由，我認爲《少司命》一章，標目只是一神，而實際上，是由三名神人所組成。他們是：少司命、河伯和湘君。

● 湘君居於堂上，
　　——少司命與河伯談話一無所聞。
● 少司命偕河伯來自堂下。
● 少司命唱：

　　　　秋蘭兮麋蕪，
　　　　羅生兮堂下。
　　　　綠葉兮素華，
　　　　芳菲菲兮襲予。

　　　　夫人自有兮美子。
　　　　蓀何以兮愁苦？

麋蕪　胡文英云："按：麋蕪有二種，古詩'上山采麋蕪'山所生也。《爾雅》'麋從水生'，此水邊所生也。水邊麋蕪，與蘭相似，一名香附。又《中山經》、《子虛賦》'麋蕪'、'芎藭'並列。明屬兩物，而邢昺以麋蕪爲芎藭葉，其説誤矣。"

羅生　王逸云："羅列而生。"

綠葉、素華　王逸云："吐葉，垂華。"——素華，白華。

芳菲菲　香噴噴，見《東皇太一》。

襲　王逸云："襲，及也。"

予　王逸云："予，我也。"常敍按：指少司命。

夫 洪興祖云:"夫,扶也。……夫人,猶言'凡人'也"——凡是"人"。

美子 常敘按:"美子"所美之子。

蓀 朱熹云:"蓀,猶汝也。"

後兩句意謂:凡人自有他所愛之人,你爲什麽這樣愁苦?——影射湘君。

● 河伯接唱:

> 秋蘭兮青青,
> 綠葉兮紫莖。
> 滿堂兮美人,
> 忽獨與余兮目成。

青青 洪興祖云:"《詩》云:'綠竹青青。'青青,茂盛也。音菁。"

余 常敘按:我,——河伯自謂。

目成 王夫之云:"以目睇視而情定也。"常敘按:猶《莊子·大宗師》"相視而笑,莫逆於心"之意。

這兩句的意思是:滿堂都是美人,你怎麽單單對我眉眼傳情。

● 少司命説,你看他(按:指湘君而言),唱:

> 入不言兮出不辭,
> 乘回風兮載雲旗。

入不言、出不辭 常敘按:日常出入之事,他是禮貌周詳的。可是,此時此刻,湘君竟然反常。《禮記·中庸》"言顧行,行顧言",《少儀》要求"言語之美,穆穆皇皇",可是他居然忘記。"入不語言,出不訣辭"[1],怔愕愕地,如有所失了!

王逸注"入不語言,出不訣辭"單是這句話是對的。但是,他前面說"言神往來奄忽"後面說"其志難知",則顯見不對了。其實他心就在援救湘夫人早日歸楚。

乘回風、載雲旗　　常敘按:言其精神恍惚,象"乘回風"一樣,瞬息萬變;像車上載的一樣,變化無常。

這兩句是少司命從旁觀察到的。

● 少司命感慨萬分地説,
● 這叫作:

> 悲莫悲兮生別離,
> 樂莫樂兮新相知。

生別離和**新相知**　　"知"和"離"是反義詞。

"知"有"合"義,特別是有"匹"、"妃"、"會"、"合"之義。

《墨子·經上》:"知,接也。"《莊子·庚桑楚》:"知者,接也。"《國語·吳語》:"兩君偃兵接好",高注:"接,合也。"《廣雅·釋詁二》:"接,合也。"

$$知=接$$
$$接=合$$
$$知=接=合$$

---

[1] 王逸注:《少司命》語。

是"知"有"合"義。

《爾雅・釋詁上》"妃"、"匹"、"會""合也"。又説"妃"、"知","匹也"。

知＝妃＝匹
妃＝匹＝會＝合
知＝妃＝匹＝會＝合

是"知"有"匹"、"妃"、"會"、"合"之義。

《禮記・曲禮上》"男女非有行媒不相知名"句,"不相知名"《釋文》作"不相知",説"本或作'不相知名','名'衍字耳"。"不相知"即"不相匹"、"不相妃"、"不相合",正用匹、妃、會、合之義。

《詩・檜風・隰有萇楚》其一章曰"樂子之無知",二章曰"樂子之無家",三章曰"樂子之無室","知"與"家"、"室"同義並列。鄭氏箋云:"知,匹也。"也正用"妃"、"匹"合昏之意。

《詩・衛風・芄蘭》:"能不我知",馬瑞辰云:"知"正當訓"合"。"不我知"爲"不我合"。他認爲這個"知""非知識之知"。《爾雅・釋詁》:"知,匹也。匹,合也。""不我知"謂不與我相匹合,猶下章"不我甲"謂不與我狎習耳。[1] 高先生《詩經今注》説《芄蘭》之詩"這是一個成年的女子嫁給一個約十二三歲的兒童,因作此詩表示不滿"[2]。則這句詩的"知"其義爲"合"也是就男女妃合匹配而説的。由此看來,"知"有"合"義,其中有男女匹配相合之義。

新相知 "新"與"舊"相對,没有舊無從以新,所以"修舊"、

―――――――

〔1〕《毛詩傳箋通釋》卷六。
〔2〕高亨:《詩經今注・芄蘭》第89頁。

"繕故"古謂之"新"。《詩·閟宮》"新廟奕奕",鄭氏箋云:"修舊曰新。"《公羊傳·莊公》:"二十有九年,春,新延廄。新延廄者何?修舊也。"何休注:"舊,故也,繕故曰新。"

"知"爲"合","新"爲"修舊繕故"。在"悲莫悲兮生別離,樂莫樂兮新相知"的相對關係中,按上述的主要情節,知上句指湘君夫婦因漢中淪陷而受到的離別之苦,下句指由於司命使河伯引湘君取道九河以迎湘夫人而使之歸楚,離而復合,破鏡又得重圓,修舊繕故。

悲莫悲兮生別離,樂莫樂兮新相知 高步瀛曰:"《琴操》杞梁妻歌有此二語,乃《琴操》襲《楚辭》,非屈原襲梁妻也。張雲璈謂屈子用《琴操》語,非是。"〔1〕

- 少司命原地不動。
- 河伯在前進,走近湘君。
- 河伯單獨問湘君,唱:

> 荷衣兮蕙帶,
> 儵而來兮忽而逝。

荷衣 常敘按:《湘夫人》:"築室兮水中,葺之兮以荷蓋。"又同篇"芷葺兮荷屋"。《河伯》"乘水車兮荷蓋,駕兩龍兮驂螭"荷自是水中之草。《爾雅·釋草》"荷,芙渠。其莖茄,其葉蕸,其本密,其華菡萏,其實蓮,其根藕,其中的,的中薏"無論從哪部分説自是水草。因而"荷衣兮蕙帶"總擺不掉水國成分。《九歌》中的水神,湘夫人與湘君侍女此時都不在場,在場

---

〔1〕《水經·沭水注》亦引《琴操》此文。

者唯河伯與湘君，而河伯正好是問活人，故"荷衣兮蕙帶"，非湘君莫屬。

倏…忽… "倏忽"兩字有時拆開，有時合併，而詞意基本不變。倏一作儵。《天問》"雄虺九首，儵忽焉在"；《招魂》："雄虺九首，往來倏忽，吞人以益其心些"。《遠遊》"神儵忽而不反兮，形枯槁而獨留"等等，合併使用較多。象《九歌》"倏而來兮忽而逝"、《莊子·應帝王》"南海之帝爲儵，北海之帝爲忽"者比較少。《招魂》"往來倏忽"，王逸注："疾急貌。"言其匆忙急促，心神不定，是此時此刻的湘君形象。

"倏而來兮忽而逝"和"乘回風兮載雲旗"都是形容湘君心急如焚之辭，然而一出自河伯，一出自少司命，同一事件，而反應不同，語言各異。

● 河伯繼續對湘君追問，唱：

夕宿兮帝郊，
君誰須兮雲之際？

知此節爲河伯所唱者，以其末句"君誰須兮雲之際"定之。

"君誰須兮雲之際？"與下節"與女遊兮九河""與女沐兮咸池""晞女髮兮陽之阿"三個相邀之辭緊緊相接，而"遊九河"句又以同辭互見於《河伯》聯繫。《河伯》之辭又與《大司命》"導帝子(之)九坑"相應，因此知"君誰須兮雲之際"句當是河伯的唱辭。

宿 《說文》："止也。"《廣雅·釋言》："宿，留也。"《說文》："留，止也。"宿、留同義。《漢書·郊祀志》："宿留海上。"宿、留同義並用。師古曰："宿留謂有所須待也。"此辭"夕宿兮帝郊,君誰須兮雲之際?""宿"與"須"相依存,正是止而有待之意。

帝郊 馬茂元云："猶言天國的郊野。"按:此指北渚之地。

君 常敘按:河伯問湘君。君,指湘君。

須 李周翰云："須,待也。"

今晚在"帝郊",你是等待著誰呢?

● 河伯約湘君,遊九河,上崑侖,過咸池,由陽之阿從西滏背後直達涔陽。

● 河伯唱:

> 與女遊兮九河,
> 衝飈起兮水揚波。
> 與女沐兮咸池,
> 晞女髮兮陽之阿。

"與女遊兮九河"之句既見於本章,又見於《河伯》。這是用同句重出而略變其詞的辦法,以表現前後章情節相連的,這種例子在楚辭《九歌》裏是不止一二,絕不是錯簡。《少司命》這句歌辭,除與本章語言有依存關係外,又上與《大司命》"導帝子(之)兮九阬"相承,下與《河伯》相聯,在整個作品中是一種關鍵性的句子。

蔣驥說:"'衝風至兮水揚波',言水之成文也。'衝風起兮橫波'言龍車橫截於波中也。辭意各殊,定非重出。"[1]

九河 顧頡剛云:"'九河既道',注云:'九河,據《爾雅·

---

〔1〕《山帶閣注楚辭·楚辭餘論卷上》。

釋水》爲徒駭、太史、馬頰、覆釜、胡蘇、簡、絜、鉤盤、鬲津。據《漢書·地理志》和後人解釋,徒駭河故道,在今河北南皮縣北。馬頰河,出今山東平原縣境,東北經陵縣、德平、商河、樂陵諸縣至無棣入海。覆釜河,出今河北阜城縣東,經東光、慶雲、海豐由老黃河入海。古蘇河故道,在今河北東光縣東南。簡河故道,在今山東陽信、樂陵縣境。鬲津河故道,在今山東德縣界。但是九河所在,早在漢朝已不能確指。我們知道古人以河爲黃河的專名,他水不得稱河,所謂九河大概是黃河下流的分枝,九是指多數,不一定就是九條水,但這還是和黃河一體的,或者就是黃河下流的三角洲。今山東西部入海諸河有馬頰河、徒駭河、鉤盤河等,不一定與《禹貢》所說的九河有關。"[1]

衝颭 暴風也。吕向注是。常敘按:《廣雅·釋詁四》:"挋也。"《齊策》:"使輕車銳騎衝雍門。"注:"突也。"猝急烈,而有力以進者,謂之"衝"。故陷陳車名之爲衝。《說文》以"𨍸"爲之。卂擣之撞,亦以童聲,與衝同音。

沐 洗髪。《說文》:"沐,濯髪也。"

咸池 神話故事中地名,《東君》:"照吾檻兮扶桑。"扶桑是與咸池相依存的。《離騷》:"飲余馬于咸池兮,總余轡乎扶桑,折若木以拂日兮,聊逍遥以相羊。"

咸池在什麼地方?《史記·天官書》:"咸池,曰天五潢。"所謂天五潢,就是由御夫座 1αβθ 和金牛座 β 五顆星星相聯所構成的水池形象。《說文》:"潢,積水池。"——《史記》又說它是"五帝

---

[1]《禹貢》顧頡剛注釋,《中國古代地理名著選讀》第一輯。

車舍",則是從另一角度把這五邊形看成了房子。

晞 王逸云:"晞,乾也。《詩》曰:'匪陽不晞。'"把洗净的頭髮曬乾。

陽之阿 "陽""洋"同音字,在此藉以爲"洋"。洋水亦見《山海經》、《淮南子》。

《山海經·西山經》:"西南四百里,曰昆侖之丘,是實惟帝之下都。……

> 河水出焉,而南流東注于無達。
> 赤水出焉,而東南流注於氾天之水。
> 洋水出焉,而西南流注于醜塗之水。
> 黑水山焉,而西流於大杅……"

《山海經·海内西經》:"海内昆侖之墟,在西北,帝之下都。……赤水出東南隅,以行其東北,西南流注南海,厭火東。

河水出東北隅,以行其北,西南又入渤海,又出海外,即西而北,入禹所導積石山。

洋水、黑水出西北隅,以東,東行,又東北,南入海,羽民南。

弱水、青水出西南隅。以東,又北,又西南,過畢方鳥東。……"

《淮南子·地形訓》:"掘昆侖虛以下地,中有增城九重……"

"……河水出昆侖東北陬,貫渤海,入禹所導積石山。

赤水出其東南陬,西南注南海,丹澤之東。(赤水之東)[1]

弱水出其西南陬[2],(自窮石,至於合黎,餘波入於流沙。)[3]絶流沙,南至南海。

---

[1] 王引之説,見王念孫《讀書雜志》、《淮南内篇第四》。
[2] 王引之説,見王念孫《讀書雜志》、《淮南内篇第四》。
[3] 王引之説,見王念孫《讀書雜志》、《淮南内篇第四》。

洋水出其西北陬,入於南海,羽民之南。

凡四水者,帝之神泉,以和百藥,以潤萬物。"

常敘按:傳説昆侖四隅四水(或四隅六水),而赤水、河水、洋水之名不變。《淮南子·地形訓》高誘注:"洋水經隴西氐道東至武都爲漢;陽,或作養水也。"莊逵吉云:"洋或作養、養應作瀁,亦作漾,即漢水也。東至武都爲漢陽,陽字疑衍。"陽屬下句,不誤。《華陽國志》:"漢有二源,東源出武都氐道漾山,因名漾。《禹貢》'流漾爲漢'〔1〕是也〔2〕。"

神話往往同人間世相連接。漢水和洋水就是如此。漢水上源原名漾水,字寫爲養、爲瀁、爲洋,都是一形之變(三字皆從羊得聲),而字或作"陽",則是同音詞在書寫形式的變易,"洋""陽"古音同,並是余陽切。〔3〕

"陽之阿"當是陽水(洋水)之曲隅也。

阿　《穆天子傳》:"天子飲于河水之間"注:"阿,水崖也。"《漢書·禮樂志》:"汾之阿"注:"水之曲隅。"是水之曲隅,東北所謂"崴子",不僅《山鬼》"若有人兮山之阿",王逸所謂"阿,曲隅也"之專屬於山的。

昆侖之丘共有四水(或四隅六水),而河水與洋水在焉。出河水而轉入洋水,非常方便。大司命向少司命發令,"導帝子(之)兮九阮"。使湘君自九河(九阮)以會湘夫人。於是河伯承少司命的命令,自北渚而南下,入長江,浮大海,遊九河而上昆侖,然後從昆侖,下洋水,達潯陽極浦,迎接湘夫人回楚。回來的時候,自潯陽,

---

〔1〕應作'導漾東流爲漢'。
〔2〕西源出隴西嶓冢山,會白水,經葭萌入漢。
〔3〕郭錫良《漢字古音手册》第256頁。

溯洋水，再上崑崙，下崑崙，順河水，直至九河。至此河伯使命完了。浮滄海，溯大江，轉洞庭，入湘水，在這都是不言而喻的。

"與女遊兮九河"這四句與上文《大司命》"吾與君兮齋速，導帝子(之)兮九阬"的任務相承，下與《河伯》"與女遊兮九河，衝風起兮水橫波"，以及"登崑崙"、"惟極浦"[1]、"靈何爲兮水中"諸句，緊相呼應，自是河伯邀請湘君前去迎接湘夫人之辭。

● 湘君唱：

> 望美人兮未來，
> 臨風怳兮浩歌。

這兩句是承上文河伯之問而說的。前一句答"君誰須兮雲之際"，後一句則說自己對湘夫人想望之情。

"望美人兮未來"，辭與《湘君》"望夫君兮歸來"相應。"美人"，指湘夫人。

怳 《說文》次於"心"下，云"怳，狂之皃"。嚴可均《校議》以爲"當作愌皃，轉寫誤分爲二字，又誤心爲之耳"。"狂"，"怳"相聯，同義類聚，以許書體例覈之，嚴校可信。《說文》："愌，誤也。"《廣韻》："愌，惑也。"謬於情實爲誤，疑於情實爲惑，"愌皃"之"怳"當是疑誤迷惑的樣子，一種疑有、疑無、疑真、疑假的狀態。

"怳"是單音節詞，不是"怳忽"之略。宋玉《登徒子好色賦》："怳若有望而不來，忽若有來而不見。"雖把一個連語拆開來用，但它和"惟怳惟忽"一樣，是拆而不散，仍然兩字並見的。

---

[1] 即《湘君》"望涔陽兮極浦"之極浦。

《少司命》這句辭,有"怳"無"忽",已失去它連語作用。所以必須把它作一個詞來處理,而不能説它就等於"怳忽"。

"臨風怳兮浩歌"的"怳"是一種疑誤狀態,而不是"怳忽"。全句意爲當風而立,疑有疑無地感到"浩歌"。也就是説湘君盼望湘夫人,心情急切,在風裏,他疑惑著似乎聽到,又似乎没有聽到她的歌聲。

這是湘君對河伯説明他此時此刻的心情。

● 湘君、河伯同下。
● 只剩下少司命一人在場。
● 少司命唱:

　　　孔蓋兮翠旍,
　　　登九天兮撫彗星。

孔蓋、翠旍　王逸云:"言司命以孔雀之翅爲車蓋,翡翠之羽爲旍旗,言殊飾也。"

九天　常敍按:指九重天。《天問》:"圜則九重,孰營度之?"

撫彗星　戴震云:"按撫之,使不爲災害。"

"登九天兮撫彗星"句與《東君》"舉長矢兮射天狼"取意相同,都是從星象上説神在天上助楚抗秦。

《史記・秦始皇本紀》:"七年,彗星先出東方見北方,五月見西方。"這顆彗星是哈雷彗星,已被天文學者認定[1]。哈雷彗星是週期彗星,每76年餘而一見。或因行星之攝動,其行道微

---

〔1〕朱文鑫:《天文考古録・中國史之哈雷彗》。

有變更,而週期亦略有出入。[1] 秦始皇七年是公元前 240 年。那麼它前一次出現,以哈雷彗星最早點週期計之,當在公元前 316 年或 315 年,也就是周慎靚王五年或六年。周慎王五年,楚懷王十三年,秦惠文王更元九年。這一年秋,秦張儀、司馬錯伐蜀,冬十月,蜀平。司馬錯趁勢取巴。從巴伐楚,當在這年冬季開始。自巴涪水取楚商於地,應在周慎王六年,楚懷王十四年,秦惠王更元十年。換句話說,哈雷彗星這一次出現恰巧是司馬錯自巴伐楚,或楚失商於之年。

戰國後期,認爲彗星是和歲星相關的。《漢書·天文志》說星"贏,其國有兵不復","歲星贏而東南,石氏'見彗星',甘氏'不出三月迺生彗,本類星,末類彗,長二丈'。……石氏'槍、欃、棓、彗異狀,其殃一也。必有破國亂君,伏死其辜,餘殃不盡,爲旱、凶、饑、暴疾'。……甘氏'其國凶,不可舉事用兵。出而易,所當之國,是受其殃。又曰襖星,不出三年,其下有軍,及失地,若國君喪'。"甘德是楚人,以甘、石爲代表的星象迷信觀念,對於失商於而楚分爲三,以及其後爲復商於而受欺于張儀,大敗於丹陽,反而又失掉了漢中的楚國來說,這連串失利,不能不使他們想到彗星見和楚國所受到的災殃。

因而在祀歲星之神,"穆愉上皇"以求福助卻秦軍的同時,又要消除彗星對楚國的"作用"。

撫 按也。有以手按止之意。《禮記·曲禮上》:"主人跪正席,客跪撫席而辭。"孔疏:"撫,謂以手按止之也。客跪以手按止于席而辭,不聽主人之正席也。"同篇,"車驅而騶,至於大門,君

---

[1] 見朱文鑫《天文考古錄·中國史之哈雷彗》第 60 頁。

撫僕之手。"疏:"君撫僕之手者,撫,按止也。僕手執轡,車行由僕,君欲令駐車,故君抑止僕手也。"

"登九天兮撫彗星","撫彗星"是以手按而止之,使它不再殃及楚國。《東君》"射天狼"意在傷秦,此辭"撫彗星"事爲救楚。

● 少司命在向上行車中仰望大司命,
● 少司命唱:

　　竦長劍兮擁幼艾,
　　荃獨宜兮爲民正。

"竦長劍兮擁幼艾"是少司命指"高馳兮沖天,結桂枝兮延佇",停留在天空,等待他覆命的大司命説的。

"荃獨宜兮爲民正"是少司命贊頌大司命,説他真是萬民之長。

竦、幼、艾,王逸云:"竦,執也;幼,少也;艾,長也。言司命持長劍,誅絶惡,擁護萬人,長少使各得其命。"

爲民正　王逸云:"言司命執心公方,無所阿私,善者佑之,惡者誅之,故宜爲萬民之正。"

《少司命》韻讀

　　蕪　下　予　苦　　　（魚部）
　　青　莖　成　　　　　（耕部）
　　辭　旗　　　　　　　（之部）
　　離　知　　　　　　　（歌支合韻）
　　帶　逝　際　　　　　（月部）

河　波　池　阿　歌　　（歌部）
旌　　星　　正　　　　　（耕部）

（五）東　君
（採用隆慶重雕宋本《楚辭章句》）

東君,太陽神。

全章敘事,寫太陽神從日出到日落一路上所見所聞。作者用太陽的一天"行程",來表示愉神之辭的故事情節發展和所經歷的時間。

"朝騁騖兮江皋,夕弭節兮北渚。""朝馳騁兮江皋,夕濟兮西澨。""夕宿兮帝郊"以及"日將暮兮悵忘歸（暮,夜也。）"等等辭句,反映楚辭《九歌》愉神之辭的故事,在時間上,是從朝到夕的。《東君》正與之相應。

朝、夕,日出入,是和晨昏蒙影相接或相續的。

戰國時代不會有現代天文學名詞,這是肯定的。可是,我們根據以唐眛爲代表的楚天文學的發展,楚辭《天問》在這方面所提的問題以及它與《淮南子·天文訓》所說日出入行程——特別是它起結兩程——所反映的天色情況,不能不說屈原那時,在楚國對這種自然現象不但早有相應認識,而且已經進入神話傳說。

請看:

屈原《天問》在"日月安屬？列星安陳？"之後,緊接著就是"出自湯谷,次于蒙汜,自明及晦、所行幾里？"這一問,它和《天文訓》"日出暘谷""至於虞淵,是謂黃昏,至於蒙谷,是謂定昏,日入于虞淵之汜"是完全可以對應起來的。蒙谷爲虞淵之汜,所以叫作蒙汜。

　　《天問》所問問題都是屈原之前在楚國早已流行的説法。《淮南子》受楚文化影響很大,日出入這段提法能與《天問》相印證,正説明它是淵源于楚的。

　　因此,《天文訓》説日出入,有助於我們對《東君》的理解。

　　《天文訓》把日出入的行程分成十五段。它寫道:

> 日出於暘谷,浴于咸池,拂於扶桑,是謂晨明;
> 登於扶桑,爰始將行,是謂朏明;
> 至於曲阿,是謂旦明;
> 至於曾泉,是謂蚤食;
> 至於桑野,是謂晏食;
> 至於衡陽,是謂隅中;
> 至於昆吾,是謂正中;
> 至於鳥次,是謂小還;
> 至於悲谷,是謂餔時;
> 至於女紀,是謂大還;
> 至於淵隅(虞)[1],是謂高舂;
> 至於連石,是謂下舂;
> 至於悲泉,爰止其女,爰息其馬,是謂懸車;
> 至於虞淵,是謂黃昏;
> 至於蒙谷,是謂定昏。
> 日入虞淵之汜,曙于蒙谷之浦。

　　(附)《淮南子·天文訓》日出入名位光亮示意圖:

────────

〔1〕 王念孫云:"淵虞"當作"淵隅"。據改。

卷二 楚辭《九歌》整體系解 / 163

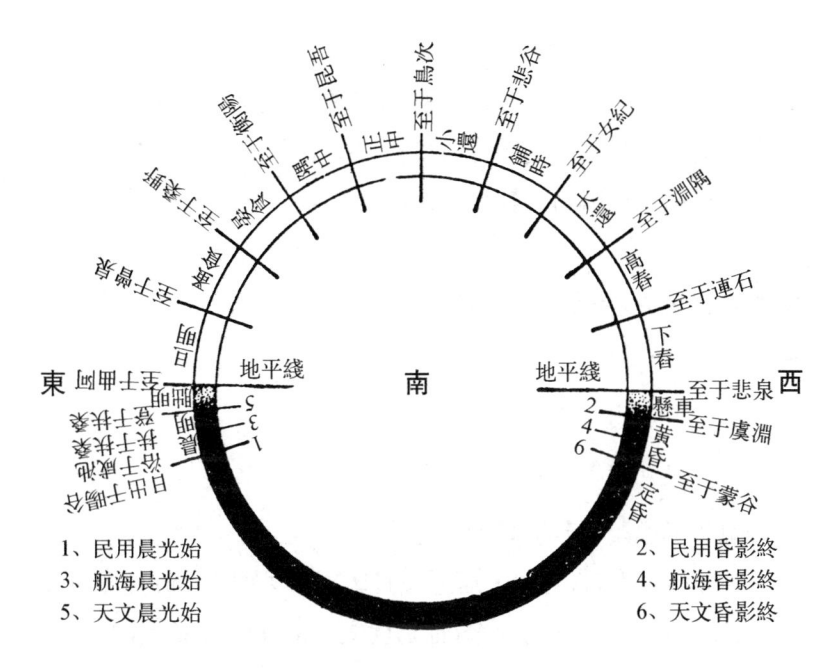

```
                    至 至     至 至
                  至 于 于 正 小 于 晡 至
                蒙 于 昆 隅 中 還 鳥 時 于
              啟 谷 暘 吾 中               次     悲
            明   明                             谷
          晨                                       至
                                                    于大
        至                                           女還
      于                                               紀
    太               南                                  至
  昊                                                      于
                                                           淵
                                                            虞
地平綫                                          地平綫         高
                                                              舂
                                                               至
東                              1                              于
  日          肉   民           3                  懸           下
   出     航   眼   用           5                  車    2      舂
    於    海   可   晨                                    4
     暘   晨   見   光                              黃     6      至
      谷  光   晨   影                              昏             于
          影   已   終                                            連
           終   見                                   定            石
                                                     昏
                                                                    西
1、民用晨光始                                        2、民用昏影終
3、航海晨光始                                        4、航海昏影終
5、天文晨光始                                        6、天文昏影終
```

它們的順序是：晨明、朏明、旦明、蚤食、晏食、隅中、正中、小還、晡時、大還、高舂、下舂、懸車、黃昏、定昏。其中晨明、朏明、懸車、黃昏、定昏，太陽都在地平綫下，而定昏全暗入夜。在天空背景上能顯日光影響的只有晨明、朏明和懸車、黃昏四段，它們與晨昏蒙影相當。

這樣，晨明和朏明兩段，前者之初相當於天文晨光始，肉眼可見的暗星已消失，後者之初相當於民用晨光始，天空已經明亮。懸車和黃昏兩段，前者之末相當於民用昏影終，天空開始變暗，最亮的恒星已經出現，從而進入後段——天文昏影，至肉眼可見的暗星已見，時已定昏入夜，是為天文昏影終。

這是和《東君》有關的日出前和日沒後的情況相符。

《東君》在《九歌》中的作用，除反映故事情節發展的時間外，還有兩事：一、借太陽神之眼寫這次愉享東皇太一歌舞場面及其盛況。二、"舉長矢兮射天狼"借日神以殺強秦，體現愉享東皇太一的主要目的和七章愉神之辭"卻秦軍"的主題思想。

出場歌舞此辭者：靈巫一人，東君。

● 東君出暘谷，浴于咸池，拂於扶桑。
● 拂拭整裝，唱：

　　暾將出兮東方，
　　照吾檻兮扶桑。

暾 王逸云："其容暾暾而盛大也。"

常叙按：劉向《九歎·遠逝》"日暾暾其西舍兮，陽炎炎而復顧。"暾暾與炎炎並列而對舉，都是就太陽的光焰性狀說的。《左傳·僖公五年》："丙之辰，龍尾伏辰。……鶉之賁賁，天策焞焞。"杜氏注云："鶉，鶉火星也。賁賁，鳥星之體也。天策，傅說星。時近日，星微，燉燉，無光耀也。"按杜氏意，焞焞自是星光，因爲此時接近太陽，對比之下，顯得這焞焞之光不見其明，並不是這個詞的詞義就是"無光耀"之意。《左傳》焞焞和《九歎》暾暾，在表示明光這一點上，是一致的。

《說文》："焞，明也。《春秋傳》曰：'焞耀天地。'"《國語·鄭語》："黎爲高辛氏火正，以淳耀敦大，天明地德，光照四海，故名之曰祝融。"崔瑗《河間相張平子碑》使用這段話寫作"焞耀敦大，天明地德，光照有漢。"焞，有光明照耀的意思。

"暾將出兮東方"，暾與焞爲一詞，因其說日，故從日。從火從日都是標示發光物類。暾從敦聲，敦與焞都從臺聲，語音形式相同。

《詩·小雅·采芑》："嘽嘽焞焞,如霆如雷。"焞焞,指車盛,與日無關。

吾 東君自稱。

檻 黄孝紓云:"檻,古通濫。和《莊子·則陽篇》:'同濫而浴'的濫字同義。濫是浴器。傳説扶桑是神木,日出下浴于湯谷,上拂其扶桑。此處是説日神以湯谷作浴器,在扶桑樹陰下洗澡。"

常叙按:《天問》"出自湯谷,次於蒙汜,自明及晦,所行幾里?"《淮南子·天文訓》:"日出於暘谷,浴于咸池,拂於扶桑,是謂晨明。"又云:"至於虞淵,是謂黃昏。至於蒙谷,是謂定昏。日入于虞淵之汜,曙于蒙谷之浦。""湯谷"即"暘谷",是日之所出的地方。"蒙汜"即"蒙谷"的邊涯,是日之所入的地方。《天問》和《淮南子》在日出入的説法上,主要起訖是一致的。

"湯谷"即"暘谷"。用《淮南子》對校,知湯谷非日浴之處,日浴自在咸池。

"檻"借作"濫",黃説是對的。《詩·小雅·魚藻》:"觱沸檻泉,言采其芹。"《大雅·瞻卬》:"觱沸檻泉,維其深矣。"《傳》云:"檻泉,正出也。"鄭氏《箋》云:"檻泉,正出,湧出也。"鄭用《爾雅》。《爾雅·釋水》:"濫泉,正出。——正出,湧出也。"以"濫"爲之。《説文》也是這樣,它説"濫,一曰濡上及下也"。《詩》曰:"觱沸濫泉。"又説"沸,畢沸濫泉。"《漢書·敘傳》、《答賓戲》:"懷氿濫而測深虖重淵。"應劭注引《爾雅》"側出曰氿泉,正出曰濫泉"。《釋名·釋水》:"水正出,曰濫泉。濫,銜也,如人口有所銜,口闔側見也。"濫泉而作檻泉,是借"檻"爲"濫"之證。

"濫"也假借爲"鑑"。《墨子·節葬下》："又必多爲屋幕、鼎鼓、幾梴、壺濫、戈劍、羽旄、齒革，寢而理之。"《吕氏春秋·孟冬紀·節喪》："夫玩好貨寶，鐘鼎壺濫，舉馬衣被戈劍，不可勝其數。""壺濫"即《吕氏春秋·審分覽·慎勢》"銘篆著乎壺鑑"之"壺鑑"。

《説文》："鑑，大盆也。"它的用處：可以盛水，可以盛冰。盛冰者，是冷藏器。《周禮·凌人》："春始治鑑。凡外内饔之膳差鑑焉，凡酒漿之酒醴亦如之。祭祀共冰鑑。"盛冰者，可以察形，見面之容。《國語·吴語》："王其盍亦鑑於人，無鑑于水。"可以爲浴器，《莊子·則陽》："靈公有妻三人，同濫而浴。"《釋文》："濫，浴器也。"鑑、濫都是古監字的分化後起字。説見拙作《釋監》。

"濫"爲浴盆。而咸池爲日浴之處。就"浴于咸池"來説，咸池實爲日"濫"——太陽的浴盆，澡塘。

《淮南子·天文訓》："日出於暘谷，浴于咸池，拂於扶桑，是謂晨明。""拂"與"浴"相聯，是晨明的條件。《大招》："長袂拂面。"王逸云："拂，拭也。"《禮記·曲禮上》："進几杖者拂之。"鄭注云："拂，去塵。"《儀禮·有司徹》："以右袂推拂几三。"鄭注云："推拂去塵，示新。"日，浴于咸池，而拂拭於扶桑，使其光明一新，爲新一日的照射而焕發明光。

《東君》"照吾檻兮扶桑"，以日出神話考之，蓋謂：太陽從暘谷出來，到咸池洗澡，從咸池出來，在扶桑之下拂拭其體，從而明光焕發，照射在身邊咸池之上。

這一段時間相當於《淮南子·天文訓》的晨明。

● 東君登於扶桑，

● 乘車攬轡，爰始將行，唱：

撫余馬兮安驅，
夜皎皎兮既明。

撫 借作"拊"。

常敍按："撫"古音在魚部，"拊"古音在侯部。魚、侯兩部音有通轉，《詩·小雅·蓼莪》："拊我畜我"，《後漢書·梁竦傳》引這首詩寫作"撫我畜我"。

《東君》"撫余馬"，在"撫"與"馬"的關係上，以《戰國策·衛策》："衛人迎新婦。婦上車，問：'驂馬，誰馬也？'御曰，'借之。'新婦謂僕曰：'拊驂，無笞服'"例之，可知這個"撫"當借爲"拊"。這個詞的詞義是拍打。《廣雅·釋詁三》："拊，擊也"《左傳·襄公二十五年》："公拊楹而歌"，《釋文》："拍也。"《漢書·吳王濞傳》："因拊其背"，注："拊，輕擊之。"

"撫余馬兮安驅"，是東君發軔登車驅馬將行之辭。它與《淮南子·天文訓》："登於扶桑，爰始將行，是謂朏明"相應。

用現代天文學來說，相當於民用晨光始。

夜皎皎兮既明 洪興祖云："皎字從日，與皎同。此言日之將出，羲和御之，安驅徐行，使幽昧之夜，皎皎而復明也。"

常敍按："皎皎"當作"皎皎"。《說文》："皎，月之白也。從白交聲。《詩》曰：'月出皎兮'"，《詩·小雅·白駒》："皎皎白駒。"《釋文》："皎皎，古了反，潔白也。"

《東君》此句在"撫余馬兮安驅"之後，"長太息兮將上"之前，明示東君所說，是指他驅馬開車還沒有走到地平綫上之時。是"旦明"以前的一段光景。這時，東方漸白，天還未有大亮，是太陽從民用晨光始走向日出的曚影期間。

● 東君行車。

● 東君唱：

　　　　駕龍輈兮乘雷，
　　　　載雲旗兮委蛇。

　　輈　王逸云："輈，車轅也。"洪興祖云："《淮南》曰：'雷以爲車輪'注云：'雷，轉氣也。'輈，張留切，《方言》曰：'轅，楚韓之間謂之輈。'"黃孝紓云："輈本是車轅，此處用以代表整個車子。龍輈即龍車。雷是車輪發出的聲音。"

　　常敘按：甲骨文、周金文都以閃電中夾車輪之形來寫"雷"，蓋以雷聲隱隱有如行車。《詩·召南·殷其靁》傳云："殷，雷聲也。"司馬相如《長門賦》："雷殷殷而響起兮，聲象君之車音。"《山鬼》："雷填填兮雨冥冥。"《九辯》："屬雷師之闐闐"，而《文選·蜀都賦》："車馬雷駭，轟轟闐闐。"雷聲似車聲，車聲如雷聲。

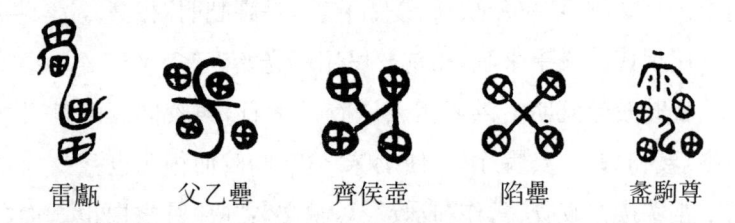

| 雷甗 | 父乙罍 | 齊侯壺 | 陷罍 | 盉駒尊 |

　　"乘雷"是就行車說的。其行動與下句"雲旗委蛇"相應。

　　委蛇　黃孝紓云："旌旗飄動的狀態。"

　　常敘按：《離騷》："駕八龍之婉婉兮，載雲旗之委蛇。"後句與此同文。汪瑗云："委蛇，猶飄揚，謂載之于車，車騰則旗動而飄揚也。"

　　按：委蛇，直之反，《史記·叔孫通傳贊》："大直若詘，道固委蛇。"有委婉曲折之義。《文選》張衡《西京賦》:"聲清暢而逶蛇"揚雄《甘泉賦》:"躡不同之逶蛇"是山勢委曲,《淮南子·泰族訓》:"河以逶蛇故能遠"是水流委曲;《古詩十九首》:"東城高且長,逶迤自相屬"是城牆委曲;王粲《登樓賦》"路逶迤而修迥兮"是道路委曲;《史記·蒙恬傳》:"於是渡河據陽山,逶蛇而北"是行路委曲,《史記·蘇秦傳》:"嫂委蛇蒲服",是身態委曲;《後漢書·邊讓傳》:"振華袂以逶迤",是舞姿的委曲;《莊子·庚桑楚》:"行不知所之,居不知所爲,與物委蛇,而同其波"是居世的委曲,《漢書·禮樂志·郊祀歌》:"票然逝,旗逶蛇"是與楚辭《離騷》、《九歌》相同的旌旗的委曲,——披拂飄蕩逶婉屈伸的樣子。

"委蛇"一詞,書寫形式多變[1],它的基本意義是不變的。

● 東君即將出現在地表之上,唱:

　　　　長太息兮將上,
　　　　心低徊兮顧懷。

　　上　洪興祖云:"上,上聲,升也。"

常敘按:"將上",還沒有上升於地平綫。可見這幾句歌辭都是"旦明"以前之事,事屬晨光始——朒明階段之末。

《淮南子·天文訓》:"至於曲阿,是謂旦明。"《公羊傳·哀公十三年》:"見於旦也。"何休注:"旦者,日方出時。"徐彥疏:"旦者,日方出地未相去離之辭。"古金文"旦"字寫作"☉",正象其形。"旦"即日出。當太陽行進到朒明之末,從它的上邊緣和東

―――――――
〔1〕 洪邁《容齋五筆》卷九《委蛇字之變》以爲"此二字凡十二變"。

邊地平綫相接觸開始,逐漸上升到整體露出,而其下邊緣與地平綫相接,沒有脫開,這一段過程統謂之"旦"。古金文所寫,是它最後階段的形象。旦後一段時間叫"旦明"。

"長太息兮將上",這句話是東君即將以太陽的上邊緣接觸地平綫,眼看就要上升踏進"旦明"時説的。

低佪　王逸云:"低,一作俳。"他解釋全句時,以"俳佪"當之。云"言日將去扶桑,上而升天,則俳佪太息,顧念其居也。"

洪興祖云:"低佪,疑不即進貌。"

常敍按:"低佪"也見於《九章·抽思》:"低佪夷猶宿北姑兮",與"夷猶"並用。王褒《九懷·陶雍》:"淹低佪兮京沚",與"淹"並用。《史記·孔子世家》:"太史公曰:……(余)適魯,觀仲尼廟堂車服禮器,諸生以時習禮其家,余祗迴留之,不能去云。"以"祗迴"爲之,而與"留"並用。在"夷猶"、"淹"、"留"的關係上,知"低佪"雖與"俳佪"義近,而有留戀之意。

《廣韻·六脂》:"低,低佪,猶徘佪也。"與"墀"同音,直尼切。"低佪"即"低佪",讀如"遲佪"。

顧懷　王逸云:"顧念其居也。"

"將上"句後接以"色聲娛人"諸句。表明東君在"低佪顧懷"之後已從朏明進入旦明,出於地平綫上。

- 東君在地面上空行車。
- 行車中,東君俯瞰大地,見楚國壽宮愉享祭場。
- 東君看見觀禮觀衆,唱:

　　　　羌色聲兮娛人,
　　　　觀者憺兮忘歸。

屈復云:"聲色二句,總起下文。"

朱熹云:"遂下方所陳鐘鼓竽瑟聲音之美,靈巫會舞,容色之盛,足以娛悅觀者,使之安肆喜樂,久而忘歸。"

色聲 洪興祖《補注》作"聲色"。

觀者 姜亮夫云:"指觀禮之眾人。"

憺 王逸云:"安也。"

常敍按:《廣雅·釋詁四》:"憺,靜也。"《淮南子·俶真訓》:"蜂蠆螫指而神不能憺。"高誘注:"憺,定也。"《説文》:"憺,安也。"這個字或借"澹"字來寫它。《廣雅·釋詁一》:"澹,安也。"《漢書·賈誼傳》:"澹虖若深淵之靚。"師古曰:"憺,安也。靚與靜同。""憺"的"安"有寧靜凝定之義。

"觀者憺兮忘歸",東君從上空看壽宮觀眾被音樂歌舞吸引,他們注意力高度集中,出神入勝,凝視諦聽,憺然忘返,從而見《九歌》愉神的客觀效果。

● 東君從上空看音樂演奏。

● 東君,唱:

> 緪瑟兮交鼓,
> 簫鐘兮瑶簴,
> 鳴篪兮吹竽。
> 思靈保兮賢姱。

緪 王逸云:"急張絃也。"

姜亮夫云:"緪,《説文》:'大索也。'字亦作'絚',並無急張絃之義。蓋借爲《淮南·繆稱》'治國譬若張琴,大弦絚則小弦絕矣'之捆。《說文》：'引急也。'即王注'急張絃'之意。字又作'組'。《長笛賦》緪瑟促柱是也。"

常敘按：姜說是。沈祖緜說同。

交鼓　王逸云："對擊鼓。"

常敘按："鼓"與"瑟"相應，而不是與之相對。彈瑟謂之鼓。《詩‧小雅‧鹿鳴》："鼓瑟吹笙。"孔疏以"鼓其瑟，而吹其笙"釋之。《論語‧先進》："鼓瑟希。"皇疏："鼓，猶彈也。"緪瑟，急張弦，緊弦非彈奏，因知此"鼓"必與"瑟"相依方能成句。急張絃是緊弦和音。

"交"《廣雅‧釋詁二》："交，合也。""交鼓"，合奏。"緪瑟"和絃，然後齊彈以合奏。

簫鐘　洪邁《容齋續筆‧十五‧注書難》云："洪慶善注《楚辭‧九歌‧東君篇》'緪瑟兮交鼓，簫鐘兮瑤簴'引《儀禮‧鄉飲酒》章，'閒歌《魚麗》，笙《由庚》；歌《南有嘉魚》，笙《崇邱》爲比。'云'簫鐘者，取二樂聲之相應者互奏之。'既鏤板，置於塤庵。一蜀客過而見之，曰：'一本簫作擽。《廣韻》訓爲擊也。蓋是擊鐘。正與緪瑟爲對耳。'慶善謝而亟改之。"〔1〕

王念孫云："讀簫爲擽者，是也。《廣雅》曰：'擽，擊也。'《玉篇》音所育切。《廣韻》又音蕭。擽與簫、蕭古字通也。"

鷈　洪興祖校，一作"篪"。云："篪與鷈並音池。《爾雅》注云：'篪以竹爲之，長尺四寸，圍三寸，一孔上出一寸三分名翹，橫吹之。小者尺二寸'《廣雅》云'八孔'。"

竽　見《東皇太一》。

─────────
〔1〕按：今本《楚辭補注》洪說未改。

思　念也。

靈保　王夫之云："靈保，即神保。見《詩》，謂尸也。"

王國維云："古之祭也必有尸。宗廟之尸，以子弟爲之。至天地百神之祀，用尸與否，雖不可考，然《晉語》載'晉祀夏郊，以董伯爲尸'，則非宗廟之祀，固已用之。《楚辭》之靈，殆以巫而兼尸之用者也。其詞謂巫曰靈，謂神亦曰靈。蓋群巫之中，必有象神之衣服形貌動作者，而視爲神之所憑依，故謂之曰靈，或謂之靈保。《東君》曰：'思靈保兮賢姱'。王逸《章句》訓靈爲神，訓保爲安。余疑《楚辭》之靈保，與《詩》之神保，皆尸之異名。《詩·楚茨》云：'神保是饗'，又云：'神保是格'，又云：'鼓鐘送尸，神保聿歸'。《毛傳》云：'保，安也。'鄭《箋》亦云：'神安而饗其祭祀。'又云：'神安歸者歸於天也'。然如毛、鄭之説，則謂神安是饗，神安是格，神安聿歸者，於辭爲不文。《楚茨》一詩，鄭、孔二君皆以爲述繹祭賓尸之事，其禮亦與古禮《有司徹》一篇相合，則所謂神保，殆謂尸也。其曰'鼓鐘送尸，神保聿歸'蓋參互言之，以避複耳。知《詩》之神保爲尸，則《楚辭》之靈保可知矣。"[1]

姱　王逸云："好貌。"

高秋月、曹同春云："姱，美也。"

常敍按：《文選》傅武仲《舞賦》："埒材角妙，誇容乃理，軼態横出，瑰姿譎起。"李善注："誇，猶美也。"張平子《思玄賦》："既姱麗而鮮雙兮，非是時之修珍。"舊注："姱，大也；麗，好也。"潘安仁《射雉賦》："麥雄豔之姱姿。"徐爰注："姱，好也。美色曰豔。"姱從誇聲。誇容、姱麗、姱姿，在辭句中都有美好的意思。《禮魂》：

---

[1]　王國維《宋元戲曲史》國學小叢書第 2—3 頁。

"姱女倡兮容與"的"姱"也正用此義。

思靈保兮賢姱　王邦采云："言此靈保,德則賢,容則姱。"

常敘按：這句話是東君在上空揣想之辭。意在説：我想這位被愉享的"靈保"一定是既賢良又美好。

● 東君從上空看歌舞
● 東君,唱：

　　　　翾飛兮翠曾,
　　　　展詩兮會舞。

翾飛　王逸云："言巫舞工巧,身體翾然若飛。"

洪興祖云："翾,小飛也。許緣切。"

朱熹云："輕揚之貌。"

王念孫《廣雅疏證·三上》："翽、翾,飛也。"注云："翾,亦翽也。《説文》：'翾,小飛也。'《釋訓》云：'翾翾,飛也。'《楚辭·九歌》：'翾飛兮翠曾。'王逸注云：'言身體翾然若飛,似翠鳥之舉也。'《鬼谷子·揣篇》云：'蜎飛蠕動'《韓詩外傳》作'蝖',《淮南子·原道訓》作'翾',並字異而義同。翾之言儇也《方言》：'儇,疾也。'《荀子·不苟篇》：'小人喜,則輕而儇'；楊倞注云：'言輕佻如小鳥之翾,是翾與儇同義。'"

翠曾　王逸云："曾,舉也。似翠鳥之舉也。"

洪興祖云："曾,作滕切。《博(廣)雅》曰'翾䎉,飛也。'"

常敘按：以下句"展詩會舞"例之,"翠曾"當如王説,"似翠鳥之舉也","展詩會舞"是陳詩而合之以舞,詩舞相應共爲一體。"展"與"會"不是兩個對舉並列的各自獨立的動作。"翾飛"與

"翠曾"也是如此的。後者是前者的一種形象,是同一事的進一步說明,而不是兩件事情的"對舉"成文。

展詩 洪興祖云:"猶陳詩也。"

劉夢鵬云:"展詩,歌也。"

馬茂元云:"展開詩章來唱。這裏的詩,指配合舞蹈的歌辭。"

常敘按:"詩"指東君在上空聽到的,當時壽宫堂上所唱的,愉神《九歌》歌辭。

會舞 洪興祖云:"擾合舞也。"

常敘按:"會"有合義。可是這個"會舞"卻不是聚集衆人一同合舞,而是與"展詩"相應合,與詩融爲一體的舞蹈。

"會"的詞義,在戰國時,有不同于後代常用義的,例如:《儀禮·特牲饋食禮》:"遂命佐食啓會。佐食啓會,卻于敦南。"《士虞禮》:"命佐食啓會。佐食許諾,啓會,卻于敦南。"《公食大夫禮》:"宰夫東面坐,啓簋會,各卻於其西。"敦、簋都是盛食之器。戰國時,簋的使用很少。《儀禮》一書把它和敦誤混爲一。今按地下出土實物,敦的形狀,三足兩耳,蓋和器各爲半圓,把它們對合起來,則成球形。(如右圖陳侯午敦)

食時"啓會",是指把它的上半仰置在原器之南或西,——也就是把它的對合

陳侯午敦

體打開,分別擺列。這表明:"會"是把兩半對合而扣成一體的名子。《士虞禮》:"棗栗設于會南。""會"説的是還没有啓開的敦的合體。《公食大夫禮》:"賓卒食會飯"吃"會"中之飯,這也表明:這兩相對合扣而爲一的盛食之器,它的對合體叫作"會"。

"會"古文寫作"🅐",正象其事。"🅑"象上下兩半對相合,"🅒"象上下兩合在一起的飯。

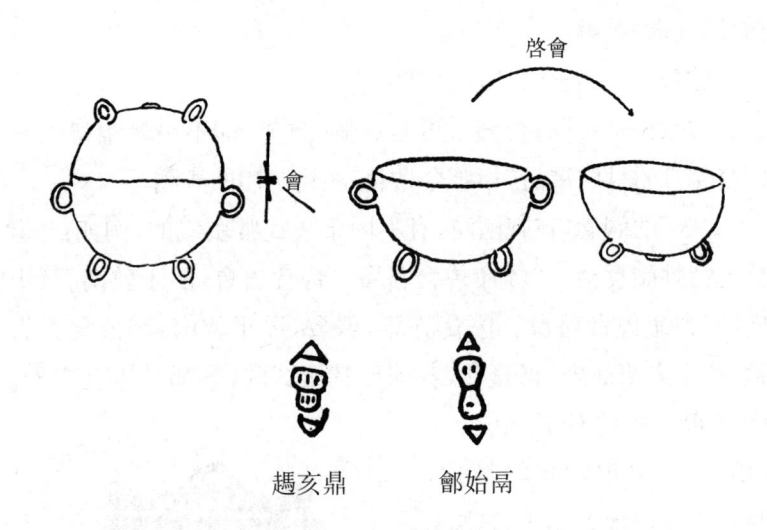

啓會

趞亥鼎　　鄘始鬲

《説文》:"會,合也。"〔1〕"合,合口也。"〔2〕器蓋對口,上下扣合,而成爲一體,是這兩個詞的共同的基本義象。

"會"可以作名詞,也可以作動詞。無論爲名爲動,它的基本義象不變。《東君》"會舞"是使"舞"與"詩"的内容對合相應扣成一體。它和配合相近而並不相同。

---

〔1〕 許慎説它"從亼曾省"是就後來形變説的,不可信。
〔2〕 《説文》説它"從亼從口"。而"象三合之形",也是不對的。

- 東君從上空繼續欣賞。
- 盛贊他們的演出效果。不僅"憺兮忘歸"的是人間"觀者",就是一切衆"靈"聞風前來的,也是"遮天蔽日"!
- 東君,唱:

> 應律兮合節,
> 靈之來兮蔽日!

應律兮合節　王夫之云:"謂歌與舞交作,皆合於一律也。"

蔣驥云:"律,謂十二律;節,樂之節奏。言歌舞與音樂相應也。"

靈之來兮蔽日　馬茂元云:"這裏的'靈',是東君泛指其他神靈,仍然是他所看到的祭壇上的情景,並非自指。'蔽日',形容多的樣子。"

常敍按:從"羌色聲兮娛人"到這兒,都是東君說他從上空下看時,所看到的壽宫愉神音樂歌舞的情况和他自己的觀感。"靈之來"的"靈"乃東君泛指他所見場上衆靈,——巫所飾神[1]。除巫祝不計外,東皇太一、雲中君、湘君及其侍女、湘夫人、大司命、少司命、河伯、山鬼、國殤,東君所見已有十名。紛紛遝遝、濟濟一堂,可謂多矣。如將未得附于巫體的同來侍從也計算在內,則這些神靈之來,爲數之多,是可以想象知之的。"蔽日",遮天蓋日,以誇張手法,寫場上衆靈,在未附巫體之前,趨赴壽宫時的情景。

這是東君看到場上靈巫衆多,而發出的贊歎之辭。

以上十句是東君從上空,在行車中,所見的壽宫愉享盛況。

---

[1]　巫風時代一般人視爲真神附體,不復以之爲巫,而謂之"靈"。

- 東君從曲阿旦明,直到連石下舂之末,白日現身,行程都已完了。
- 轉入地下之後,通過悲泉縣車、虞淵黃昏,夜色逐步加濃。待到蒙谷定昏,已經完全入夜。
- 隨著斗轉星移,經過長時間搜索,終于找到了"天狼",回身一箭,竟報秦仇。
- 東君,唱:

> 青雲衣兮白霓裳,
> 舉長矢兮射天狼。
> 操余弧兮反淪降,
> 援北斗兮酌桂漿。

青雲衣、白霓裳 王逸云:"言日神來下,青雲爲上衣,白霓爲下裳。日出東方入西方,故用其方色以爲飾也。"《説文》:"霓,屈虹,青赤也。一曰白色,陰氣也。"〔1〕

《孟子·梁惠王下》:"民望之,若大旱之望雲霓也。"《離騷》:"率雲霓而來御。"又"揚雲霓之奄藹兮"。《文選·宋玉·對楚王問》:"鳳凰上擊九千里,絶雲霓,負蒼天,翱翔乎杳冥之上。"都用的是"霓"字。

霓,或寫作蜺。《天問》:"白蜺嬰茀,胡爲此堂?"王逸云:"蜺,雲之有色似龍者也。茀,白雲逶蛇若蛇者也。言此有蜺茀氣逶移相嬰,何爲此堂乎?"《淮南子·原道訓》:"昔者,馮夷大丙之御也,乘雷(雲)車,入雲蜺,遊微霧。"它可入可乘,和雲霓是同一的東西。白霓和白蜺是同一詞在寫法上的不同。

---

〔1〕《説文》用《經典釋文·釋天》。

射天狼、操余弧　這句話的内容牽涉到古今星座的歷史問題。

　　中國天文史,在漢武帝時代,總結先秦而系統成書的《史記·天官書》,究爲一家之言,凌雜之事較少。《漢書·天文志》守而毋失,基本是《天官書》翻版,除星的顆數、字的古今和個別詞句而外,幾乎没有什麽變化。

　　可是,《隋書·天文志》云:"三國時,吳太史令陳卓,始列甘氏、石氏、巫咸三家星官,著於圖録,並著占贊,總有二百五十四官,一千二百八十三星。"[1]"照《漢書·天文志》"經星常宿中外官凡百一十八名,積數七百八十三星"。[2] 兩數相比,相差很大。

　　分部越來越密,顆數越來越多,從天文上講,這本來是件好事。

　　但是,從命名的歷史來説,分清時代,認識源委,尤爲重要。《開元占經》:"'藏在秘府,唐、宋人俱不得見'……而近時所得寫本百廿卷見全,但世無板本,懼其久而淪失。……因爲《天官書補目》一卷。"[3]按:"凡孫氏所補星座,皆見《晉》、《隋》二志;二志撰于唐。孫氏不信歲差,即不知唐之極星爲天樞,而《天官書》之極星爲帝。今觀《補》,中官四輔,注曰:'甘氏有。云四星,抱北極樞。'按即後句四星。不知四星抱樞,正以天樞爲極星。《占經》所引甘氏之言,其爲隋、唐僞託,彰彰明也。"[4]

　　隋、唐僞託,歸之隋、唐,以保持《天官書》的本來面目。朱文

---

[1]　孫星衍《問字堂集·天官書補目·序》。
[2]　班固《漢書·天文志·序》。
[3]　孫星衍:《問字堂集·天官書補目·序》。
[4]　金天翮:《史記天官書恒星圖考》金《序》。

鑫《史記天官書恒星圖考》是一部好書。但是,後附《赤道星圖》及《北極星》:"圖中星名星數,均據《清會典》正星之數,足備《天官書》之考證而已!"並不是説考證結果太史公之書與《清會典》正好相合也。今之研究《史記》者必須從《天官書》中清除所受隋、唐時代之影響,將"列宿步星""爲經不移徙,大小有差,闊狹有常"一還"星則唐都"的觀點,則近之矣。

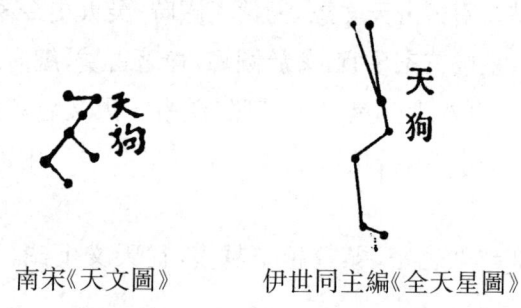

南宋《天文圖》　　伊世同主編《全天星圖》

今以南宋《天文圖》拓本和孫氏《天官書補目》考之,南宋《天文圖》"天狗"在"鶉首、未、益州"闌內,狼星的東北,如圖。朱氏所附星圖,在八時至九時之間,赤道-20至-50度內。把天狗下降于狼星東南,圖作上下直立之形,和假想的"弧矢"爲鄰。而日本的飯島忠夫又把天狗提回到赤道南-10至-20度之間,它以天狼 $\theta\gamma$ 爲右角,139β 和天狼 γ 爲左角,以 w 姿式向左橫拖。至此,一隻天狗,在三家星圖裏竟畫成了三家各自不同的星座。

但隋、唐時代後補星座,對《天官書》的理解,也起了一定的作用。

《天官書》:"其東有大星曰狼,狼角變色多盜賊",我國古代天文學家觀星取象,是在星與星的聯繫中構形命名的,如:咸池曰天五潢,如:昴,畢。割掉關係,"一星孤立,不足以象事物"。[1] 推其原,當與大犬 Canis Major 同意。整個形象象只大犬,αγθ 象其頭,αvβ 象其前足,αoδη 象其脊與尾,而 δεκ 象其後足。"狼"與"犬"同類,理無二致。"其東有大星曰狼"爲其一1.6等星,爲恒中之最明者,故突出其"八星曰狼"而概括其餘。

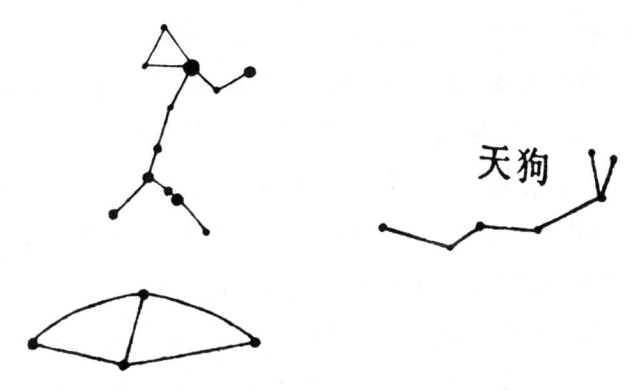

飯島忠夫著《補訂支那古代史論星圖第七》

知《天官書》"狼"非一星者,除"一星孤立,不足以象事物"外,由於語言誤解,派生"天狗"在"狼"的"東北"邊上。《天官書補目》西官云:"天狗,甘氏有。云七星,在狼東北。"按:這段文字從"其東有大星曰狼,……下有四星曰弧,直狼。狼比地有大星曰南極老人"。從"狼"至"南極老人"加上"四星曰弧",僅六顆星星。實際上,僅這一片空間三等以上的星星就有十五六顆。因此,只有"四星曰弧"就不大好理解。

我以爲"狼"和"老人"都不是一星所能象其形象的。西方把"狼"稱爲"大犬",這不約而同的名字,顯示出兩方相同的構想[2]。《天官書》:"其東有大星曰狼",乃以其"刺豆"工藝之手

---

[1] 見拙作《史記天官書經星釋例》。
[2] 劉金沂《天狼星之謎》天文愛好者 1979 年第 8 期。

法,組合成狼的形象。狼嘴巴恰好是天狼星一顆－1.5等星,是全天最亮的恒星;但它並不等於天狼從頭至尾全部亮星的光度。狼是三角形橫寬其額下尖其喙脊背連尾而前後有足的可見形象。

　　由於"其東有大星曰狼"的誤解,結果只有一顆星星是狼,於是狼身瓦解,各找出路。而《史記》"下有四星弧,直狼"又不好安排。没有辦法,把原來"四星"增至九顆,提到狼尾上來,把狼(大犬)的尾巴和腰脊 ηδο 看作矢,把狼(大犬)的後腿 κεοδς 和"船尾" mo 看作弧,把"船尾" o 和狼(大犬) ηk 看作弦,以當弧矢,而把《天官書》原文"下有四星曰弧,直狼"生給落下!

　　"隋有丹元子者,隱者之流也,不知名氏,作《步天歌》",它説"闕丘二個南河東。丘下一狼光蒙茸,左畔九個彎弧弓,一矢擬射頑狼胸。"[1]把狼作爲"一"星獨明,弧矢作爲"九"顆星星來考慮,顯然是晉、隋之間的事情,楚辭時代卻不是這個樣子。

　　楚辭時代,"狼"亦曰"天狼"。天狼全體形象是頭足脊尾俱全而頭部以嘴爲最亮,因而以其喙部一星爲代表,而統名之爲"狼"。唯其如此,而其他部分又没有與之相應的別名,狼遂以喙部最亮而專用,其他部分亦名爲狼之事,遂逐漸淡忘。隋、唐之際觀測之風盛,星名普遍增多,在增多調整的基礎上,狼遂以一星名之。而當年狼之肢體,散而爲其他星體之名稱。弧矢向上遷移一躍爲九星,進佔昔日狼的尾部、後腿和它的臀,成爲奇輕奇重局面。而且弧矢的矢成爲抉折的矢象。而天狼的其餘部分,又分別被其他部分所取得,像天狗、軍市和野雞。

----

[1] 鄭樵《通志略・天文略》。

《東君》"舉長矢兮射天狼"既寫時，又以寄恨。按照《九歌》所反映的季節正是秋天。一則曰"嫋嫋兮秋風"，再則曰"秋蘭兮麋蕪"、"秋蘭兮青青"此事孫作雲已有論述。

　　以《呂氏春秋·仲秋紀》核之，歌辭所反映的時節當是仲秋之月。《呂氏春秋》說："仲秋之月，日在角。昏，牽牛中；旦，觜觿中。"

　　"旦，觜觿中。"由這一句，使我們一連串地想起了《史記·天官書》："參爲白虎，三星直者是衡石，下有三星兌曰罰，爲斬艾事。其外四星，左右股肩也。三小星隅置。曰觜觿，爲虎首，主葆旅事。其南有四星曰天厠。厠下一星曰天矢，矢黃則吉，青白黑凶。其西有句曲九星，三處羅，一曰天旗，二曰天苑，三曰九游。其東有大星曰狼，狼角變色多盜賊。下有四星曰弧，直狼。"

　　"三小星隅置，曰觜觿。"它就是《呂氏春秋》"旦，觜觿中"的觜觿。是《仲秋紀》天亮以前的現象。

　　以此定位，則觜觿在子午線上，而天狼一星，則在子午線上偏南東。朱文鑫《史記天官書恒星圖考》說："天狼爲恒星中之最明者，由衡石三星，虛引一直線。偏東南約十餘度，即得其所在。其色青白，光強眩目，有芒角之象，故曰狼角。當其初升時，近地平界處，恒現如虹之各色，故曰變色，史公測候至密，故能言之盡善。"[1]雖曰恒星，相對言之，實亦在動，方向速度亦不相同，以人間歲月視之可以謂之不動。

　　因此，若想仲秋看"天狼"，當于"仲秋之月，旦，觜觿中"的時

---

[1] 哈雷"於康熙五十六年測恒星方位。上考多禄某依漢元光五年依巴谷測數所作表，其中天狼、大角、畢宿第五星，較已測俱差而北。一爲二十分，一爲二十二分，一爲三十三分"。（注：侯失勒著，偉烈亞力、李善蘭合譯：《談天》卷十六《恒星新理》第四册第47頁。）

候,"由衡石三星,虚引一直線,偏東南約十餘度",可以得之。

伊世同先生認爲"公元前 312 年秋分點在亢宿最下面兩顆星中間稍下處,天狼星當年赤經$\approx 4^h 50^m$,赤緯$\approx -18℃$。早晨太陽出東方前,天狼星剛好位於上中天,傍晚太陽快落山時,天狼星則處於下中天"。[1]

《東君》"射天狼"、"反淪降"兩句,除説明太陽行程,表示打敗秦國外,也向我們反映:楚辭《九歌》的創作和楚人用它對東皇太一的愉享。時間不僅是楚懷王十七年秋天,而且是在這一年的仲秋之月。——在研究楚秦藍田之戰時間上也是一個比較重要的參證。

舉長矢兮射天狼 "天狼"原非一星。據拙著《史記天官書經星釋例》所言"一星孤立不足以象事物",借用西方天狼星以當之。

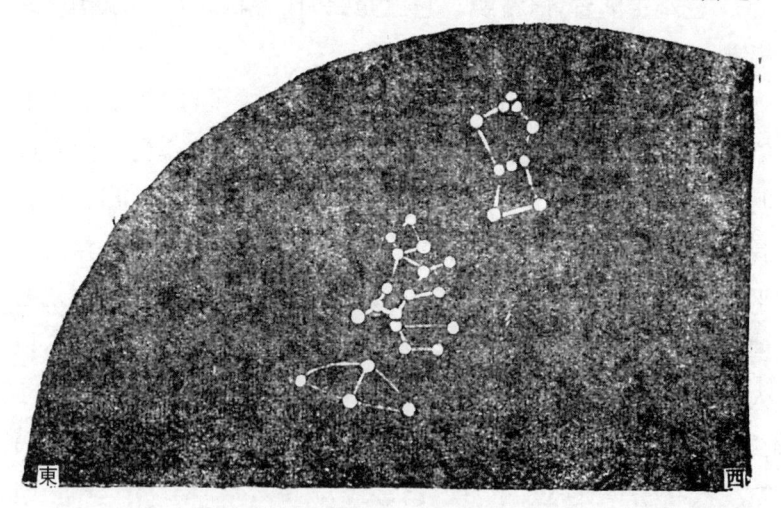

(注:南天示意圖,西方省略一角。)

---

[1] 1985 年北京天文臺伊世同先生致孫常敘信。

操余弧 洪興祖云："操,持也。七刀切。弧,音胡,《説文》曰:'木弓也,一日往體寡,來體多曰弧。'"

余 林雲銘云:"余者,日神自稱。"王邦采、徐英用其説。

反淪降 漸次入夜。從連石,入悲泉,經虞淵,至蒙谷,所謂"入于虞淵之氾,曙于蒙谷之浦"以便再"出於暘谷"。

"淪",没也。""没"是"沈也"。就太陽行程來説,是日輪上邊緣和兩邊地平綫相接觸,整個太陽開始沉入地平綫下,從而進入悲泉,走向虞淵,——從懸車走向黄昏。

"降","下也"。這個自上而下的進程,就太陽來説,是從虞淵走向蒙谷,由黄昏而至定昏。——定昏入夜,日不見光,所以下面有"翔杳冥兮以東行"的句子。東君行車至蒙谷,定昏入夜,星斗皆出。

援北斗 洪興祖云:"援,音爰,引也。《詩》云:'酌以大斗',斗酒器也。又曰:'維北有斗,不可以挹酒漿。'此以北斗喻酒器者,大之也。"

常敘按:"援"有攀持之義。《吕氏春秋·慎大覽·下賢》:"桃李之垂于行者,莫之援也。"高注:"援,攀也。"《淮南子·修務訓》:"援豐條,無扶疏",高注:"援,持也。"

- 東君攬轡行車。
- 東君,唱:

> 撰余轡兮高馳翔,
> 翔冥冥兮以東行。

撰 洪興祖云:"撰,雛免切,定也,持也。《遠遊》曰:'撰余轡而正策'。"

戴震云："撰者,理而董之。"

常敘按：陳本禮云："'撰余轡者',撰轡而入虞淵。"此時已過虞淵,在下句"翔杳冥"的制約下,知已至蒙谷,定昏入夜。

駝 洪興祖連下句"翔"字作讀,斷爲"駝翔",從"高馳翔"三字作解。云："駝一作馳,一無此字。"説"高馳翔者,喻制世馭民於萬物之上。"

聞一多云："疑當作'高駝'(同馳),無翔字。《大司命》'高馳兮沖天',《離騷》'神高駝之邈邈'皆曰高馳,可資參證。此句本不入韻,今天有翔字,蓋受下句韻腳'行'字之暗示而誤加一韻也。"

朱季海云："高駝即高馳。《離騷》'乘騏驥以馳騁兮',馳一作駝,夫容館本作駝,與一本合。《大司命》'高駝兮沖天',駝一作馳。《説文》馳從也聲,駝變爲它。它、也古音同在歌部,沱沼字古衹作沱,分別作池[1],是其比。《屈賦》言高馳者多矣。《離騷》'神高馳之邈邈'(一云：邁高馳),《涉江》'吾方高馳而不顧'並是也。此當於馳字句絶。"

常敘按：聞、朱説是。

翔杳冥兮以東行 洪興祖《補注》"翔"字屬上句,使上句句末爲"高駝翔"。此句重"冥"字,起首爲"杳冥冥"。

王逸云："言日過太陰,不見其光,出杳杳,入冥冥,直東行而復出。或曰：日月五星皆東行也。"

洪興祖校曰："一云'翔杳冥兮',一無'以'字。"補曰："杳,深也,冥,幽也。"

朱季海云："夫容館本不疊冥字,與洪校一本合。今謂此本

---

[1] 見《説文》沱字下徐鉉訓釋。

是也。翔杳冥兮以東行（一無以字，非是。説見後），《章句》前説得之。歌詞直謂東君耳，不關星月也。《屈賦》謂凡日西行，涉夜東行耳，或説非屈所謂。既不解微言，故苟爲曲説矣。此章首言日之出，終言日之入，日既入而東行，故云'翔杳冥'也。當句首尾有韻，學者不達，故以屬上句爲韻，又沾冥字足句，不惟馳翔不辭，下句亦言之無物矣。"

又云："翔杳冥兮以東行，一無以字，非是。《大司命》'君回翔兮以下'（《四部叢刊》影明覆宋本作"迴翔"，洪校"迴一作回"，今從一本），彼云'以下'（洪校："以一作來"，此由不解以字所謂，因援王《注》"來下"字，改故書耳），此云'以東行'，語正同耳。以，猶而也（義具王引之《經傳釋詞·第一·釋以》下）。《山鬼》：'表獨立兮山之上，雲容容兮而在下'，兮下著而辭氣相似。不曰'山上'、'在下'，必曰'山之上'、'而在下'，正所謂'疏緩節兮安歌'也。荀卿曰'節族久而絶'，故一本輒刪'以'字。"

常敍按：朱説是。

《山鬼》："杳冥冥兮羌晝晦"，洪校云："一云'日窈冥兮羌晝誨'。"《文選》張平子《西京賦》"雲霧杳冥"，李善曰："《楚辭》曰：'杳冥兮晝晦。'"杳冥是晦暗無光的意思。

"翔杳冥"與《惜誓》："馳鶩於杳冥之中兮"句法相同。《東君》説的是飛行於晦暗之中，正是黄昏而後至於蒙谷，定昏入夜而行的情況。

"以東行"的"以"其作用相當於"而"。《經傳釋詞》："以，猶而也。"

東君由連石下舂，淪於悲泉，開始走向還車之路。一降至於虞淵，進入黄昏，行至虞淵之汜（水涯），再降進蒙谷，是爲定昏，時已入夜。從此,東君行車於黑夜之中,東向而進[1]。

《東君》韻讀:
方 桑 明　　　　　　(陽部)
雷 蛇 懷 歸　　　　　(微歌合韻)
鼓 簴 竽 姱 舞　　　　(魚部)
節 日　　　　　　　　(質部)
裳 狼 降 漿 翔 行　　　(陽冬合韻)[2]

又,在押韻上,《東君》自有其例:
絚瑟兮交鼓,簫鐘兮瑤簴。
鳴篪兮吹竽,思靈保兮賢姱。
翾飛兮翠曾,展詩兮會舞。

青雲衣兮白霓裳,舉長矢兮射天狼。
操余弧兮反淪降,援北斗兮酌桂漿。
撰余轡兮高駝,翔杳冥兮以東行。

(六) 河 伯
(採用隆慶重雕宋本《楚辭章句》)

河伯,河水之神。

河伯承司命之命,引湘君自北渚東行入海,由海入九河,再自九河溯河源,上崑崙,下洋水,從漢水上游入潯陽以迎湘夫人。

---
[1] 直到蒙谷之浦——蒙谷之邊涯,而曙,復出於暘谷進入第二天的日程。
[2] 《吕氏春秋・離俗覽・貴信》云:"以此治人,則膏雨甘露降矣,寒暑四時當矣。""降"爲冬部,"當"爲陽部。亦以冬陽兩韻合用。

然後又和他們(和她)溯漢水,上昆侖,復返河水,送湘君、湘夫人入海循江同歸楚國。

在任務上,是少司令使河伯邀湘君自北渚而下,由九河而上,經昆侖而見湘君夫人,再從原路返回。在時間上,與《東君》射天狼後"操餘弧兮反淪降"相應,是暮夜。

出場歌舞此辭者,靈巫三人,

　　河伯

　　湘君

　　湘夫人

知有此三人者:

一、"與女遊兮九河",作爲場上對話來說,爾我之間省略主語"我",它顯示了這句歌辭是兩人同時在場的近距談話。

這兩句話,最初見於《少司命》,是河伯接受"導帝子九阮"任務,上接河伯之辭。在這一章裏,變作執行任務,它又是陪同湘君領他走進九河之辭。主語"我"是河伯,而對稱之詞"女"則指的是湘君。

二、在河伯偕湘君的行程中,他們看到貝闕珠宮,而問:"靈何爲兮水中?"從而出現了第三者。到這時,三人同時在場。這個人是誰? 在湘君、湘夫人離居求合,大司命、少司命爲解決他們離居復合而決定"導帝子(之)兮九阮",使河伯執行這個任務。河伯乃引湘君"與汝遊兮九河"以迎湘夫人的依存關係中,愉神之辭各章相互依賴、相互制約,而知《河伯》章這個靈是指湘夫人而說的。

頭兩句是承接《少司命》而來的。《少司命》是河伯受少司命之命到北渚引湘君的。這一章則是河伯引湘君已至九河。上昆侖,下洋水,然後再回九河,從而使湘君、湘夫人重得團圓。

"駕龍驂螭"是河伯之車,載湘君以迎湘夫人者。"乘白黿逐

"文魚"是湘夫人的車從,與《山鬼》"乘赤豹兮從文貍"結構相同。

"與女遊兮河之渚",口氣和"與女遊兮九河"相同,是河伯語言。他對湘夫人說:請從九河歸楚。這句歌辭,同時也明示歸途:自涔陽溯漢水、洋水,登昆侖以入河。此行共三人:湘君、湘夫人、河伯。

● 河伯偕湘君上。
● 河伯唱:

> 與女遊兮九河,
> 衝風起兮水橫波。
> 乘水車兮荷蓋,
> 駕兩龍兮驂螭。

這兩句與《少司命》:"與汝遊兮九河,衝飆起兮水揚波。"語言基本相同。差異之處只在"風"與"飆"、"橫"與"揚"。它們使這兩章之句重而不復,用以表示兩章情節的相續關係。

這種筆法,在《湘君》、《湘夫人》兩章也一再地使用過。

湘　君	湘夫人
朝騁騖兮江皋	朝馳騁[余馬]兮江皋
夕弭節兮北渚	夕濟兮西澨
捐余玦兮江中,	捐余袂兮江中,
遺余佩兮澧浦。	遺余褋兮澧浦。
采芳洲兮杜若,	搴汀洲兮杜若,
將以遺兮下女。	將以遺兮遠者。
時不可兮再得,	時不可兮驟得,
聊逍遥兮容與。	聊逍遥兮容與。

這種"重"而不"復"的辭句體現了故事情節前後相承的脈絡關係。"重"見其爲一事發展,不"復"則見其並非衍文。

後兩句,河伯偕湘君乘水車,自九河溯流而上,與《大司命》"導帝子(之)兮九阬"及《少司命》"與汝遊兮九河,衝飆起兮水揚波"相應。

九河 見《少司命》注。

衝風 見《少司命》,而辭句微異。

乘水車 水府之車。王夫之云:"水爲車,荷爲蓋,駕龍而驂螭。"並是車制。

駕、驂 《說文》:"駕,馬在軛中,從馬加聲。""駕兩龍",謂兩龍在軛以爲服也。"驂"與"騑"同義,《說文》:"騑,驂,旁馬。"《詩‧大叔于田》:"兩驂如舞。"

螭 《說文》:"螭,若龍而黄,北方謂之地螻。從蟲離聲。或云無角曰螭。"

● 河伯偕湘君。

● 河伯唱:

> 登崑崙兮四望,
> 心飛揚兮浩蕩。

"登崑崙"與"遊九河"緊相承接。

《天問》:"崑崙縣圃,其尻安在?增城九重,其高幾里?"崑崙是神話傳說中的高山。按《山海經》和《淮南子‧地形訓》所記,這座神話傳說中的崑崙是河水、赤水、弱水、洋水之所從出。所謂四水者帝之神泉,皆出崑崙。洋水是漢水上源。因此河伯偕湘君從九河溯流而上可以直"登崑崙"。

飛揚、浩蕩　吳世尚云:"崑崙極高,登之則四表在目,無所不見,故心飛揚而浩蕩也。"

● 河伯偕湘君。
● 湘君唱:

>　　日將暮兮悵忘歸,
>　　惟極浦兮寤懷。

常敘按:"暮",《廣雅·釋詁》把它同"昔"都訓爲"夜"。《尚書大傳·洪範·五行傳》:"星辰莫同",注:"莫,夜也。""莫"古暮字。劉向《九歎·離世》:"暮去次而敢止"王逸注:"暮,夜也。"《文選·歎逝賦》"寤大暮之同寐",李善注:"大暮,猶長夜也。"

《左傳·哀公四年》:"曰吳將泝江入郢。乃爲一昔之期,襲梁及霍。"杜注"僞辭當備吳,夜結期,明日便襲梁霍,使不知之,以'昔'爲'夜'。"《莊子·天運》:"蚊蝱噆膚,則通昔不寐矣。"《釋文》:"昔,夜也。"《列子·周穆王》"昔昔夢爲國君"昔昔,夜夜也。昔與夕古音同在鐸部,通假。

《說文》:"夕,莫也。"《穀梁傳·莊公七年》:"夏四月辛卯,昔,恒星不見。……日入至於星出謂之昔。"以《淮南子·天文訓》視之,這昔的時間是自懸車,經黃昏,以至定昏。用現代天文學來說,則是從日沒到民用昏影終,到天文昏影終。

許慎說:"莫,日且冥也,從日在䒑中。"日在䒑中,日出也同樣有這種現象。用它來說"莫"的寫詞方法是不合理的。莫和䒑雙聲,古音同在魚部,當是從日舛聲之字。古音明母字多有模糊不清之義。《說文》:"冥,幽也。""日且冥"正是暮色蒼茫將近晦暗之義。和"日入至於星出"的時間相同,所以"夕"("昔")與"莫(暮)"同義。由於它下至"星出",天文昏影終,時已至夜,因而也有"夜"義。

在《湘君》:"夕弭節兮北渚",《湘夫人》"夕濟兮西澨",《少司命》"夕宿兮帝郊"的制約下,《河伯》之"暮",不僅其時同"夕",而且時間進程上,它當是近夜或已入夜。"日將暮",在前幾章"夕"的基礎上,當是日已將夜的意思。

《離騷》:"朝發軔於蒼梧兮,夕余至乎縣圃。欲少留此靈瑣兮,日忽忽其將暮。"張銑曰:"言我欲少留於君之省閣,日又忽將夜。"正是"暮"晚於"夕"而與"夜"同義。《尚書大傳·洪範·五行傳》"星辰莫同",注:"莫,夜也。"劉向《九歎·靈懷(離世)》:"斷鑣銜以馳騖,暮去次而敢止。"王逸注:"暮,夜也。"

"日將暮",日已將夜,這個時間與《東君》"反淪降"相應。

"惟極浦兮寤懷"與《湘君》"望涔陽兮極浦"相應。

悵忘　常敘按:"忘"不是"遺忘"之"忘","悵忘"即悵惘也。疊韻連語。《九辯·一》:"憯悷慷恨兮,去故而就新"王逸注:"中情悵惘,意不得也。"悵忘即悵惘。悵惘而歸,心中有無限低徊難舍之情。

惟　洪興祖云:"惟,思也。"

極浦　洪興祖云:"所謂'望涔陽兮極浦'是也。"

寤懷　常敘按:"寤"假作"悟",《說文》"悟,覺也。"《左傳》隱公元年"莊公寤生"正以寤爲悟。悟懷,謂橫逆於心。

河伯偕湘君,登崑崙,下洋水,"望涔陽兮極浦""惟極浦兮寤懷"續行而前。

● 河伯偕湘君,望見湘夫人。
● 湘君唱:

　　　　魚鱗屋兮龍堂,
　　　　紫貝闕兮朱宮。
　　　　靈何爲兮水中?

魚鱗屋、龍堂　王逸云:"以鱗蓋屋,堂畫蛟龍之文。"
紫貝闕、朱宮　王逸云:"紫貝作闕。"劉夢鵬云:"以美珠飾內宮。"以朱爲珠。

"魚屋龍堂"、"貝闕珠宮",魚龍、貝、珠等建築材料,表明湘君、河伯、所見者是水神之宮。

下崑崙,見"水中"有水神之宮,而且有"靈"在這水中之宮。可知河伯引湘君下崑崙是從水路前進的。

崑崙有四水,其中有河水、洋水。《湘君》"駕飛龍兮北征"、"望涔陽兮極浦",是爲了湘夫人。本章"惟極浦兮寤懷"是想湘夫人。涔陽屬漢水,而漢水上源爲洋水。洋水與河水都發源於神話中的崑崙。那麼這節從崑崙水路下來之人,他們所見"水中"之"靈",應是湘夫人。

靈　常敘按:"靈",於此謂湘夫人。
"靈何爲兮水中",是湘君乍見湘夫人時驚喜之辭。

● 河伯謂湘君與湘夫人,

● 河伯唱：

　　　　乘白黿兮逐文魚，
　　　　與女遊兮河之渚，
　　　　流澌紛兮將來下。

　　乘白黿　王逸云："大鱉爲黿，魚屬也。"
　　逐文魚　洪興祖按："《山海經》：'睢水（出焉）東（南流）注（于）江，其中（多丹粟）多文魚。'"
　　常敍按：此句與《山鬼》："乘赤豹兮從文貍。"在"乘……從……"的用法相同。
　　女　同"汝"這裏指"你們"，複數。河伯謂湘君與湘夫人。
　　孫希榘的《對於古文"單數用女（汝），複數用爾"說的質疑》一文說："古書上關於'女（汝）'字的用法：例如《尚書‧湯誓》'時日曷喪，予暨女（汝）偕亡'的'女（汝）'字，是明指日，暗指夏桀，固然是作單數用的（即今言"你"）。但如《甘誓》所敍夏王誓師，'王曰嗟，六事之人，予誓告女（汝）'和'左不攻於左，女（汝）不恭命，右不攻於右，女（汝）不恭命，御非其馬之正，女（汝）不恭命'以及'予則孥戮女（汝）'的幾個'女（汝）'字，都是指'六事之人'，都是對大衆說的話，就都是作複數用（即今言"你們"）的例子了。雖然《尚書》的寫成年代，現經考訂爲春秋戰國時候，但就孟子多所引用推斷，至晚也不能晚于戰國初年（況且其中有些文誥是自古流傳下來）我們可以用來引證古文。
　　根據以上例證，似可以說明古文"爾"和"女（汝）"兩個字有時候用作單數（即今言"你"），也有時候用作複數（即今言"你們"），沒有什麼固定數目的分別。古書上其他各種例子也還不

少,爲了避免做繁瑣的考據,不再列舉。"〔1〕

流澌,常敘按:《方言·三》:"澌,盡也。"鄭注《曲禮下》"庶人曰死":"死之言澌也,精神澌盡也。"又《檀弓上》:"小人曰死"注"死之言澌也……消盡爲澌。"《曲禮下》接續説:"精氣一去,身名俱盡,故曰死,今俗呼盡爲澌。"《釋文·曲禮下》:"澌也","本又作瀰,同"加以文字區别律,使它所要表示的詞意更加突出來。

以"流澌"寫"流瀰",《淮南子·泰族訓》:"雖有腐骸流澌(漸)〔2〕,弗能汗也。"把"腐骸"和"流澌"一起並提,只能是它們有污染可能。可是,我再看《論衡·實知篇》:"溝有流澌(氵巠)〔3〕澤有枯骨,發首陋亡,肌肉腐絶,使(聖)人詢之〔4〕,能知其農商老少若所犯而坐死乎?"除屍骨、發首、肌肉、還帶有職業、年齡、犯何罪而死等具體問題,那麽,"流澌"的性質必然也是個"死倒"! 不然,不會和"屍骸"相聯起來。

更有進者,"腐骸"和"流澌"合而爲一。《論衡·四諱篇》:"且凡人所惡,莫有腐臭,腐臭之氣,敗傷人心。"然後又舉例説:"夫更衣之室,可謂翯矣,鮑魚之肉,可謂腐矣;然而有甘之。"在一系列事理面前,王充引出"出見負豕於塗,腐澌於溝,不以爲凶者,洿辱自在彼人,不著己之身也"的提煉和溶匯,使自《淮南子》和《論衡》的"腐骸流澌"等變爲一詞。王充"腐澌于溝"黄暉《論

---

〔1〕 1957年9月號《中國語文》第47頁——斟對郭沫若先生在《讀了"關於周頌噫嘻篇的解釋"》裏説"爾字古文用作多數,即今言'你們',單數用女(汝),複數用爾。例如《尚書·金縢》'若爾三王是有丕子(不慈)之責於天','爾'字是統三王而言"。見1956年8月12日光明日報第3版《文學遺產》第117期。
〔2〕 莊逵吉據《御覽》改。
〔3〕 據孫詒讓改。
〔4〕 據孫詒讓改。

衡校釋》說"澌，死人也"是頗有道理的。

東方朔《七諫·沈江》"赴湘沅之流澌兮，恐逐波而復東"王逸云："故赴湘沅之水與流澌俱浮，恐遂乘波而東入大海也。"與"流澌俱浮"，謂水上漂流的"死人"——屍體。

《河伯》這幾句話，是河伯正在邀請"貝闕"、"朱宮"裏的"靈"（湘夫人），火速離開"涔陽"、"極浦"之地，溯洋水，上崑崙，泛河水，到河水那邊，"與女遊兮河之渚"以解脫災難，否則漢中戰場"腐臭"之物，"流澌紛兮將來下"——暗示由於漢中淪陷，腐臭之屍，將延及涔水與洋水，只有越過崑崙，進入河水，方能遠離災難！

● 湘君與夫人交手東歸
● 河伯唱：

　　　子交手兮東行，
　　　送美人兮南浦。

子 常敘按；敬語，對稱，複數，等於"你們"。《國策·中山》："中山君亡，有二人挈戈而隨其後者。中山君顧謂二人：'子奚爲者也？'二人對曰：'臣有父，嘗餓且死。'"這裏的"子"在"顧謂二人"和"二人對曰"的依存關係中，是指"二人"說的，爲複數。"子"作複數，別詳本書《各章稱謂之詞的通體關係》。[1]

"子交手東行，送美人南浦"。[2] 這是他們已從崑崙入河，"與女遊兮河之渚"之後，湘君、湘夫人辭河伯東歸（即將自九河

---
[1] "子"作複數，參見拙作《各章稱謂之詞的通體關係》。
[2] 拙作《"子"作敬稱有複數》蒲峪學刊 1988 年第 1 期。（注：拙作《"子"作敬稱有複數》蒲峪學刊 1988 年第 1 期）。

入海,由海溯江而歸楚)時,河伯送別之辭。

交手 朱熹以(二人)"相執手"釋之,云:"交手者,古人將別,則相執手,以見不忍相遠之意。"李光地以"攜手"釋之,說:"言神與己攜手東行。"辛紹業以"交臂"釋之,說:"交手,猶言交臂。"聞一多、姜亮夫都引《漢書·武五子·燕刺王旦傳》"諸侯交手事之八年"句,顔師古注:"交手謂拱手也。"

常敘按:《河伯》此句乃送別之辭。"拱手"乃靜立以表敬的手容,並非相別時行動之禮。《說文》:"拱,斂手也。"《禮記·檀弓上》:"孔子及聞人立,拱而尚右。"《論語·微子》:"子路拱而立。"賈誼《新書·容經》:"固頤正視,平肩正背,臂如抱鼓,足間二寸,端面攝纓,端股整足。體搖搖肘,曰經立;因以微磬,曰共立。""共"與"拱"同。拱手敬立,非被送者臨別時回身向送行人所施之禮。把"子交手兮東行"的"交手"釋爲"拱手"是與辭意不合的。

"拱"並不是"揖"。《周禮·曲禮上》:"揖人必違其位。"與拱之靜立者不同。《儀禮·鄉飲酒禮》:"賓厭介入門左",鄭氏注:"推手曰揖,引手曰厭。"《周禮·秋官·司儀》:"土揖庶姓,時揖異姓,天揖同姓。"鄭氏注:"土揖,推手小下之也……時揖,平推手也……天揖,推手小舉之。"揖必推手,與拱必斂手不同,把"子交手兮東行"理解爲"拱手而東",可能是誤以"拱手"爲"作揖了"。

從歌辭的語言關係看,朱熹釋"交手"爲"執手",李光地解"交手東行"爲"攜手東行",這一點是可取的。不過"子"不是河伯,不是河伯將別執手不忍相遠,不是"言神與己攜手東行",而是湘君與湘夫人攜手東行。

● 河伯相送
● 湘君與湘夫人遞唱：

　　　　波滔滔兮來迎，

　　　　魚鱗鱗兮媵予。

"波滔滔來迎"，迎湘君者楚水。以"迎"定此句爲湘君之辭。

"魚鱗鱗媵予"，送女曰"媵"。"魚鱗鱗"與"乘白黿逐文魚"相應。末句自是湘夫人唱辭。

《河伯》韻讀：

河	波	螭			（歌部）
望	蕩				（陽部）
歸	懷				（微部）
宮	中				（冬部）
魚	渚	下	浦	予	（魚部）

（七）山　鬼
（採用仿宋胡刻《文選》本）

於山之鬼。

楚威王八、九年間（前332—前331）開始"使將軍莊蹻將兵循江上，略巴——黔中以西。"[1]從此楚國遂有新的領土，黔中以西，楚西南的商於之地。

於山，楚黔中商於之山。

楚懷王十三年，秦惠文王更元九年，公元前316年，秦司馬

---
[1]《史記·西南夷列傳》。

錯自巴涪水取楚商於地爲黔中郡。楚商於之人遂陷於秦。

楚懷王十六年,爲"吾復得吾商於之地",而受秦所使張儀之欺。十七年與秦戰于丹陽,秦大敗楚軍,遂失漢中。楚漢一家,頓成異國。

司命之神使河伯引湘君,自九河上崑崙,下洋水以迎湘夫人;復自洋水上崑崙取道河水,自水路以歸楚。湘、漢一家,離而復合。

當湘君和湘夫人唱"波滔滔兮來迎,魚鱗鱗兮媵予"而下場後,場上衆靈齊唱——

"若有人兮山之阿!"

"若有人",常敘按:即"尚有人"。湘君,湘夫人湘漢一家,離而復合,可是"尚有人啊"在山之阿,她等我們解救。從而提出:楚人不僅要收復漢中,而且還要收復商於。

誓復漢中,不忘商於,是這一次"穆愉上皇"的宗旨。

這一章,在故事情節上與前六章沒有聯繫,可是在"不忘商於"這一點上,不僅與愉神之辭相依存,而且與迎神之辭、慰靈之辭的互相依賴,互相制約也是很緊的。

出場歌舞此辭者,靈巫一人:山鬼。

不出場而歌此辭者,全體群巫。——只在山鬼出場前,群衆合唱"若有人兮山之阿"兩句。

● 群巫,不出場而徒歌。
● 群巫齊唱:

若有人兮山之阿,
被薜荔兮帶女羅。

若　《古書虛字集釋·卷七》"若"，猶"尚"也。[1] "若有人"即"尚有人"，用現代漢語來説，就是"還有人"。

這是承接《河伯》章而説的。意謂：湘君、湘夫人雖已團聚，湘、漢一家雖已離而復合，可是不要忘記："尚有人""在山角落裏"急待解救。

阿　山水曲隈之處都謂之"阿"，此指山曲隈，《詩·衛風·考槃》："考槃在阿。"毛傳云："曲陵曰阿。"《一切經音義·廿四卷》玄應撰《羅摩伽經》上卷，"西阿"條云："謂山曲隈處也。"

被　朱冀云："被，猶披也。"

薜荔　見《湘君》、《湘夫人》。

女羅　王逸云："女羅，兔絲也。""被薜荔之衣，以兔絲爲帶也。"徐英云："藥草中有兔絲餅，其實小如芥子，煎之則殼脱，仁如絲髮，捲曲如餅，即此物也。"

在場上衆靈齊唱"若有人兮山之阿"兩句之後，山鬼即時接唱而出。

● 山鬼出場。

王夫之云："此下皆山鬼之辭。"

● 山鬼唱：

　　既含睇兮又宜笑，
　　子慕予兮善窈窕。

睇　洪興祖云："睇，音弟，傾視也。一曰：'目小視也。'"《説文》："南楚謂眄曰睇。"《説文繫傳》云："目小衺視。"

---

[1] 裴學海《古書虚字集釋》、徐仁甫《廣釋詞》。

常敘按：洪氏補注據大徐，挩一"袤"字，"目小袤視者"如王筠所說，"小其目而袤視之也。"

子 常敘按："子"山鬼稱群衆。

窈窕 王逸云："'窈窕'，好兒。《詩》曰'窈窕淑女'，言山鬼之貌既以姱麗，亦復慕我有善行好姿，故來見其容也。"

● 從赤豹文狸，説到幽苦的處境和險難的途徑。
● 山鬼唱：

乘赤豹兮從文狸，
辛夷車兮結桂旗。
被石蘭兮帶杜衡，
折芳馨兮遺所思。
余處幽篁兮終不見天，
路險難兮獨後來。

赤豹、文狸 林雲銘云："騎從之美。"呂延濟曰："赤豹、文狸，皆奇獸也。"洪興祖云："從隨行也。……陸機云：'毛赤而文黑，謂之赤豹。'"高先生云："文狸，是有花紋的狸。"

辛夷車、結桂旗 辛紹業云："結，即'德車結旌'之結。"

常敘按："結旗"，猶"結旌"，辛說是也。《禮記‧曲禮》："兵車不式，武車綏旌，德車結旌。"鄭氏注云："結，謂收斂之也。德車，乘車。"孔疏云："德車，謂玉路、金路、象路、木路，四路不用兵，故曰德車。德美在内，不尚赫奕，故結纏其旒著於竿也。"何胤云："以德爲美，故略於飾，此坐乘之車也。""結桂旗"，"結"是動詞，"桂旗"爲其賓語，所結者爲桂旗，非"結桂"以爲旗也。

石蘭 見《湘夫人》。

杜衡 見《湘夫人》。

遺 洪興祖云:"遺,去聲。"

芳馨 朱冀云:"芳馨即指上夷、桂、蘭、衡言,非但用爲車、旗、被、帶,又將以遺所思。"

所思 所思之人,即本章所説的"公子"。"怨公子兮悵忘歸","思公子兮徒離憂"等句可證。實際上是以公子代楚國,她在思楚。

余 辛紹業云:"余,謂山鬼。"

幽篁 洪興祖云:"篁,音皇。《漢書》云'篁竹之中',注云:'竹田曰篁。'《西都賦》云'篠蕩敷衍,編町成篁',注云:'篁,竹墟名也。'"

獨後來 王逸云:"言所處既深,其路險阻又難,故來晚暮,後諸神也。"

● 山鬼唱:

> 表獨立兮山之上,
> 雲容容兮而在下。
> 杳冥冥兮羌晝晦,
> 東風飄兮神靈雨。
> 留靈修兮憺忘歸,
> 歲既晏兮孰華予!

表 常敘按:"表,借作僄,謂身輕疾也。"在此句中實作立的狀語。《説文》:"表"古文作"襮,古文表從麃聲"。[1] 而麃又從

---

[1] 段玉裁:"爊聲。"

熛省聲,是表與僄同音之證。熛,火飛也。火焰之苗歗然飛動,因而詞有輕飄疾速之義。《荀子·議兵》:"輕利僄遫,卒如飄風。"楊注云:"僄,亦輕也。"引申之,自輕、輕人,亦謂之僄。《荀子·修身》"怠慢僄棄,則炤之以禍災",僄,謂自輕其身也。《方言·十》:"仈,僄,輕也;楚凡相輕薄謂之相仈,或謂之僄。"輕僄之僄亦楚語也。此辭特假借以出之耳。表(僄)然獨立於"於山"之上,正與稱《山鬼》之名相應。

容容 常敘按:"容容,紛然遊動之狀。《九章·悲回風》:'紛容容之無經兮,罔芒芒之無紀。'洪補曰:'容容變動之皃。'《九辯》:'載雲旗之委蛇兮,扈屯騎之容容。'王逸云:'群馬分布,列前後也。'《漢書·禮樂志》中《郊祀歌·華爗爗》云'神之行,旌容容。'師古曰:'容容,飛揚之皃。'"

在下 王逸云:"言山鬼所在至高邈,雲出其下。"

杳冥冥 王逸云:"言山鬼所在至高,雲出其下,雖白晝猶冥晦。"

常敘按:"杳冥冥"一云:"日窈冥。"《漢書·景十三王傳》:"然雲蒸列布,杳冥晝昏,塵埃抐覆,昧不見泰山,何則,物有蔽之也。"《史記·項羽本紀》:"於是大風從西北而起,折木發屋,揚沙石,窈冥晝晦。""杳冥晝昏","窈冥晝晦"杳冥、窈冥,窈在幽部,杳在宵部,一音之轉。長言之爲"杳冥冥"也。

晦 常敘按:《爾雅·釋言》:"晦,冥也。"《公羊傳》僖公十五年,"晦者何?冥也。"何休注云:"晝日而冥。"此辭云:"晝晦"亦晝日而冥之意。

飄 王逸云:"飄,風貌。《詩》曰:'匪風飄兮。'言東風飄然而起。"

神靈雨 常敘按:"靈"借爲"霝",謂雨淅瀝而落也。《説文》:"霝,雨零也。從雨皿,象霝形。《詩》曰:'霝雨其濛。'""神靈雨"謂神在正落小雨也。

靈修 王逸云:"靈修,謂懷王也。"

憺忘歸 猶"憺兮忘歸",見《東君》。言對楚國眷戀之情,憺然忘返。

晏華予 王逸云:"晏,晚也。孰,誰也。"劉良云:"不然,則歲晏衰老,孰能榮華我乎?"王邦采云:"華,光寵也。"

登山望楚,憺然忘歸,自傷長時期無人聞問。

● 從這一段起,直到末段,都是山鬼自述對楚國的懷戀,以激發楚人不忘商於之情。
● 山鬼唱:

> 采三秀兮於山間,
> 石磊磊兮葛蔓蔓。
> 怨公子兮悵忘歸,
> 君思我兮不得閒。

三秀 王逸云:"三秀,謂芝草也。"洪興祖《補注》曰:"《爾雅》'茵芝'注云,一歲三華,瑞草也;茵音因。《思玄賦》云:'冀一年之三秀。'近時王令逢原作《藏芝賦序》云:'《離騷》、《九歌》自詩人所紀之外,地所産,目所同識之草盡矣,而芝復獨遺。'說者遂以《九歌》之三秀爲芝。予以其不明。又其辭曰:'適山而采之',芝非獨山草,蓋未足據信也。余按:《本草》引《五芝經》云'皆以五色生於五嶽',又《淮南》云'紫芝生於山,而不能生於磐石之上'，則芝正生於山間耳！逢原之説豈其然乎？"

  常敍按："三秀"芝草之説，後漢時代已成通説。其説以王逸爲最早。張衡比王逸大約十歲左右，其《思玄賦》："恃已知而華予兮，鶗鴂鳴而不芳。冀一年之三秀兮，遒白露之爲霜。""華予"、"三秀"並同《山鬼》，可見其流通情況。高先生云："三秀，芝草的別名，一年中開花三次，結穗三次，所以稱三秀(秀即穗)。"

  於山 常敍按："於山"當是《華陽國志·巴志》："(張)儀城江州，司馬錯自巴涪水，取商於地爲黔中郡。"又"涪陵郡，巴之南鄙，從枳南入析、丹，涪水本與楚商於之地接，秦將司馬錯由之，取楚商於地爲黔中郡也。""於山"，於地之山。

  《史記·楚世家》楚懷王所夢想的"吾復得吾商於之地"，今使使者從(張)儀取故秦所分楚商於地，方六百里。"爲楚黔中商於之於山。楚懷王爲黔中商於而受張儀之欺，故有丹淅之敗，商於未復，復失漢中。"於山是山鬼所在之地，它反映了山鬼所代表的楚人淪陷的事因和時間。

  楚辭《九歌》作於此後。丹陽戰敗，漢中失守。湘夫人坐困溆陽，欲歸無路。湘君北上，路阻北渚，卒賴大司命、少司命及河伯之助，自北渚下江，入海，遊九河，登崑崙，由洋水至溆陽極浦，接湘夫人。然後，返崑崙，下九河，入海，溯江，以歸湘水。這是山鬼上場前的情景。

  "於山"是商於的"於"地之山。它點出山鬼所在之地，也反映了山鬼所代表楚人陷敵的事因和時代。"於山"不同於"巫山"。"於"古音影母，"巫"古音明母。兩字雖然同在魚部而聲母不同，不同音。郭沫若以"於山即巫山"由於不知"於山"是司馬錯攻佔的"於"地之山，所以才有"以音求之，當即巫山"之説。

文懷沙《屈原九歌今譯》的《跋》語中說："郭師（沫若）以爲'於山'連讀，爲名詞，即巫山，凡楚辭中兮字，有的有於字作用。如本歌'表獨立兮山之上'即'表獨立於山之上'（此例至多，不勝枚舉）。故知'采三秀兮於山間'，'於山'必係山名，以音求之，當即巫山。不然則只應作'采三秀兮山間'，於字便成累贅。這確是一大發明，我過去以爲於（音烏）字是喉音，巫字是唇音，餘杭章先生雖創喉唇音可通轉之說，但恐只限於韻母相同者[1]。其實古人音讀没有如此的嚴格。"[2]

按：郭沫若從"采三秀兮於山間"，發現"於山"必是山名，這確是一大發現。但是，在歷史資料上，停留在"巫山"之上，致使"司馬錯自巴涪水取楚商於地爲黔中郡"引起的楚秦商於之戰及其後果，都没有觸及，更無暇及於"采三秀兮於山間"之"於山"乃是商於之"於山"，而非"巫山"。古音知識固然重要，然而它必須聽從語言的重重對立統一關係的規律。

朱冀云：非贊山景也。蓋遥想其舉步巉岩，黃茅極目，寫出一段荒涼淒慘之狀，全是爲下文公子之悵而思作引。

公子、君　辛紹業云："公子與君，俱喻楚王。"

常叙按：都喻楚懷王。楚懷王十三年（前316），秦"司馬錯自巴涪水取楚商於地爲黔中郡"，從此楚失商於，楚分爲"三"——莊蹻王滇，秦攘商於，楚僅餘本土！爲了"吾復得吾商於之地"楚懷王十七年（前312），受張儀之欺，而有丹陽之戰，戰而不勝，又失漢中，楚分爲"四"，秦得其二（漢中加商於）。《湘君》、《湘夫人》之事，離居復合，湘、漢歸楚，而推其禍根，依然如

---

[1]　於，虞韻。巫，模韻。
[2]　文懷沙《屈原九歌今譯》第76頁。

故。溯本求源,還在商於。故"怨公子兮悵忘歸!"

"悵忘",即"悵惘",見《河伯》。

"不得閒"。即"難得之時機",見《湘君》。

● 山鬼唱:

  山中人兮芳杜若,
  飲石泉兮蔭松柏,
  君思我兮然疑作。

山中人 朱熹云:"亦鬼自謂也。"

杜若、石泉、松柏 王逸云:"言已雖在山中,無人之處,猶取杜若以爲芳,飲石泉之水,蔭松柏之木,飲食居處,動以香潔自修飾也。"

然、疑 朱熹云:"然,信也;疑,不信也。至此又知其雖思我,而不能無疑信之雜也。"馬其昶云:"繼則疑信交作。"

● 山鬼唱:

  雷填填兮雨冥冥,
  猨啾啾兮狖夜鳴。
  風颯颯兮木蕭蕭,
  思公子兮徒離憂。

填填、冥冥、啾啾 呂延濟云:"填填,雷聲,冥冥,雨貌;啾啾,猨聲。"

狖 洪興祖云:"狖,似猨,余救切。"猨狖連類並舉,古書習見。《淮南子·覽冥訓》:"'猨狖顛蹶而失木枝'高誘注:'狖,猿

屬,長尾而卬鼻。'"〔1〕

颯颯、蕭蕭 屈復云:"颯颯,秋風聲;蕭蕭,木落聲。"

離 劉良云:"離,羅也。"朱熹云:"離,罹也。"猶言遭遇。

《山鬼》韻讀

阿 蘿	（歌部）
笑 窕	（宵部）
狸 旗 思 來	（之部）
下 雨 予	（魚部）
間 蔓 閒	（元部）
若 柏 作	（鐸部）
冥 鳴	（耕部）
蕭 憂	（幽部）

四、慰靈之辭

國 殤

（採用隆慶重雕宋本《楚辭章句》）

《文選》鮑明遠《出自薊北門行》"身死爲國殤",李善注云:"國殤,爲國戰亡也。楚辭祠《國殤》曰:'身既死兮神以靈,魂魄毅兮爲鬼雄。'"

馬其昶云:"及讀《郊祀志》載谷永言曰:'楚懷王隆祭祀,事鬼神,欲以助卻秦軍〔2〕,而兵挫地削,身辱國危。'乃知《九歌》

---

〔1〕 見《周客鼎考釋》,載《孫常敘古文字學論集》,上海古籍出版社,2016年,第83—143頁。
〔2〕 常敘按:《漢書》作"欲以獲福助,卻秦師"。

之作,原承懷王命而作也。推其時,在《離騷》前。"又云:"懷王十一年爲從長,攻秦,十六年絕齊和秦,旋以怒張儀故,復攻秦,大敗於丹陽,又敗于藍田,吾意懷王事神,欲以助卻秦軍,在此時矣。故曰'舉長矢兮射天狼',天狼者,秦分野也。"

常敘按:"乃知《九歌》之作,原承懷王命而作也"這是千真萬確的。其中"大敗於丹陽"這是事實,可是"又敗于藍田"又失之過早。因爲藍田之役那時還没打起來,正處於丹陽戰敗,準備再次進攻之際。用《楚世家》的話説,這時正是"(楚懷王)十七年春,與秦戰丹陽,秦大敗我軍,斬甲士八萬,虜我大將軍屈匄[1],裨將軍逢侯丑等七十餘人,遂取漢中之郡,楚懷王大怒。""乃悉國兵",準備雪恥復仇,再次進攻。《九歌》之作正在這樣的時候。馬其昶《屈賦微》,如果在原文上去掉"復襲秦,戰于藍田,又大敗"則得其時矣!

孫作雲也説:這次戰爭,"就是指公元前312年,楚懷王十七年,第二次大戰之前,楚懷王禱祀鬼神,令屈原作《九歌》之事。固然,楚懷王和秦國打仗不只這一次,但在楚懷王統治的31年中(前328—前299),對秦國的最大的一次戰爭,卻不能不説是公元前312年對秦國的兩次大戰。因此,我們根據谷永所説的話,再參照當時的歷史情況,推知《九歌》的寫作必在這一年。"

孫作雲又説:"《詛楚文》是秦惠文王詛咒楚懷王的文字,是向巫咸大神、朝那湫淵水神,以及亞駝水神……控告楚懷王的巫書。因爲楚懷王在復仇戰爭中要'悉發國中兵,以深入擊秦'

---

[1] "虜我大將軍屈匄",《張儀列傳》虜作"殺"字,以《國殤》證之,"殺"字爲是。

(《史記·楚世家》、《屈原傳》語），因此秦惠文王害了怕，便連忙派遣他的宗祝邵繋到各處山川廟祀，求神保佑，幫助他打退楚兵。"最應注意的，是在這些刻石咒書中歷述楚懷王的"多罪"外，又說楚懷王：

> 今有（又）悉興其衆，張矜意（部）怒（弩），
> 飾（飭）甲底（砥）兵，以偪（逼）俉（吾）邊竟
> （境），將欲復其賤（兇）迹（求、指索"商於之地"。）

與《楚世家》、《屈原傳》所說的"懷王乃悉發國中兵，以深入擊秦"，完全相合。這種相合不是字句之間的偶然相合，而是事情的一致、時間的一致。由此可見，《詛楚文》決爲同年秋季第二次大戰以前的作品。

秦惠文王爲了在這次大戰中獲得勝利，事先派宗祝邵繋到各處神廟祭祀，作《詛楚文》，與楚懷王爲了在這次反攻中獲得勝利，大興祭祀，命三閭大夫屈原作《九歌》以媚神，完全相同。[1]

孫作雲又說："在《九歌》中除去《東君》、《河伯》及《國殤》三篇未透露時間性以外，其餘各篇皆用大量的篇幅來描寫秋景。最明顯的例子，是《湘夫人》和《少司命》兩篇的一開頭的兩大段：

> 帝子降兮北渚，目眇眇兮愁予。嫋嫋兮秋風，洞庭波兮木葉下。（《湘夫人》）
> 秋蘭兮麋蕪，羅生兮堂下，緑葉兮素華，芳菲菲兮襲予。
> 秋蘭兮青青，緑葉兮紫莖，滿堂兮美人，忽獨與余兮目成！（《少司命》）

這裏明言秋天，可知二歌之作必在秋天。

---

[1] 孫作雲《論國殤及九歌的寫作年代》開封師院學報，創刊號。1958年。

《九歌》其餘各篇,雖不明言秋天,但秋物充盈,則秋氣大可見。

> 薜荔帛兮蕙綢,蓀橈兮蘭旌。
> 采芳洲兮杜若,將以遺兮下女。(《湘君》)

> 登白薠兮騁望,與佳期兮夕張。
> 沅有芷兮澧有蘭,思公子兮未敢言。
> 蓀壁兮紫壇。播芳椒兮成堂。
> 桂棟兮蘭橑,辛夷楣兮藥房。
> 罔(網)薜荔兮爲帷,擗蕙櫋兮既張。
> 白玉兮爲鎮,疏石蘭兮爲房。葺之荷蓋,繚之兮杜衡。

> 合百草兮實庭,建芳馨兮廡門。(以上皆見《湘夫人》)

> 折疏麻兮瑤華,將以遺兮離居。
> 結桂枝兮延佇,羌愈思兮愁人。(《大司命》)
> 若有人兮山之阿,被薜荔兮帶女蘿。

> 被石蘭兮帶杜衡,折芳馨兮遺所思。(《山鬼》)

這花木差不多全是秋天的植物,這一點卻是大可注意的。屈原在他的祭神歌中,爲什麼說來說去總不脫離這些秋天的花木呢?我以爲這就是因爲,屈原作此祭歌時,其時間本來在秋天,才有這許多描寫秋天景物的句子。從《九歌》本身的時間表現上,再聯繫以上所論各點,就可以知道:《九歌》的寫作是在公元前 312 年的秋天。"[1]

---

[1] 孫作雲《論國殤及九歌的寫作時代》,《開封師院學報》創刊號 1956 年。

《史記·秦本紀》記載，這年春天"張儀相楚，十三年，庶長(魏)章擊楚於丹陽，虜其將屈匄，斬首八萬，又攻楚漢中，取地六百里，置漢中郡"。又在《史記·樗里子·甘茂列傳》中記："(樗里子)助魏章攻楚，敗楚將屈丐，取漢中地。""甘茂者，下蔡人也。……因張儀、樗里子而求見秦惠王。王見而説之，使將而佐魏章略定漢中地。"是以魏章爲主、樗里子、甘茂爲副的秦軍將帥。

　　在這之前《戰國策·秦二》："甘茂約秦、魏而攻楚。楚之拒(相)秦者屈蓋。爲楚和于秦，秦啓關而聽楚使。甘茂謂秦王曰：'怵于楚而不使魏制和，楚必曰"秦鬻魏"。不悦而合于楚，楚、魏爲一，國恐傷矣。王不如使魏制和，魏制和必悦。王不惡于魏，則"寄地"必多矣。'"

　　金正煒的《戰國策補釋》："屈蓋相秦無考，且與《楚王問于范環章》不合，置楚臣以爲秦相，恐亦非楚所能得于秦也。《史記·六國年表》：'楚懷王十七年，秦敗我將屈匄。'《索隱》云：'匄音蓋，楚大夫。'疑即此《策》屈蓋。'相秦'當爲'拒秦'之譌。匄未爲秦虜之先，謀和于秦，故秦啓關而聽楚使……《秦本紀》：'惠文後十三年，庶長章擊楚於丹陽，虜其將屈丐，斬首八萬。又攻楚漢中，取地六百里，置漢中郡。'《甘茂傳》：'使將而佐魏章略定漢中地。'此《策》當即其時，舊注並誤。"

　　《楚世家》："十七年春，與秦戰丹陽，秦大敗我軍，斬甲士八萬，虜我大將軍屈匄、裨將軍逢侯丑等七十餘人，遂取漢中之郡。"《秦本紀》基本同此，寫作"虜其將屈匄。"獨《張儀列傳》於此分作兩段敘述，一曰"殺屈匄"，另一段作"列侯執珪死者七十餘人"。今就《九歌》言之，如蔣驥所説"《國殤》所祀，蓋指上將言，觀援枹擊鼓之語，知非泛言死者"，當爲主將。若然，則《張儀列傳》爲得其實。

孫作雲曰:"在戰爭時,大將擊鼓。《國殤》中既有'援玉枹兮擊鳴鼓'之文,可見它所祭祀的對象應該是一員主將。而公元前312年的春季丹淅大戰,大將軍屈匄被殺。"

從作品所反映的事實來看,當以孫作雲說比較合理。

《國殤》之辭一共十八句。前十句爲浴血奮戰,終至殉國。後八句爲群巫哀悼、贊歎之辭。

出隊歌舞此辭者,國殤一人。

《國殤》:浴血奮戰

　　　自"操吳戈"至"擊鳴鼓"。

　　壯烈犧牲

　　　自"天時墜"至"棄原野"。

不出隊歌此辭者,群巫暨東皇太一。

哀悼暨贊歎《國巫》:

群巫哀悼

　　　自"出不入"至"路迢遠"。

群巫哀歎

　　　自"帶長劍"至"不可淩"

東皇太一贊歎(群巫相繼同辭贊歎)

　　　自"身既死"至"爲鬼雄"

● 執戈,披甲,衝鋒,陷陣。

● 國殤唱:

　　　操吳戈兮披犀甲,
　　　車錯轂兮短兵接。

操吴戈 洪興祖云："操,持也。《說文》:'戈,平頭戟也。'《考工記》'吳粤之劍',又曰'吳粤之金錫'。"

常叙按：吳戈之吳當從洪説,是吳粤之吳。戈是車戰所用之短兵。本篇從兩軍交鋒説起,就主將在車而敍事。操戈、被甲和下句"車錯轂兮短兵接"相應。

錯轂：《説文》"轂,輻所湊也。"車輻條周匝聚集的地方。《老子》："三十輻,共一轂,當其無,有車之用。"

王逸云："錯,交也。"

王夫之云："錯轂,兩敵相迎,戎車相間,左右擊刺,轂相錯也。"謂敵我戰車對馳相殺,其車之近,至於車轂相擦也。《戰國策·齊一》"臨淄之途,車轂擊,人肩摩","車轂擊",説的是車轂相擊,與此意近。

短兵接 《周禮·夏官司馬》："司兵掌五兵五盾,各辨其物與其等,以待軍事。"當談到"軍事"時説,"軍事：建車之五兵,會同亦如之。"《疏》曰："云,建車之五兵者,凡器在車,皆有鐵器屈之在車較及輿,以兵插而建之。故有出先刃,入後刃之事。"

五兵,就"建車"來説,立在車上的五種兵器。《考工記》："廬人爲廬器：戈柲六尺有六寸,殳長尋有四尺,車戟常,酋矛常有四尺,夷矛三尋。凡兵無過三其身,過三其身,弗能用也。"

五兵戈爲最短,六尺六寸,加臂之長,無須錯轂便可及之。因此"短兵接",謂以劍相砍殺了。

《考工記》："桃氏爲劍,……身長五其莖長,重九鋝,謂之上制,上士服之；身長四其莖長,重七鋝,謂之中制,中士服之,身長三其莖長,重五鋝,謂之下制,下二士服之。"注云："上制長三尺,重三斤十二兩；中制長尺五寸,重二斤十四兩三分兩之二,下制長二尺,重二斤一兩三分兩之一,此今之匕首也。人各以其形貌大小帶之。此士謂國勇力之士,能用五兵者也。"

[附一]

長沙出土戰國劍,長度不一。今以《楚文物展覽圖錄》所錄計之:七四目帶鞘銅劍,劍長 41.3 釐米,七三目嵌松石錦紋劍,長 44.2 釐米;七一目櫝內殘鞘銅劍,劍長 44.3 釐米,七二目嵌松石兩色銅鑲劍,長 67.5 釐米,七五目銅柄鐵劍,長 88.8 釐米。以 22.7 釐米爲一尺(注:矩齋:《古尺考》,《文物參考資料》1957 年第 3 期 28 頁,戰國尺合今尺由 0.227—0.231 米之間。),則此書所錄之劍,最短者爲 1.81 尺,最長者爲 3.91 尺,不足 4 尺。

[附二][1]

來　源	戈　長	戟　長
《考工記》	1.51	3.68
曾侯乙墓	1.3—1.4	3.2—3.5
劉城橋 M1	1.4	3.03;3.1
天星觀 M1	1.5	3.38

楊泓《戰車與車戰——中國古代軍事裝備劄記之一》1977 年《文物》第五期(見附圖 1、附圖 2。)

---

[1] 據《戈戟之再辨》郭德維,《考古》1984 年 12 月。《長沙劉城橋一號墓》湖南省博物館,《考古學報》1972 年第 1 期。《江陵天星觀 1 號楚墓》,《考古學報》1982 年第 1 期。

卷二 楚辭《九歌》整體系解 / 217

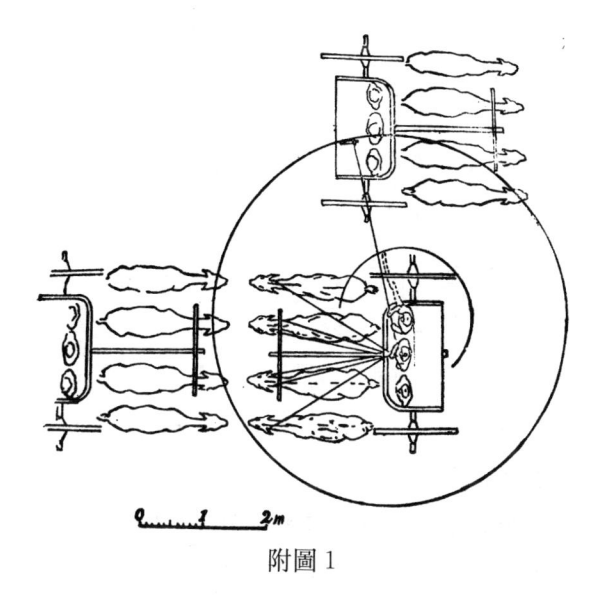

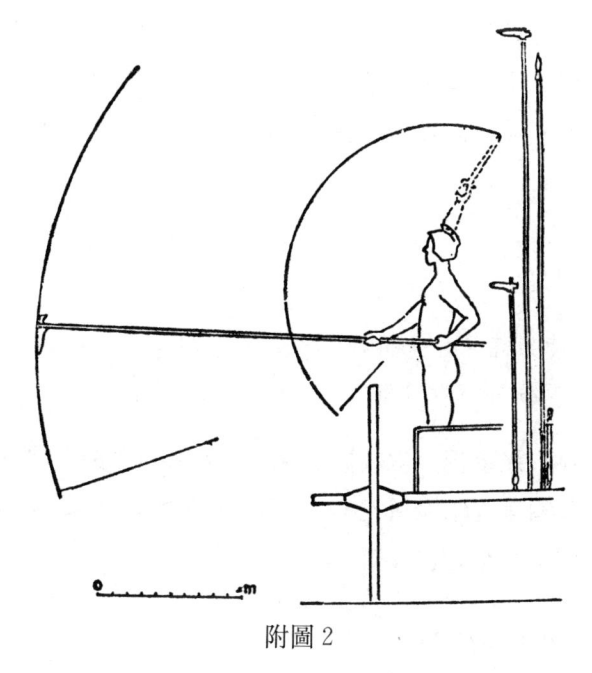

附圖 1

附圖 2

- 旌旗蔽日,敵人若雲。
- 兩軍對射,戰士爭先。

    旌蔽日兮敵若雲,
    矢交墜兮士爭先。

  旌蔽日、敵若雲 王逸云:"言兵士竟路趣敵,旌旗蔽天,敵多人衆,來若雲也。"

  士 蔣驥云:"士,兼兩國之戰士言。"

  矢交墜 王逸云:"墜,墮也。言兩軍相射,流矢交墮。壯夫奮怒,爭先在前也。"

  常敘按:旌,《説文》云:"遊車載旌,析羽注旄首,所以精進士卒也。"《管子·兵法》:"三官:一曰鼓,鼓所以任也,所以起也,所以進也;二曰金,金所以坐也,所以退也,所以免也;三曰旗,旗所以立兵也,所以制[1]兵也,所以偃兵也。此之謂三官。"《孫子·軍爭篇》:"夫金鼓旌旗者,所以一民之耳目也。"

- 車戰。
- 一車四馬:一死一傷——

    凌余陣兮躐余行,
    左驂殪兮右刃傷。

  凌余陣、躐余行 常敘按:凌躐雙聲,陣行義近。"凌余陣""躐余行",猶言凌躐余陣行也。意謂如雲之敵,以戰車猛衝,輪蹄賓士,車輾馬踏,毀我陣行也。

---

[1] 今本作利,依陶鴻慶説改。

殪 王逸云："殪，死也。言已所乘左驂馬死，右騑馬被刃創也。"《詩·小雅·吉日》："既張我弓，既挾我矢，發彼小犯，殪此大兕。"《毛傳》："殪，壹發而死。"

刃 常敘按：《考工記》輈人、攻金之工，"桃氏爲刃。"又云："桃氏爲劍。"桃氏爲刃器，而其主要任務爲劍。"右刃傷"右驂被劍所殺傷。左右兩驂，一死於矢，一傷於劍。

● 兩匹驂馬，一死一傷，相繼倒下，剩下兩匹服馬挣扎不起來。主將擊鼓，難於自拔，群情激昂，殘酷肉搏。

　　　　霾兩輪兮縶四馬，
　　　　援玉枹兮擊鳴鼓。

● 在敵眾我寡的情況下，楚軍將士英勇奮戰，終至壯烈犧牲，全軍覆沒。

　　　　天時墜兮威靈怒，
　　　　嚴殺盡兮棄原壄。

霾 王逸云："一作埋。"

縶 王逸云："縶，絆也。《詩》曰'縶之維之'。"

王夫之云："兩驂死傷，車不得行，兩輪如埋，兩服如縶矣。"

常敘按：《說文》："䭴，絆馬也。從馬，囗其足。《春秋傳》曰'韓厥執䭴前'，讀若輒。縶，䭴或從系執聲。"埋兩輪，縶四馬，承上句"左驂殪兮右刃傷"而言。左驂被一箭射死，右驂傷於兵器而倒地。兩馬橫於左右輪前，因而雙輪橫塞，不能前進。結果使未傷之服馬欲行不得，驂、服俱失其用，猶如以絆足之縶，縶住了一車四馬一樣。此乃戰車已陷入絕境的情況，並非主動地"埋輪絆馬,以示必死,下車赴敵,終不反顧。"下句援枹擊鼓,人在車上可證。

援玉枹 洪興祖云:"援,音爰,引也。"《左傳》:"郤克傷於矢,並轡,右援枹而鼓。"

高先生云:"枹是鼓槌。"

孫作雲云:古人作戰以旗鼓爲軍中耳目;那時候指揮作戰,發號施令,全靠旗鼓傳達。因此,打鼓的人非主將不可。《詩經·小雅·采芑篇》贊美方叔在作戰時擊鼓:"顯允方叔,伐鼓淵淵,振旅闐闐。"這是我國記載主將擊鼓的最早文獻。《左傳》所記列國戰事,多記國君或主將擊鼓。有名的魯齊"長勺之戰"(按在魯莊公十年,前684),魯莊公要擊鼓,曹劌阻止他。最後莊公擊鼓攻擊齊師,齊師大敗。公問其故,對曰:"夫戰,勇氣也;一鼓作氣,再而衰,三而竭;彼竭我盈,故克之。"在這裏很中肯的説明了鼓在戰爭中的重要。《左傳》成公二年(前589)記載齊晉"鞍之戰",説晉主將郤克受傷,不能擊鼓,由其御解張代擊。"郤克傷于矢(時爲晉元帥),血流及屨,未絶鼓音,曰:'余病矣!'……張侯(即解張)曰:'師之耳目在吾旗鼓,進退從之。此車,一人殿之,可以集(成也)事,若之何其以病敗君之大事也!擐甲執兵,固即死也,病未及死,吾子勉之!'左並轡,右援枹而鼓。馬逸不能止,師從之,齊師敗績。"凡此皆足見:在戰爭時,大將擊鼓。《國殤》中既有"援玉枹兮擊鳴鼓"之文,可見它所祭祀的物件應該是一員主將。[1]

常敘按:《荀子·議兵》"孫卿子曰:將死鼓,御死轡,百吏死

---

[1] 孫作雲《論國殤及九歌的寫作年代》開封師院學報,創刊號,1956年。

職,士大夫死行列。""將死鼓"是主將的最後的義務。

蔣驥云:"《國殤》所祀,蓋指上將言。觀援枹擊鼓之語,知非泛言兵死者矣。"按《史記·張儀列傳》:"楚王不聽,卒發兵,而使將軍屈匄擊秦。秦、齊共攻楚,斬首八萬,殺屈匄,遂取丹陽、漢中之地。"屈匄被殺,信非泛言兵死。

天時 常敍按:"天時"當是"大時"字誤。《戰國策·魏策三》:"夫存韓安魏而利天下,此亦王之大時已。"大時,《史記·魏世家》作"天時",是其證。大時,古習語,意謂最重大的時機。《秦策三》:"聖人不能爲時,時至而弗失。舜雖賢,不遇堯也,不得爲天子;湯武雖賢,不當桀紂不王。故以舜湯武之賢,不遭時,不得帝王。今攻齊,此君之大時也已!"以"爲時"、"至時"、"遭時"以及其後"非以此時也",視此大時,可見其義。

墜 《廣雅·釋詁二》:"失也。"

常敍按:楚秦丹陽之役,楚人爲收復楚黔中商於之地,雪見欺之恥而戰。至此時,敗勢已定,取得勝利的重大時機已然失墜,故有"大時墜兮"之辭。後人因習于天時、地利之語而少見"大時",遂誤改而誤説。

威靈 此追稱當時奮戰而終於犧牲之楚軍將士。《逸周書·謚法》:"猛以剛果曰威","死而志成曰靈。"

怒 謂心有所患,突然而發,悲奮武勇,與敵人殊死奮戰之情態。《周語上》"怨而不怒",注:"怒,作氣也。"

"大時墜"、"威靈怒",國殤之靈言其當時在戰鬥已然失利之際,猶然"援枹"奮力指揮,雖然大勢已去,時會已失,但士無退志,憤怒殺敵也。

壄 洪興祖云:"壄,古野字。"

嚴　聞一多云：「按'嚴'本作'莊'，避漢諱改[1]。莊，讀爲'戕'[2]。《周書·謚法篇》曰：'兵甲亟作曰莊'，'屢征殺伐曰莊'，'死于原野曰莊'，莊皆讀爲戕也。此曰'莊殺盡兮棄原野'，亦謂戕殺盡而棄于原野。王注曰'嚴，壯也。……言壯士盡其死命，則骸骨棄于原壄'訓嚴爲壯勇之壯，失其義矣。」按：沈祖緜亦云：「嚴當爲莊，避漢諱改。」

　　常叙按：聞、沈兩家之説，是也。"嚴"是"莊"之避字。"莊"讀作"戕"。《説文》："戕，槍也。""槍，距也，一曰槍攘也。""攘，推也。""推，排也。""距，止也，一曰槍也。"是槍有排、距之義。段玉裁云："槍有相迎鬥爭之意。"戕，槍也，是戕亦有相迎鬥爭之義。換言之，戕是相向格鬥。戕殺盡，猶言全部格鬥而死也。

　　"嚴殺盡兮棄原野"，戴震云："此章言其陣亡。"

　　林雲銘云："已上寫國殤戰死之勇。"

　　"嚴殺盡兮棄原野"唱完，猝然倒下。突然不動。

● 國殤：陳屍沙場。

● 羣巫：憤怒，哀悼。

● 羣巫：唱——

　　　　出不入兮往不反，
　　　　平原忽兮路超遠。

　　反　高先生云："反同返，等於説：'壯士一去不復還。'"

　　林雲銘云："追言始戰之時，只知有進無退，不覺去國之遠而

---

[1]《天問》："能流厥嚴。""嚴"亦改"莊"。
[2]《易·豐》釋文引鄭注："戕，傷也。"《大壯》釋文引馬注："壯，傷也。"壯、莊同字。

死於此地。"

平原 常敘按：指丹陽戰場。"在今河南淅川縣的丹水和淅水的交會處。那裏有座古城即丹水城，他們認爲那就是楚都丹陽城。《水經注》卷二十《丹水》云：'丹水出京兆上洛縣西北冢嶺山。……又東南過商縣南，又東南至於丹水縣，入於均。'《讀史方輿紀要》卷五十一云：淅水'源出商州南山，流經縣（淅川老城）南，與丹水會'。又云：'丹水城在縣（今内鄉縣）西南百二十里，南去丹水二百步，古鄀國，又爲商密地。'《左傳》魯僖公二十五年云：'秋，秦、晉伐鄀。'杜預曰：'鄀本在商密，秦、楚界上小國，其後遷于南郡鄀縣。'從上述文獻記載得知，丹淅交會處的丹水城，古稱鄀國，是秦、楚兩國交界處的小國，因遭秦、晉兩國征伐，遷至南郡鄀縣（湖北宜城境）。丹水城既不屬楚地，自然不能成爲楚國的國都了。再從地形看，丹水城即今淅川老城。城的周圍爲一袋形的河谷平原，東西長二十公里，南北寬四公里，丹水從中穿過。平原的南北兩側山嶺起伏、崎嶇難行。"[1]

《漢書·晁錯傳》："錯上言兵事，曰：'……土山丘陵，曼衍相屬，平原廣野，此車騎之地也。'"[2]

忽焉 常敘按：《漢書·李廣蘇建傳》："前以降及物故，凡隨武還者九人。"宋祁曰："物當從南本作'歾'，音没。""忽"在這裏借作"歾"。《説文》："歾，終也。……或從殳。"作"殁"，"忽"借作"歾"，正如"殁故"、"歾故"或寫作"物故"一樣，同音假借。《詩·大雅·皇矣》"是絶是忽"，毛氏傳云："忽，滅也。"《爾雅·釋詁上》："忽"與"滅"同訓"盡也"。絶滅也是終了之義。

---

[1] 裴明相《楚都丹陽城試探》，見《文物》1980年第10期。
[2] 也字，從宋祁説及《治要》引文補。

"忽焉"的"焉"是兼詞,有"於是"的意思。"忽焉"是"殁焉",即"殁於是"。"平原"是"於是"的前詞。"平原忽焉"是死于平原的意思。"路超遠"是説明"平原"和楚國郢都的距離。

● 國殤：陳屍沙場之上。
● 群巫：怒火、哀歎。
● 群巫：唱——

    帶長劍兮挾秦弓,
    首身離兮心不懲。

    誠既勇兮又以武,
    終剛強兮不可凌。

帶長劍、挾秦弓 常敘按：此句與下句乃是贊歎當時將士浴血死戰的壯烈情況。若以王逸以來諸家之注,則帶劍持弓而死,裝束如故,乃是一種從容不迫的狀態,與"霾兩輪兮執四馬,援玉枹兮擊鳴鼓,大(天)時墜兮威靈怒,嚴殺盡兮棄原野"不符,與壯烈犧牲於沙場之上慘酷場面不能相應。若真是如此,則無異於説他們毫無反抗,老老實實地靜待敵人殺戮,與《國殤》通篇辭意矛盾。

常敘按："帶長劍"之帶,非佩帶之帶,應是"撆"的借字。《説文》："撆,撮取也。從手帶聲,讀若《詩》曰'蠣螗在東'。示,撆或從折從示,兩手急持人也。"又："撮,……一曰：兩指撮也,從手最聲。"劍川姚氏《戰國策·燕二》注引陸農師云："'今日不兩,明日不兩,必有死蚌',兩,謂闢口。"此"兩"字之所以釋爲闢口,也正因爲它是"張開"。《老子》："將欲拾(翕[合])之,必固(姑)張之",欲合先張,是相反相成的。"撮取"兩手急持,都是張手或張開手指相抓合或相捏合的動作。

"挋"之詞義爲張手抓取,則此辭之"帶長劍"之帶可以與挋同音,以假借關係理解爲"挋長劍",亦即以手抓取長劍。此正矢絕刃摧,徒手與持有武器之敵人,展開殊死肉搏的壯烈場面。《荀子·強國》曰:"白刃扞乎胸,則目不見流矢,拔戟加乎首,則十指不辭斷""帶(挋)長劍"正是"十指不辭斷"的最好注解。

挾秦弓 《説文》:"挾,俾持也。""俾,……從人卑聲。一曰:俾,門侍人也。"段玉裁云:"莊述祖説:'門侍人'當是'鬥持人'之誤,'挾'下曰'俾持也',正用此義。按此條得此校正,可謂涣然冰釋矣。"王筠説:"《大部》'夾'下云,'持也,從大俠二人'是知(挾字)夾聲兼義……'鬥持人'即《左傳》'收禽挾囚'之謂也。"

"挾秦弓"是在鬥爭中以手臂挾持秦人之弓。説明此時敵人有的已喪失兵刃,在交戰中,以弓相擊。進一步描寫敵我兩方肉搏的激烈。

"帶長劍兮挾秦弓"並不是身佩長劍,臂挾秦弓,裝束整齊,安然而死,"雖死猶不舍武"[1]既死,往視其屍,而裝束如故。[2] 而是在搏鬥中徒手抓取敵人刺來的長劍,奪取秦人打來的秦弓。是一場驚天地,泣鬼神的壯烈格鬥。

首雖離 "首雖離兮心不懲"本句"首""心"對舉,而心在身中。不必據《戰國策·秦策四》:"首身份離,暴骨草澤。"崔琦《外戚箴》曰"甲子昧爽,身首分離。"硬改此文之"雖",爲"身"也。因爲《戰國策》、《外戚箴》皆四字句,而《國殤》爲七字句,中包"首"與"心"也。

---

[1] 林兆珂。
[2] 林雲銘。

心不懲 王逸云："懲，艾也。言己雖死，頭足分離而心終不懲艾。"《離騷》："雖體解吾猶未變兮，豈餘心之可懲。"《懷沙》："懲違改忿兮，抑心而自强。""懲"與"變""改"連用。《詩‧沔水》："寧莫之懲"毛亨《傳》："懲，止也。"《一切經音義‧八》："方懲"條下云："懲，止也。又，革也。案改革前失曰懲也。"改革前失而下再行，是懲有變改之義。

這兩句歌辭是《國殤》追述當時戰鬥，説明楚軍將士爲了收復商於而又失漢中，與秦軍浴血奮戰，以身死國的英雄氣魄。

誠 《説文》："信也。"實實在在的。

勇、武 高先生説："勇和武是有區别的，'勇'指戰鬥的精神，即'敢'。'武'指戰鬥的力量，即'武力'。"

又以 裴學海云："'以'猶'且'也。一爲'又且'之義。"除《楚辭‧九歌篇》"誠既勇兮又以武"之外，他又舉《九章‧惜往日》："虛惑誤又以欺。"

不可凌 常敘按：《吕氏春秋‧不侵》："昭王，大王也。孟嘗君，千乘也。立千乘之義而不可凌，可謂士矣!"高誘注："凌，侮。"《國殤》此辭謂既勇且武，剛强之氣不可凌侮。

● 國殤：陳屍沙場。
● 群巫：怒火方熾。
● 東皇太一：爲之贊歎，
● 東皇太一唱：
　（群巫相繼，同辭贊歎！）

　　　　身既死兮神以靈，
　　　　魂魄毅兮爲鬼雄！

神以靈 常敘按："神以靈"神已靈也。《論語・先進》"毋吾以也"，《經典釋文》"吾以"下云："鄭本作已。""以""已"同義。

魂魄毅兮爲鬼雄 王逸云："言國殤既死之後，精神强壯，魂魄武毅，長爲百鬼之雄傑也。"

馬其昶云："'爲鬼雄'，'欲其助卻秦軍。'"

于省吾云："全文有著抗敵到底，寧死不屈的堅强意志，所以說'首身離兮心不懲，誠既勇兮又以武，終剛强兮不可凌。'至於'身既死兮神以靈'是說身雖死而精神不死。'魂魄毅兮爲鬼雄'是說死後猶能爲百鬼之雄傑，志在報秦。古人迷信，恒謂電能報仇。《左傳》成十年：'晉侯夢大厲（惡鬼），被髮及地，搏膺而踴曰：殺余孫不義。'大義是說，晉景公曾殺趙同、趙括，趙之先祖以殺其孫爲不義。故爲'大厲'以迫晉侯，其後晉侯因此致病而卒。又《墨子・明鬼上》敘杜伯無辜，而周宣王殺之。杜伯爲鬼，乘宣王畋獵之際，射殺宣王于車中。此外，其他典獻記載鬼神報復之事，無須備引。因此可知，'魂魄毅兮爲鬼雄'這句話，話雖簡略，而意義則深遠而沉痛。"[1]

《國殤》韻讀：

甲	接			（盍部）
雲	先			（文部）
行	傷			（陽部）
馬	鼓	怒	野	（魚部）
反	遠			（元部）
弓	懲	凌	雄	（蒸部）

---

[1] 于省吾《澤螺居楚辭新證》——《澤螺居詩經新證》後附第263頁。

五、送神之辭

禮 魂

（採用隆慶重雕宋本《楚辭章句》）

《禮魂》是送神之辭。

楚辭《九歌》的最後一首歌辭。而同辭連續演奏三遍，以歡送群神。

王夫之說："《禮魂》，凡前十章皆各以其所祀之神而歌之。此章乃前十祀之所通用，而言終古無絕，則送神之曲也。"此說也，得而復失。

所謂"得"者，"言終古無絕，則送神之曲也"，其言甚是。然而，他又說"此章（《禮魂》）乃前十祀之所通用"如此，則各章分別獨立，都是各不相關的（或者是各章分組獨立，各組互不相關的）。那麼《禮魂》將成爲十祀共用之送神之曲（或者是分組獨立的送神之曲，它可以隨分組數目而計數）。這樣，它將是每一章（或每一組）歌辭所共用的"萬應散"。這種主張與楚辭《九歌》渾然一體之說最爲抵觸，因而不敢雷同。

話再說回來，《禮魂》的性質是："言終古無絕，則送神之'辭'也。"用王夫之的後半句，而改動一個字，從而否定了它的"此章乃前十祀之所通用"的前半句之說。

作爲送神之辭，一次而重複三遍。

第一批，將祭饗的主神——東皇太一送回天上。他如何走？必然要牽涉到和他同來的雲中君。雲中君是他同來的御者，"靈皇皇兮既降"東皇太一既已登車,則雲中君自然要"猋遠舉兮雲中。"和來時相反,雲中君載著東皇太一同車飛往上天。這是送神之辭的首批。

接著是送神之辭的第二批,是東君,是大司命和少司命。他們分頭作爲兩起,一齊地起飛,都是"乘龍兮轔轔,高駝兮沖天"第二批地回到天上。

送神之辭的最後,才是湘君、湘夫人、湘君侍女以及河伯,地上的有關諸水水神,還有地上的山鬼和國殤等死國忠魂。他們匯總在一起是結尾的一批。

《禮魂》送神之辭,一共反復三次,每次一批,每次同樣五句,而都以金奏結尾。

它之所以如此安排者:一、《禮魂》五句過短。二、合於神鬼各等身。三、演奏上便於重複。三條件綜合考慮,遂推擬結尾如此。

- 巫祝。
- 東皇太一、雲中君,東君、大司命,少司命,湘君,湘夫人、湘君侍女、河伯,山鬼、國殤,一同出場。
- 在場者,歌皆唱(禮魂)。
- 首唱《禮魂》完畢。東皇太一、雲中君在金奏聲中下。
- 二唱《禮魂》完畢。東君,大司命、少司命在金奏聲中下。
鬼、國殤在金奏聲中下。
- 終唱《禮魂》完畢。湘君、湘夫人、湘君侍女、河伯,山鬼、國殤在金奏聲中下。

　　盛禮兮會鼓,

傳芭兮代舞。

姱女倡兮容與。

盛禮 洪興祖《補注》並作"成禮"。以《詩·小雅·鹿鳴》傳"當有懇誠相招呼以成禮也。"疏云："定本'成禮'作'盛禮'也。"《荀子·王霸》："君者，論一相，陳一法，明一指，以兼覆之，兼炤之；以觀其盛者也。"楊倞注："盛，讀爲成。"

常敍按：古"盛"字亦或作"成"字。弔家父匜"用成稻粱"，伯公父簠"用成糦稻糯粱"，並用"成"字。"成"、"盛"通用。

代舞 1936年，陳夢家在《燕京學報》第20期發表了他的論文《商代的神話與巫術》[1]。他把殷墟卜辭中的"🀰""🀱"釋作"隸舞"，說"🀰"，象雙手奉牛尾，與隸之象又持牛尾同。[2] 爲了證明"隸舞"就是"代舞"，而"代舞"正有牛尾之事，他利用《爾雅·釋器》："木謂之虡，旄謂之藣。"認爲"旄謂之藣即鐘飾之旄，鐘飾謂之旄猶注尾於旗曰旄，皆以牛尾爲之"[3]，而"芭"與"藣"同音。如此，則楚辭《九歌》中的"傳芭兮代舞"正好是使用牛尾的"隸舞"。於是說："藣與芭同音相假，旄謂之藣，故芭亦是旄，傳芭即傳旄矣。"[4]

常敍按：陳氏此說不可信。一，"🀰"並不是"隸"，他自己也知其誤，後改釋爲"奏"。[5] 二、文獻中的"代舞"也沒有操牛尾之事。（說並見下）而"藣"與"芭"分在歌、魚，不在一部，無它證，

---

[1] 下編·巫術。第三章，舞：三、隸舞——代舞·萬舞·九歌·九辨。
[2] 《燕京學報》二十期第541頁。
[3] 《燕京學報》第二期第542頁。
[4] 《燕京學報》第二期第542頁。
[5] 陳夢家《殷虛卜辭綜述》十七章《宗教》第600頁"四、奏舞"自己改釋爲"奏舞"。

故不能以旁轉説之。

陳氏又云:"商代求雨的隸舞,變成代舞,由九代變成九辯,然則九辯是求雨的舞而九歌是求雨的歌了。……湘君、湘夫人、雲中君、東君、河伯、山鬼皆是山川司風雨之神,故《九歌》乃是求雨於風雨之神的歌,故于歌畢禮成之後會鼓而代舞,代舞乃是求雨之舞。《九歌》中的大小司命和《國殤》與求雨無關,大約是後來所雜入的土俗。"〔1〕

常敍按:《墨子・明鬼下》"周代祝社方,歲於社者考,以延年壽。若無鬼神,彼豈有所延年壽哉!"《海外西經》:"大樂之野,夏后啓於此舞九代,乘兩龍,雲蓋三層。左手操翳,右手操環,佩玉璜。"而楚辭《九歌》明言其主旨在"穆愉上皇",而通體十一章又都無乞雨之辭。

陳氏所據三個文獻材料,既然都不見祈雨之事,而所舉卜辭前三辭"㷛 㷛"之"㷛"也並不是"隸"字。這事,他自己作了改正。例如1956年出版的《殷虛卜辭綜述》就把他據以爲"隸舞"的"㷛 㷛"都釋爲"奏舞"。

《綜述》600頁,四、奏舞——

第三例 今日奏舞,㞢從雨(粹744。拾7.16。簠典31)

即當初據以釋"隸舞"(拾7・16)。

三(簠典31)兩例。

第四例 今夕奏舞,㞢從雨(前3・20・4)

即當初據以釋"隸舞"的又二例(前3・

(拾7・16)

---

〔1〕 陳夢家《商代的神話與巫術》——《燕京學報》第20期第542頁。

20·4)[1]

"隸舞"之說既已自認爲非,則"代舞乃是求雨之舞","《九歌》乃是求雨於風雨之神的歌",其說已不攻自破。

傳芭 王逸云:"芭,巫所持香草名也。"

常敘按:"芭"借作"翇"。"芭""翇"古音都是重唇音,發聲相同,"芭"在魚部,而"翇"在月部,雖韻不同,而魚月兩部字音通轉。《禮記·曲禮下》"素簚",鄭氏注:"'簚'或爲'幦'。"《左傳·襄公二十五年》:"昔虞閼父爲周陶正。"《隱公三年》孔疏引《爵譜》云:"當周之興,有虞遏父者爲周陶正。"《史記·陳涉世家》,《正義》引《詩譜》云:"帝舜後有遏父者,爲周武王陶正。"虞閼父即虞遏父。"幦"與"簚","閼"與"遏"並魚月通轉。周金文"雩",經典都寫作"粵"。王國維說:"雩,古粵字。小篆作粵,猶'霸'之譌爲'![字]'矣。"[2]

《說文》:"翇,樂舞,執全羽以祀社稷也。從羽友聲。讀若紱。"這個字《周禮》用"帗"來寫它。《地官·舞師》:"教帗舞,帥而舞社稷之祭祀。"《春官宗伯·樂師》:"凡舞:有帗舞,有羽舞,有皇舞,有旄舞,有幹舞,有人舞。"鄭玄謂"帗,析五采繒,今靈星舞子持之,是也。"《地官·鼓人》:"凡祭祀,百物之神。鼓兵舞、帗舞者。"鄭玄云:"帗,列五采繒爲之,有秉,皆舞者所執。"孫詒讓云:"《說文·刀部》云:'列,分解也。'……列、析同義,謂翦列五采繒以爲舞具。有秉者,使可執也。"《太平御覽·禮儀部》引《桓子新論》云:"昔楚靈王……簡賢務鬼,信巫祝之道,齋戒潔

---

[1] 《燕京學報》第二十期第542頁。
[2] 《毛公鼎銘文考釋》雩從"於"聲,古音在魚部,魚部之"雩"音轉入月,字形變而爲"粵",更是魚月通轉之證。

鮮,以祀上帝禮群神,躬執羽紱,起舞壇前。"又用"紱"來寫它。

"翇"有秉可執,因而可"傳"。楚辭《九歌》的任務爲穆愉"上皇",而上皇即東皇太一,乃當時之最高上帝。祀太一而傳"帗"(芭)以舞,性質與楚人舞帗以事上帝相同。鼓人"鼓帗舞","帗舞"須"鼓",其事與《禮魂》"會鼓"、"傳芭"相應。在詞的語音關係上,"芭"與"帗"猶"幕"與"籤"、"闕"與"遏"、"雩"與"粵",乃魚月通轉。因此知這個"傳芭"之"芭",不是"巫所持香草名也"。而是"列五采繒爲之,有秉,爲舞者所執"的舞具。

"傳芭"與"代舞"相依存。"代舞"之"代"猶《離騷》"春與秋其代序"之"代",王逸並以"更"釋之。蔣驥云:"代,迭也。"王夫之云:"代舞,更番舞也。"〔1〕。今從此辭觀之,傳帗而舞,至少人分兩組。在前組完成規定舞蹈後,傳帗於後組。後組接之而上,繼續帗舞。如此迴圈交替,代序不絕。故下文以"春蘭秋菊"終古無絕應之。

姱女　指"姣服滿堂"、"翾飛翠曾"飾神飾鬼的女巫。楚辭《大招》:"朱唇皓齒,嫭以姱只。"《淮南子·脩務訓》:"曼頰皓齒,形誇骨佳。"《集韻》:"姱、夸,美兒。或省。"

　　春蘭兮秋菊,
　　長無絕兮終古。

春蘭、秋菊　洪興祖曰:"古語云:'春蘭秋菊,各一時之秀也。'"

長無絕兮終古　王逸云:"言春祠以蘭,秋祠以菊,爲芬芳長

---

〔1〕 帗[芭]舞之制久已失傳。

相繼承,無絶於終古之道也。"

終古 《考工記》:"輪已庳,則于馬終古登阤也。"鄭玄注:"齊人之言終古,猶言常也。"是鄭據漢時方言釋之。孫詒讓云:"《楚辭》:《離騷》、《九歌》、《九章》並有終古之語,則不獨齊人有此語矣。"《九歌》"長無絶兮終古"《離騷》"余焉能忍與此終古"《九章·哀郢》"去終古之所居兮"。《離騷》洪興祖《補注》云:"終古猶永古也。"《莊子·大宗師》:"維斗得之,終古不忒;日月得之,終古不息。"《釋文》引崔注云:"終古,久也。""終古"謂"永古"之"久也。"

"蘭菊"、"終古"與前句"傳芭代舞",更番交替。以示不斷之意,祝楚國國運萬古不絶與世長存也。

《禮魂》韻讀
鼓　舞　與　古　(魚部)

卷三　楚辭《九歌》考證

一、楚神話中的九歌性質、作用和楚辭《九歌》

從楚辭看《楚辭・九歌》可以看出：早在屈原之前就已經流傳了有關九歌的傳說。例如：

《離騷》——

　　啓九辯與九歌兮，
　　夏康娛以自縱。

《天問》

　　啓棘賓帝(商)，
　　九辯九歌。

《離騷》

　　奏九歌而舞韶兮，
　　聊假日以婾樂。

至於傳說中的九歌是一種什麼性質的東西，則語焉不詳，還有待於探索。

（一）傳說中的九歌是一種愉情之制

《離騷》、《天問》都約略地說到九歌的性質。"啓九辯與九歌兮"，"啓棘賓帝（商）、九辯九歌"這兩句說明九歌的傳說是和夏后啓有關的。"日（夏）康娛以自縱"和"聊假日以媮樂"說明傳說中的九歌原來是一種娛情的東西。

《天問》的"啓棘賓商"是"啓棘賓帝"的字誤。棘借作亟。

這個傳說和《山海經·大荒西經》"（夏后）開上三嬪於天，得九辯與九歌以下"的神話相應。

郝懿行《山海經箋注》引《天問》以注其事說："賓、嬪古字通。棘與亟同。蓋謂啓三度賓於天帝，而得九奏之樂也。"按：棘與亟古聲同爲見紐，古韻同在職部。它倆同音，例得通假。郝說是對的。但是，亟有屢次頻數之意；《左傳》成公十六年，"范文子不欲戰。郤至曰：'韓之戰，惠公不振旅；箕之役，先軫不反命；邲之師，荀伯不復從，皆晉之恥也。子亦見先君之事矣。今我辟楚，又益恥也！'文子曰：'吾先君之亟戰也，有故。'"杜氏注："亟，數也。"《經典釋文·春秋左氏音義之三》說《左傳》"吾先君之亟戰也""之亟"是"數也，"和杜注相同。同時又說杜氏注"亟數"之"數"是"所角反"，正讀爲頻數之數。《廣韻》入聲四覺，"數，頻數，所角切。"《孟子·盡心上》，"古之賢王好善而忘勢，古之賢士何獨不然？樂其道而忘人之勢。故王公不致敬盡禮，則不得亟見之。見且由（猶）不得亟，而況得而臣之乎？"趙氏注："亟，數也。"同書《滕文公下》"景春曰：'公孫衍，張儀豈不誠大丈夫哉？'"張儀與屈原同時。從《孟子》之書，可見《天問》"啓棘賓帝（商）"之"棘（亟）"有頻數之意，是和當時時代語言相合的。古語常以"三"表示多次。以"啓棘（亟）賓帝（商）"看"開三嬪於天"，不必如郝氏落實爲"三度賓於天帝"。于省吾認爲"帝之譌爲'商'者，金文晚期'帝'字也作'啇'（見《陳侯因㛸敦》）。'啇'及從'啻'之字隸書多寫作'商',形近故易譌。"[1]

"啓棘賓商"是"啓棘賓帝"的字誤。朱駿聲已有此說。[2]按:"帝"、"商"形近而譌,在古書裏是實有其例的。如《春秋》僖公三十一年"衛遷於帝丘"一事,《說苑·敬慎》寫作"衛遷于商邱"按:帝丘在濮陽,而商丘在今商丘縣。兩地懸隔較遠。劉向是誤"帝"爲"商"的。《水經注》瓠子河:"逕濮陽城東北,故衛地,帝顓頊之墟。昔顓頊自窮桑徙此,號曰商丘,或謂之帝丘。"可見"帝"、"商"之譌積習已久,是非莫辨,到酈道元時,已經作爲同地異名而並存了。銀雀山漢墓竹簡《孫臏兵法》的《見威王》有這樣幾句話:"武王伐紂。帝奄反,故周公淺(踐)之。""帝奄"是"商奄"的誤寫。它說明"帝"、"商"形近而譌的現象早在劉向之前,西漢前期就已存在了。因此,在《天問》的語言形式或內容的對立統一關係中,我們可以肯定朱駿聲"賓帝"之說,說它是可信的。

《離騷》"夏康娛以自縱"當是"日康娛以自縱"。"夏"是"日"字涉啓和啓子"太康"的名號而致誤的。知之者:

1. "日康娛"是楚辭的一個習語。《離騷》一篇就已兩見:

> 澆身被服強圉兮,縱欲而不忍。
> 日康娛而自忘兮,厥首用夫顛隕。

這是一個。

> 保厥美以驕傲兮,
> 日康娛以淫遊。

---

[1] 見 1979 年《社會科學戰綫》第三期第 225 頁《澤螺居楚辭新證(上)》。
[2] 見《說文通訓定聲》壯部"商"字注。

這又是一個。

2. "夏"長沙帛書"夏"作󰀀，󰀀與璽文同󰀀。"足""疋"同字。從西周起，足、疋二字往往不分，都寫作󰀀。古缽"胥""楚"等字所從之"疋"寫作󰀀，也與足旁不易分別。

魏三字石經寫作"󰀀"，《古文四聲韻》卷四引《籀韻》作"󰀀"者，與之同形。其字從日疋聲。《說文》"疋，古文以爲《詩》'大雅'字"。《荀子·榮辱》"譬之越人安越，楚人安楚，君子安雅"，"雅"讀爲"夏"，（王引之說）故古文"夏"以"疋"爲聲。《說文》"夏"古文作"󰀀"也正是以"疋"爲聲的。

不僅古文如此，就是隸書裏，也有這種可能。在漢代"夏"往往寫作"󰀀"如華山廟碑、尹宙碑、武梁祠題字等等；也有寫作"夏"的，如禮器碑陰。字的中部也是一個"日"字。因爲"日"是"夏"的一個組成部分，所以在一定條件下，有被誤認爲"夏"字殘迹的可能。

| 魏三體石經 | 華山廟碑 | 尹宙碑 | 禮器碑陰 |

3.《離騷》的"日康娛"都是與放縱之意相應的。"日康娛而自忘兮"和"日康娛以淫遊"兩句的"康"，王逸都解爲"安"。按：從它們的語言關係看，都應該是"荒"的借字。"康"牙音溪紐，'荒'喉音曉紐，兩字都是舌根音，古韻同在陽部。《易·泰》："九二，包荒，用馮河。"《經典釋文》說："荒，鄭讀爲康。云：'虛也。'"

《爾雅·釋詁》:"漮,虛也。"《釋文》:"漮,郭云:'本或作荒。'"《穀梁傳》襄公二十四:"四穀不升謂之康。"《韓詩外傳·八》第十五章,引作"四穀不升謂之荒。"是"康"、"荒"相借之證。

《離騷》"日康娛而自忘兮"是在它上一句"縱欲而不忍"的條件下提出來的,是縱慾不禁的結果。而"日康娛以淫遊"說明"康娛"是和"淫游"相連的,而"淫遊"又正是"縱慾而不忍"。這種語言關係說明"康娛"的"康"當是"淫荒"的"荒",是越法無度,"縱慾而不忍",不能自己克制的意思。《史記·三王世家》,褚先生解《廣陵王策》"無伺好佚,無邇小人,維法是則"說:"無長好佚樂,馳騁弋獵,淫康而近小人,常念法度,則無羞辱矣。"這個"淫康"和"日康娛以淫遊"同義,是不"惟法是則",不"常念法度"的"縱慾而不忍"。所以說"日康娛"的"康"應該是這個"荒"的意思。

《詩·唐風·蟋蟀》:"好樂無荒。"鄭氏箋云:"荒廢亂也。"《逸周書·諡法》:"好樂怠政曰荒。"啓九辯與九歌兮,夏康欲以自縱,"康(荒)娛"正是"自縱"的行動。

在"自縱"和"康娛"的關係上,在"日康娛"的語言結構上,可以看出這個"夏"字應是"日"字,而六國"古文""夏"字又正是從"日"的。它為完成"夏康"之說提供了可能。

4.《史記·夏本紀》:"夏后帝啓崩,子帝太康立。帝太康失國,昆弟五人須於洛汭,作五子之歌。"《離騷》:"啓九辯與九歌兮,日(夏)康娛以自縱,不顧難以圖後兮,五子用失乎家巷。""康欲自縱"的"康"字,它的上句有"啓",下句有"五子"。在夏后啓,太康、五子的相連關係上,被誤認為"太康"的簡稱。在這個句子裏,"日"、"康"相連不能成話,遂把"日"看作"夏"的殘筆,進而誤改爲"夏"。從而以"夏康——娛以自縱"破壞了楚辭"日康娛"的習語,失掉"啓九辯與九歌"的性質、作用和它所造成的嚴重後果。

5. 把"日康娛以自縱"改爲"夏康娛以自縱"不是偶然失誤,而是有意爲夏后啓開脱。這種改字思想,在清代還有反映。《墨子·非樂上》"啓乃淫溢康樂"這句話,惠、江兩人都主張把"啓乃"改爲"啓子"。江聲説:"啓子,五觀也。啓是賢王,何至淫溢?據'楚語'士亹比五觀于朱均、管蔡,則五觀是淫亂之人。故知此文當爲'啓子','乃'字誤也。"

孫詒讓:"案此即指啓晚年失德之事。'乃'非'子'之誤也。《竹書紀年》及《山海經》皆盛言啓作樂。《楚辭·離騷》亦云:'啓九辯與九歌,夏康娛以自縱,不顧難以圖後兮,五子用失乎家巷。'並古書言啓淫溢康樂之事,'淫溢康樂'即《離騷》所謂'康樂自縱'也。王逸《楚辭注》云:'夏康,啓子太康也。'亦失之。"

孫氏之説見《墨子閒詁》。他的意見是正確的。揭出了問題的實質,得到了"康娛自縱"的語義,所不足的只是没有進一步解決"夏"字而已。〔1〕

知今本楚辭"夏康娛以自縱"之爲"日康娛以自縱"更參以"奏九歌而舞韶兮,聊暇日以媮樂,"則可以推定在屈原所承受的歷史傳説之中,九歌原是一種能移人情,使人康娛自縱的東西。

(二) 神話中的九歌是一種愉享上帝的樂舞

"啓棘賓帝[商],九辯九歌",這一故事在《山海經》裏有兩條記載。

---

〔1〕 他從王引之之説,讀"夏"爲"下"。

《大荒西經》：

　　西南海之外，赤水之南，流沙之西，有人珥兩青蛇，乘兩龍，名曰夏后開（啓），開上三嬪於天，得九辯與九歌以下。此天穆之野，高二千仞。開焉得始歌九招。

《海外西經》：

　　大樂之野，夏后啓於此儛九代，乘兩龍，雲蓋三層。左手操翳，右手操環，佩玉璜。在大運山北，一曰大遺之野。

"天穆之野"和"大樂之野"是同一名字由於音變致異而產生的異文。《説文解字》從口樂聲的"嚛"是"食辛嚛也，"而從火翏聲的"熮"字下引《周書説》"味辛而不熮"。今本《逸周書》裏没有這句話。這句話在《吕氏春秋・孝行覽・本味篇》伊尹以至味説湯時，寫作"辛而不烈。""嚛"、"熮"、"烈"同屬來紐。我們看"熮"從"翏"聲，而從"翏"得聲的"繆"和"穆"相通。"繆卜"或寫作"穆卜"，"昭穆"或寫作"昭繆"，"穆姜"或寫作"繆姜"，"秦穆公"或寫作"秦繆公"。從火翏聲的"熮"既可以跟從口樂聲的"嚛"音變相通，那麼，"大樂之野"之可以轉爲"大穆之野"也是這種音變的反映。至於"天穆"、"大穆"，則是"天"、"大"字形相近，由於字形相近而產生的異文〔1〕。

《楚辭・九歌》雖然没有提到夏后啓、賓帝和所在之野，可是這個"九歌"的《禮魂》一章卻有"傳芭兮代舞"之辭。"九歌"與《天問》、《大荒西經》相應，"代舞"與《海外西經》相應。

　　把它們對照地比較一下——

---

〔1〕 卜辭"大邑商"《書・多士》作"天邑商"。《韓詩外傳・二》"伊尹知大命之將至"，《新序・刺奢》作"伊尹知天命之至"並是其例。

楚辭・天問	啓	賓帝	九辯　九歌	
大荒西經	夏后開(啓)	三嬪於天	得九辯九歌	天穆之野
海外西經	夏后啓		儛九代	大樂之野
楚辭・九歌			《九歌》代儛	

《山海經》中的《大荒西經》和《海外西經》這兩條記載，夏后開即夏后啓，天穆之野即大樂之野，這是它們相同的；所不同的是九辯九歌和九代。可是《楚辭・九歌》的"成禮"之辭卻有"代舞"之事。看來"代舞"屬於"九歌"。那麼《大荒西經》和《海外西經》原是一個故事的傳聞異辭。

《楚辭・天問》和《大荒西經》除有無地名的差異外，啓與夏后開，九辯九歌都完全相同，而"賓帝"與"嬪於天"又同中有異。

"啓棘賓帝(商)"的"賓"是一種禮敬之事。《國語・周語上》："賓、饗、贈、餞如公命侯伯之禮。"韋氏解云："賓者，主人所以接賓。致餐饗之屬也。"

"賓"與"儐"通。《莊子・列禦寇》："賓者以告列子。"《釋文》："賓者，本亦作儐，同。必刃反，謂通客之人。""儐"或體作擯。《周禮・大宗伯》："朝覲會同，則爲上相。"注："出接賓曰擯，入詔禮曰相。"《釋文》："曰儐，必刃反，本或作賓，同。"《說文》："儐，導也。"段氏注云："導，引也。《周禮・司儀》注曰："出接賓曰擯。""賓帝"之事原是祭天帝時出接上帝，而不是上到天庭爲帝之賓。

《禮記・禮運》："山川，所以儐鬼神也。"

《墨子・非樂上》所記《五觀》之辭，正是夏后啓於山川儐鬼神——"賓帝"之事，是"啓棘賓帝"故事傳說的一個較爲具體的記載。它說：

啓乃淫洗[溢]康樂,野於愉享[飲食]。將將鍠鍠[銘],筦[莧]磬以方[力]。湛湎[濁]於酒,愉[渝]享[食]於野。萬舞翼翼,章聞於天[大],天用弗式。[1]

　　"淫溢康樂"和"日康娛以自縱"語意相近。"啓乃淫溢康樂,野於歆享。將將鍠鍠,筦磬以方。湛湎於酒,渝享於野"和"啓九辯與九歌兮,日康娛以自縱"語意相近。而"萬舞翼翼,章聞於天,天用弗式"和"賓帝"相近。

　　《墨子》所引《武觀》是一段韻文。享、鍠、方,古音同在陽部;酒、野相叶,如《詩·民勞》第二章以休、逑、憂,休與恘通押一樣,是古幽魚兩部合韻;翼、式古音同在職部。

　　淫溢康樂,樂舞享天,這段文字在一定程度上補充了有關夏后啓賓帝的故事。

　　"野於飲食"和"渝食於野"兩"食"字都是"享"的誤認,而"飲"是"歆"的誤寫。"渝"借爲"愉"。

　　金文"食"字有一些簡化變體。其中,有寫作🍴的,有寫作🍴的。蔡侯申鼎一的蓋銘🍴字,竟把它的🍴旁拖成兩截,寫成🍴和🍴(《壽縣蔡侯墓出土遺物》圖版三壹之一)。這説明🍴字在書寫中有時是被分拆爲二的。拆下來的上部字形🍴,是🍴的主要部分,在一定條件下它可以代替🍴字。例如:"飴",籀文從食從異省,寫作🍴。可是禺簋就以🍴爲🍴把它寫成🍴[2]。這個字進一步證明了🍴是可以簡寫作🍴的。而這個🍴字和古享字寫作🍴的是很相近的。

---

[1] 加方括弧字是依《閒詁》校改的。
[2] 《三代吉金文存》卷八,第50頁。

王命龍節　　　　　　　番君臣　　貞簠

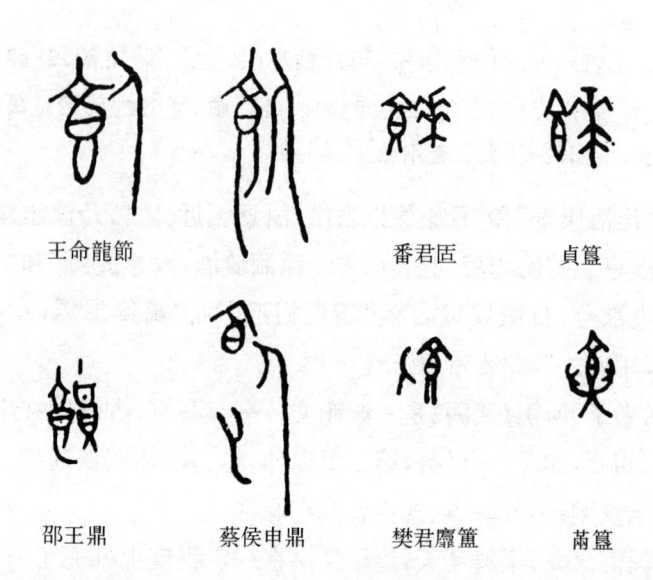

邵王鼎　　蔡侯申鼎　　樊君夔簠　　鄦簠

⧈，邵王鼎同上卷三頁⧈字從之寫作⧈。如果簡化爲⧈，則與古文"享"之作⧈者同形。

由此見"愉享"誤作"愉食"，是因爲⧈既是"享"字，又可認作"食"的簡體。

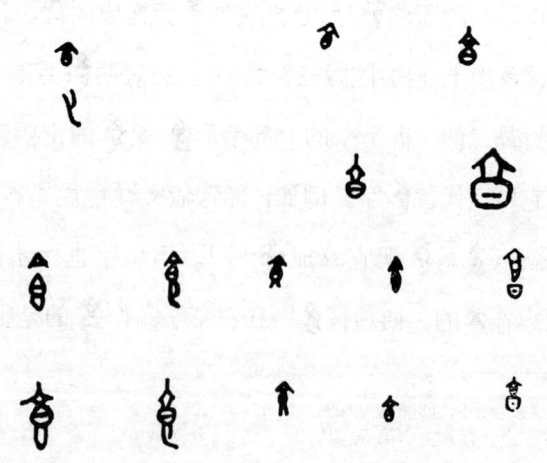

"歆"與"享"同義。《左傳》襄公二十七,"能歆神人"杜注:"歆,享也。使神享其祭,人懷其德。"《國語·周語上》"膳夫贊王,王歆太牢"韋氏解:"歆,饗也。""歆"從欠音聲。"音"篆文作 ![字], 而"酉"古或作 ![字]。"飲"先秦或寫作 ![字]。與 ![字]字形相近。

![字]

魯元匜

在以 ![字] 爲 ![字] 的情況下,遂以 ![字] 爲 ![字] 從而改成了"飲食"兩字。

"野於歆享"的一般説法是"歆享於野"。"於野"的結構、位置和功能本是和"渝享於野"相同的。只是爲了叶韻的需要,把它作了個顛倒。

管磬並奏,萬舞享天。《武觀》之辭和《離騷》、《天問》所記夏后啓的傳説是相關的。

"渝享於野","天用弗式",説明夏后啓是在地上"賓帝"的,是請神來享用的。不過天帝並没有理采罷了。

夏后氏的史料我們知道的還很少,但是"殷因于夏禮",從殷虛卜辭裏還可以看到一些可作參考的迹象。殷人"賓"鬼神之事,卜辭中,從用語來説,大體有兩種:一是"王賓某",一是"某賓于某"。從一般情況來説,前者,其"賓"從"止"作"窚",後者則只作"宁"。

"王賓某"是當時的今王行事。

如:《甲骨文合集》

乙巳卜貞王賓帝史(第一二册 35931)(《通纂别録》之二,河

井氏藏大龜）

壬子卜旅貞王賓日（第八冊 22539）

乙亥卜行貞王賓小乙

丁丑卜行貞王賓父丁

己卯卜行貞王賓兄己

（庚辰）卜行（貞王）賓兄庚（第八冊 23120）

"賓"的主動者是生王，而被"賓"者是鬼神。這是殷王"賓鬼神"之事。

"某賓于某"的，例如：《甲骨文合集》第二册 1402 正

貞咸賓于帝

貞咸不賓于帝

貞大甲賓于咸

貞大甲不賓于咸

貞大（甲）賓于帝

貞大甲不賓于帝

甲辰卜㱿貞下乙賓于咸

貞下乙（賓）于帝

貞下乙不賓于帝

主語都是先公先王之靈，他們"或賓於上帝，或先公先王互賓"。[1] 這種"賓于"是殷人觀念中的鬼神與鬼神之間的行事。

在文字上，"賓于"之"賓"作 ![] ![]，而"王賓"之"賓"作 ![] ![]。郭沫若據卜辭有言"王其宿某某"者，于王與宀之間挾一"其"字。則宿字分明動詞。說："卜辭之 ![] 若 ![]，蓋從止， ![] 聲

---

〔1〕 陳夢家《殷虛卜辭綜述》五七三頁。

若分聲之字也。從止,則當爲儐導之儐。《說文》:'儐,導也。從人,賓聲。擯,儐或從手。'止乃趾之初文,從止,示前導也。故宭當爲儐若擯之古字。……是故王宭者,王儐也。《禮運》:'禮者,所以儐鬼神',即卜辭所用宭字之義。"[1]

"啓棘賓帝(商)"是"王賓帝",是人王儐鬼神,在當時,人這一方是有形可見的,是歷史故事,而不是神話傳說。

"開(啓)上三嬪于天",這個"嬪"不是"九妃六嬪"之嬪,不是婦女,而是"賓"的借字。《周禮·大宰》"二曰嬪貢",鄭氏注:"嬪,故書作賓。""上三嬪于天"是多次地上賓于天,是"啓賓于天"。用殷虛卜辭來看它,這事猶如"大甲賓于帝",是想象中的先公先王之靈在天上的活動。在當時無論哪一方都是無形的,不可見的。

夏后啓賓帝的傳說是歷史故事,而啓三賓於天則是把人間史實變成天上神話。

在這兩事的分別中,《墨子·非樂上》所引的《五觀》之辭起了積極作用。他證明"啓棘賓帝(商),九辯九歌"這句《天問》之辭,是一個故事傳說,而不是神話。而《大荒西經》"(夏后)開上三嬪於天,得九辯與九歌以下",這是在啓以樂舞儐天的故事基礎上,把它神話化了,使夏啓從人間上賓於天上,然後他又從天上把天神的歌舞音帶到人間,從而說明傳說中的九辯九歌是從天上傳來的。

《天問》:"啓棘賓帝(商),九辯九歌。"

《離騷》:"啓九辯與九歌兮,日(夏)康娛以自縱。"

---

[1]《卜辭通纂攷釋》第十五至十六頁。

"奏九歌而舞韶兮,聊假日以媮樂。"

這幾句話告訴我們:在屈原的觀念中,九辯和九歌是令人"康娛"的愉情音樂和歌舞;夏后啓"賓帝"時,是用它們來"愉享"上帝的。

《楚辭·九歌》開宗明義第一章就是《東皇太一》。這一章的頭兩句就是:

吉日兮辰良,穆將愉兮上皇。

上皇即東皇太一。他是戰國時代五個上帝之一,且爲五上帝之長。是當時最高宇宙尊神。用九歌"愉上皇"就是用它愉太一,愉享上帝。

用《九歌》以穆愉上帝,這個體制是從"啓棘賓帝(商),九辯九歌"的傳說承襲下來的。用九歌"賓帝",這種形式的選定,是既有其歷史淵源,又有其群衆基礎的。它在當時是很容易被人理解的。

使用故事傳說從事文學創作,一般說來,它必須是人所共知的。否則就不能被人理解,從而失掉了它應起的作用。從《天問》、《離騷》所反映的神話和故事傳說,和與這個神話傳說相應的楚辭《九歌》的寫作宗旨可以看出:夏后啓用九辯九歌"賓帝"的故事,在屈原時代,是楚人皆知的。換句話說:在楚人觀念中,九歌是用以愉享宇宙最高尊神——上帝的樂舞。

(三) 用《九歌》愉太一這個"賓帝"思想到前漢末期還是爲人所知的

用《九歌》愉太一這個觀念,直到漢代還是爲人所熟悉的。

《郊祀歌》就是它的明證。

《漢書·禮樂志》載《郊祀歌》十九章。《練時日》是迎神的。《帝臨》、《青陽》、《朱明》、《西顥》、《玄冥》祀五方帝，而《惟泰元》祀以五帝爲佐的最高尊神——太一。

《惟泰元》章是以"招搖靈旗，九夷賓將"結尾的。這兩句和《史記·封禪書》漢武帝元鼎五年秋，"爲伐西越，告禱太一以牡荆畫幡，日、月、北斗、倉（登）龍以象天一，三星爲太一鋒，命曰靈旗"相應。

《封禪書》："（元鼎六年），其春，既滅南越，上有嬖臣李延年，以好音見。上善之。下公卿議曰：'民間祠，尚有鼓舞樂，今郊祀而無樂，豈稱乎？'"於是如《漢書·禮樂志》寫劉徹定郊祀之禮時所説：

> 乃立樂府，采詩夜誦，有趙、代、秦、楚之謳。以李延年爲協律都尉。多舉司馬相如等數十人，造爲詩賦。略論律吕，以合八音之調，作十九章之歌。

由此可知"招搖靈旗，九夷賓將"的《惟泰元》是元鼎六年（前111）或其稍後作的。

漢初，猶謹祀五帝，和戰國相同。太一爲五帝之一，且爲五帝之長。

《史記·封禪書》：元鼎五年，武帝"幸甘泉。令祠官寬、舒等具太一祠壇。……五帝壇環居其下，各如其方——黄帝西南……十一月，辛巳朔旦冬至。昧爽，天子始郊拜太一"。《郊祀歌》在《帝臨》以迄《玄冥》五方帝外，别出"惟泰元尊"的《惟泰元》正好和這事相合。泰元正是太一。不過它已從戰國以來五上帝並立的地位一躍而爲以五帝爲佐，成爲一個隋五帝而上之的至高尊神太一了。

在這種變革中,從先秦承襲下來的用《九歌》愉上帝的思想還是依然不變的。

《郊祀歌》第八章《天地》:

> 恭承禋祀,縕豫為紛。
> 黼繡周張,承神至尊。
> 千童羅舞成八溢,合好效歡虞泰一。
> 九歌畢奏斐然殊,鳴琴竽瑟會軒朱。

這幾句歌辭中的"至尊"就是"泰一"。"虞泰一"不但有舞,而且是"九歌畢奏"的。

《天地》之辭,"展詩應律鎗玉鳴"的"展詩應律"是從《楚辭·九歌》"展詩兮會舞,應律兮合節"兩句來的。很顯然,它的作者是熟悉《楚辭·九歌》的。這說明:直到漢武帝時代,為樂府"造為詩賦"的作者,還是繼承先秦遺說,認為《楚辭·九歌》是為愉太一而作的。

把這事和漢成帝末年谷永所說的,"楚懷王隆祭祀,事鬼神,欲以獲福助,邹秦師"的話合起來看,可以說:楚國作《九歌》愉太一的背景,目的以及用《九歌》名篇的意義,直到前漢末期還是比較清楚的。

(四) 神話傳說中的《九歌》性質、作用和楚辭《九歌》

從屈原作品看來,楚人神話傳說中的《九歌》是一種娛情之制,是一種愉享上帝的樂舞。它的性質是娛情的,它的作用是用以愉享上帝的。漢《郊祀歌》：

> 合好效歡虞泰一，
> 九歌畢奏斐然殊。

這兩句歌辭基本上反映了《九歌》的性質和作用。

楚辭《九歌》是屈原根據楚人所熟知的夏后啓以《九歌》賓帝的故事，按其性質和作用，在穆愉上皇，鼓舞士氣，借尊神太一的靈成，以其衝秦軍，戰勝秦軍，收復漢中失地的主題思想下，以丹陽戰後的楚國形勢爲題材，利用楚人有關湘漢水神的傳說，推陳出新，創作而成的。[1]

楚辭《九歌》中，《東皇太一》、《雲中君》是"儐帝"——迎神之辭，迎當時人們觀念中的宇宙最高尊神東皇太一。他是歲星之神，五帝之一，且爲五帝之長兼司戰爭。迎太一降臨楚國，使秦受其衝，以便戰勝秦軍。《湘君》、《湘夫人》、《大司命》、《少司命》、《東君》、《河伯》、《山鬼》是"愉上皇"，亦即"虞太一"的娛神之辭。它以湘漢水神夫婦離居求合，反映漢中淪陷，楚地入秦，一家眷屬，忽成異國，以見楚人離散之苦。雖司命親臨，神助其合，然而"於山"神女，猶然向隅。用以表示收復漢中不忘商於之意。這是楚辭《九歌》的本體，是愉神，也是向太一祈願之辭。《國殤》爲褒揚丹陽之戰楚軍陣亡將士，是慰靈之辭。《禮魂》是收場之辭。這十一章，四個部分，是一個完整的，不容顛倒割裂的有機整體。[2]

---

[1] 參見拙作《東皇太一的性質和作用》、《莊蹻起楚分而三四和楚辭九歌》兩文。後者發表於《吉林師大學報》(哲學社會科學版)1980年第1,2期。

[2] 見拙作《楚辭九歌十一章的整體關係》——《社會科學戰綫》一九七八年第一、二期。

楚辭《九歌》迎天帝而以《九歌》娛之。其事與屈原《離騷》、《天問》所說的《九歌》性質和作用是完全相應的。

二、東皇太一與楚辭《九歌》

"吉日兮辰良,穆將愉兮上皇。"

《楚辭·九歌》作者在開宗明義第一章裏,以頭兩句的突出地位,開門見山地點出了寫作和演出這十一章歌辭的任務。

爲什麼選擇吉日良辰來"穆愉上皇"而不"穆愉"別的?

探索當時提出並落實這個任務的動機和目的,除與之有關的時代背景和作品本身的語言情節外,這個被"穆愉"的物件——"上皇"的性質和作用也是一條重要線索。它在一定程度上,在同其他方面的對立統一關係中,可以回答《楚辭·九歌》是爲什麼而作的。

我的初步看法是:東皇太一是楚人所祀五個上帝之一,同時又是五帝之長。其位爲東帝,其神爲歲星。"東皇"稱其位,而"太一"尊其神,在戰國神道觀念中,它是天神之貴者,也是戰爭之神。它所在國不可伐而可以伐人。楚人作《九歌》以"穆愉上皇",是爲了借助"太一"威靈,打敗秦軍,迫使他們從其所進佔的楚國土地——漢中退出去,以雪丹陽戰敗之恥。

這個看法是從以下幾個方面提出來的。

(一) 東皇與五帝

《楚辭·九歌》第一章的標目之神是東皇太一,而它的歌辭卻只說"穆將愉兮上皇"。可見"上皇"兩字是指"東皇太一"而説的。

"東皇"而曰"上皇",這表明在楚人當時天神觀念中,他是一個"至上"尊神,這是可以無疑的。

值得注意的是:《離騷》在"朝發軔于天津兮,夕余至乎西極"一段裏説:

麾蛟龍使梁津兮,
詔西皇使涉予。

"西皇"正好同"東皇"相對。"東"、"西"是方位之詞。就方位來説,"東"、"西"之外,是還有南、北和中的。可知在屈原的神道觀念中,這個"皇"是不止"東"、"西"兩個的。

"皇",古金文作

番生簋　　蒙伯簋　　彔伯簋

虢弔鐘　　豐兮簋　　仲辛父簋

王國維説它"上象日光放射之形,引申有大父。如大父亦曰皇父,大帝亦曰皇帝。"[1]

按:這個詞的書寫形式,以日出地上光芒四射的形象,表現

---

[1] 劉盼遂:《文字音韻學論叢》卷二《説文師説別録》。

它所寫的詞,在詞義內容上,是有輝煌偉大的意思[1]。在西周金文中,大克鼎"韸克祭(友,讀爲祐)于皇天",師訇簋"韸皇帝亡䁈(無斁),臨保我有周",宗周鐘"隹皇上帝百神保余小子",《詩·正月》"有皇上帝",《皇矣》"皇矣上帝",《抑》"肆皇天弗尚"等等,都是以它的光輝偉大的意思來贊頌"天"、"帝"或"上帝"的。

在《楚辭》也有這種用法。例如《哀郢》:"皇天之不純命兮,何百姓之震愆?"這個"皇"還在使用它的原義。

但是,在《楚辭》裏也出現了變例。《離騷》:"皇剡剡其揚靈兮,告余以吉故。"王逸注:"皇,皇天也。"《九章·橘頌》:"后皇嘉樹,橘徠服兮。"王注:"后,后土;皇,皇天也。""皇"以形容詞作定語而省略它所描寫的中心詞"天"字,從而取代它所描繪的物件,一變而爲名詞,遂有"天"的意思。而這個"天"又不是無意識的"蒼蒼然"的自然之天,而是與"帝"同義主宰宇宙的至上之神——"老天爺"。

先秦時代,"天"與"帝",在指皇天上帝這一概念時,它們是同義的。毛公鼎:"韸皇天亡䁈,臨保我有周。"這句話與師訇簋"韸皇帝亡䁈,臨保我有周",除"天"、"帝"之差外,是完全相同的。從這兩句的語言關係看,它們在語句中的地位和作用,可以說在一定條件下,"天"和"帝"是同義詞。

"皇天"與"皇帝"同義,則由"皇天"而來的"皇",以及由它而成的"東皇"、"西皇",等於"上帝"之"帝",等於"東帝"和"西帝"。

---

[1] 爲了同"旦"相區别,它從土而不從一。古金文有從"王"的,是小篆,"皇"的前身,是因形近音同而變爲形聲的一體。

"東皇"、"西皇"反映著五"皇",而五"皇"即五帝。

事實上,在屈原的天神觀念裏,確有五帝。他在《九章·惜誦》寫道:

> 惜誦以致愍兮,發憤以杼情。
> 所作忠而言之兮,指蒼天以爲正。
> 令五帝以折中兮,戒六神與嚮服。
> 俾山川以備御兮,命咎繇使聽直。

"指蒼天以爲正","令五帝以折中"。足以證實在他的思想裏是天有五帝的。

在作品中使用神名,都是有它的社會基礎的。不這樣,就失掉了被人理解的可能。屈原作品證明:天神五帝觀念,在楚國,當時已是盡人皆知的。

事實也正是如此。

《晏子春秋·內篇·諫上》記景公欲使楚巫致五帝以明德,晏子諫。它說:

> 楚巫微導裔款以見景公。侍坐三日,景公悦之。楚巫曰:"公明神主之,帝王之君也。公即位有七年矣,事未大濟者,明神未至也。請致五帝以明君德。"景公再拜稽首。楚巫曰:"請巡國郊以觀帝位。"至於牛山而不敢登。曰:"五帝之位在於國南,請齋而後登之。"公命百官供齋具于楚巫之所。裔款視事。
> 晏子聞之而見於公曰:"公令楚巫齋牛山乎?"公曰:"然。致五帝以明寡人之德,神將降福於寡人。其有所濟乎?"

裔款見於《左傳》昭公二十年。他確與晏子同時。這個人曾與梁丘據言于齊侯,請誅祝固,史嚚以辭賓。可是那時天帝還只一個,並没有分而爲五。《晏子春秋》這段故事當時是戰國時人的比附。用它説明春秋時代的天神觀念則非真,用它反看戰國時代的天神思想則是事實。因爲戰國時代各國新興地主階級政權的割據對峙,打破了"溥天之下莫非王土,率土之濱莫非王臣"的統一局面,進入了"諸侯力政,不統于王"的戰國。這種新的封建政治經濟,在意識形態上既形成五行哲學思想,又把"唯一無二"的天神,改成五方並立的上帝——五帝。這種天人相應的神道觀念又反過來爲諸侯同時稱"帝"作了輿論準備。公元前288年(秦昭王十九年),"(秦)王爲西帝,齊(湣王)爲東帝,皆復去之"。[1] 前286年"齊伐宋,宋急。蘇代乃遺燕昭王書",他的信裏有"秦爲西帝,趙爲中帝,燕爲北帝,立爲三帝而以令諸侯"的話。[2] 前260年白起破趙長平軍,秦兵遂東圍邯鄲後,魏王使新垣衍入圍城勸趙孝成王"發使尊秦昭王爲帝"。(《史記·魯仲連傳》)我們看:齊爲東帝、秦爲西帝、燕爲北帝、趙爲中帝,所缺的只有一個楚爲南帝。這一系列的稱帝鬧劇説明一個事實:反映戰國政治經濟的五帝觀念,從人間到天上,又從天上落到人間,已經成爲一個時代的共同思想。

《離騷》的"西皇"和《九歌》所"穆愉"的"上皇",亦即"東皇太一"的"東皇",在方位上都是一個體系的,而這個神道觀念體系的總稱,就是《惜誦》所説的"五帝"。這是戰國時期楚人一部分意識形態,同時也是當時各國普遍承認的思想。

因此,可以説"東皇"是"五帝"之一,是"東帝"的别名。

---

[1]《史記·秦本紀》。
[2]《戰國策·燕策一》,馬王堆漢墓帛書《戰國縱橫家書》的《謂燕王章》作"秦爲西帝,燕爲北帝,趙爲中帝,立三帝以令天下。"

(二) 東皇與太一

"東皇太一"是《楚辭·九歌》第一章標目。從語言結構上看，它是由"東皇"和"太一"兩個片語綴合而成的。作爲神名來說，"東皇"爲五方上帝之一，而"太一"又是"天神貴者"。[1] 這兩個尊號地位都是很高的。兩個名詞相挨，語法上，有的可以是同等並列的。但是這一個標目卻不是兩個相並而立的神名，相反卻是一個神的稱謂。所以這樣說，因爲：

在體例上，《九歌》十一章，除最末《禮魂》外，都是用一個神祇之名來標目的，第一章也不應例外。

在語言上，用"東皇太一"作標目這一章，"穆愉"的對象是"上皇"，"上皇"是指"東皇"來說的；預期的效果是"君欣欣兮樂康"。"君"是對稱代詞單數，指的也還是一個物件。這表明"東皇太一"四個字兩個詞綴合在一起是作爲一個被"愉"之神的名稱來使用的。舉"東皇"可概括"太一"。

在内容上，《東皇太一》一章歌辭，被"愉"之神自始至終並沒有上場。到第二章《雲中君》，他才在雲神的護送下降臨祭壇之上。在《雲中君》的歌辭裏，有這樣四句：

蹇將憺兮壽宮，與日月兮齊光。
龍駕兮帝服，聊翺遊兮周章。

"壽宮"在《九歌》歌辭裏是神的受享之所。《史記·封禪書》："壽宮神君最貴者太一。""憺"于"壽宮"而能與"日月齊光"的，無疑"神君之最貴者"是"太一"。而他所乘的車是"龍駕帝

---

[1]《史記·天官書·封禪書》。

服"。"服"是"兩服襄上,兩驂雁行"(《詩·大叔于田》)的"服",是"中央兩馬夾轅者",是套在車上的夾轅之馬,而不是"服飾"。龍在軛中駕車成爲"帝"的服馬。這個車自然是"帝車"了。能乘帝車的只能是"帝",別神不得僭越,可這個乘車而"憺"于"壽宮"的尊神,卻是"太一",可見"太一"與"帝"同格。在《東皇太一》的"上皇"條件下,他必然是東方帝——東皇。

"東皇"與"太一"互見的現象,在《楚辭·九歌》與漢《郊祀歌》之間也有反映。

《楚辭·九歌》的任務是"穆愉上皇"的。而"上皇"在《九歌》第一章是指"東皇太一"而說的。這事在前面已經説了。

《漢書·禮樂志》錄《郊祀歌》十九章。它的第八章是《天地》。這一章歌辭有如下四句:

千童羅舞成八溢,合好效歡虞泰一。
九歌畢奏斐然殊,鳴琴竽瑟會軒朱。

"虞"古音在魚部,"愉"在候部,魚、候兩部在漢代是合用的。"泰"、"太"古字通用(《史記》太一,《漢書》作泰一),"虞泰一"即"愉太一"。《郊祀歌》在"千童羅舞","合好效歡"以"虞泰一"的同時,是《九歌》畢奏的。這個情況與楚人用《九歌》以"穆愉上皇"是基本相同的。"上皇"即"東皇","泰一"即"太一"。一個用《九歌》"愉上皇",一個用《九歌》"愉(虞)太一(泰一)",這兩者也正是"東皇"與"太一"同義互用的例子。

而《天地》之前的一章是《惟泰元》。這首詩的"惟泰元尊",除他"經緯天地,作成四時,精建日月,星辰度理,陰陽五行,周而復始"等等職能是屬於宇宙尊神之外,還有兩個特徵;一是"鸞路龍鱗",一是"招摇靈旗"。

前者與《吕氏春秋·十二紀》的東帝屬性相應。以《孟春紀》爲例:"孟春之月……其帝太皞,其神句芒,其蟲鱗……天子居青陽左個,乘鸞輅,駕蒼龍。……"它的後兩句,《禮記·月令》作"乘鸞路,駕蒼龍。""鸞路"即"鸞輅","龍鱗"即"蒼龍"——其蟲爲鱗。它們是東方帝的特點。

後者,"招摇"是北斗杓端兩星之一,《史記·天官書》:"杓端有兩星:一内爲矛,招摇,一外爲盾,天鋒。"《淮南子·兵略訓》:"加巨斧於桐薪之上,而無人力之奉,雖順招摇,挾刑德,而弗能破者,以其無勢也。"高誘注:"招摇,斗杓也。"《天文訓》所謂"帝張四維,運之以斗","斗杓爲小歲星","北斗所擊不可與敵"。它是爲體現歲星之神的威靈,而畫在太一"靈旗"上的殺敵武器。"靈旗"見《史記·封禪書》,它説:"(漢武帝元鼎五年)其秋爲伐南越告禱太一,以牡荆畫幡,日、月、北斗,蒼龍(今本作"登",誤。説見後)以象天一,三星爲太一鋒,命曰'靈旗'。爲兵禱,則太史奉以指所伐國。""招摇"屬於北斗,而北斗與日、月三星爲太一鋒,可見"招摇靈旗,九夷賓將"這兩句《郊祀歌》辭,也是指太一而説的。

我們把這兩事合起來看,可以説"鸞路龍鱗"和"招摇靈旗"都在説明這首《惟泰元》所祀"泰元"是與"太一"同其性質的。而且他還帶著東帝的特色。元,始也。[1] 一者,萬物之所始也。[2] 元與一同義,"泰元"實即"太一"。

匡衡更定,换湯不换藥,主要是把"泰元"改之爲"泰一"。這

---

[1]《説文》。
[2]《漢書·董仲舒傳》。

先後兩首郊祀之歌，更可以説明在漢人觀念中的"太一"與"東皇"、"太一"與《九歌》的關係。

"東皇"與"太一"可以互用，足見"東皇"、"太一"兩詞合成的"東皇太一"是一個神的名字。

"東皇"而曰"太一"是怎麽回事呢？

《淮南子·地形訓》説昆侖之丘"或上倍之，是謂涼風之山，……或上陪之，是謂懸圃，……或上倍之，乃維上天，登之乃神，是謂'太帝'之居。"又説"建木在都廣，'衆帝'所自上下。日中無景，呼而無響，蓋天地之中也。""太帝"與"衆帝"同篇並見。這兩者，本質屬性都是"帝"，是彼此一樣的。他們是没有一個超"帝"位而上之的。但是，在身份上有"太"，"有衆"，後者是一般，前者爲特殊，而這個特殊也正寓於一般之中，"太帝"也只是"衆帝"之一。

這種情況同"東皇"爲五方上帝之一，而又有"太一"之名是完全相同的。"東"示其方位，"皇"指其屬性，而"太一"則説明他在五帝中的身份是最貴者，是居於首位的。

秦始皇帝二十六年，初並天下，議帝號。《史記》説王綰、馮劫、李斯等人皆曰："今陛下興義兵，誅殘賊，平定天下，海内爲郡縣，法令由一統，自上古以來未嘗有，五帝所不及。臣等謹與博士議曰：'古有天皇，有地皇，有泰皇，泰皇最貴。'臣等昧死上尊號，王爲'泰皇'，命爲'制'，令爲'詔'，天子自稱爲'朕'。"

這個高出"五帝"的"三皇"，他們在屬性上是完全相同的，都是"皇"，可是在地位上有差别，泰皇是最貴的。在"三皇"中，他是"班頭"。

"三皇""五帝"，無論天上或是人間，都是兩個系統。它們在命名的思想方法上都是一個：不是在它們之外另設一個上級來管制他們，而是從他們同類之中推定一個作爲頭子的。

"東皇太一"也是用這種精神取名的。所不同的是：因爲"東"只是方位，而不是帝位，五方並立，是難見其"貴"的。爲了說明"東皇"在五帝中的爲首地位，把與他同格而可標誌爲同類之長的"太一"綴附後面，從而使他既不失其五帝性質，又突顯出它在儕輩之中是爲之首、爲之長的身份和地位。

（三）太一和楚國

"太一"是和楚國有密切關係的。

作爲哲學概念，它出自《老子》。

《莊子·天下篇》："以本爲精，以物爲粗，以有積爲不足，澹然獨與神明居，古之道術有在於是者。關尹、老聃聞其風而悦之，建之以常無有，主之乙太一。"

《史記·老子韓非列傳》："老子者，楚苦縣厲鄉曲仁里人也。……居周久之，見周之衰，迺遂去至關。關令尹喜曰：'子將隱矣，彊爲我著書。'於是老子迺著書上下篇，言道德之意——五千餘言——而去。"《史記》又云："莊子者，蒙人也。……其學無所不闚，然其要本歸於老子之言。"《漢書·地理志》梁國，縣八，其四曰蒙。王先謙補注："戰國楚地。"可見"太一"思想是和楚人有關的。

作爲天神名字，"太一"也始見於楚國。

《楚辭·九歌》第一章標目之神是"東皇太一"。如前所説，"太一"與"東皇"同體，"東皇"明其位，而"太一"崇其尊。它是五帝之一，且爲五帝之長。

宋玉《高唐賦》："有方之士，羨門、高谿、上成、鬱林，公樂聚穀。進純犧，禱璿室，醮諸神，禮太一。""太一"與諸神相對，也是太一爲天神之貴者的一種反映。

《史記·屈原列傳》："屈原既死之後，楚有宋玉、唐勒、景差之徒者，皆好辭而以賦見稱。"屈、宋之辭賦都有"太一"。可見在神名上，"太一"也是和楚國有密切關係的。

《史記·淮南王傳》"（淮南厲王）出入稱警蹕，稱制，自爲法令"爲黃屋蓋乘輿，出入擬于天子。《漢書·五行志下之上》說："（漢）文帝二年六月，淮南王都壽春。……後年入朝，殺漢故丞相辟陽侯。上赦之。歸聚奸人，謀逆亂，自稱'東帝'。"按《漢書》的《文帝紀》和《淮南王傳》，事在文帝三年。賈誼《新書·淮難》："然而淮南王……聚罪人奇狡少年，通機奇之徒啓章等而謀爲東帝，天下孰弗知？"啓章即《史記》之"士伍開章"。

文帝十六年，立厲王三子王淮南故地，三分之，而阜陵侯劉安爲淮南王。《淮南子·天文訓》："淮南元年冬，太一在丙子。"

這兩件事，說明漢初淮南有"東帝"和"太一"觀念。

《史記·楚世家》："（楚考烈王）二十二年，與諸侯共伐秦，不利而去。楚東徙都壽春，命曰郢。"

淮南王劉長、劉安父子都于壽春，而壽春爲楚國政治、經濟、文化的中心。"東帝"與"東皇"同義，是五帝之一。"太一在丙子"，在紀年上與"太歲在丙子"相同（說見下文），而太歲乃歲星之神。在這些歷史關係上，透露著漢初淮南王所受到的楚文化影響，可以說"太一"的天神觀念原是戰國時楚國的東西。

《史記·封禪書》："亳人謬忌奏祠太一方，曰'天神貴者太一，太一佐曰五常。古者天子以春秋祭太一東南郊。'"以後又記元鼎五年漢武帝"令祠官寬舒等具太一祠壇,祠壇放薄忌太一壇;壇三垓,五帝環居其,各如其方"。"薄忌"即"亳人謬忌"的簡稱,"薄"古音在魚部,"亳"古音在鐸部,以陰入對轉同音。《春秋》哀公四年"六月辛丑亳社災"。注:"亳社,殷之社。"《禮記·郊特牲》:"薄社北牖,使陰明也。"注:"薄社,殷之社。"是其證。

《漢書·地理志》:"今之沛、梁、楚、山陽、濟陰、東平,及郡之須昌、壽張皆宋分也。"而薄在山陽郡。所以王先謙補注說:薄"本宋邑。"《史記·宋微子世家》宋偃王"南敗楚,取地三百里",宋南與楚相接。《史記·宋世家》:"齊湣王與魏、楚伐宋,殺王偃,遂滅宋而三分其地。"《地理志》也說:"宋……滅曹後五世,亦爲齊、楚、魏所滅,三分其地。魏得其梁、陳留,齊得其濟陰、東平,楚得其沛,故之楚彭城本宋也。"山陽郡、梁國,都與沛郡毗鄰。全祖望《漢書地理志稽疑》山陽郡、梁國"楚漢之際屬楚國",薄在山陽,可見其地受楚文化影響是有其地理的和歷史的因素。

謬忌祠太一方是在淮南厲王自稱"東帝"之後半個多世紀,淮南王安"淮南元年冬,太一在丙子",以後將近半個世紀,向漢王朝公開提出來的。它把原在楚國流行的,以五帝之一而爲五帝之長的太一,從五帝的圈子裏拔出來置於五帝之上,一變而爲以五帝爲佐的皇天上帝。這個"祠太一方"除適應漢王朝中央集權封建政治需要而加以調整外,它藉以構想的基礎,沒有跳出太一和五帝。可見謬忌方的本質也還是楚國的。

亳,戰國屬宋,後屬楚。[1]

從以上幾點看來,"太一"思想,在戰國時代,楚國是已有了。

---

[1] 段長基《歷代沿革表》。

(四) 太一即太歲

《淮南子·天文訓》:"淮南元年冬,太一在丙子。"劉安是在漢文帝十六年從阜陵侯進封爲淮南王的。這事下距漢武帝元封七年(後改爲太初元年),正好61年。漢曆太初元年,據《漢書·律曆志·世經》所記,"前十一月甲子朔旦冬至,歲在星紀婺女六度,故《漢志》曰歲名困敦。"《爾雅》:"太歲在子曰困敦。"在前61年歲在丙子的限制下,可見這太歲在子的太初元年也必是丙子。"太一在丙子"就是太歲在子,那麼,"太一"就是太歲,是很清楚了。

可是《史記·曆書》漢武帝《定正朔改元太初詔》卻説:"其更從(元封)七年爲太初元年,年名焉逢攝提格。"焉逢即閼逢。《爾雅·釋文》"太歲在甲曰閼逢"太歲在寅曰攝提格。當時詔書所記,太初元年太歲在甲寅而不在丙子。

不但如此,《漢書·武帝紀》:"太初四年春,貳師將軍廣利,斬大宛王首,獲汗血馬來,作西極天馬之歌。"其歌辭見《禮樂志》。辭中有"天馬徠,執徐時"之句。應劭據《爾雅》説:"太歲在辰曰執徐,言得馬時歲在辰也。"太初四年太歲在辰,則其元年必然在丑。司馬彪《續漢律曆志》,漢安二年,虞恭、宗訢《仍用四分曆議》説:"太初元年,歲在丁丑。"熹平四年,蔡邕《曆數議》也説:"孝武皇帝始改正朔,曆用太初,元用丁丑。"從太初四年官方詩歌和後漢所記官方紀年來看,太初元年太歲在丁丑。它即非甲寅,又不在丙子了。

同是一年,而歲名岐異如此,是怎麼回事呢?如果太一元年丙子非真,則"淮南元年太一在丙子"之太一就是太歲,其説也就不能成立。

事實上,這三個歲名同見於太初元年,是漢武帝元封七年(後改爲太初元年),一年中先後兩次改曆的結果,都是實錄。

漢興，襲秦正朔，以十月爲歲首。當時曆法已經不合實際。文帝時，公孫臣建議更改曆元，因張蒼反對，未能實現。武帝元封七年，漢興已一百零二歲，朔晦月見，弦望滿虧已多非是。而這一年又適值歲星居於星紀。星紀在我國曆法上是用曆元起點的。司馬遷等人趁此時機又提出宜改正朔的倡議。武帝詔公孫卿、壺遂、司馬遷與侍郎尊、大典星射姓等議造漢曆，用以取代漢興以來所承襲的秦朝正朔。他們"乃以前曆上元泰初四千六百一十七歲，至於元封七年，復得閼逢攝提格之歲"〔1〕，以爲"已得太初本星度新正"。《史記·曆書》所錄《曆術甲子篇》就是他們所造的新曆。漢武帝爲頒布和施行這種漢曆，如前所說，他爲它下了定正朔改元太初的詔書，決定以元封七年爲太初元年，年名焉逢攝提格。太初元年甲寅是在這種情況下確定出來的。它有史可查，是實有其事的。

司馬遷等人所造漢曆雖經詔書頒行，但是它在施行中遭到了失敗。

由於那時還沒有發現歲星超辰規律，以爲甘公、石申所用的星（歲星）歲（太歲）對映相背而馳的起跑點是永恆不變的。換句話說，當時只考慮歲星十二年一周天，卻不知道它的實際週期並不是恰好十二年，而是十一年又百分年之八十六。"如從古曆十二年一周天計之，年周歲星超過百分年之十四，則七周之後，約八十四年而超一次。"〔2〕而人爲的假想的歲星虛影——太歲，它的辰次一經指定下來，是不能自動地隨著自然的歲星運行而與之俱超的。因此，不知道從戰國甘氏、石氏到漢元封七年，二百多年，太歲按部就班地年年依次推移，而歲星已經把它拋下了兩辰，從

---

〔1〕 《漢書·律曆志上》。
〔2〕 朱文鑫《曆法通志八·漢曆志略》。

而造成了星歲隔越的差距。他們墨守甘、石成法,"以攝提格歲,歲陰(即太歲)左行在寅,歲星右轉居丑"來看元封七年十一月冬至時歲星已在星紀,認爲太歲又回到它與歲星相背而行的起跑點,回到上元泰初,已得太初本星度新正,復得閼逢攝提格之歲。從而制定了新曆。這是元封七年(也就是太初元年)第一次改曆方案。

這個太初元年甲寅脫離了漢興一百零二年歲次蟬聯相續的紀年關係。歲次隔越,不相銜接,它不是元封乙亥而丙子,而是在紀年上產生了不應有的混亂。

漢武帝欲加調整,射姓等人奏不能爲算。於是又選鄧平以及民間治曆者唐都、落下閎等人造太初曆。這是當年第二次改曆。

他們打破以星紀初度爲星、歲相背分馳起點的傳統觀念,在當時歲星已在星紀這一客觀基礎上,從漢興以來的紀年實際出發,調整太歲與歲星的對應關係,使紀年干支前後相續。把星歲相背分馳的起點推移到星紀末度,定爲歲星在星紀,太歲在子,創立了新的原則:歲星"定次,數以星紀起","欲知太歲,……數以丙子起"。(《漢書·律曆志》)這樣,就形成了歲在星紀,太歲在丙子的太初曆,使由元封七年改成的太初元年得與元封六年依次相接,從而解決了司馬遷等人所造漢曆與實際生活脫節的矛盾,免除了紀年隔越的混亂。

如前所說,漢興襲秦正朔,以十月爲歲首。由元封七年改成太初元年自然也是從十月開始的。可是這年"夏,五月正曆"時,是確定"以正月爲歲首"的。[1] 因此,太初元年有十五個月。

《漢書·律曆志》在《世經》中說:"漢曆,太初元年距上元十四萬

---

[1]《漢書·武帝紀》。

三千一百二十七歲,前十一月甲子朔旦冬至,歲在星紀婺女六度,故《漢志》曰歲名困敦;正月,歲星出婺女。"同書《紀術》說:"星紀:初,斗十二度,大雪;中,牽牛初,冬至,終於婺女七度。玄枵:初,婺女八度,……終於危十五度。"從這兩段記載來看,太初元年前十一月冬至時,歲星所在位置已接近星紀邊緣,與玄枵只差一度。婺女凡十有二度。劉坦論《漢武帝太初元年之星次》時說:"以歲星每年行列宿三十度計之,其前十一月朔旦在婺女六度,比至正月應在十一度,而其次在玄枵。"[1]當然這只是個約數,實際上,如《世經》所紀,那年正月歲星已經"出"了婺女。星在玄枵是當時的實際。

玄枵於十二辰屬子,星紀屬丑。它倆是太初曆所定的星、歲運轉的起點。歲星右轉居子,則太歲左行在丑。於是太初元年一年之內便有兩個歲次:前十、十一、十二,這三個月歲星在星紀,太歲在丙子;正月以迄年終十二月,歲星在玄枵,太歲在丁丑。由以十月爲歲首的秦正朔改爲以正月爲歲首的漢太初曆所多出來的三個月,就這樣得到相應的處理。它不但找到了使漢興以來的歲次前後相接的辦法,而且在客觀上又與當時歲星在星紀天象相應。這是太初元年第二次改曆時,唐都"分天部",落下閎"運算轉曆",細心觀測,大膽革新,精心治曆的成績。

如劉坦《論星歲紀年》及《中國古代之星歲紀年》所說"則漢武帝太初元年,不但具有兩星次、兩歲次,且兼有兩年兩號兩歲首"。如將其星、歲、年號、歲首分作甲、乙兩系,其式應復如下:

甲:星紀　丙子　元封七年　十月
乙:玄枵　丁丑　太初元年　正月

―――――――
[1]《中國古代之星歲紀年》第十一節。

元封六年	太初元年(元封七年)			
歲在乙亥	議擬歲次（歲在甲寅是在星紀）	後定歲次（五月正曆）（正月前三月（十、十一、十二）歲在丙子星在星紀）	以正月爲歲首（歲在丁丑星在玄枵）	統于太初元年，不稱爲年，時僅三月
十　月				
十一月				
十二月				
正　月				
二　月				
三　月				
四　月				
五　月				
六　月				
七　月				
八　月				
九　月				
	十　月			
	十一月			
	十二月			
			正　月	
			二　月	
			三　月	
			四　月	
			五　月	
			六　月	
			七　月	
			八　月	
			九　月	
			十　月	
			十一月	
			十二月	

〔1〕

---

〔1〕 作者注：本表參照劉坦《中國古代之星歲紀年》的圖表五十二，《論星歲紀年》表七。

由此可見漢文帝十六年，亦即淮南王元年之後第六十一年，也就是改爲太初元年的元封七年前三個月，如不改曆則這一太歲確在丙子。那麼，"淮南元年冬太一在丙子"的"太一"自然是太歲了。

（五）太一和天一、青龍

《淮南子·天文訓》説："天神之貴者，莫貴於青龍，或曰天一，或曰太陰。"《廣雅·釋天》："青龍、天一、太陰，太歲也。"它這一條是從《淮南子》摘録出來的。王引之根據《廣雅》此條，説："太一乃北極之神，與紀歲無涉。"〔1〕

這個太一是不是天一之誤？

不是。因爲王氏的看法是從太一、天一分化之後立論的。

1. 我們知道漢代初期，在天帝問題上，同秦代一樣，是繼承戰國後期觀念，從五帝爲皇天上帝的。《史記·封禪書》：

> （漢王）二年，東擊項籍而還。入關，問："故秦時上帝祠何帝也？"對曰："四帝。有白、青、黄、赤帝之祠。"高祖曰："吾聞天有五帝，而有四，何也？"莫知其説。於是高祖曰："吾知之矣！乃待我而具五也。"乃立黑帝祠，命曰北畤。

假若不是在劉邦作漢王以前，社會上已經共認天之尊神上帝有五，他是不會在上帝問題上提出"上帝祠何神也"的疑問的。

上帝有五的觀念在漢代初期也還延續了很久。《封禪書》説：

> （文帝十五年）趙人新垣平以望氣見上，言長安東北有神氣成五采，若人冠絻焉。或曰："東北，神明之舍，西方神明之墓也。天

---

〔1〕"淮南元年冬太一在丙子"的"太一"當作"天一"。

瑞下,宜立祠上帝以合符應。"於是作渭陽五帝廟,同宇,帝一殿,面各五門,各如其帝色。

劉恒祠"上帝"而作渭陽"五帝"廟,是漢代初期猶然襲用戰國時代上帝有五的五帝觀念的。

《封禪書》又説:

其明年(這句話依梁玉繩説移此),夏四月,文帝親拜霸渭之會,以郊見渭陽五帝。

《漢書·文帝紀》:"十六年,夏四月,上郊祀五帝于渭陽。五月,立齊悼惠王子六人,淮南厲王子三人(劉安、劉勃、劉賜),皆爲王。"這些事足證《天文訓》的"淮南元年"正是以五帝爲上帝的時代。這時,"太一"還是以五帝之一爲五帝之長。以五帝爲佐的"太一"觀念没有提出來。在這種歷史條件下,作爲紀歲的"太一在丙子",自然是因襲以《楚辭》爲代表的,從戰國以來,以"太一"爲歲星之神——太歲來紀年的。《淮南子》追述他們得國之年,使用當時通稱是歷史事實決定的。

2. 太一隮五帝而上之的思想是在漢武帝元鼎五年才被官方正式確認的。

漢初因襲的五帝思想,原是與戰國時代諸侯並立,不統于王,彼此並立争長的政治經濟形勢相應的。自從秦統一天下之後,這種觀念失去了它的社會基礎。到漢代,由於中央集權的封建制王朝日益鞏固,這部分意識形態也與之發生了相應變化。諸侯相王並立争長局面是不能允許的。於是原爲五帝之一,且爲之長的"太一",遂超"五帝"而上之,一躍而爲以五帝爲佐的皇天上帝。就漢朝來説,它的醖釀過程將近一個世紀。

漢武帝元朔年間，亳人謬忌奏祠太一方，説："天神貴者太一，太一佐曰五帝。"這時去淮南元年已四十年左右，才把"天神貴者"這一尊號從五帝之一的頭上摘下來，同時又捏塑出一個凌駕五帝之上的，獨一無二的宇宙尊神，加在他的頭上，成爲皇天上帝的名字。五帝降低了身份，成爲"太一"的下級佐助，由於自戰國以來的習慣勢力，漢武帝也只是"令太祝立其祠長安東南郊，常奉祠如忌方"，而没有親自對他進行郊祀。過了十幾年，元鼎四年，有人説："五帝，太一之佐也。宜立太一而上親郊之。"他還是"疑，未定"的。直到元鼎五年，才"令祠官寬舒等具太一祠壇。祠壇放薄忌太一壇，壇三垓，五帝壇環居其下，各如其方，——黄帝西南"。從漢高祖元年到這時，已經九十四年，反映封建制中央集權的神道觀念，才以漢王朝的祠祭體制正式地確定下來。這時，去淮南元年已有半個世紀（五十一年），去淮南王安之死已經十有一年。

這些事情説明：一、在淮南王作書時，新的太一思想體系正在醖釀；二、醖釀中的神道系統還没有向漢王朝正式提出，更談不到確認。因此，淮南王書，在紀年上，"淮南元年冬，太一在丙子"仍因襲舊的觀念。在立説上，雜取了一些醖釀中方案和意見。"太一"、"天一"雜然並見，正是這一歷史情況的反映。

3. 太一隮五帝而上之，其遺位取名爲天一。

"天一"一詞，在這時期見於兩個體系，兩個方案：一個是在謬忌奏祠太一方之後，"有人上書，言：'古者，天子三年壹用太牢祠神三——天一、地一、太一。'"這個體系和方案是從秦王朝李斯等人所説的"古有天皇，有地皇，有泰皇，泰皇最貴"的"三皇"思想蛻變而來的。這是一種"天一"。它同五帝系統無關。另一個是以"東皇太一"爲代表的，從戰國因襲下來的"五帝"思想的改變。原來五帝並立，以五星配五帝，乙太一爲東帝之神，爲五帝之長。到漢代爲了反映封建制的中央集權體制，把太一的爲長地位上升一格，拔爲皇天上帝的名字，而使五帝爲之佐。在這一改變中，爲了確立"太一"的皇天上帝的獨尊地位，把它同五帝之一的歲星之神的神名區別開來，使與五帝相配的"太一"改變名字，在原名字基礎上，改"太一"爲"天一"，作爲太歲之名。這又是一種"天一"。

《淮南子》："天神之貴者，莫貴於青龍，或曰天一，或曰太陰。"這個"天一"是後一種。在本質上，它就是還没有隮五帝而上之的"太一"。而"太一"升格之後，它雖以五帝爲佐，但是它原有權威——主要的歲星之德，卻並未削去。因而在一些問題上，"天一"和"太一"是有同一作用的。

4. 用蒼龍來作爲天一或太一獸像是和它們都是歲星之神相應的。

《左傳·襄公二十八年》："梓慎曰：今兹宋、鄭其饑乎？歲在星紀，而淫于玄枵，……蛇乘龍。龍，宋、鄭之星也，宋鄭必饑。"杜注："龍，歲星。"又云："歲星本位在東方。東方房心爲宋，角亢爲鄭，故以龍爲宋、鄭之星。"

1978年，湖北省隨縣擂鼓墩出土文物中，有一個衣箱。在它的箱蓋外表上，用文字標列了一個二十八宿名稱圖。圖的兩側，與方（房）、心、尾諸宿相應的一側畫了一條圖案化了的龍；與觜參諸宿相應的一側畫了一隻圖案了的虎。它反映了以四方獸來分割二十八宿一事，遠在楚懷王十七年（前312）丹陽大戰之前一百二十一年,楚惠王熊章五十六年時,就已經成爲人們所熟悉的觀念了。可見東方爲龍,並不是漢以後才形成的思想。

隨縣出土的《二十八星宿圖》

長沙馬王堆帛書《五星占》,有這樣一段文字:

東方木,其神上爲歲星,歲處一國,是司歲。

西方金,其神上爲太白,是司日行。

南方火,其神上爲熒惑,□□□。

中央土,其神上爲填星:□填州□。

北方水,其神上爲辰星,主正四時。

《五星占》記錄了自秦始皇帝元年至漢文帝三年,公元前246—前177年,七十年間,木、土、金星的位置。

這份始于始皇帝元年的記載,說明"東方木,其神上爲歲星"這種思想體系,必然是遠在公元前24年前就已形成而且已經爲人所授受了。可見以五星爲五方神也並不是漢代才形成的。

《淮南子·天文訓》:"何謂五星？ 東方,木也。其帝大皡,其佐句芒執規而治春,其神爲歲星,其獸蒼龍,其音角,其日甲乙。……"

從《左傳》到《淮南》,可以看出用"龍"或"蒼龍"來象徵歲星之神是由來已久的。

戰國後期,當時的星曆家,以甘公、石申爲代表,在試用歲星紀年的實踐中,感到歲星運行方向與十二支順位相反,很不方便。爲了解決這個矛盾,他們發明一種星歲紀年法,用歲星的投影來同十二辰相順應。這種方法是：假想一個歲星之神的虛位,使它在運行中,上與歲星相映,下與十二辰相應。這個假想虛位是無形的歲星,因而把它叫作歲陰、太陰。因爲它是作爲歲星之神出現的,又太歲、太一[1],又把當初象徵歲星的"龍"[2],作爲它的別名。

這一發展變化,到漢武帝時,淮南王書可以說是總其大成的。

"太一"、"蒼龍"和歲星之神的傳統觀念,漢武帝"靈旗"還在應用(見後文),用"龍"或"蒼龍"來稱太歲,王莽也還在使用。

傳世新莽嘉量:"歲在大梁,龍集戊辰。""龍在己巳,歲次實沈。"

《漢書·王莽傳》說:始建國五年"歲在壽星,……倉龍癸酉";天鳳七年"歲在大梁,倉龍庚辰","厥明年(天鳳八年),歲在實沈,倉龍辛巳"。

新莽紀年的寫法是歲星和太歲並舉的。它以龍或蒼龍代太

---

[1] 漢代又隨著太一觀念的變革,改爲"天一"。
[2] 後來發展爲"蒼龍"。

歲。按太初曆(三統曆實質上也就是太初曆)星、歲對應關係,歲星在壽星,則太歲在酉;歲星在大梁,則太歲在辰。這同歲在壽星,倉龍癸酉;歲在大梁,龍集戊辰;歲在大梁,倉龍庚辰等等是完全相應的。

《王莽傳》:"以始建國八年,歲纏星紀,在雒之都。"根據上述星、歲對應關係,可以推定這一年也正好是太歲在丙子。用新莽時代的話來說,就是歲在星紀,倉龍丙子。

"倉龍在丙子"同"淮南元年冬,太一在丙子"相同,"大一"即"太一",而倉龍爲太歲,那麼太一也就是太歲了。

當然,新莽時代太一早已升格不再是歲星之神,而是以五帝爲佐的皇天上帝了。

但是,就它的歷史關係,在對比中,也還是可以看出太一在它尚未衍化之前的地位和性質的。

總之,從前漢曆法、《淮南子·天文訓》等篇,以及新莽紀年的對照,都可以從太一觀念衍化升格的過程中,看出"淮南元年冬太一在丙子"的太一就是太歲。

新 莽 紀 年	歲 星	倉 龍
居攝三年	大 梁	戊 辰
始建國元年	實 沈	己 巳
二年	鶉 首	庚 午
三年	鶉 火	辛 未
四年	鶉 尾	壬 申
五年	壽 星	癸 酉

續　表

新莽紀年	歲　星	倉　龍
天鳳元年(始建國六年)	大　火	甲　戌
二年	析　木	乙　亥
天鳳三年(始建國八年)	星　紀	丙　子
四年	玄　枵	丁　丑
五年	娵　訾	戊　寅
六年	降　婁	己　卯
地皇元年(天鳳七年)	大　梁	庚　辰
二年	實　沈	辛　巳

(六) 太一和戰爭

元鼎五年，漢武帝正式承認把原爲五帝之一的太一上升爲皇天上帝，並且親自向它行了郊拜之禮。就在這一年秋天，爲了伐南越，他作了一面太一靈旗。《史記·封禪書》寫這件事情說：

其秋，爲伐南越，告禱太一。以牡荆畫幡：日、月、北斗，登龍以象太一——三星，爲太一鋒。命曰"靈旗"。爲兵禱，則太史奉以指所伐國。

這段話，讀者多在"登龍"字下斷句。例如瀧川氏《史記會注考證》讀作"日月北斗登龍，以象天一三星，爲太一鋒"。

按：日、月、北斗、登龍，係兩類四事。四而非一，怎能用四者來象三星？登龍並不是星。如果把它剔出不算，可是日、月、北斗三者本身就是星，又怎能會用星來象星呢？

《史記集解》引徐廣注説："《天官書》曰：'天極星，明者太一常居也；斗口三星曰太一。'"意思是説：天極星，其一明者是太一常居之處，它本身並不是太一，只有斗口三星才是太一。看來他是把"太一三星"作爲一事的。

有人説："太一三星"應是"天一三星"。《史記·天官書》明記"前列直斗口三星，隋北端兑，若見若不，曰陰德，或曰天一"，天一不正是"三星"嗎？徐廣注用的就是這一條。百衲本《史記》所據宋本是不足爲據的。

但是，即或如此，如果句讀不變，困難依然存在。因爲用四者以象三星的問題並没有解決。

解決問題的關鍵在於日、月、北斗、登龍四者和太一的關係。首先，日、月，北斗都可叫星。《論衡·説日篇》："夫日、月，星之類也。"《春秋繁露·奉本》："星莫大於北辰、北斗。"可見日、月、北斗是可稱作三星的。

而日、月、北斗三星都是與太一相關的。如前所述，太一即太歲，而太歲紀年"歲星與日月同次，太歲月建以見"。〔1〕。例如："正月日在娵訾，而歲星晨出營室、東壁，即娵訾之次，是爲歲星與同次；然其月斗建在寅，而其歲太歲亦在寅。推之十有二歲皆然，豈非'歲星與日常應太歲月建以見'乎？"〔2〕

《史記·天官書》："歲星一曰攝提。"《淮南子·天文訓》："太陰在寅名曰攝提格，其雄爲歲星。"太陰即太一，《史記》叫歲陰，是作爲歲星的虚影擬定的。因此，太一之德實際上就是歲星之

─────
〔1〕《周禮·春官》："馮相氏掌十有二歲"鄭玄注："歲，謂太歲，歲星與日同次之月斗所建之辰。《樂説》説歲星與日常應太歲月建以見。"
〔2〕 錢大昕《答問十一》。

德。《天官書》:"察日、月之行,以揆歲星順逆。"在一定條件下,日、月不僅是歲次的一種標誌,也是它動向的。

《淮南子·天文訓》:"紫宮者,太一之居也。""紫宮執斗而左旋。""帝張四維,運之以斗。"北斗不僅與月建相關,而是由天帝——太一控制的。

告禱太一,而以牡荆把日、月、北斗畫在幡上,是因爲這三星都與太一的行動有關。

其次,"登龍以象太一"應是"蒼龍以象太一"的字誤。《禮記·月令》:孟春之月,"天子居青陽左個,乘鸞路,駕倉龍,載青旂,衣青衣,服倉玉。"《吕氏春秋·孟春紀》孟春之月,這幾句話的"駕倉龍"寫作"駕蒼龍";"服倉玉"寫爲"服青玉"。"倉"、"蒼"音同,"倉"、"青"意通。這種同音假借、同義換用的現象,在古書中是不乏其例的。例如《儀禮·覲禮》:"天子乘龍,載大旆,象日月,升龍降龍,出拜日於東門之外,反祀方明。"劉昭補注《後漢志·乘輿》:"建大旆,十二旒,畫日月,升龍,駕馬。""升龍"、"乘龍",升、乘同義,同韻通用。

《淮南子·天文訓》:"東方,木也。其帝太皞,其佐勾芒,……其神歲星,其獸蒼龍。"作爲東方神的象徵——蒼龍,前漢也把它作爲太歲,也就是太一或太歲的代稱。新莽的"倉龍癸酉"就是太歲在癸酉,"蒼龍丙子"就是"太一在丙子"。

《天文訓》:"天神之貴者,莫貴於青龍,或曰天一,或曰太陰。""青龍"即"蒼龍"(倉龍),"天一"當是"太一"升格後給它原位所取的名字。

"蒼"篆文作"蒼",中有磨泐,則成"蒼",字形與"登"很相近。從太一和蒼龍的關係,可以說"登龍"當是"蒼龍"字誤。武帝"靈旗"的"蒼龍"以象"太一",説的是:以牡荆畫幡時,在幡上畫上了一條蒼龍,用它來象徵太一之神。

"歲星爲陽,右行於天,太陰爲陰,左行於地。"作爲與歲星對應的虛影,太陰亦即太歲、太一,是和歲星同德的。

《天文訓》説:"歲星之所居,五穀豐昌;其對爲沖,歲乃有殃。"《史記·天官書》説:"歲星嬴縮,以其舍命國,所在國不可伐,可以罰人。"《史記·封禪書》又説太一靈旗"爲兵禱,則太史奉以指所伐國"。《漢書·天文志》:"歲星所在國不可伐,可以伐人。"這説明"太一靈旗",正是利用它所在國不可伐,而可以伐人的歲星之德的,是企圖以其衝壓倒敵軍的。

《天文訓》又説:"太陰所居,不可背而可鄉",與"歲星所在國不可伐,可以伐人"語意相同。《天文訓》"太陰所居日爲德(今本作"曰"德",據錢瑭補注改),辰爲刑。""凡用太陰,左、前,刑;右、背,德。擊鉤陳之沖辰,以戰必勝,以攻必克。"與"歲星所在國,……可以伐人"相同。可見太陰這個無形可見的歲星虛影,作爲歲星之神是與歲星同德的。在觀念中,它是具備歲星的一切性能和威力的。

太一是太陰的別名。太陰是"所在國不可伐,可以伐人"的歲星之神。它"所居不可背而可鄉",用太陰則"以戰必勝,以攻必克"。顯然是一個戰爭之神。太陰爲戰爭之神,而太一即太陰,太一之爲戰神也自然無疑了。

漢武帝采謬忌之説,把原爲五帝之一且爲五帝之長的太一,拔爲皇天上帝,而使五帝爲之佐。這一天神體系的改變,並没有把太一原爲戰神的性質加以改變,而是使它帶著原有靈威登上皇天上帝的寶座的。所以當他在元鼎五年一方面把太一提升爲皇天上帝，一方面又使用它原有的歲星之神的性能，作爲戰神的化身，製成一面太一靈旗，"爲兵禱，則太史奉以指所伐國"。

（七）歲星之神即戰争之神這一觀念並不是在漢代才有的

可能有人說《淮南子》、《史記》、《漢書》等等有關歲星和"太一"的材料都是漢代的觀念，不能用它們說明漢以前，特别是戰國時代《楚辭·九歌》東皇太一的"太一"性質。

這些觀念都來自先秦，並不是在秦以前"壓根兒"没有，而到漢代就忽然蹦了出來的。

《左傳·昭公三十二年》："夏，吴伐越，始用師於越也。史墨曰：'不及四十年，越其有吴乎？越得歲而吴伐之，必受其凶。'"

杜預説："此年歲在星紀。星紀，吴、越之分也。歲吴所在，其國有福。吴先用兵，故反受其殃。"這不是"歲星所在國不可伐，可以伐人"嗎？

1976年陝西臨潼發現了一件周武王伐商的青銅器——利簋。它的銘文是：

斌（武）征商，隹（唯）甲戁（子）朝，戉（歲）鼎（貞），克翹（昏），夙（夙）又（有）商。辛未，王才（在）䦅（管）𠂤（師），易（錫）又（右）事（史）利金，用乍（作）𣃦公寶䵎（尊）彝。

"戉"和"戌"同音，也是古"歲"字。殷虚卜辭每用作祭名。在利簋銘文裏，它用作動詞，是舉行歲祭，祭歲星之神。"鼎"用作"貞"，是卜問。"克"意爲"勝"，與《書·泰誓》："予克受，非予武"的"克"同義。《禮記·坊記》引句作"予克紂"。鄭氏注云：

"克,勝也。""聝"古"聞"字,借作"昏",説的是"日入"黄昏時分。"有",《廣雅·釋詁》:"取也。"

銘文這一段大意是:周武王伐商,甲子那天清早,在軍中舉行歲祭。同時進行貞卜,問克敵制勝的時間。占辭説"黄昏"。結果提前取得了勝利,很早地拿下了商王朝——"夙有商"。這是紀實,也是這次貞卜的驗辭。因爲這次軍中歲祭的貞卜是由隨軍右史利進行的,所以在既克商之後的第七天辛未,周武王賞賜了利。[1]

即行決戰之前,在軍中舉行"歲"祭,很顯然,"歲"是和戰爭有關的。換句話説,"歲"是有殺敵制勝的作用的。

周人軍中祭歲,這事在古金文中也還有反映。毛公鼎"易錫女汝纟纟,用歲用政。"吴大澂説:"纟,當即絲;纟,古弁字。"引《詩》:"絲衣其紑,載弁俅俅。"《傳》云:"絲衣,祭服也。"《箋》云:"弁,爵弁也。"《公羊·宣元年傳》注:"皮弁,武冠;爵弁,文冠。"[2]吴闓生説"用歲用政"云:"歲,祭歲也,政即征字。"[3]絲衣皮弁祭歲而征,其事和利簋"珷武王征商,隹唯甲子朝,歲,"軍中有舉歲祭之事是可互相印證的。

軍中歲祭之"歲",古與"歲星"之"歲"、斧鉞之"戉"同名。

伐紂軍中祭歲,這事與《國語·周語下》:"昔武王伐殷,歲在鶉火。……歲之所在,則我有周之分野也"相應。韋昭注:"歲,歲星也。鶉火,次名,周分野也。""歲星所在,利以伐之也。""歲在鶉火"的"歲"和利簋所記周武王伐紂軍中"歲"祭之"歲",不僅同名,而且在他們的觀念中是有同一性質和作用的。

---

[1] 説見附録拙作《利簋銘文通釋》。
[2] 《愙齋集古録·四》。
[3] 《吉金文録》。

更有進者是《書·牧誓》：

  時甲子昧爽，王朝至商郊牧野，乃誓。王左杖黃鉞，右秉白旄以麾，曰："逖矣，西土之人！"

《逸周書·克殷》在記"商辛奔内，登于鹿臺之上，屏遮而自燔於火"之後，寫周武王——

  先入，適王所，乃克射之，三發而後下車，而擊之以輕呂，斬之以黃鉞。

誓師，誅紂，周武王手中一再用鉞。

王者秉鉞以事征伐，這事也並非是從周開始的。

《詩·商頌·長發》：

  武王載旆，有虔秉鉞。
  如火烈烈，則莫我敢曷。

毛亨説："武王，湯也。""武王載旆"，《荀子·議兵》、《韓詩外傳·第三十六章》並引作"武王載發"。馬瑞辰説："'載'與'哉'通。'哉'，始也。'載發'即'始發'。"[1]《史記·殷本紀》："夏桀爲虐政，荒淫，而諸侯昆吾氏爲亂。湯乃興師率諸侯，伊尹從湯，湯自把鉞以伐昆吾，遂伐桀。"是王者秉鉞以事征伐早在夏商之際就已有其例了。

西周金文，虢季子白盤："賜（錫）用弓，彤矢其夾，賜（錫）用戉，用征蠻方。"這也正是"禮家所謂錫斧鉞專征伐之意"。[2]

《國語·魯語上》："刑，五而已。無有隱者。隱乃諱也。大

---

〔1〕《毛詩傳箋通釋·三十二》。
〔2〕 郭沫若《甲骨文字研究·釋歲》。

刑用甲兵，其次用斧鉞。……"斧鉞是誅討重罪的武器。"五刑三次"，"大者陳之原野"。甲兵、斧鉞，是刑之大者（韋氏解），所以率師出征的統率都秉鉞以討有罪。

從古書異文看，"戉"和"歲"古代是同音的。《說文》："鉞，車鑾也。從金戉聲。《詩》曰：'鑾聲鉞鉞'。"可是毛亨傳的《小雅·庭燎》和《魯頌·泮水》都寫作"鸞聲噦噦。"《說文》："歲，從大歲聲，讀若《詩》：'施罟濊濊'。"[1]又說"眓，從目戉聲，讀若《詩》曰：'施眔濊濊'。"[2]從這兩組異文可以看出"戉"、"歲"兩字是古同音的。所以甲骨文"歲"祭字或寫作"𣥂"，或寫作"𢦏"。

"鉞"、"歲"同音，而秉鉞以誅討有罪，又和軍中"歲"祭，天上"歲"星所在，利以伐人相關。從語言上看，這不是一種巧合，而是有其淵源的：

字是寫詞的。從字形所反映的詞義看"𢦏"和"𣥂"的差別就在有沒有刃後兩點。除此之外，兩字完全同形，這表明古"歲"字是和"鉞"有密切關係的。就它們的形象特點來說，"𢦏"的詞義肯定是在"鉞"這種武器的基礎上形成的。它的兩個"點兒"，是在"鉞"的形制、性質和作用的基礎上才起作用的。很清楚，這兩個點既不著刃又不在斧身，顯見它既不是鉞的紋飾，又不是斧身上的穿孔，是無關形制的。殷周文字往往用"："象流體點滴之形。"𢦏"為武器，武器刃後而著"："，這種流體點滴按武器性質和作用來說，當不是水，而是血滴之形。這就是說"𢦏"字所反映的詞義特點是鉞而濺血，有殺傷之意。

---

[1]《繫傳》"濊"或誤作"潊"。
[2]《毛詩·衛風·碩人》。

"戉"殷虚卜辭用作"歲"字。從同音、同義而考求它所寫的詞,當是"劌"的初文。《説文》:"劌,利,傷也。從刀歲聲。""傷,創也。從刃從一;創,或從刀倉聲。""歲"與"劌"同音,有以刃創人而濺血之意,而其事都和鉞相關,可知"戉"是"劌"的古本字,而"劌"是"戉"的後起形聲字。

"劌"雖然從刀歲聲,可是"歲"卻不是它的本字。

《説文》:"歲,木星也。越歷二十八宿,宣徧陰陽,十二月一次。從步戌聲。"

按:"歲"在語音上,如前所説,它是和"戉"同音的,在字形結構所反映的詞義特點上,它是以"戉"爲主要形象的,這兩點説明當初是把木星直呼爲"戉"的。但是天上人間星和鉞是兩種不同之物。作爲書面語言,文字的區别律要求它在書寫形式上顯示差别,於是這個木星古名遂在"戉"的基礎上加了兩隻前後相應的脚——"止"以顯示它的行星特點——能以自己行走之鉞,從而形成了"歲"字。

許慎説:"歲"字從"步"是對的,可是它從"戌"得聲,則是就它由於分化造詞而形成的新的語音而加以改造的。

"歲"由"戉"到"從步從戉"這一書寫形式變化,標誌著詞的分化,但是語音還未改變。以後在實踐中,隨著語言表達上的需要,又在"戉"的語音基礎上,以改變聲母的方法,形成了與"戌"同音的"歲"字。新的語音作用於舊的字形,遂把從戉從步改爲"從步戌聲"[1]。"戌"和"戉"古音同在月部,這一改變,只變聲

---

[1] 戉和從戉得聲的字,聲母分别在曉、匣、于(喻三),都是舌根聲。從歲得聲的字,有九個是曉,一個是見,一共有十個是舌根聲;有九個是影,是喉聲;只有一個歲字爲心母是舌尖聲,與戌同聲。參見《廣韻聲系》第672—673頁。

而不變韻,是一種改變聲母的分化造詞。因爲這一分化比較晚,所以前一段僅有字形分化的"歲"字。從它得聲的字還是和"戉"同音的。

"戉"和由它分化出來的"![]"、"歲",這三個詞的語源關係以及它們在詞的書寫形式上所反映的詞義特點,反映了商周時代在人們觀念中,是把木星看作司殺伐之神,用鉞來作它的象徵,同時也就把它叫作"戉"。爲了在書面上作出區別,另構了一個"歲"字。郭沫若説:"歲與戉古本一字也。"〔1〕,這是有道理的。

把歲星看作司殺伐之神而以武器作爲象徵,這是郭沫若也早已有説。

他在《甲骨文字研究·釋歲》裏寫道:"蓋歲星之運行本以螺旋形而前進,故自地上視之每贏縮不定,而光度亦若明暗無常,古人甚神異視之。如巴比倫與希臘等國均於歲星賦與以至上神之尊號。巴名 Marduk,希名 Jupiter,均至上神也,而巴且以矛頭 mulmullu 爲歲星之符徵。以矛頭爲符徵者,即示其威嚴可怖之意也〔2〕。《星河圖》云:'蒼帝神名靈威仰',《周官·小宗伯》鄭注:'五帝,蒼曰靈威仰'。蒼帝即木星,名之曰'靈威仰'正言其威靈之赫赫可畏。《洪範·五紀》:'一曰歲,二曰月,三曰日,四曰星辰,五曰歷數。'歲月日與星辰並列而在歷數之外,則知歲即歲星,而居於首位在日月之上。下文'王省(《史記·宋微子世家》引作"眚")惟歲,卿士惟月,師尹惟日,庶民性星。'以

〔1〕 《甲骨文字研究·釋歲》。
〔2〕 常敍按:巴以矛頭爲歲星之符徵,正猶我國古代以"戉"(鉞)象歲星,有殺伐之義。

王卿士師尹庶民配歲月日星,示有聲嚴存之等級,亦其明證也。"

他又説:"《史記·天官書》謂歲星失次以下生天棓彗星、天欃、天槍。除彗星外,歲之變形均爲戎器之象,則歲之爲戌,大可想見矣。且歲星主伐,《天官書》云'其所在國不可伐,可以罰(《漢志》作"伐")人',主伐亦歲本爲戌之證也。"

從以上所説各事,可見歲星之神即戰爭之神的觀念,並不是一在漢代才有的。

(八) 把歲星之神叫作"太一"是星歲紀年的産物,它也並不是漢代才有的

《孟子·離婁下》:"天之高也,星辰之遠也,苟求其故,千歲之日至,可坐而致也。"可見戰國時代,我國的星曆知識已經有了相當的進步。同書《滕文公下》:"景春曰:'公孫衍、張儀豈不誠大丈夫哉?一怒而諸侯懼,安居而天下息。'孟子曰:'是焉得爲大丈夫乎?……'"張儀以商於之地欺楚懷王。《孟子》書中所反映的戰國星曆知識也正是楚懷王時代的水準。

歲星之神——太一,它是戰國後期的產物。它一方面反映諸侯並立而爭長的政治形勢,以歲星之神爲五帝之一,且爲五帝之長;一方面又是星歲紀年的產物,它以歲星之虛影而爲歲星之神。

星歲紀年法是爲解決歲星紀年由於歲星右行與十二辰順位相反的矛盾而發明的。這種紀年方法,就現存史料來説,莫早于甘公、石申。

《史記·天官書》:"太史公曰……'昔之傳天數者,高辛之前

重黎,于唐虞義和,有夏昆吾,殷商巫咸,周室史佚萇弘,于宋子韋,鄭則裨竈,在齊甘公、楚唐眛、趙尹皋、魏石申。"又説:"近世十二諸侯七國相王,言從衡者繼踵,而皋、唐、甘、石因時務,論其書傳,故其占驗淩雜米鹽。"

甘公,張守節《正義》引《七録》云:"楚人,戰國時作《天文星占》八卷。"《漢書・藝文志・數術》:"六國時,楚有甘公,魏有石申夫。"又都説甘氏是楚人。

甘氏是不是楚人,目前還没有力的證據,不能確定。但是唐眛是比較清楚的。

《史記・楚世家》:"(楚懷王)二十八年,秦乃與齊、韓、魏攻楚,殺楚將唐眛,取我重丘而去。"《秦本紀》在秦昭王八年。八是六的字誤)這一年是公元前301年。這一年下距漢武帝太初元年(前104)一百九十七年。那麽唐眛的星曆生活必在此之前。

如前所説,元封七年第一次改曆,是由於墨守甘、石成法,推得太歲在寅,與實際紀年歲次相著兩辰而失敗的。這兩辰之差是歲星超辰而太歲不與俱超的結果。據此推知自甘、石以迄元封七年歲星應超兩辰。以歲星八十四年超辰一次來計算,超兩辰須經一百六十八年。可是《漢曆》所記,太初元年(即元封七年)前十一月朔旦冬至時,歲星在婺女六度,已接近星紀之末,而正月歲星出婺女,已經進入玄枵。可見當時將再超一次。三度超辰爲二百五十二年,這時還没有達到三超。那麽,它離甘、石星歲紀年之世已有二百多年。其時約在楚威王、懷王之世,也正是唐眛星曆生活時代。

楚懷王既處在星歲紀年時代,這時必有歲陰觀念。至於當時楚人把它叫什麽,雖然唐昧之術早已失傳,無從得知,可是從漢代所承襲的前代思想作參證,卻是可以看到一些迹象的。

我們知道,在地域上,淮南原是楚地;在時間上,前漢去楚並不太遠;在思想上,"淮南崇朝而賦騷"[1],對楚文化是愛好和熟悉的。淮南王在一定程度上是會反映一些楚國的問題的。《淮南子·天文訓》:"淮南元年冬,太一在丙子。"如前所說,它的太一就是太歲。可是太歲是星歲紀年中假想的歲星虛位,是歲星之神。

《淮南子》:"東方,木也。其帝太皞,其佐句芒,……其神爲歲星,其獸蒼龍。……"歲星既爲東方之神,而太一又爲歲星之神,那麽太一也就是與東方帝同位的東方之神了。

東皇即東帝,而太一又以歲星之神與之同位,可知"東皇"、"太一"原是一體的兩面,分別來説,只是表示它的身份和地位罷了。

唯其是一體,所以《楚辭·九歌》標目之神曰"東皇太一",而其歌辭卻只"穆愉上皇"。"愉上皇"也就是在"愉太一"了。

在"東皇"的條件下,"太一"不是哲學概念。

在劉邦問"故秦時上帝祠何帝也?"而對曰"吾聞天有五帝"之前的戰國時,"太一"只是五帝之一且爲之長,而不是超於五帝之上而以之爲佐的。

漢代的天神"太一"是戰國神道觀念的承襲和發展,而不是在漢代才開始出現的。

---

[1]《文心雕龍·神思》;《漢書·淮南王傳》:"初安入朝,獻所作内篇,新出,上愛祕之。使爲《離騷傅(賦)》,旦受詔,日食時上。""傅",今本作"傳",依王念孫改。

（九）太一和楚辭《九歌》

戰國以前，人們的觀念中，"越得歲而吳伐之，必受其殃"是歲星所在國不可伐；"昔武王伐殷，歲在鶉火。……歲之所在，則我有周之分野也"是歲星所在可以伐人。

戰國時代，星歲紀年時，太一以歲星之神而具歲星之德。它爲天神五帝之一且爲五帝之長，因而具備傳統天神觀念中的歲星性質和作用。流入漢代，集中地反映在武帝"靈旗"上，而《楚辭·九歌》則是它在戰國時代的一種體現。

《楚辭·九歌》十一篇，除《東皇太一》、《雲中君》兩篇爲迎神之辭，《禮魂》爲結束之辭外，《湘君》之屬七篇的基本情節是：湘、漢一家忽成異國，神助其合，復歸於楚。而"於山"山鬼猶然向隅。《國殤》一篇所反映的是以屈匄爲代表的丹陽之戰的陣亡戰士。

這些內容是與楚懷王爲"吾復得吾商於之地"而受欺于張儀，大敗于丹陽，"（秦）遂取漢中之地，懷王乃悉興國中兵以深入擊秦，戰于藍田"相應。很顯然，這個愉太一是在丹陽大敗、漢中淪陷之後，藍田大戰之前，爲打敗秦軍，使之退出漢中，而求助於"太一"這個宇宙尊神而兼戰爭之神的。

《漢書·郊祀志》谷永説成帝拒絕祭祀方術時説：

> 楚懷王隆祭祀，事鬼神，欲以獲福助，卻秦師，而兵挫地削，身辱國危。

這一段話所概括的史實是與下面的情況吻合的：

莊蹻循江西上略巴——黔中以西，由枳溯巴涪水，在黔西巴之南鄙建立楚商於之地。然後南下西上至滇池。楚懷王十三年，秦司馬錯擊奪這片商於之地，掐斷莊蹻歸路，迫使他王滇，致使整片楚地分而爲三，嚴重地削弱了楚國。楚懷王急於"吾復得吾商於之地"，受欺于張儀。他憤而興師，大敗於丹陽。商於未復，又失漢中。

《楚辭·九歌》的目的是穆愉上皇——東皇太一的。東皇太一是歲星之神，所在國不可伐，而可以伐人。在楚人神話傳説中，"九歌"是愉享上帝的，而太一是五帝之一，且爲五帝之長。

《楚辭·九歌》迎太一而娱之。愉神之辭七章反映湘漢一家翻成異國，司命親臨，神助其合。而"於山"未復，山鬼淒怨。《國殤》慰靈，意在激勵將士。

愉太一而勵將士，思漢中而念商於，歌辭内容與楚懷王爲收復"故秦所分楚商於之地"而見欺於秦，丹陽大敗，商於未復又失漢中，"楚懷王大怒，乃悉國兵復悉襲秦"相應。

《左傳》：宣公十五年"六月，晉荀林父敗赤狄于曲梁。辛亥，滅潞"。同年，"秋七月，秦桓公伐晉，次於輔氏"，欲敗晉功。"魏顆敗秦師於輔氏"這件事，《國語·晉語七》是這樣寫的："昔克潞之役，秦來圖敗晉功，魏顆以其身卻退秦師於輔氏。"把進佔晉國土地輔氏的秦軍，從輔氏趕出去，叫作"卻退秦師"。楚懷王想把進佔楚地漢中、商於的秦兵趕走，使之從楚地卻退，也正是欲"卻秦師"，使之從他所占的楚地卻退出去。

楚國情勢，《九歌》内容，它們與穀永之言是若合符節的。

穀永這段話和《楚辭·九歌》的關係，清代初年，何焯已經有了覺察。他在他的《義門讀書記》的《文選》部分四卷《屈平九歌》條下寫道：

《漢書·郊祀志》載谷永之言："楚懷王隆祭祀，事鬼神，欲以邀福助，卻秦軍，而兵挫地削，身辱國危。"則屈子因事以納忠，故寓諷諭之詞，異乎尋常史巫所陳也。[1]

他初步地感覺到《楚辭·九歌》和楚懷王隆祭祀，事鬼神，欲以邀福助，卻秦軍的關係。可是拘於"納忠"、"諷諭"之見，而没有作進一步地探討。

近代馬其昶在何氏啓發下，據谷永之言作《讀九歌》一文，"乃知《九歌》之作，(屈)原承懷王命而作也"他說：

懷王十一年爲從長，攻秦。十六年絶齊和秦，旋以怒張儀故，復攻秦，大敗於丹陽，又敗于藍田。吾意懷王事神欲以助卻秦軍在此時矣。故曰："舉長矢兮射天狼。"天狼者，秦分野也。

他從谷永之言探索《九歌》歌辭。只是拘於舊説，説："《雲中君》見神貺之無私；《湘君》、《湘夫人》反復于盟誓之不可信，修政之宜及時；《河伯》非楚境内山川，遥望僭祭之，非禮，即神所弗格；《山鬼》明淫祠禱祀之無益；而《大司命》、《少司命》因其祈福，上陳性命之情，祝宜子祓不祥，而隱動其爲民父母之心。至所謂事神若鬼，欲以助卻秦軍者，則爲盛言當時聲色之娛嬉，兵禍之慘怛。利害明白昭著如此，倘所謂卓犖大計非耶？懷王不寤忠諫之悟，競虜于秦。"又得而復失，没有理解《楚辭·九歌》的原意。

三、楚辭《九歌》各章情節的地理關係

楚辭《九歌》有些地名，如沅、湘、江、河，是大家都熟悉韻；也

---

[1] 編者按，"邀"字《漢書》原作"獲"。

有些地名,如涔陽、北渚、西澨,在學者中間是有不同看法的。至於神話中的山水,如昆侖、咸池、陽之阿,就更難確指了。

但是,無論已知和未知,無論它在人間還是天上,作爲一部作品的組成部分,特別是它關係到人物活動和情節發展,是必須就其部分與整體的互相依存關係和有關文獻來加以考慮的。

已知的地上諸水,無須論證。至於它們和整體的統一關係,在後面説河伯引湘君以迎湘夫人的往復行程中,加以論述。

在理解上有分歧的地上諸地和無法落實的神話山水,在這裏把它們分作兩類來探索:一是人世間河漢兩水的地名,一是神話中的昆侖山與河漢兩水。前者,屬於漢水的有涔陽、北渚和西澨;屬於河水的有九坑。後者,屬於昆侖山體的有:疏圃、靈瑣、縣圃;屬於昆侖諸水的有:河水、洋水、洋水與陽之阿,咸池。

我們從這些"天上人間"的山水關係,可以看到河伯奉司命之命,引湘君以接湘夫人的往返線路和行程。

(一) 人世間的河漢兩水

河、漢兩水是兩個水系,在大地上,它們是各不相涉的。漢水屬楚,而河在楚外。

《左傳·哀公六年》:"初,楚昭王有疾。卜曰:'河爲祟。'王弗祭。大夫請祭諸郊。王曰:'三代命祀,祭不越望。江漢維漳,楚之望也。禍福之至,不是過也。不穀雖不德,河非所獲罪也。'遂弗祭。"

楚不祭河,而《楚辭·九歌》有河伯。有些人對此感到迷惑。這是"分神並祀"觀點的必然結果。

在《九歌》中，作爲劇情發展的活動場地，河漢兩水並不是彼此絶緣的。事實也正如此：漢水南下入江，東流到海，河水東下，也入於海。海是把它們連在一起的。在這種自然條件，是可以自漢溯河，或自河歸漢的。

《尚書·禹貢》説：

> 導河積石，至于龍門；南至于華陰，東至于厎柱。又東至于孟津，東過洛汭，至于大伾；北過降水，至于大陸。又北播爲九河，同爲逆河，入于海。

> 嶓冢導漾，東流爲漢，又東爲滄浪之水；過三澨，至于大别，南入于江。東匯澤爲彭蠡，東爲北江，入于海。

河、漢以海相通，這一地理關係，在戰國時代是人們早已清楚了的。

漢水上源有兩個：一是地上的實際上源，一是古代神話傳説中的上源。楚辭作者是把人間天上融而爲一的。言其在楚，講的實際，説其神話則上至昆侖。這是先説前者，地上漢源。至於神話中的漢源，放在後文説昆侖時再講。

《華陽國志·漢中志》："漢有二源，東源出武都氏道漾山，因名漾，《禹貢》(流漾)'(導漾東流)爲漢'是也；西源出隴西(西縣)嶓冢山，會白水，經葭萌入漢。始源曰沔，故曰'漢沔'。"

劉琳《華陽國志校注》云：漢水出於嶓冢，最早見於《禹貢》："嶓冢導漾，東流爲漢，又東爲滄浪之水。"意即自嶓冢山導漾水東流爲漢水。又《山海經·西山經》："嶓冢之山，漢水出焉，而東南流注于沔。"凡此皆指今漢江，但未言嶓冢何在。至班固作《漢書·地理志》，於隴西郡氐道縣下云："《禹貢》養水(按即漾水)所出,至武都爲漢。"又于武都郡武都縣(今甘肅西和縣南)下云:"東漢水受氐道水,一名沔,過江夏謂之夏水,入江。"於隴西郡西縣下又云:"《禹貢》嶓冢山,西漢(水)所出,南入廣漢白水,東南至江州入江。"綜合其意,蓋謂嶓冢山在西縣與氐道二縣界,有二水發源於此:一出氐道之嶓冢山,是爲漾水,至武都爲東漢水,又名沔水;一出西縣之嶓冢山,是爲西漢水,至廣漢郡境入白水。此二水,前者即今漢水,後者即今西漢水(嘉陵江西源)及嘉陵江。然其所謂東漢水之前段,今與漢江並不相接。故自班固以後千餘年,異說紛紜。南北朝以前衆家之說略見《水經注·漾水》。至北魏,魏收寫《魏書·地形志》,始稱嶓冢有二,東漢水發源於今陝西寧强北之嶓冢山,西漢水發源於今甘肅嶓冢山。此說雖與今水道相合,但仍不能解釋《漢志》,且南北朝以前並無二嶓冢之說。很多學者指出《禹貢》與《漢志》乃反映古河道,漢以後河道變遷,不能以今說古。按比說甚是。

　　嶓冢山跨西縣、氐道等縣界,所出之水非一。西縣在西,氐道在東,古人以發源于西縣者爲西漢水,而以發源於氐道境之永寧河爲漾水或東漢水。永寧河南流至今陝西略陽西北與漢水合。此地蓋曾屬漢武都縣,故《漢志》云漾水至武都爲漢。此水今直南流入四川;而在古代,此水至陽平關附近曾東流入漢中。

　　《地理知識》雜誌1978年第7期載李建超《我國第一條電氣化鐵路——陽安鐵路》一文談到陽平關至漢江中源一帶地形時說:

　　　　列車由陽平關(車站)出發,跨過嘉陵江後,沿著它的支流黑水河向東。不到三十公里的路程即可越過分水嶺(按即陝西嶓冢山)到達漢江流域。……車過戴家壩,穿過一條近兩千米的分水嶺隧道,就到了漢江中源青泥溝。奇怪的是從戴家壩到青泥溝,不像一般河流的上源谷地那樣的幽深,而是一條寬敞的谷道,寬谷中流水潺潺。就是在分水嶺上也有河流堆積的卵石層。表明這裏過去曾經發生過河流"襲奇現象"。原來嘉陵江上源由北向南流到陽平關附近,不是繼續南流入西川,而是東流入漢江的。如今鐵路所經過的地方,就是一條被遺棄的河床。

此說可以解開千古之謎。

蓋在戰國以前嘉陵江至陽平關附近東流入漢中,故《禹貢》云"嶓冢導漾東流爲漢"。而至西漢,嘉陵江至此分爲二水,一水東流入漢中,一水南流入四川,故《漢志》有東西二漢之説。進而至東漢,嘉陵江不再東流入漢中,故三國人所著《水經》專以出於嶓冢者爲西漢水。《水經》云:"漾水出隴西氐道縣嶓冢山,東至武都沮縣(今略陽)爲漢水。……又東南至葭萌東北與羌水(即白龍江)合。"此以漾水(今永寧河)爲嘉陵江上游。不過直到晉代,二漢水在陽平關附近有時還相通,故《水經注·江水》載庾仲雍説:"漢水自武遂川南入蔓葛谷,越野牛,逕至關城(今陽平關)合西漢水。"古今河道的變遷與史籍的記載——吻合,後人不明此理,徒致聚訟紛紛。

此處所謂"漢有二源",實亦本於《漢志》,惟云"漾水出於漾山","漾山"別無所見,疑是附會。《水經注》説:"常璩專爲'漾山'、'漾水',當是作者附而爲山水之殊目矣。"[1]

《楚辭·九歌》是以當時楚秦形勢和神話傳説爲素材而創作的。在十一章通體關係中,配合人物、情節的關係和發展,是把"天上"人間的河漢兩水溝通在一起,構成一種可以環行的航道的。

---

[1] 引自劉琳《華陽國志校注·卷二·漢中志》注,第104—107頁。

丹陽戰敗,漢中淪陷。湘君北上,阻于秦關,北渚弭節,不能前進。河伯引湘君由漢入江,自江浮海,溯九河西上,直至昆侖。更從昆侖下洋水而入漢。在迎得湘夫人後,他們又溯洋水,登昆侖,入河而東,浮海入江,同歸于楚。這一"天上人間"的環行航道,是既與當時楚國形勢相應,又與河漢兩水自然條件相應,更與《湘君》之屬七章的人物、關係和情節相應。

1. 一條没有露名的水——漢水

漢水,在《楚辭·九歌》裏,是通過湘君北上以迎湘夫人的行程勾畫出來的。

湘君"沛吾乘兮桂舟"以尋湘夫人,説他的行進目標,則是"望涔陽兮極浦";説他的基本航向,則是"駕飛龍兮北征";説他中間經過的地方,則是洞庭、大江、北渚。從沅、湘北進,轉道洞庭之後,方始橫江,明大江在洞庭之北。"橫大江兮揚靈",説明他橫流而渡,既非順流而東,又非溯流而上,乃是橫江繼進,仍然北征。出洞庭,橫大河,可以自江北上之水實爲漢水。"望涔陽兮極浦"時,湘君正在橫江。橫江入漢,夕至北渚。而北渚弭節之時,他猶然未見涔陽。可見涔陽、北渚一道,而涔陽更遠于北渚。從前進目標、基本航向,以及水程所過的地理關係,可以推知北渚、涔陽同屬漢水,而北渚位置必在大江和涔陽之間。以大江爲基礎,以涔陽爲條件,從"夕弭節兮北渚"的時距來看,北渚應在漢水中游上下,而涔陽則又遠在漢水的上游——漢中地帶了。

2. 漢水倒數的起點——江皋

楚辭《九歌》十一章兩見"江皋",《湘君》一見,《湘夫人》再見。

皋,澤也。江皋即江澤。江皋,是哪個地方?

根據作品語言的統一關係,以下八事是和它相互依賴和制約的:

(1)湘君此行的目的是進入漢中淪陷之地,營救湘夫人回歸楚國。

(2)爲了達到這一目的,他的北征路線是發湘水,遭洞庭,橫大江,溯漢水而上。

(3)《湘君》"朝騁騖兮江皋"的"江"就是"橫大江"的江。這説明"江皋"句所説之地必在湘水、洞庭之北,而與江相關。

(4)《湘君》"朝騁騖兮江皋,夕弭節兮北渚"、《湘夫人》"朝馳騁兮江皋,夕濟兮西澨"都是以江皋爲起點,也就是從"橫大江"之後,説其行程的。

(5)湘君北征一直是循水路而進的。"騁騖"、"馳騁"(或"馳余馬")都是以車喻舟的。

(6)湘君北征,"橫大江"之後的水程是溯漢水。

(7)江,是"大江",而皋是澤地。

(8)漢水下游是與雲夢溝通成爲楚西通渠而入江的。換言之,它是穿江北之雲夢而入江的。

3. 古荆州有澤藪曰雲夢

《書·禹貢》:"荆及衡陽惟荆州:江漢朝宗於海,九江孔殷,沱潛既導,雲土夢作乂。"

《周禮·夏官·職方氏》:"正南曰荆州,……其澤藪曰雲瞢,其川江漢。"

《爾雅·釋地》十藪之五是"楚有雲夢"。

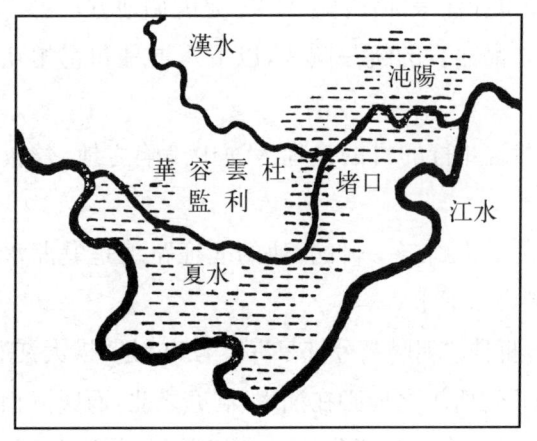

《水經注》雲夢澤遺迹

4. 雲夢之見於先秦載記者

《左傳·宣公四年》："生子文焉,邧夫人使棄諸夢中。"《昭公三年》："子產乃具田備,王以田江南之夢。"《定公四年》："楚子涉睢,濟江,入於雲中。"《定公五年》："王遇盜於雲中,余受其戈。"

沈欽韓云："邧子之女棄子夢中,無雲字;云:楚子濟江入雲中,無夢字。以此推之,則雲夢二澤本是別矣。"[1]

《國語·楚語下》："又有藪曰雲,連徒州,金木竹箭之所生也。"

《楚辭·招魂》："與王趨夢兮課後先,君王親發兮禪青兕。"

《戰國策·楚一》："楚王游于雲夢,結駟千乘,旌旗蔽日,野火之起也若雲蜺,兕虎嗥之聲若雷霆,有狂兕牂車依輪而至,王親引弓而射,壹發而殪。"

---

[1]《春秋左氏傳地名補注》卷五。

按：《楚語》與《招魂》也只言"雲"，只言"夢"。《戰國策》始雲、夢連說。

從這些記載可知：這個澤藪，在名稱上或稱爲雲，或稱爲夢，或稱之爲雲夢。它的區域，從"江南之夢"可以相對地推知。同時必有江北之夢，至少是跨于大江南北的。其中有土地，有野生植物，有野獸，是一個狩獵之地。

5. 兩漢以迄六朝時所記的江北之夢的遺迹

《漢書·地理志》南郡："華容。雲夢澤在南，荊州藪。……編。有雲夢官。"江夏郡："西陵。有雲夢官。"

《史記·司馬相如列傳》所錄相如《子虛賦》，其中有句云："臣聞楚有七澤，嘗見其一，……名曰雲夢。雲夢者，方九百里。"

可知它的總面積大約九百里。漢王朝爲這片江北之夢分設兩官，以便管理和使用：編縣一官，西陵一官。從兩官所在位置，也可以看出它的地區是很大的。其中還有的地方承用雲夢澤的名字。

應劭《風俗通義·山澤》記："荊州曰雲夢，在華容南，今有雲夢長掌之。"

高誘注《戰國策·楚一》云："（雲夢）澤名，在華容南。"

韋昭《國語注·楚語下》"又有藪曰雲連徒洲"，注云："楚有雲夢藪，澤名也。水中可居者曰洲。徒，其名也。"

杜預《左傳注·宣公四年》注云："夢，澤名。江夏安陸縣城東南有雲夢城。"《昭公三年》注云："楚之雲夢跨江南北。"《定公四年》注云："入雲夢澤中。——所謂江南之楚也。"《宣公四年》："夢。——江夏安陸縣東南有雲夢城。"

《水經‧禹貢山水澤地所在》云："雲夢澤在南郡華容縣之東。"

這裏除沿用《漢志》雲夢澤在華容南之説外,並補充説明:華容南之雲夢澤遺迹,後漢又叫巴丘湖,並設有雲夢長來掌管它。又補充説:此外還有兩個雲夢城遺址,一在南郡枝江縣西,一在江夏安陸縣東南。在地貌上,對雲夢澤的水土雜見也據《國語》有所説明。

6. 古漢水是穿過江北之夢而入漢的

《史記‧太史公自序》云："維禹浚川,九州攸寧,爰及宣防,決瀆通溝,作《河渠書》。"《河渠書》之記通溝通水,説"于楚,西方則通渠漢水雲夢之野,東方則通(鴻)溝江淮之間。"漢水與雲夢之野是楚地西方之通渠。

《漢書‧溝洫志》承《史記》之文,也説"于楚,西方則通渠漢川雲夢之際,東方則通溝江淮之間。"是班、馬都説漢水與雲夢澤溝通成爲通渠。論漢水入江或自江入漢,就水路關係,必須注意這一事實。

7. 漢水,《水經》謂之"沔水"

《水經‧沔水》云："(沔水)又東南過江夏雲杜縣東,夏水從西來注之。"《注》云:"即堵口也,爲中夏水。——縣故鄖亭。《左傳》:'若敖娶於鄖'是也。《禹貢》所謂'雲土夢作乂',故縣取名焉。縣有雲夢城,城在東北……沔水又東與力口合。有漶水出竟陵新陽縣西南池河山,東流逕新陽縣南,——縣治雲杜故城,分雲杜立。……沔水又東逕沌陽縣北,處沌水之陽也。……"

《水經‧夏水》:"夏水出江津,于江陵縣東南。又東過華容縣南。"《注》云:"……夏水又東,逕監利縣南。縣土卑下,澤多陂池。西南,自州陵東界逕于雲杜,沌陽,爲雲夢之藪矣。……"

《水經》:"(夏水)又東至江夏雲杜縣入於沔。"《注》云:"應劭《十三州記》曰:'江別入沔爲夏水。源夫夏水之爲名始于分江。冬竭夏流,故納厥稱。既有中夏之目,亦苞大夏之名矣。當其決入之所,謂之堵口焉'。"

《水經》:"(沔水)又南至江夏沙羨縣北,南入江。"漢水過江夏雲杜縣東,夏水來同,沔水即漢水。它過江夏雲杜縣東,到堵口,夏水來同,和它相會之後,又東經沌陽,到沙羨北,南入于江。雲杜、沌陽實爲雲夢之藪的一部分。它與江夏安陸縣東南雲夢城所示雲夢夾這一段中的中夏之目的漢水,成爲江北之夢的東部。可見漢水從雲杜到沌陽實穿雲夢而入江。這一段水域,正是《史》、《漢》兩書所記,"楚西則通渠漢川雲夢之際"。

8. 漢川雲夢通渠的自然條件及其異和江澤

《書・禹貢》:"嶓冢導漾,東流爲漢,又東爲滄浪之水。"《史記・夏本紀》、《集解》引鄭玄曰:"《地理志》:'漾水山隴西氐道,至武都爲漢,至江夏謂之夏水。'"

《水經・江水》:"又東至華容縣西,夏水出焉。"酈道元《注》:"江水左迆爲中夏水。"同書《夏水》"夏水出江津于江陵縣東南。"注云:"江津豫章口,東有中夏口,是夏水之首,江之氾也。"——《詩・召南・江有氾》毛傳:"決復入爲氾。"《說文》:"氾,水別復入水也。"——江之氾,它基本上還是江水。因而酈道元說"夏水是江流沔,非沔入夏"。

由於這些自然條件,自堵口而下這一段通渠,從漢水來説,也名之爲滄浪之水。《水經注·夏水》引鄭玄注《書》"（漢水又東爲）'滄浪之水'言'今謂之夏水來同，故世變名焉。'"又引劉澄之著《永初山水記》云："夏水古文以爲滄浪，《漁父》所歌也。"

又由於漢水"自堵口下洄"，"夏水來同"，酈《注》又說它"水通兼夏目，而會于江，謂之夏汭也。故《春秋左傳》稱'吳伐楚。……沈尹射奔命夏汭'也。杜預曰'漢水曲，入江即夏口矣。'"這是從夏水著眼而命名的。

又由於夏水是"江之汜"，是江水所成之"套"，因而也有江名。

《楚辭·漁父》："屈原既放，游于江潭，行吟澤畔。……漁父見而問之。……漁父莞爾而笑，鼓枻而去。歌曰：'滄浪之水清兮，可以濯吾纓；滄浪之水濁兮，可以濯吾足。'"江潭、澤畔和滄浪之水同時並見。在遊而行吟中與漁父問答，事情表明：這三處當相去不遠。

漢水又東爲滄浪之水。滄浪之歌明示漁父之舟正在漢水。

漢水過江夏雲杜縣東，至渚口夏水來同，構成漢水雲夢通渠，自渚口至沌陽實過澤中。因而在這一段流域中，既可以有滄浪之水，又可以有澤畔之行。行吟，對話，鼓枻而歌諸事是可以統一起來的。

"游于江潭"，"潭"與"潯"同，說的是遊行在江邊。《淮南子·原道訓》："故雖游于江潯海裔。"高誘注："潯，讀葛覃之覃也。"同書同篇又云："漁者爭處湍瀨，以曲隈深潭相予。"高注："潭讀爲葛覃之覃。"潭與潯同音。"游于江潭"即"游于江潯"，游于江邊。

漢水雲夢通渠，水通兼夏目而會于江，謂之夏汭。夏汭，杜預說是"漢水曲，入江即夏口矣"。酈注《水經·沔水》："又南至江夏沙羨縣北,南入于江",引庾仲雍曰:"夏口,亦曰沔口矣。"

《楚辭·漁父》:屈原游于江濱,行吟澤畔,而他和談活的漁父卻歌其水爲滄浪。江濱澤畔、滄浪三者在遊而行吟的時間局限,統一在屈原、漁父談話關係上,在當時的地理上,屈原當時從夏口附近江邊,入夏口沿漢水雲夢通渠而上。因而他能在游于江潭(潯)之時行吟澤畔,見他而同,鼓枻而去的漁父歌其水爲滄浪之水。

《周地圖記》:"夏水合潏水全入漢。漢入潏水爲七裹汙(《一統志》引此文作七里沔,在沔陽北),即屈原逢漁父與言濯纓鼓枻而去是此也。"[1]

這些關係也在說明"江"是大江,而"澤"漢水雲夢通渠所過之澤,即江邊澤地是自江入漢的首經之路。

9.《九歌》的地名

涔陽

涔陽不是"在鄂"的涔陽渚。[2] 也不是從公安入境,至匯口入澧的岷江別派。[3] 湘君北征之辭云:"望涔陽兮極浦,橫大江兮揚靈。"這個"橫"是"絕流度也",是橫渡。如涔陽在鄂,則是溯江而上,無須橫渡;如果是入澧之涔,也更無橫江之必要。《河伯》章中,遊九河,登昆侖,"惟極浦兮寤懷",這個"極浦"就是湘君"望涔陽兮極浦"的"極浦"。明示涔陽極浦和昆侖之行有關。而鄂、澧兩地都與昆侖無涉。因此說這個涔陽既不在"鄂中",這條涔水更不"入澧"。

---

[1]《寰宇記》見《漢唐地理書抄》第182頁。
[2]《說文》:"涔,一曰'涔陽渚',在鄂中。"
[3]《澧州志》:"涔水爲岷江別派,從公安入境爲四水口,又東南流,過焦圻一箭河,至匯口入澧,故稱涔澧。"

《水經·沔水》:"又東過成固縣南,又東過魏興安陽縣南,涔水出自旱山,北注之。"注云:"涔水出西南而東北入漢。"《水經·涔水》:"涔出漢中南鄭縣東南旱山。北至安陽縣,南入於沔。"注云:"涔水即黃水也,東北流逕成固南城北。黃水右岸有悦歸館,涔水厯其北,北至安陽左入沔,爲涔水口也。"

這個極浦涔陽在漢中。[1] 涔陽就是這條涔水之陽,也就是以涔水口爲起點,涔、漢兩水相會形成的夾角地帶。

漢中涔水,《漢書》寫作鸞水。《地理志》:漢中郡安陽,"鸞(今本作"鸞谷水",依王念孫説改)出西南,北入漢。左谷水出北,南入漢。"《毛詩》"潛有多魚",《韓詩》作"涔"。《説文》:"鸞,從鬲兓聲,讀若岑。"鸞與涔古同音通假。師古曰:"鸞,音潛,其字亦或從水。"《禹貢》"沱潛既道",《史記·夏本紀》寫作"沱涔已道",《漢書·地理志》寫作"沱灊既道"。涔、灊古音同在侵部。可證鸞水、灊水、潛水、涔水原是同一水名的不同寫法。

顧頡剛注釋《禹貢》"沱、潛既道",引《漢書·地理志》這條記載時説:"安陽,今陝西成固,左谷水即今湑水,漢即今沔水,潛即漢水之源。"[2] 潛即涔,因而涔水就是漢水之源。

戰國時南鄭、褒中、沔陽已是秦地。漢水上流楚地,止于成周。(説見後文《北渚》)因成固之潛(涔)遂成楚漢水之始,並爲楚漢水女神的"治所"。

古傳説,漢水是上通於天的。它進入人間世,從當時人們已經知道的漢水原委來説,已有一部分屬秦。作爲楚水來説,它是

---

[1] 《水經注·涔水》注云:"涔水自南鄭來,東北逕成固南城北,城北有桔渡沔,取北城,城即大成固縣治。涔水又歷悦歸館北,至安陽左入沔,爲涔水口。"
[2] 《中國古代地理名著選讀》第21頁。

從浠水開始的。湘君思念漢水之神——湘夫人而"望涔陽兮極浦",這說明楚人神話認爲掌管地上漢水的漢水之神,她是住在人們可見的楚漢水源頭浠水之中的。

涔陽在漢中。一、與《楚辭·九歌》所反映的丹陽戰後秦取楚漢中的形勢相應。二、與湘君、湘夫人的離居求合的困難情節相應。三、與湘君北征望涔陽、橫大江的目的和行程相應。四、與"晁（鼂）騁騖兮江皋,夕弭節兮北渚""朝馳騁兮江皋,夕濟兮西澨"的"朝"、"夕"行事相應。五、與遊九河,登昆侖,懷"極浦",見靈于水中,又復游於"河之渚"以及子交手東行,送美人南浦等情節相應。

北渚

　　晁騁騖兮江皋,夕弭節兮北渚。
　　鳥次兮屋上,水周兮堂下。（《湘君》）

　　帝子降兮北渚,目眇眇兮愁予。
　　嫋嫋兮秋風,洞庭波兮木葉下。（《湘夫人》）

兩章歌辭都提到北渚。北渚在哪裏?

在"洞庭波兮木葉下"的影響下,很容易以洞庭爲線索進行搜尋。

北渚是湘君"駕飛龍兮北征",中途"弭節"而不得再進的地方。它既然是旅程中的"弭節"地點,就應從湘君的水行線路來考慮。

湘君"令沅湘兮無波,使江水安流"。在他下命令要求水域平穩的辭句裏,說明他是發自沅湘——實際是從湘水出發的。

"駕飛龍兮北征,邅吾道兮洞庭",既指明航行方向,又説明洞庭是北征的轉路之處。在"邅道洞庭"之後,他"望涔陽兮極浦,橫大江兮(揚)靈(艫)"。橫是絶流而渡,是橫渡。"望涔陽"這個極浦遥天之處,而橫渡大江,可見這個"涔陽極浦"是遠在江北的。橫江而上的可航之路,大川只有漢水。湘君行舟入漢是可以無疑的。而河伯引湘君自九河上崑崙,那時所唱的"帷極浦兮寤懷"的"極捕"就是湘夫人所在的地上漢水之源——涔陽極浦。湘君北上的目的地也就是個想望的地方。

湘君乘舟北上,"晁騁騖兮江皋,夕弭節兮北渚。"他在水上從南到北賓士了一天,不但没有達到涔陽極浦,而且不能再進。他只得"采芳洲兮杜若,將以遺兮下女",使與他同來,深知心事,而爲他"嬋媛太息"之女,持信物杜若,間關西上,向湘夫人一通情愫。而這個通信之女,在她使湘夫人"聞佳人兮召予"之前的唱辭,又是"朝馳騁兮江皋,夕濟兮西澨"。

從這裏可看到湘君計劃中的全程是:發湘水,過洞庭,渡長江,入漢水,至北渚,濟西澨而直達涔陽。

可是實際上他只走到北渚。

這樣,北渚的地理位置應在漢水。洞庭只是他乘舟經過的地方,不能以它爲基礎來推尋北渚。

北渚不在洞庭,爲什麽湘夫人歌辭在"帝子降兮北渚"之後,接著説"洞庭波兮木葉下"呢?

這事須從《湘夫人》和《湘君》兩章在《九歌》十一章中的地位和她們之間的依存關係説起。

《湘夫人》開篇第一韻四句明説"帝子降兮北渚"。看來她好像已經知道湘君前來相迎了。可是這四句以下三韻,是湘夫人望湘君，不來；思公子，不至。在失望的苦痛中，她感到她的想望如同想要"鳥萃蘋中""罾落木上"一樣，是不可能成爲現實的，是一種癡心妄想。在她正想"麋何食兮庭中，蛟何爲兮水裔"時，出現了同湘君一章相應的歌辭，"朝馳騁兮江皋，夕濟兮西澨"，在這之後，她才始"聞佳人兮召予"。在這種情況下，顯見開篇四句不是湘夫人所唱的，因爲那時她還沒有得"聞佳人兮召予"，她還正在懷疑著自己的希望，根本不知道帝子爲她已經降於北渚。

唱"朝馳騁兮江皋，夕濟兮西澨"的不可能是湘夫人，因爲她如果也"朝馳騁兮江皋"，與湘君同道，那麼這兩方相迎相待之事都是多此一舉了。實際上這兩句是她得以"聞佳人兮召予"的條件。而這兩句又以"朝""夕"和"馳騁江皋"和湘君"晁騁鶩兮江皋，夕弭節兮北渚"相應，成爲紐帶，表明兩章事的聯繫，從而反映了這個使湘夫人得以"聞佳人兮召予"的是同湘君一道"遭洞庭"、"橫大江"、"弭節北渚"的侍女。

在"北征"舟上，"橫江裼（揚）靈"時，"嬋媛太息"之女在與湘君一同"弭節北渚"之後，湘君"采芳洲兮杜若"使她"將以遺兮下女"；而從"朝馳騁兮江皋"之人的口裏得"聞佳人兮召予"的湘夫人，她又"搴汀洲兮杜若"，使這傳信之人"將以遺兮遠者"，回去向"佳人"湘君覆命。可見湘君侍女是作者作傳信使者，往返於湘君、湘夫人之間的。

考慮了這些關係之後，可以說《湘夫人》開篇第一韻四句不是湘夫人的唱辭。它是緊接《湘君》最末一韻"弭節北渚"、"采芳洲兮杜若，將以遺兮下女"而來的。這時滿懷期望和疑慮的湘夫人尚未上場。應是湘君侍女手持杜若，表示銜命西上往見湘夫人的過場之辭。

"帝子降兮北渚,目眇眇兮愁予"這兩句是湘君侍女作爲傳信使者上場時,接前場《湘君》末韻,説她受命出發,帝子湘君親自送她:湘君望著她逐漸消逝的身影,把她目送到遠方,在擔心她的安全。

"嫋嫋兮秋風,洞庭波兮木葉下",是説她進入淪陷了的漢中之地,潛行敵後,眷懷楚國。想到今朝與湘君"駕飛龍兮北征,邅吾道兮洞庭",在嫋嫋秋風裏,湖水生波,落木蕭蕭的情景。

洞庭自是湘君北上,中途"邅道"之處,它和橫江入漢"弭節"抛錨的地方相距甚遠。我們不能把北渚推進洞庭湖中,也不能把它定在湖外的比較鄰近的地方。

從《楚辭・九歌》所反映的史實,從歌辭所記的湘君"北征"的目的和航程來求中途"弭節"的北渚,如前所説,應該在漢水中游上下去找。

從漢水中游上下以求北渚,應把湘君至此弭節和湘夫人不能從涔陽來此相會的具體情況納進來一同考慮。

《楚辭・九歌》作于楚秦丹陽戰後藍田戰前。[1] 丹陽之役,秦人大敗楚軍,遂取楚漢中之地。

這個漢中之地包括著哪些地方?《漢書・地理志》説:"漢中郡,秦置。"郡有"縣十二"。它們是:西城、旬陽、南鄭、襃中、房陵、安陽、成固、沔陽、錫、武陵、上庸、長利。

按《史記・秦本紀》厲共公"二十五年,智開與邑人來奔"句下,《集解》引徐廣曰:"一本'二十六年,城南鄭'也。"《六國表》記此年此事則説"左庶長城南鄭"。秦躁公二年,《秦本紀》和《六國

―――――――――
[1] 參見《楚辭・九歌》的寫作時間及其主要的時代背景。

表》都記"南鄭反"事。《本紀》秦惠公十三年"伐蜀取南鄭",這件事《六國表》記的則是"蜀取我南鄭",事相反,但南鄭之爲秦土而不在楚漢中之內則是很清楚的。據此可知,南鄭、沔陽、褒中原不屬楚。

《華陽國志·巴志》說周慎王五年張儀、司馬錯滅蜀取巴"執其王以歸,置巴、蜀及漢中郡。"南鄭、沔陽、褒中等地,在公元前316年以後當是秦漢中郡的一個部分。

梁啓超《戰國載記》在秦楚丹析之戰,秦"虜楚將屈匄,遂取楚漢中地"之下,加注說:

> 漢中當時本分屬秦楚,今道治(按指漢中道)之南鄭縣,前此早已屬秦,至是並取楚地,秦乃全有漢中矣。[1]

涔水在成固東,丹陽戰前是楚在漢中的西部地區。《楚世家》在藍田大敗之後,寫懷王十八年靳尚爲張儀說鄭袖時,說"(秦)今將以上庸之地六縣賂楚"。上庸之地六縣是房陵,上庸、武陵、錫、長利和旬陽。這六縣都在漢中之地的東部,它們和剩下的楚國本土接壤或鄰近。由此可證楚失漢中時,這六縣及其以西的西城、成固已經完全落入秦人之手。

漢中十二縣,長利最東。《水經》沔水在漢中,最後"又東鄾鄉南"。酈道元注:"漢水又東逕鄾鄉故城南,謂之鄾鄉灘。——縣故黎也,即長利之鄾鄉矣。"《地理志》曰"有鄾關"。丹陽之戰,秦取漢中,長利鄾關實爲秦在漢水流域中的東境要塞。而武當屬楚,遂成爲據漢水與秦對峙的前沿重鎮。

在長利以東,武當以西,漢水之中實有一洲。

---

[1]《國史研究六篇·第六·戰國載記》第24頁,1936年中華書局。

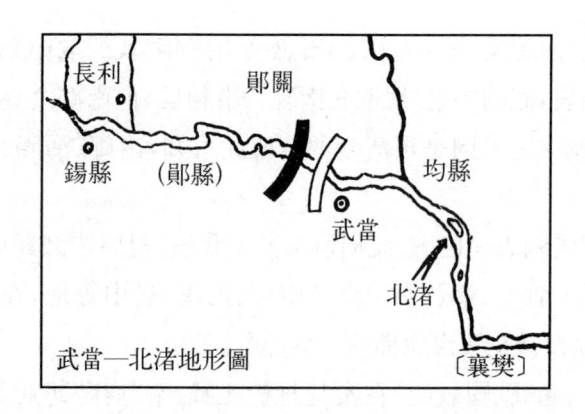

```
   長利        鄖關
 錫縣  （鄖縣）
               武當
                  北渚
 武當—北渚地形圖
                    〔襄樊〕
```

武當—北渚地形圖

　　《水經注》在記沔水自長利來，東北流，又屈東南，過武當縣之後，又接著說：“縣北四十里，水中有洲，名曰滄浪洲。”《史記·夏本紀》：“嶓冢道瀁，東流爲漢，又東爲蒼浪之水。”張守節《正義》引庾仲雍《漢水記》云：“武當縣西四十里，漢水中有洲，名滄浪洲也。”《太平御覽》卷六十九引《荆州圖經》，又進一步說：“武當縣西北四十里，江有滄浪洲，長四里，中廣十三里。”

　　《爾雅·釋水》：“水中可居曰洲，小洲曰陼。”《說文》：“小洲曰渚。”陼是渚的或體字。《國語·齊語》韋昭注，《莊子·秋水》的《釋文》引司馬彪說，都說“水中可居曰渚”，是渚與洲同義。丹陽敗後，漢中淪陷，漢水之滄浪洲與漢中之長利，一水相通，兩國對峙，已成楚秦對壘之前線。湘君横江溯漢，北上西進，到此邊境爲止，不得不弭節停舟，不能再進了。“夕弭節兮北渚”的北渚，就當時楚秦對峙形勢來說，當是這武當縣西四十里，漢水中的滄浪洲了。——武當故城在今湖北省均縣北。

　　西澨

　　《湘夫人》：“朝馳余馬兮江皋，夕濟兮西澨。聞佳人兮召予，將騰駕兮偕逝。”第一句和湘君“晁騁騖兮江皋”相應。第三句和湘君"采芳洲兮杜若，將以遺兮下女"相應。第一、第二兩句是湘君所遣侍女自述她和湘君北上相迎的時間和路程，以及奉湘君之命從北渚至澧陽傳達湘君之意時所通過的重要地點。三、四兩句則是湘夫人從湘君侍女口中得到湘君召她"將騰駕偕逝"的喜訊。從這四句話可知湘君侍女所經的西澨不在江、湘和北渚之間，而是介於澧陽、北渚之中的。

"澨"是楚語。《左傳》文公十六年，楚師"次於句澨"以伐庸；宣公四年，楚令尹子越"師於漳澨"；定公四年，楚左司馬戌"敗吳師於雍澨"；昭公二十三年，楚司馬薳越，"乃縊於薳澨"。這些楚國地名可以爲證。《說文解字》："澨，埤增水邊土，人所止者。從水筮聲。《夏書》曰：'過三澨。'"這個解說有兩個意思：一、水邊大防。二、漢水所過的重要地名。按《書·禹貢》："嶓冢導漾，東流爲漢，又東爲滄浪之水。過三澨，至於大別，南入于江。"

湘君橫江入漢，直至北渚。他的侍女出北渚，濟西澨，直到湘夫人所在的澧陽。這一路水程說明西澨在漢水是可以無疑的。

漢水又東，爲滄浪之水。漢水從哪裏開始名爲滄浪之水？這事雖不確知，可是滄浪洲在武當西四十里，則是確實的。如果像李白《襄陽歌》所說"漢水鴨頭綠"，滄浪水是以色爲名的。那麼，可以肯定滄浪洲以水得名，從它溯流而上必然還有一段水程是屬於滄浪之水的。

滄浪洲在武當縣西四十里漢水中，而武當是地接長利的。也就是說在長利一帶的漢水也是名叫滄浪之水的。這樣看來，滄浪之水所過的三澨，至少是可以包括長利一段的。因而"夕濟兮西澨"的西澨，可能就是漢水三澨中的最西的一個。

所以這樣說，是以自然和歷史作依據的。

從漢水的自然條件説：

《漢書·地理志》："漢中郡：長利，有鄖關。"鄖關是判定長利的條件。《水經·沔水》："又東過堵陽縣，堵水自上粉縣北流注之。又東，過鄖鄉南。又東北流，又屈東南，過武當縣東北。"酈道元注："漢水又東逕鄖鄉縣南之西山，……漢水又東逕鄖鄉縣故城南，謂之鄖鄉灘。縣故黎也。即長利之鄖鄉矣。《地理志》曰：'有鄖關'。李奇以爲鄖子國。晉太康五年立以爲縣。"可見漢中長利鄖關在堵水入漢之東，武當以西的鄖鄉縣了。

鄖鄉縣，如酈氏所説，是晉朝設置的。這個地方，元朝以後改名爲鄖縣，明成化年間把它作爲鄖陽府治的所在地。因而既叫鄖縣，也叫鄖陽。

這個地方的地理形勢，顧炎武説："今考《漢江圖》西自漢中流至漢陽大別山，出漢口，與江水合，即漢水故道也。水多泥沙，自古遷徙不常，但均陽以上，山阜夾岸，江身甚狹，不能溢。襄樊以下，景陵以上，原隰平曠，故多遷徙。"《漢江隄防考略》又説："按鄖陽郡西北扼扼秦豫，東南接連荆襄，四面皆疊山峻嶺，屬邑半依山城，獨郡治孤立川原之間，正當水衝，故上津、竹山諸縣雖臨漢濱，不必隄防，其水患衹在郡治，而禦水又以城爲隄，自古無大決害。"[1]

瀤是"埤增水邊土，人所止者"。《説文》："埤，增也。"埤增是在原有基礎上加土的。胡渭説："水邊即厓，埤增之土即大防；防大，故爲人所止也。"可見瀤是人工修築的防洪大隄。

從漢水在鄖陽的自然地理特徵和它的地區水文特點，這"正

---

[1]《鄖陽府隄考略》，以上並見《天下郡國利病書》原編第二十五册第10頁。

當水沖"的鄖陽之地,在以城爲堤之前,遠在春秋時代,人們爲了防洪,就已經對它"埤增水邊土"築成了堤防,成爲漢水最西的一澨。因爲它在楚西,所以把它作"西澨"。

從楚國的歷史說:

《左傳·文公十六年》"庸人師群蠻以叛楚",楚人用蒍賈之言,"乃出師。……自廬以往,振廩同食,次於句澨"。廬,春秋時廬戎之國,在襄陽南,漢水旁。《水經·沔水》:"又東過襄陽縣北,又從縣東屈西南,……又東過中廬縣東。"酈氏注云:"縣即春秋廬戎之國也。"《漢書·地理志》:"南郡,中廬。"師古注:"在襄陽南,今猶有次廬村,以隋室諱忠,故改中爲次。"庸,春秋時庸國。今湖北竹山縣東南。《水經·沔水注》:"堵水又東北逕上庸郡。故庸國也。《春秋》文公十六年,楚人、秦人、巴人滅庸。庸,小國,附楚。楚有災不救,舉群蠻以叛,故滅之以爲縣。屬漢中郡。"說明庸國是在堵水中游一帶的。

《水經注·沔水》注又說:"堵水又東逕方城亭南,東北歷參山下而北,逕堵陽縣南,北流注於漢,謂之堵口。"堵口即堵水注入漢水之處。漢水東過堵陽縣後,"又東過鄖鄉南",就到了長利之鄖鄉,《地理志》所說"有鄖關"的地方。而這個地方正是"正當水沖"而後來"以城爲堤"的防洪地方,必須"埤增水邊土"修築爲澨的所在。

楚人"自廬以往"是溯漢水而進軍的。溯漢伐庸而"次於句澨",在"庸人帥群蠻以叛楚"的情況下,楚軍一時不能直達堵口。杜預說句澨是"楚西界"。楚西漢水大防,如前所說,自然地理特徵、地區水文特點和後代"以城爲堤"事實,說明楚人"次"軍的"句澨"應該就是這個"正當水沖"的後來叫作鄖陽之地。它上距堵口不遠,正是伐庸的前進基地。

從地理的和歷史的兩種條件來看,句澨應在鄖陽,它是漢水三澨之一。因爲它的位置在最西,所以楚人在戰國時代又把它叫作西澨。

這個地方"西北控扼秦豫,東南接聯荆襄,四面皆疊山峻嶺",設有鄖關,是漢中的東部門户,是一個戰略要地。楚秦丹陽之戰,楚軍大敗,秦人乘勢攫取漢中,西澨遂成秦國的要塞。

自鄖陽順流而東,對面就是武當,這時它已成了楚國的邊境要地。"武當縣西四十里漢水中有洲,名曰滄浪洲"。滄浪洲就是北渚。北渚、西澨兩地原來都屬楚國,漢中淪陷後,它們就變成了楚、秦兩軍對壘的前沿陣地。

這種歷史的軍事地理形勢,可以使我們理解爲什麽"望涔陽兮極浦"的湘君到滄浪洲上——"夕彌節兮北渚"而不能再進;爲什麽他派遣他的侍女向湘夫人送信致意,而她在當晚就。"夕濟兮西澨"。——"濟西澨"是在説她已經越過了淪陷在秦人手中的漢中要塞句澨之地。

北渚、西澨、涔陽一脈相通,漢中入秦,遂成異國。北渚、西澨變成楚秦對峙的兩方邊防重地。這一歷史的地理關係是和《楚辭·九歌》内容情節完全相應的。

漢水入海

漢水入海,這是先秦時代的觀念。《書·禹貢》:"嶓冢導漾,東流爲漢,又東爲滄浪之水,過三澨,至於大別,南入于江,東匯爲彭蠡,東爲北江入於海。"江和漢,兩水合流,同入東海。所以《禹貢》有"江漢朝宗於海"之説。《詩·大雅·江漢》:"江漢之滸,王命召虎。"同篇"江漢浮浮,武夫滔滔。"鄭氏箋云:

"江漢之水合而東流,浮浮然。宣王於是水上命將率遣士衆,使循流而下,滔滔然。"可知"江漢之潞"並不是江之潞和漢之潞,而是一水之潞。《孟子·滕文公上》:"江漢以濯之,秋陽以暴之。""江漢"與"秋陽"對文,也不是江以濯之,漢以濯之。更不是以江或以漢濯之。可見戰國時"江漢"並列,在一定條件下,已成一詞。它反映兩水合流,共同朝宗於海的觀念在當時是比較明顯的。

這個觀念也反映在"三江"說裏。《禹貢》:"三江既入,震澤底定。"《初學記》卷六:"《周官》'揚洲,其川三江',注引(鄭玄)孔安國注云:'左合漢爲北江,會彭蠡爲南江,岷江居其中,則爲中江。故《書》稱'東爲中江'者,明岷江至彭蠡與南北合,始得稱中也'。"蘇軾《書傳》:"豫章江入彭蠡而東至海爲南江;岷江,江之經流,會彭蠡以入海爲中江;漢水自北入江,會彭蠡爲北江。"這種說法是與《禹貢》說漢水"南入于江,東匯爲彭蠡,東爲北江入於海"的"江漢朝宗於海"的觀念是相合的。

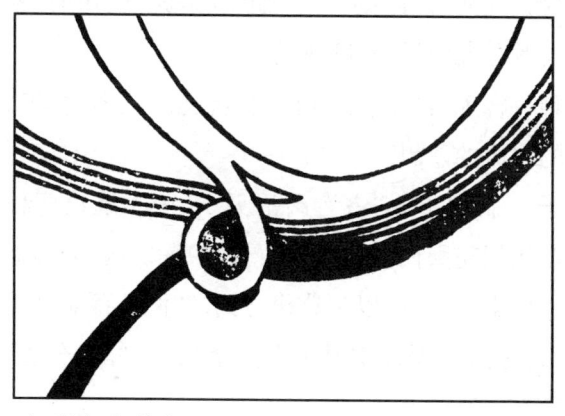

江漢朝宗漢水入海示意圖(程瑤《禹貢三江考》)

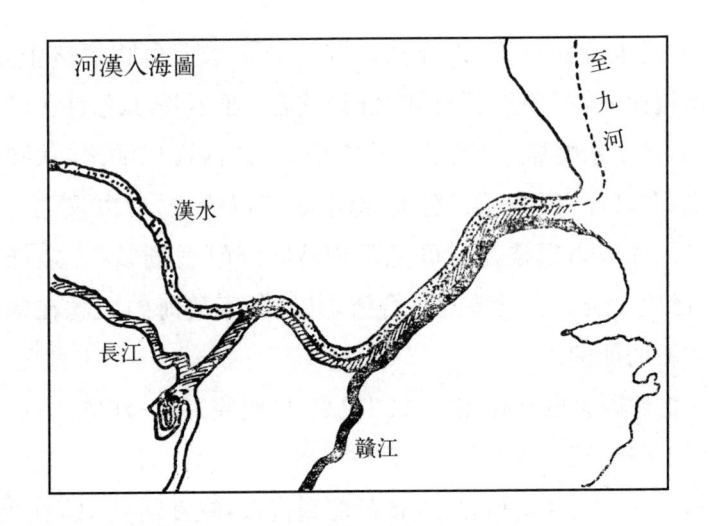

《禹貢》在說漢水入江之後,又必敘其東匯爲彭蠡,爲北江入於海。蔣廷錫認爲這是因爲"江漢勢均力敵,漢水雖與江水會合爲一,亦必窮其下流以至入海也"。

九坑

《大司命》:"導帝子(之)兮九坑","之"是"子"的字誤。[1]"九坑"是指"九河"而說的。這句歌辭是與《少司命》、《河伯》兩章的"與女遊兮九河"緊相呼應的。

《廣雅·釋水》:"溝、渠、川、瀆,坑也。"坑與溝、渠、川、瀆同義,有小的水流的意思。

《墨子·兼愛中》:"古者禹治天下,……灑爲底柱,鑿爲龍門,以利燕代胡貉與西河之民,東爲(方)漏之陸,防孟諸之澤,灑爲九澮,以楗東土之水,以利冀州之民。""灑",孫詒讓據《漢書·溝洫志》"禹迺廝二渠以引其河"注,孟康云:"廝,分也,分其流,

---

[1] 參見本書《各章稱謂之詞的通體關係·帝子》。

泄其怒也。"以爲"灑"與"釃"字通。"九澮"的"澮",畢沅説:"此'巜'字之假音。《爾雅》云:'水注溝曰澮。'《説文》以'澮'爲水名。"案:"九巜,即'九河'也。"《墨子》:"灑爲九澮"就是分爲九河。

古音,"坑"在陽部,"澮"在祭部,陽、祭兩部音常對轉。"九坑"和"九澮"的音變正象"抗節"和"折節"[1]、"剛平"和"割平"[2]、"清揚"和"清越"[3]一樣,抗、剛、揚都在陽部而音變入祭,爲折,爲割,爲越。

"九坑"即"九澮",是指"九河"而説的。

把"九河"説成"九澮",也就是把它看作九條小水溝,這是大司命以他天神的地位小視天下之意,而河伯先後兩次上場[4],都説"與女遊兮九河",而不説"九坑"。"九河"是河伯職掌的水域,而河大於湘,與湘君説河,不容自蔑,不用自謙。"九坑"和"九河"都是合乎大司命和河伯身份的。

"導帝子(之)兮九坑"上與湘君北上迎湘夫人至北渚,而不得再進相應,下與少司命、河伯邀湘君"與女遊兮九河"相應,而此意之發又與大司命的身份和職權相應。

(二) 神話中的崑崙山水

《河伯》:

---

[1] 《漢書·賈誼傳》:"已而抗節致忠,行出虖列士。"賈誼《新書·階級》這句話寫作"已而折節致忠,行出乎烈士"。
[2] 《戰國策·秦策四》:"(趙)築剛平,衛無東野,芻牧薪采,莫敢窺東門"。同書《齊策五》:"昔者趙氏襲衛,車舍人不休傅[傳],衛國城割平,衛八門土而二門墮矣。此亡國之形也。衛君跣行,造遡于魏。魏王身被甲底劍,挑趙索戰。……衛得是藉也,亦收餘甲而北面,殘剛平,墮中年之郭。"兩策所記都是周安王十九年事。"城割平"即"築剛平",而"殘剛平"即殘所城之割平。"傅",鮑本作"傳"。
[3] 《荀子·法行》:"扣之,其聲清揚而遠聞。"楊倞注:"《禮記》作'扣之,其聲清越以長。'"
[4] 第一次在《少司命》一場,第二次在《河伯》一場。

與女遊兮九河,衝風起兮橫波。
乘水車兮荷蓋,駕兩龍兮驂螭。
登崑崙兮四望,心飛揚兮浩蕩。
日將暮兮悵忘歸,惟極浦兮寤懷。
魚鱗屋兮龍堂,紫貝闕兮朱宮。
靈何爲兮水中?

從九河,上崑崙,念極浦而見"靈"于魚屋龍堂貝闕珠宮之中,這一路行程,崑崙是它的關鍵。

崑崙在歷史上有兩個概念:一個是人們所熟悉的,以慕士塔格山爲主峰的地上的崑崙山;一個是以疏圃接天門"乃維上天"的神話中的"高山"。

"崑崙縣圃其尻安在?"

屈原在他的《天問》中,已經以設問的方式明白地告訴我們:當時人們所熟知的崑崙是神話的,它不同于地上的山嶽,大家是不知道"其尻安在"的。

1. 一篇名貴的神話地理史料——從《離騷》看屈原觀念中的崑崙山水

神話中的崑崙,《山海經·西次三經》"其光熊熊,其氣魂魂"。雖然不知道"其居安在",但是,從《天問》"崑崙、縣圃"一問,知道它與縣圃相關。從《淮南子·地形訓》所記古神話中的地理傳說,知道它除"縣圃"以外,還有"閶闔"、"涼風"、"白水"和它相關。

《地形訓》說:

崑崙之丘:□□□□□□□(似脫其下爲樊桐之山)或上倍

之,是謂涼風之山,登之而不死;或上倍之,是謂縣圃,登之乃靈,能使風雨;或上倍之,乃維上天,登之乃神,是謂太帝之居。

又説:

縣圃、涼風、樊桐在崑崙。閶闔之中,是其疏圃。疏圃之池,浸之黄水。黄水三周復其原,是謂白永(今本作丹水,依王念孫説改。),飲之不死。

《淮南子》的"涼風"就是《離騷》的"閬風"。《史記·周本紀》周惠王閬,《索隱》引世本作"毋涼"。"涼""閬"古同音通假。

閶闔是天門。《淮南子·原道訓》:"經紀山川,蹈騰崑崙,排閶闔,淪天門。"《説文》:"閶,天門也。從門,昌聲。楚人名門曰閶闔。"閶闔自是楚人神話傳説中,乃維上天,進入太帝之居的門户。

閶闔是楚語。可見它是楚國的神話傳説。

屈原作品中直接反映了這一傳説。《離騷》:"朝發軔於蒼梧兮,夕余至乎縣圃。"到達縣圃之後,又向上進,説:"吾令帝閽開關兮,倚閶闔而望予。"天門被阻,下而它適。於是"朝吾將濟於白水兮,登閬風而緤馬。"這裏又出現了與《淮南子》相應的"白水"。

閬風即涼風。從縣圃上而至於閶闔,下而抵於閬風(涼風),這個混淪天地的"山"勢是和《淮南子》所説的完全相同的。閶闔是楚語,淮南王好楚辭,可以説這個神話中"地理"——崑崙,是我國古神話傳説在楚國保存下來的一個部分。

以"縣圃"、"涼風"(閬風)、"閶闔"、"白水"為基點,進行"觀測",發現這幅神話中的崑崙山圖,屈原已經在它的《離騷》裏為我們勾畫了輪廓。這是我國古神話地理中的一篇名貴史料。

屈原《離騷》神往崑崙一段,是從"駟玉虯以乘鷖兮,溘埃風余上征"開始的。他説:

> 朝發軔於蒼梧兮,夕余至乎縣圃。
> 欲少留此靈瑣兮,日忽忽其將暮。
> 吾令羲和弭節兮,望崦嵫而勿迫。
> 路漫漫其脩遠兮,吾將上下而求索。
> 飲余馬于咸池兮,總余轡乎扶桑。
> 折若木以拂日兮,聊逍遥以相羊。
> 前望舒使先驅兮,後飛廉使奔屬。
> 鸞凰為余先戒兮,雷師告余以未具。
> 吾令鳳鳥飛騰兮,繼之以日夜。
> 飄風屯其相離兮,率雲霓而來御。
> 紛總總其離合兮,斑陸離其上下。
> 吾令帝閽開關兮,倚閶闔而望予。
> 時曖曖其將罷兮,結幽蘭而延佇。
> 世溷濁而不分兮,好蔽美而嫉妒。
> 朝吾將濟於白水兮,登閬風而緤馬。
> 忽反顧以流涕兮,哀高丘之無女。

這一段歌辭所説的崑崙山水及其關係,虛無飄渺,是神話而不是實際的。縣圃、靈瑣(按即疏圃)、咸池、閶闔、白水,閬風等等神話中的地理位置和關係,屈原在《離騷》裏卻説得很清楚。

2. 崑崙山勢

"崑崙縣圃其尻安在?"

神話中的地名，在人世間雖然不能把它"錐指"落地，但是，從《天問》中的這一問，以"崑崙""縣圃"的相連關係爲線索，把它們同《淮南子·地形訓》所記的古神話傳說互相印證，卻是可以初步看到這些神話中的地名和崑崙的關係：

首先是崑崙山勢。

《淮南子》所記神話，崑崙結構是分作三層的。《爾雅·釋丘》所謂"三成爲崑崙丘"，便是它的概括。

《廣雅·釋山》："崑崙虛有三山：閬風、板桐、玄圃。其高一千一百一十里一十四步二尺六寸。"玄圃就是縣圃，而縣圃也或寫作懸圃。《文選·張衡·東京賦》："左瞰暘谷，右睨玄圃。"李善注："玄與懸古字通。"（按：真、元兩部音轉。）它高懸在上，自然是崑崙最上層。《抱朴子·博喻》："尋常積而玄圃致極天之高。"正說明它所處的位置是上極於天的。板桐就是樊桐。除高度不見於《楚辭》外，它所說的崑崙形勢是和《離騷》、《淮南》所記基本相同的。所不同的只是閬風，樊桐在次序上稍有顛倒而已。

《水經注·河水》引《崑崙說》以爲"崑崙之山三級：下曰樊桐，一名板桐；二曰玄圃，一名閬風；上曰層城，一名天庭，是爲太帝之居。"它把縣圃和閬風劃在一起，把太帝之居也歸屬於崑崙。雖傳聞異辭，其基本形勢也是三節，則是和《淮南》、《爾雅》、《廣雅》相同的。

案：《離騷》："夕余至乎縣圃"之後，"朝吾將濟於白水兮"才"登閬風而緤馬"，是閬風和縣圃有區別，不能說縣圃和閬風是一事而異名的。

《淮南子·地形訓》："崑崙之丘或上倍之，是謂涼風之山，登之而不死；或一上倍之，是謂縣圃，登之乃靈，能使風雨；或上倍之,乃維上天,登之乃神,是謂太帝之居。"《水經注》據第三個"或上倍之",把太帝之居列爲崑崙的三層。案:《淮南·地形訓》明言"縣圃、涼風、樊桐在崑崙",而不是把"崑崙之丘"或"上倍之"才爲涼風之山。第一個"或上倍之"應指樊桐而言。"昆侖之丘"下似脫有關樊桐之句。從《地形訓》兩段神話記載可以覈知。以《離騷》,"夕余至乎縣圃"之後,"吾令帝閽開關兮,倚閶闔而望序","楚人名門曰閶闔",這裏指的是天門,是有帝閽——門官把守的。它是進入太帝之居的門户。《地形訓》最後一個"或上倍之"推其極致,也是縣圃最高處,天門閶闔之所在。這個最高處是"乃維上天"的,這個境界是"登之乃神"的,是"太帝之居"。

若從"乃維上天"的閶闔下看崑崙,則樊桐、閬風、縣圃這三者正是"三成爲崑崙丘"。從地面樊桐之麓上接閬風之底,是爲基礎第一成。以樊桐爲基礎,"或上倍之",也就是從樊桐之頂,上接縣圃之底,這段是閬風,是第二成。更以閬風爲基礎,"或上倍之"下起閬風之頂,上至閶闔之前,這一段是縣圃,是崑崙的第三成。下起縣圃之頂,以縣圃之高爲基礎,"或上倍之",則已過天門閶闔。"乃維上天",進入"太帝之居"的領域之中了。這已在地上崑崙三成之外了。

《淮南子·地形訓》説崑崙虚"中有增城九重,其高萬一千里百一十四步二尺六寸"。《廣雅》所記數字只比它多出"一十里",這是傳抄中的脱誤。

增城,早見於《天問》。《天問》在"崑崙縣圃,其尻安在?"之下,接著就問:"增城九重其高幾里?"可見增城是屬於崑崙的。可是《水經注》引《崑崙説》把玄圃、閬風合爲第二級,而把第三級叫作"層城",説它"一名天庭,是爲太帝之居,"進入閶闔門内。

張衡《思玄賦》："登閬風之層城兮"，又把它歸到閬風里去了。

案：增、層同音義近，《魏大饗碑》"蔭九增之華蓋"，九增即九層。九層也就是九重。王逸注《天問》"增城九重"，說："增，重也。"他直接用"重"來解"增"，也是這個道理。同理，古蒸、耕兩部音變相通，九增、九層也或寫作九成。《呂氏春秋·音初》："有娀氏有二佚女，爲之九成之臺。""九成之臺"也就是九層之臺，九重之臺。

據此，可以說："三成爲崑崙丘"的三成，也就是三重或三層。這是和樊桐、閬鳳、縣圃三段相應的。崑崙"九增"的九重細目，雖無文字可據，以理推之，可能是這三成又各有三重。

3. 和《楚辭·九歌》有關的崑崙山水

在以屈原《離騷》爲代表，以《淮南·地形訓》爲參證的古神話崑崙山水中，和《楚辭·九歌》有關的，有以下幾事：

　　　　疏圃　靈瑣　縣圃

《離騷》：
　　朝發軔於蒼梧兮，夕余至乎縣圃。
　　欲少留此靈瑣兮，日忽忽其將暮。

"欲少留此靈瑣兮"的瑣，王逸注爲"門鏤也。"朱駿聲、章太炎都以爲借作"門戶疏窗"的䆫。章氏《文始》五："《管子·輕重己篇》曰：'秋至而禾熟，天子祀于大惢。'《楚辭》'欲少留此靈瑣兮。'惢、瑣皆借爲䆫。"《說文》："䆫，讀若疏。"

按："瑣"古音同"沙"，在歌部。《春秋》成公十二年，左氏："夏，公會晉侯、衛侯於瑣澤。""瑣"，公羊作"沙"，是其證。"疏"

古音在魚部，以魚、歌旁轉，音變也讀爲"沙"。《周禮·典瑞》："疏璧琮以歛尸"，鄭衆注"疏，讀爲沙"，是其證。以"沙"爲仲介，可知"靈瑣"是"靈疏"之說是有道理的。但是，在"夕余至乎縣圃"的前提下，這個"靈瑣"不應是"門户疏窗"的"䉽"，應該是"疏圃"的"疏"。

爲什麽這樣說呢？

這一段《離騷》事在崑崙，還是且從崑崙説起。

如《淮南子》所説，崑崙之丘（其下爲樊桐之山），或上倍之，是謂涼風之山；或上倍之，是謂縣圃。而《離騷》"夕余至乎縣圃"之後，"朝吾將濟於白水兮，登閬風而緤馬"之前，有"吾令帝閽開關兮，倚閶闔而望予"之辭。可見縣圃是與天門閶闔相接的。

《山海經·海内西經》："崑崙之墟，方八百里，高萬仞。'上'有木禾長五尋，大五圍。面有九井，以玉爲檻。面有九門，門有開明獸守之。"《淮南子·地形訓》："（崑崙）'上'有木禾其修五尋。珠樹、玉樹、旋樹、不死樹在其西；沙棠、琅玕在其東；絳樹在其南，碧樹、瑶樹在其北。旁有四百四十門。……"雖然傳聞異詞，"門"數不同，但是這一點是一致的，那就是：崑崙之"上"是有"門"的。而"面有九門"，和"旁有四百四十門"的"面"和"旁"者説明，在神話中崑崙頂上的一些神奇植物，諸如木禾、珠樹、玉樹、旋樹、不死樹、沙棠、琅玕（在此也是樹名）、絳樹、碧樹、瑶樹等等，都是被以四周各門所形成圈框包圍起來的。

《山海經·西山經》記"崑崙之丘"時，又説這個神話中的地方是"神陸吾司之，其神狀虎身而九尾，人面而虎爪。是神也，司天之九部及帝之囿時。"司天之"囿時"的神，處於崑崙之上而管理它，可知這崑崙之上本身也是屬於宛圃的。郭氏傳：説這個陸吾之神是"主九域之部界，天帝苑圃之時節也。"《西次三經》說司帝之"圃時"的陸吾之神所司的崑崙，不但"有獸焉"，"有鳥焉"，而且"有木焉，其狀如棠，華黃赤實，其味如李而無核，名曰沙棠，可以禦水，食之使人不溺；有草焉，名曰薲草，其狀如葵，其味如蔥，食之已勞。"在沙棠之外，又多了一種薲草。它同《海內西經》、《地形訓》一樣，説明崑崙頂上的"圃時"是以草木為主的。

《左傳·僖公三十三年》："鄭之有原圃，猶秦之有具囿也。"杜預注："原圃、具囿，皆囿名。"《説文》："囿，苑有垣也，從囗有聲，一曰：禽獸曰囿。𡈽，籀文囿。"

石鼓文"囿"作：

甲骨文"囿"作：

或從木，或從中。足證"囿"是以草木為其特徵而不是以禽獸為主的。"囿"與"圃"物類相近，"圃"可以為"囿"。所以周惠王"取蒍國（周大夫）之圃以爲囿"（《左傳·莊公十九年》）。

"圃""囿"義近，而《周禮·大宰》"以九職任萬民"，它的"二，曰園圃，毓草木。"鄭玄注："樹果蓏曰圃，園其樊也。"神話中的崑崙頂上，有陸吾司"囿時"，有木禾、珠樹、沙棠、薲草等等在其中，四周有門（有門自然有"樊"），可以説是一個被圈定的"圃""囿"。在神話傳説中，《山海經》説它的性質爲"囿"，而《淮南子》則是以之爲"圃"的。這個"圃"成爲崑崙第三級的特點,而它又高高在上,上接於天,因此在神話中以其特點名山,把它叫作"縣圃"。

縣圃,是崑崙三成中最上一層的總體名字。它的頂面,這個局部地方,是中生"禾"、"樹"而四周有"門"的。"楚人名門曰閶闔",那麼這個"禾""樹"之"圃"是在"閶闔"之"中"的。《淮南子·地形訓》:"閶闔之中是其疏圃。"正和這個形勢相同。

由此可見"疏圃"只是"縣圃"一級的一個部分,而且是它最頂上的一個部分。它上接"帝閶",是可以直達"太帝之居"的。如《淮南子》所記,縣圃已進入神靈之域,是"登之乃'靈'"的。因此,它的上頂疏圃又叫"靈疏"。"疏"、"瑣"同音,因而被寫作"靈瑣"。

《離騷》:"欲少留此靈瑣兮",是接"夕余至乎縣圃"而説的。它是説晚上到了縣圃之後,想要停留在這最高層的疏圃——靈瑣(靈疏)之地,而不是王逸所説:"言未得入門,故欲少住門外也。"

《九歌·大司命》"折疏麻兮瑶草",疏麻,在崑崙疏圃的條件下,是崑崙疏圃之麻。這一點是可以推定的。

崑崙四水

《淮南子·地形訓》:"疏圃之池,浸之黃水,三周復其原,是謂白水(今本作丹水,依王念孫説改),飲之不死。"這個水是"周復其原"的環流,是不曾出山的。

在古神話裏,發源於崑崙而流於山下的有四水,和《楚辭·九歌》相關的是河水和洋水,都是"天上人間"一脈相通的。

河水　赤水　洋水　黑水

在古神話中,河水、赤水、洋水、黑水四水都是出自崑崙的。《山海經·西山經》:"崑崙之丘,是實惟帝之下都。……河水出焉而南流,東注于無達;赤水出焉而爾南流,注於氾天之水;洋水出焉而西南流,注于醜塗之水;黑水出焉而西流於大杅。"《海內西經》也在"海內崑崙之墟"下,說"赤水出東北隅,以行其東北,西南流,注南海,厭火東。河水出東北隅,以行其北,西南又入渤海,又出海外,即西而北,入禹所導積石山。洋水、黑水出西北隅以東,東行,又東北,南人海,羽民南。弱水、青水出西南隅以東,又北,又西南,過畢方鳥東。"比《西次三經》所記多出兩水。而《淮南子·地形訓》所記,則是:"河水出崑崙東北陬,貫渤海,入禹所導積石山。赤水出其東南陬,西南,注南海,丹澤之東。(赤水之東)弱水出(自窮石,至於合黎,餘波入於流沙)其西南陬。(據王引之說改),絕流沙,南至南海。洋水出其西北陬,入於南海,羽民之南。凡四水者,帝之神泉。"《廣雅》:"崑崙虛,赤水出其東南陬,河水出其東北陬,洋水出其西北陬。弱水出其西南陬。河水入東海,三水入南海。"[1]雖傳聞異詞,甚至數位上也有出入,但河水、洋水出於崑崙,則是一致的。

古神話中的崑崙四水,在《穆天子傳》裏也有反映。

這本在晉代從戰國時魏王墓中發現的先秦古書,它說周穆王登崑崙是從河水而上的。

> 辛丑,天子西征至於鄴人。河宗之子孫鄴柏絮且逆天子于智之□。……丙午,天子飲于河水之阿。……戊寅[2],天子西征,鶩行至於陽紆之山,河伯無夷之所都居,是惟河宗氏。河宗柏夭逆天子燕然之山。……癸丑,天子大朝于燕□然之山,河水之

---

[1] 見《困學紀聞·卷十六·考史》。
[2] 編者按,王貽樑等認為當作"戊申",見氏校《穆天子傳匯校集釋》,中華書局2019年版,第38頁。

阿。……天子授河宗璧。河宗柏夭受璧,西向,沉璧於河。……河宗□命于皇天子。河伯號之,帝曰:'穆滿,女當永致用岢事!'南向再拜。河宗又號之,帝曰:'穆滿,示女春山之珤,詔女昆侖□舍四、平泉七十。乃至於昆侖之丘,以觀春山之珤。賜語晦。'天子受命,南向再拜。……乙丑,天子西濟于河□,爰有溫谷樂都,河宗氏之所遊居。丙寅,……用伸□八駿之乘,以飲於枝洔之中,積石之南河。(以上卷一)

　　□柏夭曰:"□封膜畫于河水之陽,以爲殷人主。……戊午,丐□之人居慮獻酒百□于天子。天子已飲而行,遂宿于昆侖之阿。"(以上卷之二)

　　從河水上昆侖,這一點,《穆天子傳》和《楚辭·九歌》河伯受司命之命,引湘君"遊九河"、"登昆侖"是完全一致的。

　　《穆天子傳》:"天子已飲而行,遂宿于昆侖之阿,赤水之陽。……吉日辛酉,天子升于昆侖之丘,以觀黃帝之宮。……甲子,天子□昆侖,以守黃帝之宮。南司赤水,而北守春山之寶。"這是昆侖的赤水。

　　《穆天子傳》在"天子□昆侖,以守黃帝之宮,南司赤水,而北守春山之寶"之後,説:"季夏,丁卯,天子北升于春山之上,以望四野,曰:'春山是唯天下之高山也。'……先王所謂縣圃。……乙卯,天子北征,赴行□舍。庚辰,濟于洋水。辛巳,入于曹奴之人戲,觴天子于洋水之上。"這是昆侖的洋水。

　　《穆天子傳》在"天子乃賜曹奴之人戲□黃金之鹿銀、貝帶四十、珠四百里之後,壬午,天子北征東還。甲申至於黑水,西膜之所謂鴻鷺。……天子乃封長肱于黑水之西阿(河)。……辛卯,天子北征東還,乃循黑水。癸巳至於群玉之山。"這是昆侖的黑水。

《穆天子傳》：循黑水，"癸巳至於羣玉之山"以後，"庚戌，天子西征，至於玄池。"直到"癸亥至於西王母之邦"

穆天子自河水上昆侖，可見在這個神話傳說中，河水是上至昆侖的。他上昆侖之後，又先後走到赤水、洋水、黑水。這個昆侖四水是和《山海經》所記的名稱次序完全一樣的。[1]

洋水　陽之阿

《淮南子·地形訓》寫昆侖四水時，說："洋水出其西北陬。"高誘注云："洋水經隴西氐道，東至武都爲漢。'陽'或作養水也。"按：《漢書·地理志》："隴西郡，氐道：禹貢養水所出，至武都爲漢。"《禹貢》："嶓塚道漾，東流爲漢"，字寫作"漾"。《說文》："漾，水出隴西氐道（氐，今本作相，作柏，據段氏説改），東至武都爲漢。瀁，古文從養。"瀁從養得聲，養水即瀁水，亦即漾水，亦即漢水上源。

許慎曾注《淮南子》，書已散佚。今本《淮南子注》與許注相雜。這一條洋水注，前半語句和《說文》基本相同，可能是殘存的許注。"至武都爲漢"下面的"陽"字不能和"漢"，相接爲"漢陽"，因爲"洋水經隴西氐道，東至武都爲漢"是"水名"的變易；而"至武都爲漢陽"，則是由水名一變而爲"地名"，是不合邏輯的。"陽"又不能和它的下文"或作養水也"相接，因爲"陽或作養水也"也不成話。在前後都說"水"的情況下，"陽"字也應該是說"水"的，它可能是一個短句的殘文。

---

[1]《淮南子·地形訓》記昆侖四水說"河水出昆侖東北陬""赤水出東南陬""洋水出其西北陬"，無黑水而有弱水，說"弱水出窮石"語句與其他三水不相應，可能有誤。但是，昆侖有四水，其中有河水、洋水，這是和《山海經》、《穆天子傳》完全相同的。

《漢書·地理志》："北海郡,羊石,侯國。"《五行志上》："帝女諸邑公,陽石公主。"顏師古注："陽石,北海之縣,字亦作羊。""羊"、"陽"同音,故"羊"或從"羊"得聲之字,或與"陽"通。鄒陽《獄中上梁王書》："是以箕子佯狂,接輿避世",《漢書·鄒陽傳》"佯狂"寫作"陽狂"。從這種同音通假關係看《淮南子》這條洋水注,可能這"陽"字當是"或作陽水"的殘文。"陽"借作"洋",正象"陽石"之與"羊石"、"陽狂"之爲"佯狂"一樣。

"陽"借作"佯"或"漾",《楚辭·九歌·少司命》："與女沐兮咸池,晞女髮兮陽之阿。""陽之阿"即"洋之河"。《穆天子傳》"丙午,天子飲于河水之阿"、"庚寅,至於重䲴氏黑水之阿"、"已至於䥝瑂河之水北陽"。"陽之阿"即"洋水之阿",洋水的曲隅之處。《漢書·禮樂志》所記《郊祀歌·華爗爗》中有"沛施祐,汾之阿"之句。"汾之阿"句法和"陽之間"正好相同。師古曰："阿,水之曲隅。"

咸池

《山海經·海內西經》說："崑崙南淵深三百仞。"《淮南子·地形訓》也說："湍池在崑崙。"崑崙不僅是河、漢諸水之所出,而且還有淵有池。《離騷》在"夕余至乎縣圃"之後,寫的是"飲余馬于咸池兮,總余轡乎扶桑",以後是"吾令帝閽開關兮,倚閶闔而望予",才"朝吾將濟於白水兮,登閬風而緤馬"。在縣圃、閶闔,閬風之間出咸池,在楚人神話傳說中,咸池也是崑崙之水。

楚辭《九歌·少司命》："與女沐兮咸池,晞女髮兮陽之阿。"《離騷》："飲余馬于咸池兮,總余轡乎扶桑,折若木以拂日兮,聊逍遥以相羊。"一則以之沐髮,一則以之飲馬,可飲可沐,咸池必然是古神話中的一個池水。王逸説："咸池。星名,蓋天池也。""咸池,日浴處也。"這兩種説法基本上是正確的。但是,它的位置究竟在哪裏? 並没確切説明。

扶桑,若木也,或寫作榑桑、叒木。在記載上,一般是把它們推到東方的。譬如:《海經·海外東經》黑齒國"下有湯谷。湯谷上有扶桑",《淮南子·地形訓》"暘谷、榑桑在東方。"《論衡·説日篇》"在海外東方有湯谷,上有扶桑。"《説文解字·叒部》"日初出東方湯谷,所登榑桑,叒木也。"諸如此類的説法,使人覺得咸池好像也在東方似的。

可是,《淮南子·地形訓》卻又説:"扶木在陽州,日之所曊;建木在都廣,衆帝所自上下,日中無景,呼而無響,蓋天地之中也;若木在建木西,末有十日,其華照下地。""南方曰都廣",它在《淮南子》是"八絃"之一。若以建木爲中心,扶木在東,而若木在西,它們又不是同在東方了。

神話傳説往往傳聞異詞。不僅各書所記時有出入,就是《山海經》、《淮南子》等書自己也時有矛盾,是很難鬭合在一起的,雖然如此,若以《楚辭》證《楚辭》,而參之以秦、漢前後的傳説,特別是楚神話傳説,在這些紛亂現象之中,也未始不能摸索出一條主線來。

經過初步探索,可以説古神話中的咸池是位於崑崙縣圃之中的。導致這個結論的證據有三個:

第一,屈原《離騷》所説的飲馬咸池,總轡扶桑,折若木拂日等事,是在崑崙縣圃中的。他"駟玉虯以乘鷖兮,溘埃風余上征"的第一日程,是"朝發軔於蒼梧兮,夕余至乎縣圃"。縣圃是崑崙三成的最上層。它下據涼風之山,上抵閶闔之門,進乃維上天以達太帝之居。在下文"吾令帝閽開關兮"的制約下,因此説"乎縣圃"就等於明言已到崑崙之頂——縣圃之上的疏圃了。

到縣圃之後,"欲少留此靈瑣兮,日忽忽其將暮"。靈瑣即靈疏。靈疏就是"在崑崙閶闔之中"的"疏圃"。它是縣圃一級的上頂。到崑崙縣圃而想稍事留連的時候,太陽已經快要落了。於是提出了願望:"吾令羲和弭節兮,望崦嵫而勿迫!"希望它略停一停,以便自己好在這漫漫而修遠的道路上上下下求索。值得注意的是:直到這時並没有離開昆侖縣圃而東行。但是就在這種情況下,緊接著説"飲余馬于咸池兮,揔余轡乎扶桑,折若木以拂日兮,聊逍遥以相羊"。

由此可見《離騷》的咸池、扶桑、若木原是在崑崙縣圃之上的。

惟其如此,才能在雷師停車,風阻雲横,欲去不得的情況下,上至縣圃極處——天門閶闔之前,令帝閽開關,没想到這個看門的傢伙,卻"倚閶闔而望予"!

惟其一直没有離開崑崙縣圃,才能在他上天不得,掉轉頭來,開始下求時,從縣圃下來,降至崑崙第二級涼風之山,準備去崑崙而他適,從而轉入此行的第二行程。這個行程是"朝吾將濟於白水兮,登閬風而緤馬"。閬風就涼風,它在樊桐之上,縣圃之下,也是崑崙的一個部分。而白水正與《淮南子·地形訓》:"疏圃之池浸之黄水,黄水三周復其原,是謂白(丹)水"的説法相合,恰好説明他從疏圃出發。

或者有人據《楚辭·九歌·東君》"暾將出兮東方,照吾檻兮扶桑",以爲扶桑在東方而不在崑崙之證。驟然看來,真好像鐵證不移了。

但是《東君》本文並不如此。所謂"將出東方"明是未然之詞，而其下文在"撫余馬兮安驅"之後，還是"長太息兮將上。"這表明太陽在瞎于扶桑之後，還要向東走一段路程，才能達到東方，從地平綫上升出來。這一過程和《淮南子·天文訓》所記日出情況是一致的。它說："日出於暘谷，浴于咸池，拂於扶桑，是謂晨明，登於扶桑，爰始將行，是謂朏明；至於曲阿，是謂旦明。"旦明才是達到東方初出於地平綫上的時刻。古金文"旦"字正如此作，寫作![]或![]，象日剛出地平綫之形。由此可見日在初出東方的平旦之前，晨明、朏明正是太陽從西方"杳冥冥兮以東行，"經過一次休整之後，邁入新行程的開始。如此說來，"暾將出兮東方，照吾檻兮扶桑"並不是已到東方，而是它在咸池浴罷，由中央走向東出的序曲。這個"將出"的"將"表明他還沒到達"東方"。可見《東君》出日之辭，和《離騷》咸池、扶桑都在崑崙之事是並不矛盾的。

第二，《莊子·天下篇》敘述古樂時說："黃帝有咸池。"而《天運篇》又說："北門成問于黃帝曰：'帝張咸池之樂於洞庭之野。'"《呂氏春秋·仲夏紀·古樂》："黃帝又命伶倫與榮將鑄十二鐘，以和五音，以施英韶，以仲夏之月，乙卯之日，日在奎，始奏之，命之曰咸池。"戰國時代，咸池又是一個在傳說中和黃帝有關的古樂之名。

《呂氏春秋·十二紀·季夏紀》："中央土，其日戊己，其帝黃帝，其神後土。"在當時的五行思想系統中，黃帝是古神話黃土之神，也就是大地之神的化身。

《周禮·春官·大宗伯》："以黃琮禮地。"鄭注說："禮地以夏至，謂神在崑崙也。"地神在崑崙的說法和《莊子·至樂》"支離叔與滑介叔觀于冥伯之丘，崑崙之虛，黃帝之所休"是相合的。

《周禮·春官·大司樂》："乃奏大簇,歌應鐘,舞咸池,以祭地示。"地神之最高者是黃帝,地神之所治在昆侖,而咸池樂舞既是黃帝之樂,又是祭地示之樂舞,那麼通過黃帝可以看出咸池、昆侖之間是有一定關係的。

第三,在古神話中,漢水是上通於天的。《詩·周南·漢廣》"漢有游女",《小雅·四月》"滔滔江漢"都是地上之水,而《大東》"維天有漢",《大雅·棫樸》、《雲漢》"倬彼雲漢",又都是以"漢"來名天上之水的。天上人間,同名爲漢,這反映在古神話傳說中,它們是一脈相連的。

《淮南子·地形訓》說河水、赤水、弱水、洋水(按:即漢水上源)"凡四水者,帝之神泉"。《初學記·六·河》引《援神契》:"河者,水之伯,上應天漢。"所謂"黃河之水天上來",河、漢同源也是一個古神話傳說。

天漢是和咸池相通的。《史記·天官書》:"西官(宮)咸池,曰天五潢。五潢,五帝車舍。火入,旱;金,兵;水,水。中有三柱。柱不具,兵起。"按《初學記·二十四·庫藏·御府》引《春秋文曜鉤》:"咸池曰天潢,五帝車舍也。"文意和《天官書》相近。疑"天五潢"原作"天潢"。因爲咸池五星共成一池,並不是五星分立名成一潢的。[1]

錢大昕曰:

> 《天官書》咸池曰天五潢,……又曰五帝車舍。古人言咸池者,皆兼五車、天潢,三柱而言,後世台官析爲數名。何以三小星當咸池之名,而《史》、《漢》之名不能道矣。

---

〔1〕舊說"咸池三星"不與《天官書》合。說詳見拙著《史記天傳書經星五官座點陣圖考》。

《天官書》咸池若以西方星座來指説,則是由御夫座的 α、β、θ、ι四星和御夫、金牛兩座共用的一顆 β 星(五車五)聯綴而成的一個大五邊形。(見圖)這個五邊形圈框,正好橫壓在天漢之上。天漢在咸池裏貫通而出,左右映帶,很像由一個大水池裏從兩邊分別流出兩條水來。從銀河的"河"的觀點相看,顯得咸池爲"池";從咸池爲"池"來看,也更顯得天漢爲"河"。

咸池近于黄道。黄道在古代是以地面爲基礎而體察出來的太陽運行道路。實際是太陽基本不動,而地球則是繞日而行的。太陽行路一週一近咸池。這個自然現象是創造日浴咸池的神話基礎。

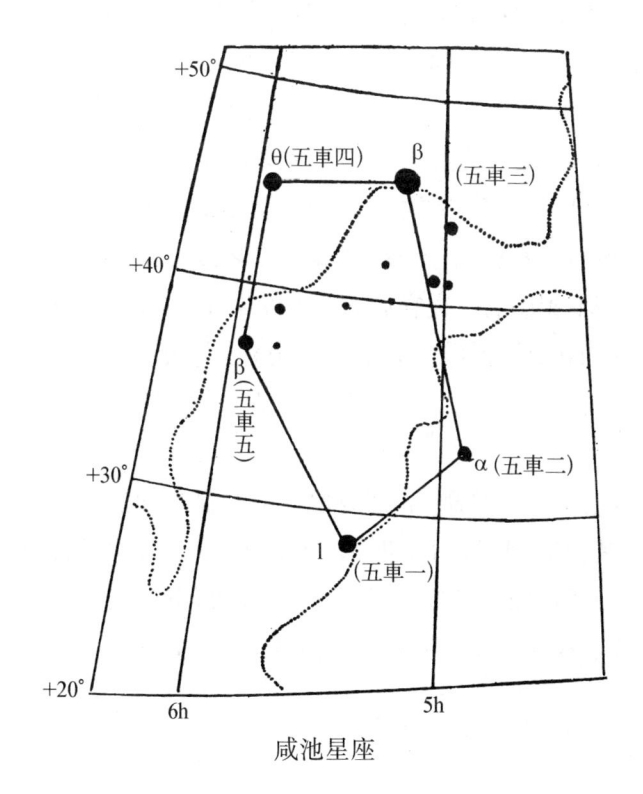

咸池星座

池是積水，而積水如郭注《方言·三》"氾、涴、瀾、窪、洿也"所説，楚方言是把它叫作潢的，所謂"荆州呼潢也"。池、潢同義，因而咸池也叫天潢。[1]

咸池是天潢，而天潢又或叫作五帝車舍者，這是把御夫α、β、θ三星聯成的三角形看作屋蓋，把御夫θ、金牛御夫共用之β和御夫α、l看作屋壁，把御夫l和御夫金牛共用之β看屋基，完全是從另一角度按房舍之形構想的，和天漢没有關係。

咸池中有三柱。《史記》没有寫出它的星數和形勢。《星經》以爲"三柱九星"，《晉書·天文志》也有三柱九星之説。按《天官書例》，它既没有明言九星三三相比，又没有説柱九星三處。可見並不是以三組組星命名的。況且九星之説乃是以大五邊形爲五車，把咸池縮爲三小星，天潢改爲五小星，都失其形象被塞在五車的圈框之中。它和《天官書》是兩個系統。《天官書》的咸池三柱，若以星等及其相綴關係來看，當是御夫座ε、ζ、η三星（九星説也包括這三星）。三柱，無論是三星或九星，都是和車舍的屋形結構不相應的。從它們的位置看來，屹立于天漢水中，很像地上河中的砥柱樣子。所謂"河水分流，包山而過，山見於水中若柱然，故曰砥柱也。"這正好説明柱在咸池、天河之間的位置和形象。

《淮南子·覽冥訓》説："鳳凰之翔至德也"是這樣寫的，"邅（還）至其曾逝萬仞之上，翱翔四海之外，過崑崙之疏圃，飲砥柱之湍瀨；邅回蒙氾之渚，尚佯冀之際；徑躡都廣，入日抑節；羽異弱水，暮宿風穴。"在這一系列的神話地名中，砥柱是和崑崙之疏

―――――――
[1] 這和《天官書》："旁有八星絶漢，曰天潢；天潢旁，江星"的天潢不同。説見拙著《史記天官書經星五官座點陣圖考》。

圃並舉的。疏圃是縣圃的上頂，"過崑崙之疏圃"，得"飲砥柱之湍瀨"，情況和《離騷》至縣圃留靈瑣（靈疏）而飲馬咸池相似。這個砥柱就是咸池、天河之間的三柱。這也是咸池在崑崙的一個證據。

《離騷》飲馬咸池事在縣圃，縣圃直接閶闔。它是崑崙三成的最上層，高居天門之下，正與咸池的地位相合。這個關係把河、漢兩水既出咸池，又出崑崙的神話傳說統一起來。

咸池為天潢。潢、黃同音。"疏圃之池浸之黃水"，黃水可能就是咸池天潢之水。"黃水三周復其原，是謂白水[1]"。這個白水當是咸池之池出浸疏圃的環流。"三周復其原"，則是說它以環流浸灌疏圃之地之後，又復回到咸池之内。崑崙衆水，惟此白水不曾下山。

總之，古神話裏，崑崙是上接天門的。它在天上有一個大的天池。這個天池的名字是咸池。崑崙咸池就是天上咸池。它是河、漢等水所自出。從河水溯流而上，可以直到崑崙，進入咸池；從咸池又可以轉入漢水之源的洋水，也就從崑崙可以進入漢水。

我們知道以《離騷》為代表的古神話中的咸池在崑崙，而古星座咸池和河、漢以及太陽的關係，參之以有關神話傳說，那麼楚辭《九歌·少司命》"與女沐兮咸池，晞女髪兮陽之阿"，可以得到一個和"與女游兮九河"，"登崑崙兮四望"相應的解釋。"與女沐兮咸池"就等於說和你到崑崙之上，不僅可以"登崑崙兮四望"，而且還可以在崑崙之上，河、漢之源的咸池裏洗洗頭髪，然後再從咸池下崑崙，轉到"陽之阿"——洋水的曲隅之處，把它曬乾。

---

[1] 今本誤作丹冰。

4. 河、漢，崑崙與"導帝子(之)兮九坑"——河伯引湘君接湘夫人的往復之路

　　吾與君兮齊速，導帝子(之)兮九坑。

"九坑"即"九澮"，是指九河而說的。引帝子湘君走九河之路以迎湘夫人，解決由於漢中淪陷而造成的"離居"之苦，這是大司命偕少司命從天門回翔而下的共同任務。

　　與女游兮九河，衝飈至兮水揚波。
　　與女沐兮咸池，晞女髮兮陽之阿。

　　這是河伯執行少司命向他轉達的大司命的命令，親自到北渚去領湘夫人時，對湘君說的。他說明他引導湘君去接湘夫人的道路——走"九河"之路，上崑崙，至咸池，從漢水之源洋水以下落涔陽而接湘夫人。咸池在崑崙之上，上接于天，"陽之阿"即漾水的曲隅之處。

　　《河伯》一章情節是接《少司命》一章而來的。它寫的是河伯引領湘君走"九河"之路，以完成大司命派少司命交給他的使命。
　　這裏要說明兩事：
　　第一，在古神話傳說中，崑崙是四條水之所自出的。河水僅僅是其中的一條。這就出現了一個問題：從崑崙下而遇貝闕珠宮之神是在哪條水裏？
　　身居貝闕珠宮的水中之靈不在河水。一、河水自有其神，這個神就是河伯。二、從九河登崑崙，遊遍全河，窮源竟委，未見其神，可見這水中之靈不在河水；三、"與女游兮河之渚"，河伯偕湘君下崑崙在水中遇貝闕珠宮之神後，又引導他們"遊兮河

之渚",説明這個水神不在河水,所以河伯才有到我的河渚玩玩的話。

河伯偕湘君登崑崙而下進之水是漢水。一、登崑崙以四望,日色將暮猶悵然忘歸。這位爲河伯所偕之神,只是一個心思地"惟汲浦兮寤懷"。他就是"望涔陽兮極浦"的湘君。二、湘君與河伯下崑崙而于水中遇貝闕珠宮之靈,便與之復返於河,交手東行,從而了結"惟極浦兮寤懷"的心事,完成河伯的任務。這件事,從十一章通體關係,特别是《湘君》、《湘夫人》、《大司命》、《少司命》的互相依存關係來看,這水中之靈必是湘夫人。湘夫人之所居,即湘君横江北上所望的涔陽極浦,亦即湘君登崑崙時還在"寤懷"的極浦。涔陽在漢中,漢水上游,涔水入漢之處。那麽,河伯偕湘君自崑崙而下所進之水乃是漢水。他們是九河溯河源,登崑崙,由崑崙轉入漢水之源,從洋水至漢中涔陽,以達湘夫人之居處。

第二,從崑崙下漢水,順流而東,可以横大江轉洞庭而入湘。爲什麽河伯偕湘君自崑崙入漢以會湘夫人,並未使他們順流東下以歸楚國,相反地又引他們溯漢源,自洋水而上崑崙,從崑崙下河水,"與女游兮河之渚",再次入河,使他們交手東行,從九河浮海入江以同歸于楚?

河伯偕湘君自九河西上接湘夫人,歸途卻走了回頭路,這是和湘君弭節北渚而不得再進相應的。

它是丹陽敗後,漢中淪陷,涔陽入秦,北渚、西澨間楚、秦兩軍對峙,在楚辭《九歌》中的又一反映。

它和《九歌》十一章,特别是和《湘君》、《湘夫人》、《大司命》、《少司命》、《國殤》等等,直接間接互相依存,互相制約,在情節上是和"穆愉上皇"——虞太一以戰勝秦國的主題思想緊緊相應的。而"流澌紛兮將下來",在《河伯》本章已經把它點得很清楚了。

河伯引湘君會湘夫人後,又復引導他們重返河水以東歸楚國之辭曰:"與女游兮河之渚,流澌紛兮將來下。"流澌,就是流胔。斯、此古聲同在齒頭,古韻同在支部。《淮南子·説林訓》"海不受流胔",高誘注:"骨有肉曰胔。"《泰族訓》:"雖有腐骴流漸,弗能汗也。"莊逵吉云:"《御覽》:'漸'作'澌','澌'字是。"可見流澌就是流胔。《説文解字》:"骴,鳥獸殘骨曰骴。骴,可惡也。從骨,此聲。《明堂月令》曰:'掩骼薶骴'。骴,或從肉。""貍骴",《禮記·月令》作"埋胔"。骨之尚有肉者謂之胔。《後漢書·寇榮傳》:"剖棺露胔"。殘肉著骨,腐臭狼藉,令人作惡,所以説"骴,可惡也"。河伯在引導湘君和湘夫人自洴陽溯漢水自洋水上崑崙,然後入河時,説"與女游兮河之堵,流澌紛兮將來下",正説漢中戰後腐屍流胔逐水漂蕩的淒慘情景。語意也正和漢中淪陷之事相應。

從"與女游兮九河"到"送美人兮南浦"爲止,河伯完成了司命交給他的任務。他採取的路線是一線往復:從河水上崑崙,從崑崙下漢水直到洴陽;又從洴陽溯漢水,登崑崙,從崑崙入河水至九河,從九河浮海,溯江歸楚。這就是大司命使少司命交給河伯執行的"導帝子(之)兮九坑"以解決"離居"道路。

(三) 湘水和九疑

《湘夫人》章,湘夫人在接見湘君信使之後,"聞佳人兮召予,將騰駕兮偕逝"。她在想象著她與湘君經過離散又得團聚的幸福生活。她想：

> 築室兮水中，葺之兮荷蓋。
> 蓀壁兮紫壇，播芳椒兮成堂，
> 桂棟兮蘭橑，辛夷楣兮藥房，
> 罔薜荔兮爲帷，擗蕙櫋兮既張，
> 白玉兮爲鎮，疏石蘭以爲芳，
> 芷葺兮荷屋，繚之兮杜衡，
> 合百草兮實庭，建芳馨兮廡門。
> 九疑繽兮並迎，靈之來兮如雲。

偕逝之後而築室，這室必築在她們偕逝所至之地。築室而在水中，明其偕逝所至實爲一水。而這個水中之室落成時，"九疑繽兮並迎，靈之來兮如雲"。它表明這條偕逝築室之水與九疑相關。

古傳說中，與九疑相關之水實維湘水。

《山海經·海内經》："南方蒼梧之丘，蒼梧之淵，其中有九嶷山，舜之所葬，在長沙零陵界中。"

《史記·五帝本紀》："（舜）南巡狩，崩於蒼梧之野，葬於江南九疑，是爲零陵。"《集解》引《皇覽》曰："舜冢在零陵營浦縣，其山九溪皆相似，故曰'九疑'。"

舜葬九疑，而湘水出舜葬東九嶷山，可知古傳說是把九嶷作爲湘水之源的。

九疑山（疑或作嶷），在湖南省江華瑤族自治縣北，而湘水之源在廣西省興安縣的海陽山。湘水不與九嶷山相接，它們倆没有什麼關係。可是在古傳說裏卻不是如此。以《山海經》爲代表的先秦傳說，認爲湘水是發源於九疑山的。

1973年底，長沙馬王堆三號漢墓出土的大批帛書中，人們發現了兩幅地圖：地形圖和駐軍圖。[1]

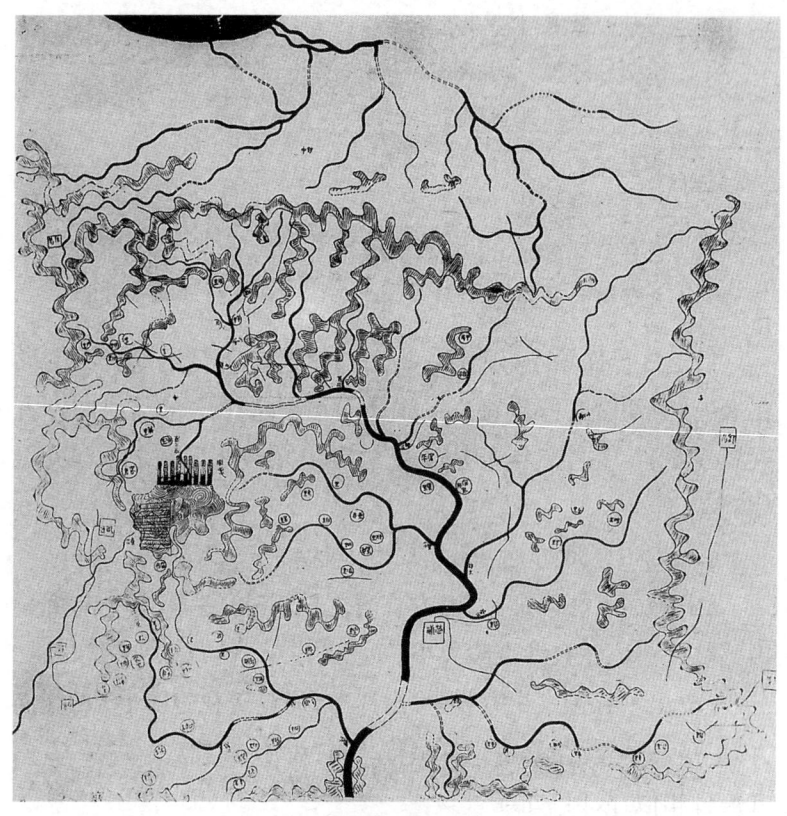

地形圖(復原)

地形圖的主區包括當時長沙國(諸侯國)的南部，即今湘江上游第一大支流瀟水流域、南嶺、九嶷山及其附近地區。

九疑山，地形圖對它作了特寫。除了用正射投影的較粗的

───────────
〔1〕 編者按：以下二圖均採自《馬王堆漢墓帛書·古地圖》，文物出版社，1977年。

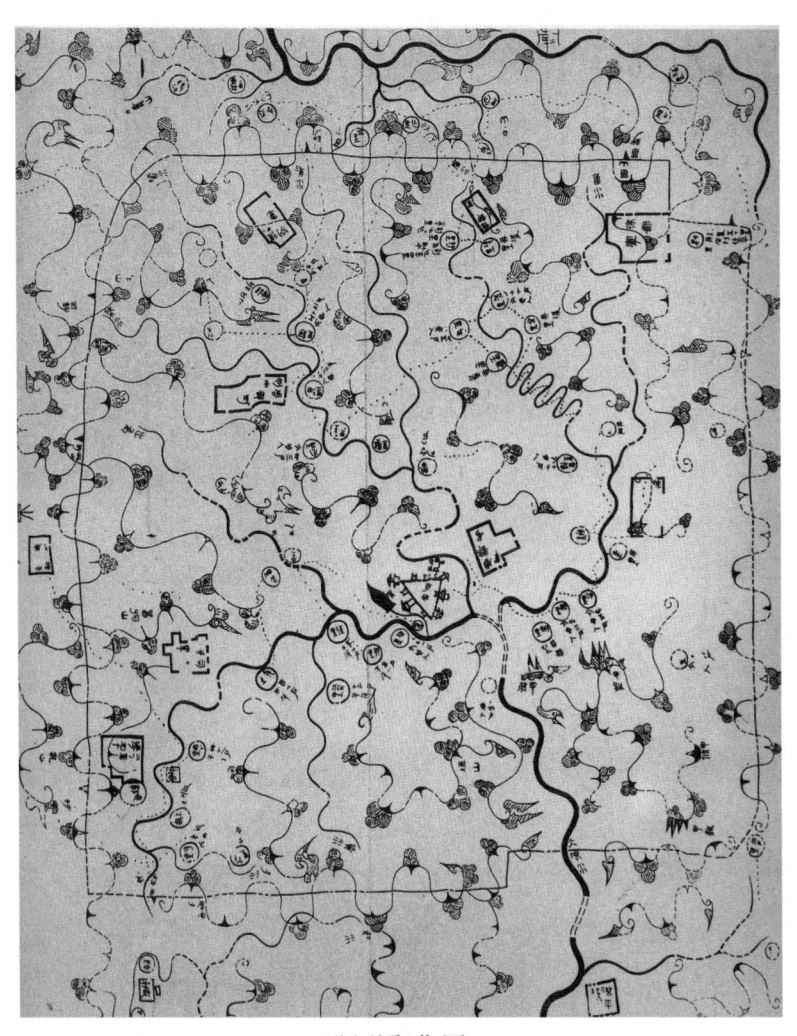

駐軍圖(復原)

山形綫表示山體的範圍外,又用魚鱗狀圖形表示其峰巒起伏的特徵。向南繪了九個柱狀符號,向東繪了七個柱狀符號,描繪從側面能望見的主要山峰,表示各山峰的排列和高矮。圖上的九嶷山未注名稱,但根據其與現代地形圖上的位置相當。傳説帝舜死後葬於九嶷山,此山西側注有"帝舜"兩字。圖上又畫有九個柱狀符號以示九峰,據《九疑山志》有"九峰相似","行者疑惑"而得名的記載,可知圖上齕道以西的群山即九嶷山。[1]

在長沙古地形圖中,九嶷山一排南向的柱狀符號中,中間三個從東而西畫了一條水源,並在從東向西第四柱頭前寫了"深水源"。從圖上可以看出"現在的瀟水及其上游的沱水,當叫深水。在駐軍圖裏則稱爲大深水"。[2]古地圖的"大深水"即《山海經》的湘水。

長沙古地圖九疑山南九柱在"帝舜"二字東,而"深水源"在九柱中間向南流出。"深水源即今靈江;折而西流、西北流、北流,今稱沱水;自今道縣東北受瀟水後,今稱瀟水。"[3]今瀟水至零陵入湘。

這個深水原流形式,譚其驤概括爲:

> 深水是這條發源九嶷山南麓,繞流西麓,折北流入湘水的水道在今天可以考見的最古的名稱。[4]

《山海經·海内東經》:"湘水出舜葬東南陬,西環之,入洞庭。"《海内南經》:"兕,在舜葬東,湘水南,其狀如牛,蒼黑,一角。"

---

[1] 文物出版社《古地圖論文集》第7頁。
[2] 《古地圖論文集》第37頁。
[3] 《古地圖論文集》第17頁。
[4] 文物出版社《古地圖論文集》第37頁。

這幾句和長沙古地圖的大深水源流的形勢完全相符，和譚其驤的話如出一口。由此可見現代的深水在先秦時代傳説中就是湘水。

《輿地紀勝》引《舂陵舊圖經》云："九嶷山，山有異禽，水有嘉魚。""山有九峰，峰有一水。四水流灌於南海，五水北於洞庭。""一曰朱明峰，湘水出焉。二曰石城峰，泡水出焉。三曰石樓峰，巢水出焉。四曰娥皇峰，池水出焉。五曰舜源峰，瀑水出焉。六曰女英峰，硃水出焉。七曰蕭韶峰，濟水出焉。八曰桂林峰，泆水出焉。九曰梓林峰，湎水出焉。"

"九疑繽兮並迎，靈之來兮如云。"是湘夫人遐想她與湘君同歸楚國築室而居的一個部分——新居落成後衆靈來賀。

所以這樣説，因爲：

（1）"九疑"是傳説中的湘水之源。湘夫人爲湘君之妻，而湘君乃湘水之神。湘夫人聞"佳人"湘君之召，"將騰駕偕逝"之地必是湘水。

（2）"九疑"、"並迎"兩句，不是她們"偕逝"之後始到湘水之辭，而是在"築室"、"建門"之後提出來的。是新居落成之後的事。

（3）"靈之來兮如雲"的"來"，是從她水中新居立言的。《爾雅·釋詁上》："來，至也。"《易·咸》："憧憧往來"。李鼎祚《周易集解》引虞翻曰："之内爲來，之外爲往。""靈之來"，在湘夫人遐想中，是向她的水中新居而來的。

（4）《左傳·昭公七年》："楚子成章華之臺，願與諸侯落之。"杜氏注云："宫室始成，祭之爲落。"《禮記·檀弓下》："晉獻文子（趙武謚文獻，胡邦衡説）成室，晉大夫發焉。張老曰：'美哉輪焉，美哉奐焉。歌于斯，哭於斯，聚國族於斯！'……君子謂之善頌善禱。"宮室始成,諸侯大夫臨之時,也當落成之事,有祭,有禱。湘夫人"築室水中","靈之來兮如雲",在"築室"、"建門"之後,應是衆"靈"來湘夫人新居,參與落成之禮。

(5) 古者,賓至,賓者出請事,入吉,主人迎于門外。衆靈爲湘君及其夫人"落"新居,其事也當如此。

《説文》:"儐,導也。從人賓聲。"又説:"儐或從手"作"擯"。

"擯"是"儐"的或體字。在古禮,他是爲主人"出接賓"——"贊引賓客"的人。在"靈之來兮如雲"的制約下,從前四個關係看,"九疑繽兮並迎"的"繽",應是"儐"或"擯"字。"九疑繽"是九疑山神爲湘君夫婦贊引賓客的擯者,並出接賓客。"並迎"則是湘君、湘夫人夫婦共同迎客於門。"靈之來兮如雲"是他們迎客于門時所看的盛況。

(6) 先秦時,傳説中的舜——這位死後葬九疑的古代"帝王",是曾作過"儐"的。《左傳·文公十八年》:"舜臣堯,賓於四門。"這事《書·堯典》説堯把舜"納于石揆。百揆時敘",使他"賓於四門。四門穆穆。"《史記·五帝本紀》寫這一段事情時,在"賓於四門,四門穆穆"之下,加了一句補充説明,説他的效果是"諸侯遠方賓客皆敬",出色地完成了他的任務。所以"鄭玄以'賓'爲'擯',謂舜爲上擯以迎諸侯"。(孔穎達疏)可見在傳説中舜是一個有名接客之儐。舜葬九疑,而九疑爲湘源。湘君夫婦團聚後,新居落成,使九疑之神舜爲儐以出接賓客,是很自然的。

(7)"九疑賓",這個話也見於漢《郊祀歌》。它的《華燁燁》章,從神之旅、之出、之行,層層進展到"神之徠"後,接著就是:

　　　　神之揄,臨壇宇。
　　　　九疑賓,夔、龍舞。

"揄",顏師古說是"引也。"在神被引以降臨壇宇的情況下,這個"九疑賓"顯然是運用故事,說這時由"儐導"名手九疑之神——舜出而接賓。他的典樂、納言、夔和龍同時也舞蹈歡迎,使之入而就位。因而這章歌辭下句,緊接著就是"神安坐,羗吉時。"

我們從《郊祀歌》的《天地》"展詩應律鎗玉鳴。"這句詩是在《九歌·東君》"展詩兮會舞,應律兮合節"的基礎上提煉而成的,知道《郊祀歌》的作者們是熟悉楚辭《九歌》的。那麼,這個"九疑賓"和楚辭《九歌》"九疑繽兮並迎"的關係就不是偶然的了。它在證明《九歌·湘夫人》這句詩的原本當是"九疑賓兮並迎"。

四、楚辭《九歌》各章情節的整體關係

楚辭《九歌》通體十一章,是一個不可割裂的整體。它是我國戲劇史上僅存的一部最古老最完整的"歌舞劇"本。

戰國時代,秦、楚兩大封建地主階級政權,同當時其他各國一樣,縱橫捭闔,都想孤立、削弱和打擊對方,以鞏固、壯大和發展自己。他們蠶食鯨吞,一意兼併。在這種情形下,兩方先後插手西南,攫取巴、蜀、黔中之地,以擴充自己的領土和勢力。

楚威王使將軍莊蹻將兵循江西上,略取巴、黔中以西,趁勢南下,直到滇池。楚懷王十三年,秦將司馬錯自巴涪水截取黔中商於,斬斷楚道。致使西南楚軍無路得反。商於入秦,莊蹻王滇,致使楚地三分,遂失其二。

楚懷王十六年,秦使張儀以"故秦所分楚商於之地"誘楚絕齊。懷王不顧陳軫等人的勸諫,仰乞秦國恩賜,絕和于齊,孤立自

己,從而受欺于張儀。爲此他怒而興師,十七年大敗於丹陽。結果商於之地寸土未復,反而又失掉了漢中。至此,楚地四分,已失其三。喪師辱國失地。他又悉興國中兵,北上襲秦,大敗于藍田。

楚辭《九歌》就是在丹陽敗後藍田戰前,楚懷王爲了戰勝秦軍,祠祭東皇太一,命屈原而作的。其目的在借助東皇太一的靈威以神力壓倒秦國。

東皇太一在戰國神道觀念中是天神五帝之一。他既是五個上帝中的一員,同時又是五帝之長。其神爲歲星,它的性質是戰神,它的作用是所在國不可伐而可以伐人。

屈原就楚國巫風,用夏后啓以"九歌"愉享上帝的故事,以湘君、湘夫人爲典型,寫丹陽敗後,漢中淪陷,人民離散的情景,利用楚國神話,創作楚辭《九歌》。他通過歌舞劇的形式,訴失地之苦,寓收復之心。

"穆愉上皇",戰勝秦國,收復失地,是楚辭《九歌》十一章的主題思想。

這十一章是用四個部分互相依存寫成的:

《東皇太一》、《雲中君》,寫壽宮祠祭,太一降臨,是爲迎神之辭。

《湘君》、《湘夫人》、《大司命》、《少司命》、《東君》、《河伯》、《山鬼》七章,寫漢中淪陷,地入強秦,湘漢一家,忽成異國,夫婦離散,相會爲難。司命親臨,神助其合。然而尚有"於山"(商於之山)神女無與偕歸,風雨空山,猶然向隅。是爲愉神之辭,乃是"穆愉上皇"的"九歌"主體,是爲愉東皇太一而演出的一個"歌舞劇"。表示楚國不但要收復漢中,而且還要收復商於。

《國殤》一章,寫楚軍將士英勇奮戰,壯烈犧牲;借東皇太一的褒揚，激勵北上報秦的士氣。是爲慰靈之辭。

《禮魂》一章，作爲尾聲，是爲送神之辭。

十一章歌辭，見於標題的鬼神之名凡十。除東皇太一是被祀的對象外，其餘九個，其中有七個是爲了完成"穆愉上皇"任務作爲"歌舞劇"腳色而上場的。

雲中君的任務是奉太一車駕降臨壽宮。

國殤則是爲受太一褒揚而登場的。

這九個作標題的鬼神都不是被祭的對象，不是爲受享者而上場的。

楚辭《九歌》十一章是一整體。它既不是諸神並祀，分神獨奏，也不是分組配對，上場受享。它不是各行其事的一些雜散的祭歌彙編。雖然它的素材來自民間，可是它並不是民間祭歌的實錄或潤色加工，而是一個主題明確，情節完美，結構嚴整，渾然一體的一部文學創作。

《楚辭九歌通體系解》一書，原稿分作兩大部分：事解和辭解。

事解，是就一些具體事情，通論十一章的形式與內容、部分與整體的對立統一關係，是總論。

辭解，則是從十一章的整體關係，按迎神之辭、愉神之辭、慰靈之辭、送神之辭，分作四組，分章逐句加以注解。

荒謬譾陋之處一定很多。

各章情節的整體關係

楚辭《九歌》十一章，自從王逸《章句》以來，古今學者先是把它們看作分別獨立的歌辭,以為彼此之間,在內容上,沒有什麼聯繫。以後逐漸覺察到湘君和湘夫人、大司命和少司命,神名相近,而《東皇太一》和《禮魂》這兩章又有迎送神的性質,因而部分地考慮了歌辭分組問題。在這一基礎上,又進一步地分組配對,使河伯與山鬼相次,《國殤》與《禮魂》相次,甚至以雲中君為月神,想把《東君》從後面挪到它的前面,來一個日月相配。儘管分組區劃和內容理解彼此並不都是一樣的。但是,把楚辭《九歌》十一章看作一些各個孤立或分組孤立,沒有內在聯繫的篇章,這一點是彼此基本相同的。在這種觀點上,十一章標目鬼神,不論是否有主有副,都是上場受享的。

通過一定分析研究,得到的初步認識是:

楚辭《九歌》十一章並不是各個獨立或分組散在的。

它們各章之間是有許多鏈條在起著互相貫通作用的。從形式和內容,部分和整體,無論語言文字、內容情節、歷史背景和地理關係,都是因一定的條件,一面互相對立,一面又互相聯結、互相貫通、互相滲透、互相依賴的。它是在一個主題思想下寫成的一個渾然整體。可以相對分組,可是各組之間是相互依存的。它們是根據整體中的內容情節作一定的區分,而不是單純從形式上分組配對的。

(一) 東皇太一

東皇太一是戰國時代楚人所祀五帝之一。他是五帝之一且為五帝之首,乃天神之最貴者。東皇謂其方,而太一崇其位。其神為歲星,乃是一個戰神。他在哪一國,哪一國就有好處,他衝著哪一國,哪一國就要遭殃。在戰爭上,他起"所在國不可伐,而可以伐人"的作用。(見後《東皇太一的性質和作用》)楚人祭東皇太一是爲了借戰神的靈威,以其衝厭勝秦國。《湘君》之屬七章和《國殤》一章都是圍繞這一主題思想寫成的。

《東皇太一》章,通篇歌辭不見標目主神活動。這一點,它同其他以鬼神之名爲題的各章是有明顯區別的。

歌辭在揭示"穆愉上皇"的主旨之後,接著寫的是巫之主祭者在祭壇上撫劍前進,鎮席布芳,進肴烝,奠桂酒。然後寫壇下衆靈——有腳色群巫——姣服偃蹇,曼舞相待。她們緩節安歌,在竽瑟聲中,一同浩唱。

這些情節,説明被祀主神東皇太一這時尚未降臨到場。而主祭巫上場後,她的行動也只是鎮席、布芳、進肴、奠酒。這些表示虔誠的嚴肅行事,一般是不能以邊歌邊舞的形式進行的。更主要的是"浩唱"一事説明它不是一人之聲,不是獨唱。

從這幾點看來,《東皇太一》一章,當是主祭巫登上祭壇後,壇下飾爲鬼神的群巫隨著她在壇上的行動而合唱的。

(二) 雲中君

"浴蘭湯兮沐芳,華采衣兮若英。靈連蜷兮既留,爛昭昭兮未央。"采衣如花,連蜷而舞,這是彩雲形象。雲中君自是雲神無疑。可是歌辭中"謇將憺兮壽宮,與日月兮齊光。龍駕兮帝服,聊翱游兮周章"的壽宮、帝服,又都與雲神的職位不相稱。因爲"壽宮神君最貴者太一"(《史記·封禪書》),而不是雲中君。

這事或者可以"陪祀""借光"來解釋,説:雲中君雖然不是壽宮尊神,但是她可以以陪祀身份受享于壽宮。可是"龍駕帝服"——"服"是駕轅之馬,明明是上帝的車駕,雲神何得僭越？況且雲中君若是只爲借光受享而來,爲什麼在"靈皇皇兮既降"之後,忽然又"焱遠舉兮雲中",倏然而逝？這既不合乎受享陪祀的身份,也不是效歡者所應有的態度。

壽宮神君最貴者是太一,而龍駕帝服非雲神之所御。《雲中君》在篇章次序上緊接《東皇太一》歌辭之後。東皇太一是當時的上帝。壽宮和龍駕帝服都和東皇太一的身份相應,都和《東皇太一》一章迎神而神尚未來的辭意相應。

壽宮、帝服明是太一之事,那麼"靈皇皇兮既降,焱遠舉兮雲中。"這個"既降"于"龍駕帝服"登于帝車之上的必是太一;而焱然遠舉於雲中者,自是雲神奉帝車而行。辭中明見雲中君和太一兩神。車駕見於《雲中君》之辭,車駕並非雲神所乘。雲中君只是承車奉駕,自天上送東皇太一以降臨于楚國壽宮之神耳！這樣,《雲中君》和《東皇太一》兩章實爲一事之兩段,不但迎神的程式完整,而唱辭的矛盾也得到解決。

彩雲接駕旨在迎神。覽冀州,橫四海,經過一段飛翔之後,東皇太一才格于壽宮。

（三）湘君　湘夫人

這兩章唱辭、情節、語言呼應之處較多,關係比較明顯,無庸申述。這裏只明兩事：

一、湘君是湘水之神,上帝之子。

這從他的職名和他橫江北上以迎湘夫人的出發地帶,以及湘夫人想望湘君之辭曰："帝子降兮北渚",大司命向少司命自述他們此行的任務時所說"導帝子（"子"字今本誤作"之",見後。）

兮九坑",可知。

二、湘夫人是湘君之婦,漢水之神。

湘夫人這個名字是就她的丈夫是湘君而稱的。她本身是漢水之神。神話傳説反映著意識形態。同姓不婚,爲湘君作夫人的自然不是湘君的諸姑姊妹,她當是另一系統的水神家族之女。從湘君之辭來看,在他"駕飛龍兮北征"以迎湘夫人的途程中,湘君是"望涔陽兮極浦,橫大江兮揚靈"的。伊人所在之地,必須橫渡大江以就之。北上橫江,説明這個極浦遥天之處必在江北。出洞庭,橫江而北,可溯之水,其大者只有漢水。把這些情況和湘君北征的目的結合起來,可以推知湘夫人所居之處必在漢水無疑。

"朝騁騖兮江皋,夕弭節兮北渚",——北渚是湘君北上行程所能到達的極限,而不是他北征所要達到的最後的目的地,他到此就欲進不能了。"朝""夕"之間足見北渚和大江是有相當距離的。而"帝子降兮北渚,目眇眇兮愁予",這是湘君侍女從北渚濟西澨,間關西上往見湘夫人之辭(説見後),可見湘夫人所在的涔陽又和湘君必須弭節的北渚,也還有一段距離。這樣看來,涔陽的地方當在北渚之西,漢水的上游。

而漢水上游又確有涔水。漢水的始源是漾水。在"嶓冢導漾,東流爲漢"的流程中,東北流陝西沔縣[1],西南合沔,也叫沔水;又東經襃城、南鄭,稱爲漢水。因而有時也稱"漢沔"。水經沔水:"沔水出武都沮縣東狼谷中。東過南鄭縣,又東過成固縣南,又東過魏興安陽縣南,涔水出自旱山北注之。"酈道元注

---

[1] 編者按,今名勉縣。

云：" 安陽縣故隸漢中。魏分漢中，立魏興郡，安陽隸焉。涔水出西南而東北入漢。" 是漢漾的沔水一段有涔水入之。可知涔陽正在漢水上游，其地屬於漢中。

在古神話傳說中，河漢同出崑崙（見後文《各章情節的地理關係》）。涔陽在漢水上游，故北渚弭節，溯流難上，在河伯得引湘君自九河上崑崙從漾入漢至涔陽以會湘夫人。

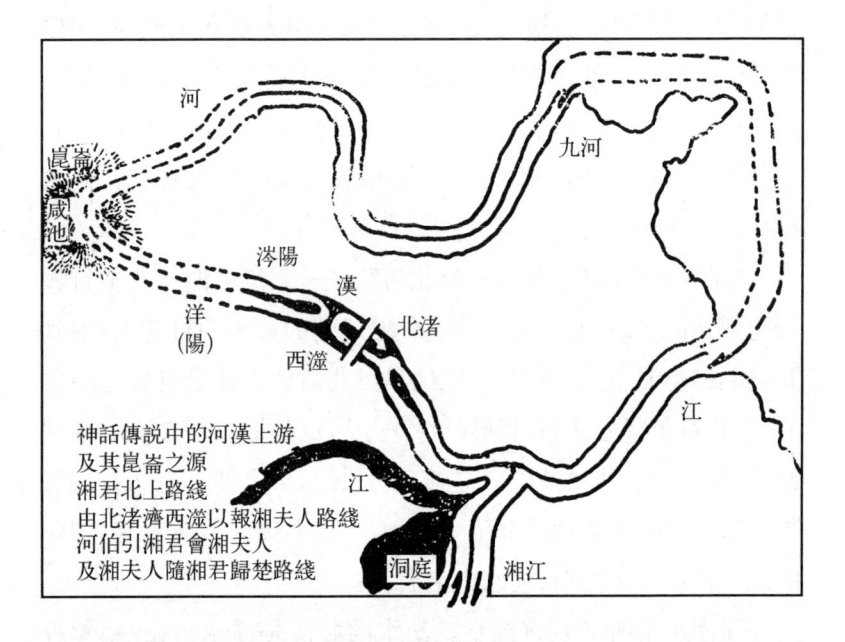

```
        河                          九河
崑崙
咸池            涔陽
                        漢
       洋             北渚
       （陽）
                西滋
   神話傳說中的河漢上游                 江
   及其崑崙之源
   湘君北上路綫      江
   由北渚濟西滋以報湘夫人路綫
   河伯引湘君會湘夫人            湘江
   及湘夫人隨湘君歸楚路綫   洞庭
```

《文選·江賦》" 感交甫之喪佩"，李善注引《韓詩外傳》曰：" 鄭交甫遵彼漢皋臺下，遇二女。與言曰：'願請子之佩。'二女與交甫。交甫受而懷之，超然而去。十步，循探之，即亡矣。回顧二女，亦即亡矣。" 在傳說中，漢水之神是女神。

從楚辭《九歌》的歌辭和有關材料，可以説湘夫人是漢水女神，湘君之婦，身居漢中，住在漢水上游沔水一段的涔陽地方。

(四) 大司命　少司命

司命之神是太一屬下官佐。《史記·郊祀志》："神君最貴者太一,其佐曰太禁、司命之屬。"

大司命是掌管生死離合之神。少司命則執行大司命之命以處理具體的生死離合之事。兩神職事,歌辭語意自明。而其所司離合之事又正與《湘君》、《湘夫人》兩章離而求合的情節相應。

《大司命》："君回翔兮以下,踰空桑兮從女。"卑者先焉,尊者在後。這兩句是大司命對少司命說的。你先走,我跟著下去,這個命令是和他們的身份職事相應的。"吾與君兮齊速,導帝子("子"今本誤作之,說見後)兮九坑。"吾與君,也是大司命對少司命說的,向他布置任務。九坑就是九河。(見《各章情節的地理關係》)上與湘君求湘夫人弭節北渚而不得西上相應,下與《少司命》、《河伯》兩章"與女遊兮九河"相應。這是大司命和少司命使湘君、湘夫人離而復合所採取的途徑和方法。

《少司命》"秋蘭兮麋蕪,羅生兮堂下",他接受任務,親臨下方,與《大司命》"乘龍兮轔轔,高駝兮沖天,結桂枝兮延佇"相映。大司命把任務交給少司命之後,上天等待覆命;而少司命則是領命下來,執行任務。

《少司命》"夫人兮自有美子,蓀何以兮愁苦?""滿堂兮美人,忽獨與余兮目成!""入不言兮出不辭""儵而來兮忽而逝,夕宿兮帝郊,君誰須兮雲之際?"他調笑贊歎的物件,從辭意來看,是一個心有所屬,愛而不見,淒淒惶惶,滿懷離愁別苦的人。這個人的情況,和北上尋婦,格於北渚而不得前進的湘君相同,他應是湘君。

"與女遊兮九河，衝風至兮水揚波"兩句和《河伯》章首兩句基本相同，除"衝風至"作"衝風起"外，都無差別。這兩句不但不是錯簡衍文，而且非常重要。它上與《大司命》"導帝子（之）兮九坑"相應，下與《河伯》"與女遊兮九河"相應。而"與女沐兮咸池，晞女髮兮陽之阿"的咸池，它位於崑崙之上。（見後《各章情節的地理關係·崑崙、咸池》）。河、漢同出崑崙。這又與河伯"登崑崙兮四望"相應。河伯偕湘君遊九河，上崑崙，下溠陽而迎湘夫人之後，又引他們從崑崙下河渚，送他們交手東行，自九河浮海歸楚。這一系列事情又都是大司命使少司命"導帝子（之）兮九坑"的途徑和目的。

在這些互相制約的關係中，可以看出《少司命》"與女遊兮九河，衝風至兮水揚波。與女沐兮咸池，晞女髮兮陽之阿"，這幾句當是河伯向湘君唱的。女，是河伯稱湘君之詞。河伯出來引湘君遊九河以迎湘夫人，這是少司命按大司命"導帝子（之）兮九坑"的指示，而命令河伯前去執行的。

"孔蓋兮翠旌，登九天兮撫彗星"這兩句和《大司命》"高駝沖天""結桂延竚"相應。"竦長劍兮擁幼艾，蓀獨宜兮爲民正"是對大司命的贊歎。這最後四句是少司命完成任務上天覆命時的唱辭。

（五）東　君

東君是太陽神。扶桑日出，皎皎既明，撫馬安驅，遂成白晝，操弧淪降，又復入夜。朝暮晝夜，在前後情節關係上，它是作爲一個日程的標誌而出現的。它表示劇情發展已是從早到晚了。

在《少司命》之後,《河伯》之前,特寫東君,是爲了突出"與女遊兮九河"和"子交手兮東行"的時刻。它上與"鼂馳騖兮江皋"相應,下與"日將暮兮悵忘歸"、"瑗啾啾兮狖夜鳴"相應。東君一場是爲了具體地指明時間,而不是泛泛地歌頌日神。

自"羌聲色兮娛人"至"靈之來兮蔽日"是借日神的眼睛作劇場情況的描寫,而所勾畫出來的場面正和愉神"九歌"相應。"聲色娛人"、"觀者忘歸",反映東君所看到的是一場娛情的歌舞。"思靈保兮賢姱","靈保"是神保,也就是被穆愉的上皇——憺于壽宮的宇宙尊神兼戰爭之神的東皇太一。"翾飛兮翠曾,展詩兮會舞,應律兮合節"則是反映在東君眼裏的愉神"九歌"演奏情況。

舉長矢,射天狼。《史記·天官書》:"秦之疆也,候在太白,占於狼弧。"射天狼,有爲楚報秦之意。而爲楚報秦之意,上與《東皇太一》相應,下與《國殤》相應。湘君、湘夫人,在北渚、涔陽之間,本是一脈相通,往來無阻的。這回忽然阻隔,一水難通。它是丹陽敗後,漢中淪陷,湘夫人居處淪陷于秦的結果。它也正與此意相應。

(六) 河 伯

河伯是黃河之神。他的唱辭說明他開始時只是引導或陪同一個神,從九河溯流西上,登崑崙,復從崑崙水行,到一個魚屋龍堂,貝闕珠宮之處,遇到另一水神。河伯又引導這一水神和湘君復歸於河,然後送他們交手東行而去。來時只領一個,歸途卻送走了兩個。這些情節是和《湘君》、《湘夫人》、《大司命》、《少司命》的歌辭相應的。

"與女遊兮九河"兩句和《少司命》相重,和《大司命》"導帝子(之)兮九坑"相應。這是河伯執行少司命交給他的任務。女(汝),指帝子,也就是指湘君。

"黃河之水天上來",古神話傳説:河、漢兩水都出自崑崙,而崑崙之體上接於天,咸池就在它的上邊。(見後《各章情節的地理關係·崑崙》)。"與女遊兮九河","登崑崙兮四望",這幾句和少司命"與女遊兮九河","與女沐兮咸池"相應。沐髮咸池,必登崑崙。

"日將暮兮悵忘歸"時間和《東君》"操余弧兮反淪降"相應。

"惟極浦兮寤懷"和《湘君》"望涔陽兮極浦"相應。可見與河伯偕行的必是湘君。

"魚鱗屋兮龍堂,紫貝闕兮朱宮,靈何爲兮水中?"河、漢同出崑崙。登崑崙,懷極浦,嚮往涔陽,而于水中見魚屋龍堂、貝闕珠宮,問"靈何爲兮水中?"這是至一水神之所居,又見其神。而這個水神後來又與河伯的偕行者——湘君"交手東行"。其地,其宮,其神,其事都和《湘夫人》以及她與《湘君》的關係相應。是河伯引湘君自九河登崑崙之後,又引導湘君從崑崙下而進于漢水。

河伯引湘君進入漢水的極浦涔陽,在這裏會見貝闕珠宮的湘夫人之後,他不使他們倆從漢中順流東下而入楚,相反地,卻又"與女遊兮河之渚",溯漢水上崑崙,轉歸於河,走了個回頭路。這事和湘君北上,到北渚就弭節不得再進之事相應。北渚、涔陽,楚國和漢中之間必有阻隔之者。這事正和《國殤》相應。國殤是楚秦丹陽之戰的死國將士。丹陽戰後,漢中淪陷,極浦涔陽落于秦手,遂成異國。致使北渚、涔陽被截爲二。特別是靠近迫使湘君必須弭節的北渚之西,漢中長利的鄖關之東,就是漢中淪陷後,楚、秦兩軍對峙的地方。因此,湘君至北渚不得西上,而河伯至涔陽也不敢使他們夫婦從漢水順流東下。爲了湘君、湘夫人的安全,河伯不得已又帶領他們夫婦重回崑崙,再從崑崙折反入河。

江、漢朝宗,九河人海。所以河伯可以從漢水偕湘君經滄海遊九河以上崑崙,又可以使湘君與湘夫人從漢水上崑崙,自崑崙入河,使他們倆交手東行自九河浮海溯江同歸于楚。

(七)山 鬼

山鬼是於山之神,是女神。

"采三秀兮於山間"已經說明她所在的山是於山。郭沫若説"於山"就是"巫山"。於山是商、於之地的大山。《華陽國志·巴郡》:"涪水本與楚商、於之地接,秦將司馬錯由之,取楚商、於地爲黔中郡也。"於山所在的商、於原是楚地。楚懷王十三年被秦國奪去。楚懷王爲了"吾復得吾商、於之地"受欺于張儀,遂有楚、秦丹陽之戰。丹陽大敗,未得商、於,反失漢中。《湘君》以迄《河伯》六章反映丹陽戰後楚失漢中,楚人離散求合的急切心情,《山鬼》則反映商、於之人也在盼望著重歸楚國。《山鬼》和《湘君》、《湘夫人》一樣,都是與當時歷史情況、地理關係密切相應的。(見後《楚辭〈九歌〉的寫作時間及其主要的時代背景》、《莊蹻起楚分而爲三四解》)

"既含睇兮又宜笑,子慕予兮善窈窕",以及"怨公子"、"思公子"都在說明山鬼她是一個女神。

"怨公子兮悵忘歸","思公子兮徒離憂"和《湘夫人》"思公子兮未敢言"的公子相應。就各章關係來看,他們所思的公子是同一對象，都是湘君。可是湘君的歌辭裏，卻没有思慕山鬼之意，可見山鬼並不是湘君所求的物件。

"路險難兮獨後來"，在事情上，和《河伯》"子交手兮東行，送美人兮南浦"相應。在時間上，"猨啾啾兮狖夜鳴"與《河伯》"日將暮兮悵忘歸"，《東君》"操余弧兮反淪降"、"杳冥冥兮以東行"相應。

從《湘君》到《山鬼》，這七章主要情節是緊相照應的：前兩章湘君、湘夫人楚、漢一家，各主一水。漢中淪陷，漢水中斷，北渚、涔陽分在異國。離居求合，不得相會。第三章，大司命偕少司命從天而下，爲救離居之苦，決定"導帝子（之）九坑"，使他從九河繞道與湘夫人相會。第四章，少司命奉大司命之命，親臨湘君弭節之所，指示他隨河伯從九河西上，經崑崙、咸池而下漢中涔陽。第五章，東君出没，從日程上，表示至此時已日暮。第六章，河伯承司命之命，引湘君遊九河，登崑崙，由河入漢，和貝闕珠宫的湘夫人相會，使他們夫婦離而復合，攜手東行，同歸于楚。在河伯完成司命交給他的任務之後，第七章，於山神女——山鬼上來。她眷懷楚國，思公子而不見，無與偕歸，"然""疑"之情交互而作。風雨蕭騷，不勝哀怨：尋得漢中之人，勿忘商於之女！

七章情節，互爲張本，是不可分割的。人物出場次序，語言呼應關係，劇情發展脈絡，都是渾然一體的。在楚辭《九歌》十一章中，它們是一個自然段落。

這七章整體情節，上與"穆愉上皇"的《東皇太一》相應，更顯示東皇太一這個宇宙尊神的性質和作用，同時，也透露了所以要"穆愉上皇"的目的。下與《國殤》褒揚楚軍陣亡將士，激勵國中兵相應，也就是與丹陽大敗，未復商、於反失漢中，又悉興國中兵準備北上襲秦的形勢相應。因而這個自然段落又是十一章整體中的有機的組成部分。

（八）國　殤

孫作雲《論國殤及九歌的寫作時代》一文，認爲楚辭《九歌》中的國殤是"祭祀在（前312）春天丹淅大戰時的陣亡將士，特別是祭祀大將軍屈匄"的。[1]

說國殤的英雄形象是以屈匄爲代表的死于丹淅之戰，也就是丹陽之戰的陣亡將士。這是對的。《湘君》、《湘夫人》以至《河伯》，反映漢中淪陷；"於山"山鬼，渴望歸楚。在商、於未復，漢中淪陷，而祭"所在國不可伐，而可以伐人"的東皇太一，可見它的時代必在丹陽大敗之後，藍田大戰之前。因此說：國殤是戰死在丹陽之役的楚軍將士，而"援玉枹兮擊鳴鼓"的代表人物是大將屈匄。

但是，《國殤》一章不是爲祭祀陣亡將士而作的。楚辭《九歌》十一章寫作目的是爲了戰勝秦國而"穆愉上皇"的。它不是爲了同時並祭諸神而分別作辭的。從歌辭内容、出場順序、情節關係，都可以看出：在十一章中，所有神祇都不是作爲東皇太一的陪祀而登場的。他們都不是隨東皇太一來"借光"而受享的。他們互相依存，互相作用，融成一體，共同完成"穆愉上皇"的任務。諸神如此，國殤也不例外。

國殤是在壽宮所祀東皇太一面前上場演唱的。他以歌舞的形式表現了楚國將士在丹陽戰場上艱苦奮戰英勇犧牲的壯烈場

---

[1]《開封師範學院學報》創刊號。

面,在接受太一檢閱的同時受到太一的贊揚和褒獎。

全章是由兩部組成的:前十四句寫楚軍將士英勇殺敵,壯烈犧牲"首身離兮心不懲"的英勇氣概,後四句是對國殤的贊歎和褒揚。前一段和《湘君》之屬七篇所反映的楚失漢中的事情相應。後一段和東皇太一的性質和作用相應。

《湘君》、《湘夫人》、《大司命》、《少司命》、《東君》、《河伯》、《山鬼》七章和《國殤》一章合起來,反映了寫作楚辭《九歌》以祀東皇太一的真實目的:丹陽敗後,未復商、於,反失漢中,穆愉上皇,激勵士氣,乞借靈威,以圖再舉而勝秦國。這也就是楚辭《九歌》的主題思想。

(九) 禮 魂

禮魂是尾聲,送神之辭。它和迎神之辭《東皇太一》、《雲中君》是首尾相應的。

五、楚辭《九歌》各章稱謂之詞的整體關係

各章稱謂之詞的整體關係

自王叔師《章句》以來,至少有兩件事,影響了人們對楚辭《九歌》十一章進行正確的觀察、分析和認識:一個是封建主義的"風諫"文學思想,專講寄託;一個是形式主義的治學方法,拘牽形式。於是美人香草,仿佛《離騷》,逐神分享,遂成合祀。臠割肢解,不見全牛,持足捫腹,空談其象。致使稱謂之間,彼是莫偶,撲朔迷離,人我兩忘!因而使人感到《九歌》諸篇賓主彼我

之辭最爲難辨"。[1]

有些學者雖然明知"盡古今工拙之詞,未有方言此而及彼,乖錯瞀亂可以成章者"[2],但是由於觀點、方法基本未變,還不免被羈絆于傳統的因襲勢力之中。這樣,"章句錯雜"的現象,越"廣異義",也就越發地治絲愈棼了。

作品内容的理解是和人們對它語言形式的理解分不開的。而語言形式的理解又必須和作品内容的理解統一起來。一個作品的各章各節語言形式和情節内容的理解,又必須放在作品全部内容和形式的統一關係上才能確定。楚辭《九歌》十一章就是這樣,失掉它部分和整體的對立統一關係,有很多地方就無從解索。

在《九歌》十一章歌辭中,關係到"整體"的語言問題,絶大多數在字和詞的理解上。其中,最容易使人感到困惑的要數人的稱謂之詞。在稱謂之詞中,比較突出的是:非代詞"靈"和"爾"、"我"之間的人稱代詞。把它們的使用原則,通過全篇和各章的語言形式和情節内容的對立統一關係,確定下來,那末,通體結構和全篇情節也就比較容易看清了。

下面先説"靈",然後再説"爾""我"之間的稱謂:

(一)靈

"靈"是楚語。楚屈巫字子靈。這個名、字相應關係説明靈是和巫有關的。在詞義上,它們有相應的部分,可是靈並不就等於巫。王國維説:"蓋群巫之中,必有象神之衣服、形貌、動作者,

---

[1] 朱熹《楚辭辯證上》。
[2] 王夫之《楚辭通釋》卷二。

而視爲神之所憑依，故謂之曰靈或謂之靈保。"[1]從楚辭《九歌》看：在觀念中，"生人化"了的神是靈，在人間世，神附于巫以見其言語動作的也是靈。但是，神沒有來附于體的巫，她本人並不是靈。因而靈不等於巫。

"生人化"了的神，也就是未附于巫的靈。

《湘夫人》：九嶷繽兮並迎，靈之來兮如雲。

這個"靈"是屬於未附巫體的。它的詞義相當於"神"。湘夫人幻想她與湘君團聚之後，她們倆築室水中，同過幸福生活。這時九嶷山神紛紛來賀，他們夫婦一同出去相迎。衆神之來，多得像雲一樣。

用人的生活寫神的生活。這個靈是"生人化"了的神，它並沒有在人世間現形，根本不附于巫。

這個靈是複數。

附于巫而現形於人間的：這種靈也有泛指和特指區別：

用作單數的，特指一神。例如：

《河伯》：魚鱗屋兮龍堂，紫貝闕兮朱宫，靈何爲兮水中？

"與女遊兮九河"，"女"是對稱之辭，説明《河伯》一章是兩神同時上場的。從它與《湘君》、《湘夫人》、《大司命》、《少司命》幾章的互相依存關係看，可知這與河伯偕行而同時登場的腳色是湘君。

他們倆在"遊九河"、"登崑崙"之後，看到一處"魚屋龍堂"、"貝闕珠宫"的所在。對這個所在，發出了"靈何爲兮水中"之問。

---

[1]《宋元戲曲史》第一章。

無疑是"銀屏珠箔中有人如玉"。這時場上已有三神。

"子交手兮東行,送美人兮南浦。""交手東行"說明"子"是複數,相當於"你們"。從"與女遊"發展到"送美人",這主人公自是河伯;而被送者則是湘君與"貝闕珠宫"中人物。在前幾章歌辭情節制約下,這個"水中"之神,當是湘夫人。

由此看來,"靈何爲兮水中"的"靈"是指湘夫人而說的。它是特指,是單數。

再如:

《雲中君》一章兩見"靈"字:

"靈連蜷兮既留,爛昭昭兮未央。"
"靈皇皇兮既降,猋遠舉兮雲中。"

這兩句歌辭雖然同在一章,可是兩個"靈"字的指謂關係卻不一樣。

前一句,"連蜷"是屈曲捲動的樣子,形容彩雲飄蕩的狀態。"留"是停滯不進有所等待。"靈"不是自稱之詞,而是指自身以外的另一神靈而說的。這樣,這句形容彩雲動態的辭句,雖然寫在以《雲中君》爲標題的歌辭之内,可是它既不是雲中君說她自己,也不是指她所見之神,相反地卻是同時在場的另一個神指雲中君而說的。他看到,雲中君曼舞相待,因而唱的:"靈連蜷兮既留,爛昭昭兮未央。"舒卷屈伸,相待已久。這個"既留"和爲了"憺兮壽宫"而要把他所乘釣"龍駕帝服(馬)"的車子猋然遠舉的壽宫神君太一相對映,知它是東皇太一指雲中君對他以彩雲相符而說的。

後一句的"靈"是雲中君指東皇太一說的。

第一章雖然用《東皇太一》標名,但是自始至終沒有看到太一神來。《雲中君》是接踵而來的第二章。第二章裏有些辭和雲中君身份不相稱,而與《東皇太一》或"穆愉上皇"相應。"龍駕兮帝服",雲神不是上帝,不能御"帝服";御"帝服"者必是當時楚人心目中的上帝——東皇太一。"謇將憺兮壽宫","思夫君兮歎息",似乎可以適應雲中君,這是斷章孤立的理解;如果把它和前面所揭出的十一章的中心思想"穆愉上皇",本章的特殊服御"龍駕帝服"聯起來,則見壽宫神君必指太一,而"思夫君"者當是祝願"君欣欣兮樂康"的群巫所飾的衆靈,而其"君"正是東皇太一。

"靈連蜷兮既留",是亦既降止;而後面又有"靈皇皇兮既降"。已降且留的彩雲,不應再降。可見這"皇皇既降"之靈不是雲中君。"猋遠舉兮雲中",不但說這個"皇皇既降"之靈不是雲神,相反地,卻是在他下降之後,彩雲猋然遠舉,很快地起飛了。以"帝服"爲管籥,以東皇太一和雲中君兩章有關辭句爲關挍,則知雲中君這一章是雲神奉迎帝車,使太一降臨楚國壽宫祭壇。一章之中實出兩神:雲中君和東皇太一。

"靈連蜷兮既留",是東皇太一說流動的彩雲已經停留而待。

"靈皇皇兮既降",是雲中君說東皇太一已經降臨在承托于彩雲之中的"龍駕帝服"的帝車之上。

兩個"靈"的指代性質是一致的,不變的。至於是誰指謂誰,則是不一樣的。

"靈"作爲複數,泛指場上群巫所飾衆神的,如:

《東皇太一》:

　　靈偃蹇兮姣服,芳菲菲兮滿堂。

這章歌辭是東皇太一降臨祭場壽宮以前，巫之司祭者登壇鎮席布芳，進肴烝，奠桂酒時，飾神衆巫在壇下合唱的。她們各有腳色，隨司祭巫一同出場。在她們歌舞聲中，司祭巫登壇整席、獻肴、奠酒。壇下姣服偃蹇，香氣菲菲，便是這些飾神群巫載歌載舞的場面。

在這種情況下，"靈偃蹇兮姣服"的"靈"是泛指上場歌舞的飾神群巫說的，是多數。

《東君》：

> 翾飛兮翠曾，展詩兮會舞。
> 應律兮合節，靈之來兮蔽日。

這四句是日神東君從天上俯瞰壽宮祭場盛況的一個部分。她看到整個歌舞場面是"縆瑟交鼓"，"簫鐘瑤簴"，"鳴籥吹竽"，"翾飛翠曾"，"展詩會舞"。在說音樂之後的"思靈保兮賢姱"，指的是被祀神東皇太一。在說歌舞之後的"靈之來兮蔽日"，則是指爲東皇太一這個"靈保"效歡的飾神群巫。

"靈之來兮蔽日"，"蔽日"必然衆多。可見這個"靈"不是單數，而是泛指上場的飾神衆巫而說的。

以上這些"靈"都是名詞。

至於《大司命》的：

> 靈衣兮被被，玉佩兮陸離。

這兩句專說衣飾。"靈"是作爲定語使用的，用它來限定衣的性質。只取神靈的意思，沒有單數複數的問題。

（二）帝子　公子

"帝子"是天帝之子還是帝堯之女？是堯的二女還是他的

次女?

"公子"是指誰而説的?它在不同篇章裏指的是同一物件還是各有所指?

《湘夫人》"帝子降兮北渚"和"思公子兮未敢言",帝子、公子同在一章,先後並見,它們指的都是誰呢?

這兩個詞,在《九歌》十一章裏,使用次數雖然不多,可是由於對歌辭理解不同,各家看法也是多種多樣的。

從形式與内容,部分與整體等對立統一關係看,帝子和公子都是指湘君而説的。

帝子

楚辭《九歌》稱"帝子"的有兩處:

《湘夫人》:

帝子降兮北渚,目眇眇兮愁予。

《大司命》:

吾與君兮齊速,導帝子(之)兮九坑。

"帝子"有人認爲是天帝之子,有人認爲是帝堯之女。如前文所説,湘君是湘水之神,湘夫人是漢水之神。他們倆是一對夫婦,而不是姊妹。這樣,帝堯二女(娥皇、女英)之説便失去了它的依據。"帝子"自是天帝之子。

這個天帝之子是誰?

是湘君。

這個結論是從以下各種關係得來的:

先説《湘夫人》的"帝子"。

"帝子降兮北渚"幾句雖是《湘夫人》開篇之辭,然而它卻不是湘夫人唱的。它應該是湘君侍女，在伴隨湘君北征，弭節北渚之後，奉湘君之命，出北渚，濟西澨，西上以見湘夫人時，上場而唱的。

湘君北征，至北渚便弭節不前，不能再進。秦關阻隔，不見夫人。在這種情況下，湘夫人能夠"聞佳人兮召予"，很顯然，其間必有從湘君那裏前來給她送信的。

湘君橫江北上"揚靈（艫）兮未極，女嬋媛兮爲余太息"説明桂舟之上，湘君而外，還有和他同行的侍女。

湘夫人"聞佳人兮召予"是在"朝馳騁兮江皋，夕濟兮西澨"兩句之後出現的。而這"朝馳""夕濟"兩句，在時間上和事情上，都是和《湘君》"鼂騁騖兮江皋，夕弭節兮北渚"語意相聯的。作爲聯繫兩章的藤葛，它表明使湘夫人聞信之人應是湘君北上，馳騁江湘時，在舟上爲他"嬋媛太息"之女。

到這裏須要插説一個辭句問題。今本《楚辭》，《湘夫人》"朝馳余馬兮江皋"，洪興祖補注説"一云'朝馳騁兮江皋'"。如俞樾所説，"皋"是"睪"的或體，而"睪"古文以爲"澤"字，如"澤門"或作"皋門"便是其例。（《兒苦錄》）"江皋"不同於"山皋""蘭皋"。"澤"的詞義比較多，在"江皋"的關係中，它應是《周語》所説"夫山、土之聚也；藪、物之歸也；川，氣之導也；澤，水之鍾也"，是一個聚水的地方。《廣雅·釋地》："湖、藪、陂、塘、都、吭、阡、澤、埏、衍、皋、沼，池也。""皋""澤"與"湖"同義，是"江皋""江澤"都是可以航行的水域。

"江皋"可航，正和湘君乘桂舟，駕飛龍，遵洞庭，橫大江的水上行程相應。"鼂騁騖兮江皋"和"朝馳騁兮江皋"都是就這一事情説的。

行舟不同於乘車，爲什麽説"騁鷔"和"馳騁"？

請看《九章·哀郢》："楫齊揚以容與"，"過夏首而西浮"，"淩陽侯之氾濫兮，忽翱翔之焉薄。"用鳥飛説行舟和以馳馬説行舟，在修辭方法上是完全相同的，是對舟行的一種比擬。語言内容決定語言形式。語言形式有它的相對獨立性，有時也反作用於語言内容，使人得出不同於原作的理解。"馳騁"之詞多用於馬，而《離騷》又有"步余馬于蘭皋"的句子，遂改"朝馳騁兮江皋"爲"朝馳余馬兮江皋"，從而失其"江皋"之義。

從《湘君》、《湘夫人》兩章語言、情節的依存關係，從"與女遊兮九河"互見於《少司命》、《河伯》的語例，可以説洪興祖所引"朝馳騁兮江皋"是古本《楚辭·九歌》原句。

話再説回來，《湘夫人》"朝馳騁兮江皋，夕濟兮西澨"是和《湘君》"鼂騁鷔兮江皋，夕弭節兮北渚"緊緊相應的。它們之間，"朝"發，在時間上相同，"江皋"，在水程上相同，而"弭節北渚"又先於"濟西澨"。在《湘君》、《湘夫人》兩章關係中，在時間和水程相同的條件下，可以推定它們是一天之内的同夕之事：是在"弭節北渚"之後，又"濟西澨"。

這種兩章互見的情形，在楚辭《九歌》裏是自有其例的。《少司命》"與女遊兮九河，衝風至兮水揚波"它和《河伯》開篇"與女遊兮九河，衝風起兮水橫波"也是同語互見的。在十一章中竟有四章兩例相同，這就不是偶然的了。這一現象説明：楚辭《九歌》作者，在創作中，是用同辭重述的手法，表現在另一齣戲裏再度上場的腳色，她是從前場没有完成的劇情中過渡而來的。摘唱前辭，表示她這次上場和前場的關係，同時也説明她在本出戲中所演唱的情節，正是前一出劇情的繼續。這一點，在我國戲劇史上,除《九歌》本身的地位外,創作藝術也是值得重視的。

《湘君》"采芳洲兮杜若,將以遺兮下女。"《湘夫人》"搴汀洲兮杜若,將以遺兮遠者。"

"下女"是居處在下土之上的神女,不是"侍女"。《離騷》在"忽反顧以流涕兮,哀高丘之無女"之後,接著説"及榮華之未落兮,相下女之可詒。"他"相""下女"是從神話中的崑崙閬風逐漸而下的。先令豐隆乘云"求宓妃之所在",然後"周流乎天余乃下","望瑶臺之偃蹇兮,見有娀之佚女",又想"及少康之未家兮,留有虞之二姚。"宓妃、有娀佚女、有虞二姚三者可説明"下女"的身份。《九歌》"下女"是和"遠者"相對的。《湘夫人》的"遠者"説的是湘君,《湘君》的"下女"指的是湘夫人。這個"下女"地位和《離騷》所用是一致的,是同以崑崙神山上的"高丘"相對而説的下方神女。這是和漢水女神湘夫人相應的。

《湘君》"横大江兮揚靈",絶流度水叫作"横",明見北渚不在長江。而這個極浦遥天,身居涔陽的湘夫人,遠在北渚,西澨之外,也並不在江。可是一個是"捐余玦兮江中,遺余佩兮醴浦",一個是"捐余袂兮江中,遺余褋兮醴浦。"這一共同行事,只有在湘君和湘夫人同居之後才能作到的。這顯然是追述他們夫婦離散之前的事情。玦是用作表示決心的東西。(袂和玦同音,在兩章關係中,它是女方表示決心的東西。)在離散求合的情勢下,兩地同心,追懷往事,這兩句共同語言當是兩方用當年定情之辭,表示決心。而雙方共用的"杜若",則是那時彼此約定的信物。

"將"義同"持"。"采芳洲兮杜若,將以遺兮下女"在"拿著它"送給"下女"——湘夫人的情景下,説明這枝芳洲杜若是湘君交給他的侍女,作爲傳言的信物,以便取信于湘夫人。同理。湘夫人"搴汀洲兮杜若,將以遺兮遠者",在"聞佳人兮召予"的制約下,當是地接見湘君侍女之後,把汀洲杜若交給她,作爲她完成任務,得到回音,回去向湘君覆命的信物。

這些互相依存關係,可以使我們從歌辭中看到:湘君朝發湘江,過洞庭,橫渡大江,夕到北渚而弭節,一路上是有女同舟的。北渚弭節,不能再進,不得不以身邊侍女爲信使,使她持杜若爲信物,當晚即從北渚出發,濟西澨以見湘夫人。湘夫人接見了她,從而得到了"聞佳人兮召予"的資訊。她也用杜若爲信物,交給來使,使它回去用以向湘君覆命。這是一個方面。

另一方面是:"帝子降兮北渚",在《湘夫人》歌辭中是第一韻四句中的首句。可是第二韻四句裏,"鳥何萃兮蘋中,罾何爲兮木上"卻對湘君能不能爲她北上表示懷疑,認爲盼望湘君屈尊到她那裏是一種不可能實現的幻想。辭意表明:這時她還沒有得到湘君爲她北上而弭節於北渚的消息。第三韻四句説她思公子望穿秋水。第四韻在用"麋何食兮庭中,蛟何爲兮水裔"再一次表示她對湘君的希望是不可能實現的幻想時,出現了"朝馳騁兮江皋,夕濟兮西澨"的歌辭,結果是她"聞佳人兮召予,將騰駕兮偕逝"不但湘君北上相迎,而且還要把她帶走。可見在這一場歌舞劇中,演唱到第四韻時,湘夫人才得到湘君消息。也就是説第一韻"帝子降兮北渚"並不是湘夫人的唱辭。

把這兩方面的情況合起來看,可知《湘夫人》開篇第一句的"帝子降兮北渚"當是湘君侍女所唱的。在湘君"采芳洲兮杜若,將以遺兮下女"一段唱辭中,這個同舟之女是被湘君派遣,出作信使的。歌辭語言關係所反映的情節是:《湘君》一章是在湘君目送侍女手持杜若領命而下的情景下收場的。《湘夫人》一章是在《湘君》歌辭結束後接踵而來的。在兩章情節的連續和發展中，"帝子降兮北渚"一韻四句，作爲開場之辭，當是湘君侍女表示她奉命出使正走在路上，在走"過場"時所唱的。

在這種關係裏，"帝子"是湘君侍女指湘君而說的。

《湘夫人》首句的"帝子"已經初步地作了說明，這裏再說《大司命》的"帝子"。

《大司命》"導帝子兮九坑"，現在流行各本都是把"帝子"寫作"帝之"的。

"君回翔兮以下，踰空桑兮從女。""吾與君兮齊速，導帝子（之）兮九坑。""九坑"指"九河"。（見本書《各章情節與地理關係》）而《少司命》又有"與女遊兮九河"的話。可知《大司命》一章是大司命與少司命同時上場的。"吾"是大司命自稱，而"女"和"君"則是他指少司命而說的。

"導帝子（之）兮九坑"是他們倆"吾與君兮齊速"要完成的任務。

按《少司命》"與女遊兮九河，衝風至兮水揚波"與《河伯》首句"與女遊兮九河，衝風起水橫波"遙遙相應。《少司命》句是河伯承司命之命，上場邀湘君，《河伯》句則是河伯引湘君同遊九河以接湘夫人。

河伯"與女遊兮九河"之後，進而"登崑崙兮四望。"崑崙"閶闔之中是其疏圃"。疏圃與《大司命》"折疏麻兮瑶華，將以遺兮離居"相應。"疏麻"即疏圃之麻，（見《各章情節的地理關係·崑崙》）"離居"指由於漢中淪陷致使湘漢一家忽成異國的湘君和湘夫人。河伯引湘君自九河登崑崙以會湘夫人，使他們得以"交手東行"同歸楚國。這就是大司命"吾與君兮齊速，導帝子（之）兮九坑"任務的具體內容。

長沙仰天湖戰國墓出土古簡"𢼸"字所從的"子"字寫作"孚"。"之"字寫作"业"。（見左圖）若"孚"字因故泐其上下，則它的：殘筆"⺍"形和"业"字很相近，容易被誤認為是"业"的殘文。

以楚文證《楚辭》，在前面所説的歌辭關係中，可以推知今本楚辭《九歌》"導帝之兮九坑"的"帝之"應是"帝子"的字誤。

"子"、"之"字誤，除字形的可能性外，在語音上也有致誤的可能。

"之"、"子"兩詞古音都在"之"部。今音，王仁昫《刊謬補缺切韻》"之"在《之部》，"子"在《止部》。兩字一平一上。羅常培《唐詩擬音舉例》"子"擬作[cts:]，"之"擬作[ctc:]。"子"、"之"兩字古今語音都是相近的。古今音都有致誤的可能。

《墨子·非攻中》"雖北者且不一著何"，《定本閒詁》注云："墨子與子夏子門人同時。"聚珍本《閒詁》注文"門"上"子"字寫作"之"。

《吕氏春秋·開春論·愛類》："惠子曰：'今有人於此，欲必擊其愛子之頭，石可以代之'。"高氏注云："愛子，所愛之子也。舍愛子頭而擊石也。故曰：'石可以代子也。'"注文"石可以代子",元本、李本等本都把它寫作"石可以代之"。

不拘它們出於哪種情況,"子"誤作"之",在古書裏不僅是可能,而且是實有其例的。

大司命這句唱辭的"帝子"是他乙太一屬下官佐對湘君説的,是敬稱。從敬稱中,可以看到在《九歌》中作爲楚國象徵的湘水之神,他們是自認爲"帝子"的。

公子

楚辭《九歌》稱"公子"者有三處:

《湘夫人》:

　　沅有芷兮澧有蘭,思公子兮未敢言。

《山鬼》:

　　怨公子兮悵忘歸,君思我兮不得間?
　　風颯颯兮木蕭蕭,思公子兮徒離憂!

湘夫人所思的"公子",在《湘君》和《湘夫人》兩章歌辭相應的關係上,自是指湘君而説的。

《國語‧魯語》:"山川之靈足以紀綱天下者,其守爲神,社稷之守者爲公侯,皆屬於王者。"是"足以紀綱天下"的山川之靈,和人間相比,它的地位相當於諸侯。蘇秦説楚威王,"楚地西有黔中巫郡,東有夏州海陽,南有洞庭蒼悟,北有汾陘之塞郇陽。"在這"地方五千餘里"的廣闊土地上,"江漢雎漳楚之望也"。[1]湘水並不是最大的,不足以擬諸侯。"諸侯之子稱公子。"湘君以湘水之神而被稱"公子",是和它所處之水的地位相稱的。

湘君既是"公子",爲什麼又被稱爲"帝子"? 前者是就他在

---

[1]《左傳》哀公六年。

楚境水神中的地位來説的；後者則是就他在天神世系中的親屬關係説的。稱"公子"，是尊敬他在地方神祇中的地位；稱"帝子"是尊他"天潢貴胄"在天神世系中的枝葉關係。兩重身份，兩種稱呼，是並行不悖的。

可是山鬼對湘君没有"夫人"身份，怎麽也用起"公子"來了？

"采三秀兮於山間"，這個"於"字不是介詞而是名詞。郭沫若説"於山"即"巫山"，[1] 按當時楚國形勢，"於山"當是黔中商於之地的"於"中之山。

楚威王使將軍莊蹻將兵循江而上，略巴、黔中以西，溯涪陵水南下，轉戰略地，直至滇池。楚懷王十三年，司馬錯自巴涪水攫取黔中商於之地。致使楚地三分：商於入秦，莊蹻王滇，只剩下以湘、漢兩水爲代表的楚國本土。[2]

商於得失關係到楚國全域。楚懷王一心想"吾復得吾商於之地。"秦爲了孤立並進一步打擊和削弱楚國，使張儀利用他這一心理，詐以"故秦所分楚商於之地"誘楚，使之絶和于齊。楚絶齊而秦食言，楚懷王受欺于張儀，怒而興師，大敗於丹陽。

丹陽敗後，漢中入秦。商於之地寸土未復，漢中全境又復淪陷。於是他在悲憤中，又悉興國中兵準備大舉襲秦。

這就是以《國殤》一章爲紀年碑的《楚辭·九歌》的時代背景。

楚懷王想借東皇太一的靈威，以其衝壓倒秦國，從而達到收復失地的目的。

屈原受命而作《九歌》。在十一章中，《湘君》以迄《山鬼》七章，是一個劇情的發展，是爲"穆愉上皇"而演奏的愉神之辭。他

---

[1] 見《屈原賦今譯》、《山鬼》注文。
[2] 見本書《莊蹻起楚分而爲三四解》。

以湘君、湘夫人（湘、漢兩水水神）分別象徵楚國本土和漢中；以湘君、湘夫人的離合，反映漢中淪陷給楚國人民造成的離散之苦；以湘君、湘夫人在司命、河伯的佑助下，終於"交手東行"，復歸楚國，暗寓神靈助楚必將恢復之意。

湘漢一家雖得團圓，可是商於之人猶然向隅。爲了實現"吾復得吾商於之地"的決心，作者通過這個娛神之辭向東皇太一表示：這次祭神，準備襲秦，它的直接目的雖然是雪丹陽之恥，收復漢中，但是，最終的目的還是要收復商於。

"於山"山鬼的上場，集中地反映了商於淪陷人民盼望收復，急於和楚人團聚的情緒。她們"怨公子""思公子"，"然""疑"之情"交作"於心，風雨空山，不勝哀怨。這"公子"是指作爲楚國象徵的湘君而説的。

"公子"一詞是湘夫人和山鬼兩方對湘君的敬稱。

湘君、湘夫人和山鬼的三角關係是建立在以湘君爲楚國的象徵的基礎之上的。

（三）爾我之間的稱謂

楚辭《九歌》十一章的人稱代詞絕大多數是以各章章後所出的標目主神爲主而立言的。一般説來，自稱的第一個人稱代詞都是標目主神的自謂，對稱的第二人稱代詞則是標目主神對和他有關係神祇説的。在理解歌辭上，這是通例。但是十一章歌辭有幾章上場脚色並不就是一個，甚至有的歌辭通篇都是上場脚色之外的衆"靈"合唱的，有的歌辭章末結尾是場下衆"靈"合唱的。因而"爾""我"之間的稱謂不都是從標目主神發出的。在理解歌辭上，這是一種變例。這些通例和變例都是在十一章語言、情節等各種對立統一關係上定下來的。

當然這種"通""變"不是就語法説的,它們的語法性質和功能都是不變的。

先説自稱,後説對稱。

1. 自　稱

(1) 自稱通例
余

《湘君》：

女嬋媛兮爲余太息。
期不信兮告余以不閒。
捐余玦兮江中,遺余佩兮醴浦。
——余,是湘君自余。

《湘夫人》：

捐余袂兮江中,遺余褋兮醴浦。
——余,是湘夫人自余。

《大司命》：

衆莫知兮余所爲。
——余,是大司命自余。

《少司命》：

忽獨與余兮目成。
——余,是少司命自余。

《東君》：

　　撫余馬兮安驅。
　　操余弧兮反淪降。
　　撰余轡兮高馳翔。
　　——余，是東君自余。

《山鬼》：

　　余處幽篁兮終不見天。
　　——余，是山鬼自余。

《國殤》：

　　淩余陣兮躐余行。
　　——余，是國殤自余。

吾

《湘君》：

　　沛吾乘兮桂舟。
　　遭吾道兮洞庭。
　　——吾，是湘君自吾。

《大司命》：

　　紛吾乘兮玄雲。
　　吾與君兮齊速。
　　——吾，是大司命自吾。

《東君》：

　　照吾檻兮扶桑。
　　——吾，是東君自吾。

我

《山鬼》：

> 君思我兮不得閒。
> 君思我兮然疑作。
> ——我，是山鬼自我。

予

《湘夫人》：

> 聞佳人兮召予
> ——予，是湘夫人自予。

《大司命》：

> 何壽夭兮在予
> ——予，是大司命自予。

《少司命》：

> 芳菲菲兮襲予
> ——予，是少司命自予。

《山鬼》：

> 子慕予兮善窈窕。
> 歲既晏兮孰華予。
> ——予，是山鬼自予。

(2) 自稱變例

予

《湘夫人》：

目眇眇兮愁予

"帝子降兮北渚,目眇眇兮愁予。"這是《湘夫人》章開篇的頭兩句。它是跟著《湘君》歌辭接踵而來的。這時湘夫人還沒有"聞佳人兮召予"。持杜若以傳信的湘君侍女從北渚出發,還沒有見到湘夫人。在這種情況下,這兩句和湘君相關的歌辭應是親見湘君弭節北渚的侍女所唱。

作為《湘夫人》開篇,表示她奉命出使,辭北渚,濟西澨,正走在途中,是本章歌舞中的一個過場。

《廣雅·釋訓》:"遼遼、遙遙、邈邈、眇眇,遠也。""眇眇"和"邈邈"同是遼遠的意思。《管子·內業》"渺渺乎如窮無極","渺渺"也就是"眇眇"。"愁",《説文》"憂也。"有憂懼的意思。

"帝子降兮北渚"和《湘君》"夕弭節兮北渚"相應,緊接前事,使人想到她是從湘君那裏來的,特別是"弭節"之後,從他那裏來的。她手持杜若,邊走邊唱,在這句唱辭的提示下,"觀者"很自然地知道她就是湘君"采芳洲兮杜若",使她"將以遺兮下女",向湘夫人送信的使者。

"目渺渺兮愁予"這一句是説她受湘君之命,辭北渚而西上時,湘君在關切地目送著她。"目渺渺"説湘君兩眼隨著她前進的腳步,一直望到渺茫難辨的遼遠之處。"愁予"是耽心著我。意思則説:湘君想念湘夫人心情急切,派我偷渡秦關,潛入漢中淪陷之地。他非常耽心。當我臨行時,他親自相送,望著我逐漸消失了的身影,在耽心著我。

這兩句是湘君所派的送信侍女上場表示行進時,回顧她從北渚出發時的情形而說的。

"予"是湘君侍女,為湘夫人送信的使者的自稱,而"愁予"的主語則是帝子湘君,而不是標目主神湘夫人,因而是個變例。

《河伯》:

> 子交手兮東行,送美人兮南浦。
> 波滔滔兮來迎,魚鄰鄰兮媵予。

從《河伯》"靈何爲兮水中"之辭,知河伯和他所引導的偕行者在行進中遇到一位身居貝闕珠宮的神靈,就通體情節,又知這個和河伯同游的是湘君。能夠和湘君攜手東行的,無論從人物關係,地理位置,都可以推知她必是湘夫人。"子交手兮東行"是河伯説湘君和湘夫人相見之後,攜手東歸。那末,"送美人兮南浦"自是這已經完成使命的河伯之辭,在交手東行的情況下,"波滔滔兮來迎"當是湘君之辭,而"魚鄰鄰兮媵予"則是離開貝闕珠宮,隨著湘君東歸的湘夫人之辭。這樣,既符合通體情節,又符合他們三個水神的身份和處境。由此可見,這"魚鄰鄰兮媵予"的"予"雖在《河伯》辭中,卻不是河伯自稱,而是他所送的兩個水神中,湘夫人的自予了。這又是一個變例。

2. 對　稱

十一章中,對稱之詞凡三:君、女、子。這些代詞究竟是指誰説的,須依各章以及各章之間的情節內容和語言關係來定。其中,對稱之詞出自標目主神之口者爲正例。

(1) 對稱正例

君

《湘君》:

> 君不行兮夷猶。

望夫君兮未來。
隱思君兮陫側。
——君,是湘君稱湘夫人之詞。

《大司命》:

君回翔兮以下。
吾與君兮齊速。
——君,是大司命對少司命說的。

《少司命》:

君誰須兮雲之際。
——君,是少司命對湘君說的。

《山鬼》:

君思我兮不得閒。
君思我兮然疑作。
——君,是山鬼稱湘君之詞。

女

《大司命》:

逾空桑兮從女。
——女,是大司命對少司命說的。

《河伯》:

與女遊兮九河。
與女遊兮河之渚。
——女,前句是河伯承少司命之命,引湘君入江浮海溯河西上以接湘夫人時,對湘君説的。後句則是河伯在已引湘君與湘夫人相會之後,對湘君和湘夫人説的。

子

《河伯》:

> 子交手兮東行。
> ——子,是河伯對湘君和湘夫人説的。

《山鬼》:

> 子慕余兮善窈窕。
> ——子,是山鬼稱群衆之詞。

(2) 對稱變例

君

《東皇太一》:

> 君欣欣兮樂康。

《東皇太一》一章,標目主神始終没有出場。全章歌辭是"穆愉上皇"的娱神衆"靈"(包括國殤在内的扮演鬼神的群巫)在場上的合唱。

她們既配合著主祭巫登祭壇、撫長劍、鎮瑶席、布瓊芳、進肴烝、奠桂酒的動作,隨事而歌;又指顧著場上的樂舞,歌唱壽宫祭場的盛況。她們的唱辭在説:像這樣的虔誠隆重祭典,一定會使東皇太一"君欣欣兮樂康"!

"君"是衆"靈"稱東皇太一之詞,不是標目主神所發,因而也是一個變例。

《雲中君》:

思夫君兮太息。

"靈皇皇兮既降"是雲中君說東皇太一已降臨於她所承駕的"帝車";"猋遠舉兮雲中"是彩雲承駕托負著載太一的"帝車"起飛而遠颺。雲中君和東皇太一既已見面,就不存在著翹盼的條件,那麼,這個"思夫君而太息"就不是雲中君對東皇太一的話了。

"思夫君兮太息,極勞心兮忡忡。"這兩句歌辭位於全章之末。它是在彩雲托負太一車駕猋然遠舉之後,東皇太一在雲中,從車上"覽冀州"、"橫四海",翱遊太空,還沒有下降時所唱的。在這種情況下,這兩句當是壽宮場上迎神衆"靈"翹首遠望,切盼東皇太一的唱辭。東皇太一在這殷切期待聲中。徐徐降臨祭壇,從而完成了迎神任務。

這樣,"思夫君"的發語人是場上衆。"靈",而被"思"之"君"則是東皇太一。話不是標目主神所發,因此這也是一個變例。

女

《少司命》:

與女遊兮九河,衝風至今水揚波。與女沐兮咸池,晞女髮兮陽之阿。

女,是河伯謂湘君之詞。說見前《各章情節的通體關係》四:《大司命》、《少司命》。發語人不是標目主神,所以也是一個變例。

以上從十一章歌辭,就其形式與內容、部分與整體的互相依存關係,看一些稱謂之詞,在各章中是否出於標目主神之口,按自稱和對稱,分作正、變兩類來處理。它説明:十一章歌辭内容的理解受語言形式的制約,而語言形式的理解不是受内容情節制約的;而這些關係同時又是和它所在部分與整體的互相依存關係分不開的。這些稱謂之詞,在一定程度上反映劇情發展中的歌舞腳色。

《楚辭·九歌》各本異文是比較多的。有些辭句是彼此不同的。由於"系解"中的取捨,以下兩句人稱代詞没有列入。它們是:

《湘夫人》

> 朝馳余馬兮江皋。

因爲採用了洪興祖補注的"一云朝馳騁兮江皋",(説已見前)所以没有把這個"余"字列入。

《國殤》

> 子魂魄兮爲鬼雄。

這句歌辭,隆慶重雕宋本《王逸楚辭章句》和朱熹《楚辭集注》都寫作"魂魄毅兮爲鬼雄"。洪興祖補注本也説"一云'魂魄毅',一云'子魄毅'"。王逸章句説"言國殤既死之後,精神强壯,魂魄武毅,長爲百鬼之雄傑也""魂魄武毅"四字注文,説明王逸原本當是寫作"魂魄毅"的。在"身既死兮神以靈"的"身""神"語意關係下,"魂魄毅兮爲鬼雄"也是上下相應的。

或説"子魂魄"的"子"專指屈句。但是作爲衆"靈"對國殤的贊辭,"魂魄毅"也可以起同樣作用。

因此,這句歌辭中的"子"字没有列入對稱的變例。

以上是由於異文取捨問題没有列入的稱謂之詞。

六、"子"作敬稱有複數

"子"字在一定的語言關係中,它是指稱對方的敬稱。它原是可以加定語來限制的名詞(如:"吾子"、"二三子"等等),而不是代詞。

在兩人對話的條件下,它確是單數。在古今對譯時,可譯爲"你"。

若是一個人和兩三個人同時對話,統指對方諸人時,他所用的"子"就不再是單數,而是包括兩三人在内的複數。在對譯中,應譯爲"你們"。

由於前者常見,而後者少見,可能有人看到把"子"對譯爲"你們"而略感生疏,甚或認爲是錯誤。"子"作敬稱,有没有複數?有!在一定的對話中,"子"確有複數。

爲了證明這個結論,從拙作《楚辭九歌整體系解》舊稿中,摘舉數例:

例一,《詩·秦風·無衣》:"豈曰無衣,與子同袍。"這兩句詩,毛氏《傳》是這樣解釋的,他説:上與百姓同欲。則百姓樂致其死。

鄭氏《箋》則説:此責康公之言也。君豈嘗曰:"汝無衣。我與汝共袍乎?"言不與民同欲。

孔穎達《疏》説:鄭以爲康公平常之時。豈肯言曰:"汝百姓無衣乎?吾與子同袍。"終不肯言此也。及于王法於是興師之時。則曰:"修治我之戈矛,與子百姓同往伐此怨耦之仇敵。"不與百姓同欲,而唯同怨,故刺之。

曰"百姓",曰"汝百姓",曰"子百姓",他們用這些詞語來解釋"子",可見漢、唐"經師"都是在一定的語言關係中把"子"看作複數的。

可能有人不相信這些注疏,認爲是毛亨、鄭玄等人的主觀臆測。那麼,請看古書面言語的證明:

例二,《戰國策·中山》:中山君亡,有二人挈戈而隨其後者。中山君顧謂二人:"子奚爲者也?"二人對曰:"臣有父。嘗餓且死。"

毫無疑問,這個"子",在"顧謂二人"和"二人對曰"的依存關係中,是指"二人"而説的,是複數。

例三,《列子·楊朱》説:鄭子産——有兄曰公孫朝,有弟曰公孫穆。朝好酒,穆好色。……子産日夜以爲戚……子産用鄧析之言,因閒以謁其兄弟而告之,曰:"……若觸情而動,耽於嗜欲,則性命危矣!子納僑之言,則朝自悔而夕食禄矣。"朝、穆曰:"吾之久矣,擇之亦久矣,豈待若言而後識之哉!"

在子産"謁其兄弟而告之"和"朝、穆曰"的相互制約關係中,這個"子納僑之言"的"子"無疑統指公孫朝和公孫穆兄弟兩人而説的,是複數。這也是顯而易見的。

例四,《國語·晉語九》:

梗陽人有獄,將不勝,請納賂于魏獻子。獻子將許之。閻没謂叔寬曰:"與子諫乎!吾主以不賄聞于諸侯,今以梗陽之賄殃之,不可。"

二人朝,而不退。

獻子將食,問:"誰於庭?"曰:"閻明、叔褒在。"召之,使佐食。比已食,三歎。既飽,獻子問焉,曰:"人有言曰:'唯食可以忘憂'。'吾子一食之間而三歎,何也?'"同辭對曰:"吾小人也,貪。饋之始至,懼其不足,故歎。中食而自咎也,曰:'豈主之食而有不足?'是以再歎。主之既已食,願以小人之腹,爲君子之心,屬饜而已,是以三歎。"獻子曰:"善。"

乃辭梗陽人。

"閻沒謂叔寬曰:'與子諫乎!'"一人對一人,這個"子"是單數。

可是"二人朝,而不退。""獻子……問:'誰於庭?'曰:'閻明、叔褒在。'召之,使佐食。比已食,三歎。"在這種情況下,"獻子問焉曰:'……吾子一食之間而三歎,何也?'"問題顯然是對他們二人發的。而下文"同辭而對曰"這句話就更證實了獻子之問是面對閻明、叔褒兩人而發出來的。那麼句中的"吾子"之"子"自然是指他們二人,是複數。

這一段對話,《左傳》昭公二十八年也有記載。語言關係也基本是這樣。現照錄如下。

> 梗陽人有獄,魏戊不能斷,以獄上。其大宗賂以女樂。魏子將受之。

> 魏戊謂閻沒、女寬曰:"主以不賄聞于諸侯,若受梗陽人,賄莫甚焉。吾子必諫!"皆許諾。

在"魏戊謂閻沒、女寬曰"的制約下,可知"吾子必諫"的"吾子"之"子"必然是兼指閻沒、女寬兩人,是複數。《左傳》接著寫:退朝,待於庭。

> 饋人,召之。比置,三歎。既食,使坐。魏子曰:"吾聞諸伯叔,諺曰:'唯食忘憂'。吾子置食之問三歎,何也?"同辭而對曰:"或賜二小人酒,不夕食。饋之始至,恐其不足,是以歎。中置,自

答曰：'豈將軍食之而言不足？'是以再歎。及饋之畢，願以小人之腹爲君子之心，屬饜而已。"

獻子辭梗陽人。

在前面"魏戊謂閻沒、女寬曰：'……吾子必諫'"和本段"或賜二小人酒，不夕食，……恐其不足"的前後制約下，知"退朝，待於庭"是他們二人，"饋人，召之"之"之"指的也是他二人。在"同辭而對曰"的呼應下，知"魏子曰：'……吾子置食之間三歎，何也？'"的"吾子"之"子"也必指他倆，是複數。

古代書面言語證明，"子"作爲對稱中的敬稱，在一定的語言制約關係中，它是可以按複數來對譯的。

它的使用頻率不高。可是"少"不等於"沒有"。因此，我們不能說"子"作爲敬稱只能譯作"你"或"您"，而不能譯作"你們"。

"子"是單數還是複數，要依它所在的語言環境來定。這種環境主要從書面語言字、詞、句、文——形式與內容，部分與整體的互相依賴、相互制約的對立統一關係來定。

"子"作單數的頻率高，複數頻率低。這和對話有關，兩人交談的對話多於一人對兩人以上的對話。這是常見的情況。

楚辭《九歌·河伯》：子交手兮東行，送美人兮南浦。

這個"子"是河伯送湘君、湘夫人時，對他們兩人說的，是複數。

七、楚辭《九歌》本意失傳原因的初步探索

（一）從作品的語言對立統一關係中看到的楚辭《九歌》本意

楚辭《九歌》問題比較多，各家見解也很有不同。見仁見智，

各有所至。這裏所説的楚辭《九歌》本意,是就本書所論,從十一章歌辭的語言關係、篇章結構、内容情節、寫作目的、主題思想等形式與内容、部分與整體、作品與作者、作品與時代而論證的。

換句話説,本篇所説的"本意"只是個人在學習中試用對立統一規律以解決作品疑難問題時,從初步研究中得到的一點膚淺認識。

"你所説的'本意'爲什麽不見於秦漢人著述?"回答這個問題,是本文的任務。

爲此,先説一説從作品的語言對立統一關係中得到的有關楚辭《九歌》本意的一些認識。[1]

楚懷王十七年(前312)秋,他爲了雪受欺于秦之恥,報丹陽戰敗喪師失地辱國之仇,準備再次悉興國中兵大舉襲秦。他把希望寄於當時觀念中的歲星之神——五個皇天上帝之一,且爲之長,而身兼戰争之神的東皇太一。想借他"所在國不可伐,而可以伐人"的"靈威",打敗並打退佔領楚國漢中之地的秦軍而舉行"穆愉上皇"的祀典。

屈原接受楚懷王之命,根據這次"穆愉上皇"的中心思想,按照楚國巫風和楚神話夏后啓用《九歌》"賓帝"的故事,利用湘、漢一家,楚人的水神配偶觀念,以及當年丹陽戰敗,漢中淪陷于秦,給楚人造成的家人離散之苦,創作出專爲此次"穆愉上皇"而用的楚辭《九歌》。

他寫出:漢中淪陷,漢水水神湘夫人身陷强秦,故國難歸。

---

[1] 這個初步認識是通過十一章歌辭語言的對立統一關係,以及與歌辭相應的史事、詞語等考證而得出來的。拙見結集其總體名爲《楚辭九歌系解》,以作品爲主體,從歌辭語言的對立統一關係,論證楚辭《九歌》,求其歌辭本意。理據已散見辭解和論文。這裏不再重述。

湘君乘舟北上,營救無路。得司命及河伯之助,夫婦團聚終於歸楚。而黔中商於地,於山山鬼猶然望楚。以"穆愉上皇"之歌舞,向太一表達楚人決心收復漢中,而不忘"吾復得吾商於之地"。娛神之後,緊接著又借太一之靈褒揚丹陽陣亡將士,用以激勵楚軍士氣而利再戰,附之以慰靈之辭。從而創作出以迎神、愉神、慰靈和收場之辭四部分構成的十一章的楚辭《九歌》整體。

這一史實,楚國滅亡後,經秦入漢,直到漢成帝末年(約在公元前8、9年左右),在人們的記憶中還有些殘餘。谷永勸劉驁的話裏,曾提到"楚懷王隆祭祀,事鬼神,欲以獲福助,卻秦師,而兵挫地削,身辱國危"。他這段話在一定程度上反映了當年屈原奉楚懷王之命作楚辭《九歌》,以之愉太一卻秦軍的一些重要線索。可見前漢時,在一部分人的頭腦中,對此事還殘存著一些迹象。這時去屈原執筆創作已經三百多年,楚辭《九歌》本意,在人們的記憶中,已是不絕如縷了。

到了後漢,就連這僅存的殘餘痕迹也早已被人淡忘。王逸"復以所識所知"作《楚辭章句》,他雖然還記得十一章歌辭作者和它的巫風性質,可是已經"未能究其微妙",不知道它的時代背景、主題思想和通篇結構了。百年前谷永所說的楚懷王之事,到他這時,也絕無影響了。致使他面對這十一章歌辭,只感到"文意不同,章句雜錯",是一堆很不好理解的東西。

從此之後,讀者多以王逸《九歌章句》爲依據,若明若暗,困惑在迷霧之中。誠如朱熹所說,"篇名《九歌》,而實十有一章,蓋不可曉。""《九歌》諸篇,賓主彼我之辭最爲難辨。"

雖然如此,可是王逸還明記它是"屈原之所作也"。到了二十世紀,又有一些學者,出於不同的考慮,說它是漢代的東西。

他們不僅剝奪了屈原的著作權,而且還想把它,甚至把他本人,也從楚國史中抹掉! 見仁見智,各有所至。

其所以如此,問題不完全在於漢以後的學者,問題主要在於作品本身的性質及其與楚國同其命運的歷史遭遇。

(二) 楚辭《九歌》本意失傳的原因

1. 歌舞爲一的反秦之作——楚辭《九歌》本意失傳的內因

(1) 楚辭《九歌》是一篇爲"卻秦師,收失地"而寫的反秦之作。說見拙作《莊蹻起楚分而爲三四和楚辭九歌》及《系解》有關考證,這裏不重述。但是,須要注意的是:正是這一點決定了它在秦滅後的遭遇。

(2) 從作品的表現形式來說,楚辭《九歌》是用"詩"與"舞"——有聲的和無聲的兩種語言創作而成的。它的生命存在於這兩者的交融之中。傳其"詩"而失其"舞",它就變成不好理解的東西。

王逸作《九歌章句》時,十一章歌辭本意雖然已失,可是他對它們的巫歌歌舞性質還是略有所聞的。他說:

> 昔楚國南郢之邑,沅湘之間,其俗信鬼而好祀,其祠必作歌樂鼓舞以樂諸神。屈原放逐,竄伏其域……,出見俗人祭祀之禮、歌舞之樂,其祠鄙陋,因爲作《九歌》之曲。

王逸這段話,在作品的寫作時間、時代背景、主題思想和屈原放逐問題上說得不對,但是在"以樂諸神"的"歌舞之樂"上,卻是接觸到一些餘緒。可是他還不知道它是歌舞爲一的。

這個歌舞相須,融爲一體的性質和形式與內容的關係,楚辭

《九歌》歌辭本身就自己作了説明。

　　《東君》這一章,在娛神之辭七章(《湘君》以迄《山鬼》)中,它的任務除"射天狼"以殪强秦外,是以"日出入"來表示故事情節發展時間的。當作者寫到太陽神俯瞰大地看到郢中壽宮"穆愉上皇"的現場實況時,作者通過東君之口,説出他設想的場上歌舞關係。靈巫是把它這樣唱出來的:"翾飛兮翠曾,展詩兮會舞。"

　　"展詩"之"詩"就是作者創作的楚辭《九歌》歌辭。"展詩"而"會舞",則是説靈巫唱這些歌辭時,是把它和她們的舞蹈融合爲一體的。歌舞爲一,也就是歌辭中的人物關係、情景變化、情節發展等等都是在靈巫唱"詩"時,以與之相應的舞蹈身態——這種形象的無聲語言來體現的。歌辭、舞蹈、故事情節,它們三者有如形、神、影一樣,三位一體,相依爲命,對楚辭《九歌》説來,是缺一不可的。

　　因此可知"展詩兮會舞"這句歌辭,是作者向讀者的自我説明。它表明他在創作之初,就很明確地知道他是從適應靈巫歌舞的實際場面而著筆的。寫作時,是從舞蹈語言中斟酌他的書面語言的。因而人物、情景、關係、變化等往往是通過場上舞蹈來體現的。書面上,這些地方常是"不著一字,盡得風流"的。

　　竹帛上只寫其"詩"而不著其"舞"。在當時巫風楚國,只要把主題思想、故事情節和這些歌辭向接受任務的靈巫交待清楚。她們是會把它們融會貫通成爲一體而表現出來的。

　　舞蹈語言是表意的。這種歌舞爲一的歌舞之辭,傳其"詩"而不見其"舞",只要讀者得知其意,也是可以理解的。

　　楚辭《九歌》歌辭是從舞蹈語言中寫作出來的。"詩""舞"爲一,作品只寫其"詩"而不寫舞,這便是它在藝術形式上的一種特點。

楚國滅亡,時過境遷。反秦者誅,傳其辭者多諱其事。從而知此者稀,終至淡忘了它的本意。後之人不見其舞不知其意,面對著書面上的語言文字,感到它"文意不同,章句雜錯","爾我之辭最爲難辨"。我們從"歌""舞"相失,本意無傳而產生的後果,可以看到楚辭《九歌》原來是"詩"與"舞"融而爲一的。

2. 秦滅楚出其人忌其事諱其意——楚辭《九歌》本意失傳的外因

(1) 秦滅楚前,楚辭《九歌》本意是爲人所知的。

在楚國國內——

這十一章歌辭,由於它特定的歷史任務和應時的政治內容,雖然只在公元前 312 年"穆愉上皇"時,在郢中壽官正式歌舞一次,可是其事其辭其意,是爲楚人所知的。

首先是參與"穆愉"之事的群巫,她們是親其事,熟其辭,嫺其舞而深知其意的。

其次是參加"穆愉"之事的百姓諸官,包括著看得"憺兮忘歸"的"觀者",他們是經其事,知其情,明其辭,見其舞而會其意的。

至於那些未能身臨其境親見其事的楚人,他們熟悉巫風,身經時變,也是可以聞其事見其辭而能知其歌舞之意的。

在楚國國外——

以當時正與楚爲敵的秦國爲例,《詛楚文》以同類的事情告訴我們:楚懷王事鬼神以求勝秦之事,他的敵國是可以很快就知道了的。

《詛楚文》說：

> 今楚王熊相（楚懷王名，《史記》誤作槐）……率諸侯之兵以臨加我，欲剗伐我社稷，伐滅我百姓，求蔑廢皇天上帝及丕顯大神巫咸之卹，祠之以圭玉犧牲，逑取吾邊城新隍及郍長敖，吾不敢曰可。今又悉興其衆，張矜忿怒，飾甲底兵，奮士盛師以偪吾邊境，將欲復其凶迹。

按公元前315年，楚懷王十四年，楚失黔中商於。十五年，屈原爲楚東使于齊以結強黨。十六年，齊助楚攻秦，取曲沃。其後，秦欲伐齊，齊楚之交善，惠王患之，乃宣言張儀免相，使張儀南見楚王，誘之以商於之地，使之絶齊。楚絶齊而張儀欺楚。楚懷王大怒，興師伐秦。十七年春，遂有丹陽之敗。商於未復，又失漢中。

從這幾年一連串兒的形勢發展關係中，可知十五年屈原使齊，十六年齊助楚攻秦，其事因主要是楚爲了從秦人手中奪回被他們搶佔了的楚地商於。

在這些歷史條件下，可知《詛楚文》所說的"率諸侯之兵以臨加我"，這句話是指楚懷王十六年，秦惠文王更元十二年，"齊助楚攻秦"說的。"逑取吾邊城新郢及郍長敖"，"郍長"即"於商"。[1]

爲"逑取"商於而聯齊攻秦，同時又"以圭玉犧牲"祠皇天上帝丕顯大神巫咸以祈戰争的勝利，這事和命屈原作楚辭《九歌》"穆愉上皇"以乞靈於東皇太一而戰勝秦國一樣，在巫風楚國這是楚懷王的同一故技。

―――――――

〔1〕 説見《詛楚文考釋》。

至於《詛楚文》的下一段，"今又悉興其衆……"則是指同年冬，張儀欺楚，楚懷王大怒，發兵西向攻秦而說的，是丹陽戰前之事。

《詛楚文》所記楚爲收復商於之地聯齊攻秦，同時又以圭玉犧牲祠皇天上帝和丕顯大神巫咸，這是楚懷王十六年事。國内祠事不在疆場，可是它卻很快就爲秦所知。楚懷王十七年，丹陽敗後、藍田戰前，爲戰勝秦國，作楚辭《九歌》以穆愉東皇太一，其規模之大，禮儀之隆，遠遠超過《詛楚文》所指訴楚懷王十六年之祠事。楚辭《九歌》的性質、目的、内容之爲秦所知所忌也是不言而喻的。

《史記·魏公子列傳》："公子與魏王博，而北境傳舉烽，言趙寇至，且入界。魏王釋博，欲召大臣謀。公子止王曰：'趙王田獵耳，非爲寇也'，復博如故。王恐，心不在博。居頃，復從北方來傳言曰：'趙王獵耳，非爲寇也。'魏王大驚曰：'公子何以知之？'曰：'臣之客有能深得趙王陰事者。趙王所爲，客輒以報臣，臣以此知之。'"戰國之世，不止興師"用間"，楚國國内之事，是可以爲秦國所知的。

這是秦滅楚之前的情况。楚辭《九歌》爲何而作？當時知道它的人是比較多的。

(2) 秦滅楚後，出其人，禁其祠，諱其意，存其辭而失其舞。

楚懷王命屈原作楚辭《九歌》之後 34 年（楚頃襄王二十一年、秦昭襄王二十九年，前 278），秦"大良造白起攻楚，取郢爲南郡，楚王走。"（《秦本紀》）當年娛太一，射天狼，歌舞楚辭《九歌》之地淪陷于秦。又過了 55 年（秦王政二十四年，楚王負芻五年，前 223），"秦將王翦、蒙武遂破楚國。虜楚王負芻，滅楚。"（《楚

世家》）

a. 秦禁"擅興奇祠"和楚辭《九歌》

《韓非子·外儲說右下》"秦昭王有病,百姓里買牛而家爲王禱。公孫述出見之,入賀王曰:'百姓乃皆里買牛爲王禱'。王使人問之。果有之,王曰:'訾之!人二甲。夫非令而擅禱,是愛寡人也。夫愛寡人,寡人亦且改法而心與之相循者,是法不立;法不立,亂亡之道也。不如人罰二甲而復與爲治。'"秦滅楚之前就是禁止"非令而擅禱"的。

白起"攻楚取郢以其爲秦之南郡",這時楚襄王"東北保于陳城"(《楚世家》),楚尚未亡。南郡楚人抗秦,秦以秦法制之。

《睡虎地秦墓竹簡·編年記》記秦王政十九年(楚幽王十年,公元前228年,亦即秦取郢爲南郡後50年),"□□□□南郡備敬(警)。"[1]它的第二年,(秦王政)廿年四月,南郡守騰頒布《語書》說:

> 古者,民各有鄉俗,其所利及好惡不同,或不便於民,害於邦。是以聖王作爲法度,以矯端民心,去其邪避(僻),除其惡俗,……今法律令已具矣,而吏民莫用,鄉俗淫失(泆)之民不止,止,是即法(廢)主之明法殹(也),而長邪避(僻)淫失(佚)之民,甚害於邦,不便於民'故騰爲是而脩法律令、田令及爲間私方面下之,令吏明布,令吏民皆明智(知)之,毋巨(岠)於罪。[2]

南郡鄉俗、好惡不同于秦。佔領者雖"法律令已具",而"吏民莫用","鄉俗淫泆之民不止",可見這地方的楚國遺民在思想意識上,和秦的矛盾是相當尖銳的。"南郡備警"反映了他們的鬥爭程度。

---

[1]《睡虎地秦墓竹簡》文物版,第7頁。
[2]《睡虎地秦墓竹簡》文物版,第15頁。

民間祠禱，一般是屬於鄉俗的。可是歷史上它往往是被利用的一種鬥爭形式。與《語書》一道發現的《法律答問》，其中有一條是解答"擅興奇祠，貲二甲"的。它說：

可（何）如爲"奇"？王室所當祠固有矣，擅有鬼立（位）殹（也）爲"奇"，它不爲。[1]

它與《韓非子·外儲說右下》所記"非令而擅禱"，"訾之！人二甲。"是一致的。舊令重申，對南郡楚國遺民來説，是爲其巫鳳而設的。

這時，（明布《語書》之時）楚尚未滅。南郡楚人即或想借祠事歌舞楚辭《九歌》以寄其復國之思是不可能的。

公元前 223 年，楚王負芻被虜。楚國滅亡之後，這種情況是全楚相同的。

b. "出其人"和楚辭《九歌》

秦自商鞅而後常用遷徙政策——遷人。《史記·商君列傳》："秦民初言令不便者、有來言令便者。衛鞅曰：'此皆亂化之民也。'盡遷之于邊城。其後，民莫敢議令。"

秦取得別國土地，也常行此"遷人"之法。如《史記·秦本紀》（昭襄王二十一年）："魏獻安邑，秦出其人。募徙河東，賜爵，赦罪人，遷之。"

秦滅六國，對六國貴族、大家、豪俠等有影響的家族都實行"遷人"之策。

《史記·貨殖列傳》："蜀卓氏之先，趙人也。用鐵冶富。秦破趙，遷卓氏。""程鄭，山東遷虜也。亦冶鑄，賈椎髻之民，富埒

---

[1]《睡虎地秦墓竹簡》文物版，第 219 頁。

卓氏,俱居臨邛。"《華陽國志·蜀志》:"秦惠王、始皇克定六國,輒徙其豪俠于蜀,資我豐土。……若卓王孫家僮千數,程鄭各八百人。"《貨殖列傳》:"宛,孔氏之先,梁人也。用鐵冶爲業。秦伐魏,遷孔氏南陽。"這是遷在經濟上有影響的。

《御覽·六十六》引《蜀記》:"秦滅楚,徙楚嚴王之族于嚴道。"《新唐書·七十五·宰相世系表》:"權氏出自子姓,商武丁之裔孫封于權。楚武王滅權,遷于邢處,其孫因以爲氏。秦滅楚,遷大姓於隴西,因居天水。"這是遷王族大姓。

《漢書·地理志》:"趙地……,西有太原、定襄、五原、上黨"。而"定襄、雲中、五原本戎狄地,頗有趙、齊、衛、楚之徙。"可見楚和趙、齊、衛一樣,國滅後,也有被徙于晉北原戎狄之地的。

楚莊王之族被徙于蜀之嚴道,而晉北原戎狄之地又有楚、趙、齊、衛的遷人。可見楚亡之後,楚之王族、大姓是被分散遷出的。《漢書·敘傳》:

> 班氏之先,與楚同姓。今尹子文之後也。子文初生,棄於夢中,而虎乳之。楚人謂乳"穀",謂虎"於檡",故名穀於檡,字子文。楚人謂虎"班",其子以爲號。秦之滅楚,遷晉、代之間,因氏焉。

而《地理志》代郡十八縣有一縣名曰班氏。

清同治中,山西代州蒙王村發現吳王夫差鑒。腹内有銘曰:"攻吳王大(夫)差擇厥吉金,自作御監。"[1]蓋越王勾踐滅吳,吳器入越。其後六世越又爲楚所滅,吳器因而入楚。湖北襄陽蔡坡12號墓出土吳王夫差劍[2],距江陵縣城21公里的馬山公

---

[1]《貞松堂集古遺文》卷十一、頁五。
[2]《文物》1976年第11期。

社出土的吳王夫差矛[1]都是其證。楚滅越，分得吳越之器者不止一人。秦滅楚，遷楚人于晉、代之間，楚有攜器而往遷地者，這便是吳王夫差鑒被發現於山西代縣的緣故。[2]

解放後，吳王光劍出土于原平，吳國錯金鳥書王子于之用戈出土于萬榮。兩縣古時都是晉地，而原平又與代班氏相去不遠。以班氏和吳王夫差鑒的關係例之，也當是楚遷人之器。班氏遷于晉、代之間，因而晉地有楚人居之。

如《漢書·地理志》所説，楚國是"信巫鬼、重淫祀"的巫風楚國，遷人所至巫亦隨之，因而晉中也有楚巫之迹。

班氏是楚之貴族。當年楚懷王命屈原作楚辭《九歌》，以之"穆愉上皇"，"求福助，卻秦師"之事，他的家族以及與其同遷之巫是比較熟知的。

楚辭《九歌》隨著秦遷人至於晉、代之間，也是有迹象可尋的。

《史記·封禪書》：劉邦爲漢王，之六年，也就是他即皇位第二年，"長安置祠祝官女巫"。他們分工是：

梁巫：祠天地、天社、天水、房中、堂上之屬。

晉巫：祠五帝、東君、雲中、司命、巫社、巫族人、先炊之屬。

秦巫：祠社主、巫保、族纍之屬。

荆巫：祠堂下、巫先、司命、施糜之屬。

九天巫：祠九天。

——皆以歲時祠宮中。

值得注意的是：晉巫所祠四神都見於楚辭《九歌》。——東

---

[1]《光明日報》1984年1月8日第二版，《稀世文物"吳王夫差矛"在湖北江陵出土》。
[2] 拙作《攻吳王器出於晉北和楚班氏遷于晉代之間》。

皇太一乃五帝之一，且是五帝之長；祠五帝只是把他擴而大之，並不矛盾；而司命與大司命、少司命也正好相當。兩者的對應關係，從下頁附表可以看得出來。

劉邦這個祠祝官是在秦亡後第五年確定的。各地之巫分工不同，這反映他是在秦的各地巫風基礎上安排的。也就是說晉巫在秦時便以祠此四神爲其地方巫風特點的。

五帝、日神、雲神和司命之神，戰國時期是中國各地共有的一部分神道觀念〔1〕，可是把他們四者同時並祠，這事不出於它處而只見于晉，而又與楚辭《九歌》天神相應，這不能不說和秦滅楚，出其人，徙令尹子文之後班氏于晉、代之間有一定關係。

晉巫所祠	楚辭《九歌》	
天上之神	地上神鬼	
五帝1	東皇太一1	
雲中3	雲中君2	
		湘君3
		湘夫人4
司命4	大司命5	
	少司命6	
東君2	東君7	
		河伯8
		山鬼9
		國殤10

〔1〕五帝不用說，司命就見於齊侯壺"辭(司)誓於大辭(司)命"。

班氏家族在楚亡後,能與楚莊王之族分別爲秦所"出",在楚國是有地位的。他家的身份地位及其隨遷之巫是知道往年作楚辭《九歌》之事的。而這十一章"詩"、"舞"爲一的"穆愉上皇"之辭是爲反擊秦軍、收復失地而作的。秦法是禁止"擅興奇祠"、"擅有鬼位"和一切反秦活動的。這些被"出"至晉的楚人,他們是不得重溫楚辭《九歌》的。但是,它那十一章中的十神鬼,其中有一半是爲當時各地所共認的。這些被遷于晉的楚人,包括與之俱來的楚巫,去其地上神鬼以泯其與楚相關之迹〔1〕,而把它的天上之神稍加伸縮移動,使東皇太一爲五帝,大司命、少司命爲司命,化五神之名而爲四。這當是漢承秦俗,使我們能在其宮中祠祝官裏,從晉巫所祠諸神中,成系列地看到一點楚辭《九歌》殘迹的緣故。

秦滅楚,楚人畏秦法,憚奇祠。楚巫熟于楚辭《九歌》者不敢歌舞之。致使這篇以"詩"與"舞"結爲一體的創作失去了它的舞蹈語言,只剩下寫在竹帛之上的有聲語言書寫形式——歌辭。從而失去了善於體現内容,特别是體現歌辭言外之意的形象依據。而竹帛傳辭,在同一社會條件下,也是傳其辭者避其事,諱其意;受其辭者也只能按其字,誦其詩,而不知其事本意。在這種情況下,形、神、影三位一體僅存其一。脈絡已斷,肢體皆散,楚辭《九歌》十一章遂成了"賓主彼我之辭最爲難辨"的作品,使人感到它是一篇"文意不同,章句雜錯",很不好理解的東西。從此之後,知有"楚懷王隆祭祀,事鬼神,欲獲福助,卻秦師"之事者,不能言其與楚辭《九歌》的關係;好楚辭者,也不知這"穆愉上

---

〔1〕 河伯是受湘君、湘夫人、山鬼、國殤影響連類而及的。晉巫而不祠河伯,可知其意。

皇"的《九歌》的緣起、本意結構,更不知它的作者是把目光放在活動場面上,在一個主題思想下,融合舞與詩而創作的。

漢《郊祀歌》在一定程度上向我們說明了這種情況:

《郊祀歌》十九章。它有些辭句是受楚辭《九歌》影響的。其中以《天地》這一章最爲明顯。例如:"展詩應律鋗玉",這句詩"展詩""應律"連用,顯然是從《九歌·東君》"展詩兮會舞,應律兮合節。"兩句提煉出來的。不僅如此,而且它的"千童羅舞成八溢,合好效歡虞泰一。九歌畢奏斐然殊,鳴琴竽瑟會軒朱。"這四句和《東皇太一》所闡明的《九歌》任務"穆愉上皇"即敬娛東皇太一,是完全相同的。這表明它的作者是讀過楚辭《九歌》,而且通過歌辭知道它是娛太一而作的。可見這十一章歌辭寫本,楚亡後,經秦到漢是傳誦不絕的。

這是秦法下好之者傳其辭的結果。

但是,在用什麼樣的《九歌》以娛太一這個問題上,作者用這四句詩告訴我們:他們是用"鳴琴竽瑟"以"奏"《九歌》的。而且是用它以配八佾(溢)之舞的。他們把《九歌》和八佾之舞捏合在一起。這一點,它和楚辭《九歌》歌辭語言所反映的迎神辭後,以從《湘君》以迄《山鬼》七章構成的娛神之辭的《九歌》本體,是完全不同的。

楚辭《九歌》是用"詩"、"舞"爲一的方式創成的。而《天地》的作者,他雖然從《東皇太一》知用《九歌》以娛太一之意,可是他卻不知《九歌》本事本意,把降爲與本意無涉的舞的歌曲,而以八佾來當《九歌》娛神之舞。從楚辭《九歌》歌辭所反映的事實和《郊祀歌·天地》來看,前漢時代,雖能見其辭誦其詩,可是已經不知其事,不知其"詩"、"舞"爲一了。

《九歌》愉太一和以八佾愉太一的差異，可以説，由於秦的法禁，楚辭《九歌》經秦到漢，只片面地幸傳其辭，而全面地失其事，失其舞。

但是，作品語言的對立統一規律，卻使我們從它的形式與内容、部分與整體的錯綜復雜的相互依存關係中，初步地看到它的本意。

八、楚辭《九歌》歌辭的戲劇性和"靈巫"的腳色性[1][2]

楚辭《九歌》是一個完整的創作，而不是一些各不相涉的散雜的單篇或成組的祭歌彙編。它是在爲了戰勝秦國而"穆愉上皇"的要求下，由詩人屈原利用楚人神話和巫風創作出來的一個完整的文藝作品。十一章聯繫緊密，它是在一個主題思想下寫成的渾然整體。

它的"愉神之辭"是一個有人物、有情節、有動作、有唱辭，在音樂的配合下，由"靈"——巫充當神祇"腳色"上場，以舞蹈的形式，向被"穆愉"的"上皇"——東皇太一效歡的故事。

作品當時，尚無後代所説的"戲劇"概念，還只是孕育在巫風

---

[1] 王國維："知詩之神保爲尸。則楚辭之靈保可知矣。至於浴蘭沐芳，華衣若英，衣服之麗也；緩節安歌，竽瑟浩倡，歌舞之盛也；乘風載雲之詞，生别新知之語，荒淫之意也。是則靈之爲職，或偃蹇以象神，或婆娑以樂神，蓋後世戲劇之萌芽，已有存焉者矣。"

[2] 謝無量《楚詞新論》："戲曲最初起原，必是一種'神秘化'的東西。因爲他們祀神之時，都有巫祝，要舞蹈迎神，以歌節舞，隨時加些熱鬧物事，來助興趣，就成戲劇的雛形了。……楚詞文字最美的，亦在那'神秘化'的歌詞當中，九歌、招魂、是頂出色的。"

中的戲劇性質。如果只從它創作上說,可以說它是我國現在僅存的,最古而又最完美的"歌舞劇本"。如蕭統所說:"椎輪爲大輅之始,大輅寧有椎輪之質",儘管用以滾動的大樹碌碌還不是車,可是它已是原始車子的開始。這個初步的看法,是從以下各種事實中得出來的。

(一) 東君眼裏的《九歌》場面

太陽神——東君——駕龍舟,載雲旗,撫馬安驅,從東方走上蒼空。他從天上俯瞰人間,看到一個引人入勝的場面:

> 羌色聲兮娛人,
> 觀者憺兮忘歸。

這兩句,實際上是作者借日神的眼睛作劇場情景的描寫。東君所看到的是一場娛情的歌舞,説明他這個"腳本"上演時有聲有色,效果很好。它吸引人,迷戀人,能使"觀者"留連忘返——"憺兮忘歸"。

在這個觀感中,太陽神繼續觀察,注意力集中到演出場上。在音樂聲中,他看到:

> 絙瑟兮交鼓,
> 簫鐘兮瑶簴,
> 鳴篪兮吹竽,
> ——思靈保兮賢姱。

有人在鼓瑟,有人在攜鐘,有人在鳴篪,有人在吹竽。他們演奏得很起勁兒。攜鐘的攜得掛編鐘的架子都晃晃悠悠。

東君看到了祭場上在迎神,"五音紛兮繁會",看到了場上衆

"靈"在舉首翹盼,——她們"思夫君兮太息,極勞心兮忡忡"地迎接"靈保"——東皇太一。

這是作者通過靈王所飾的太陽神來説他所寫的迎神之辭演出情況。

太陽神再繼續觀察,他看到:

　　翾飛兮翠曾,
　　展詩兮會舞,
　　應律兮合節。
　　——靈之來兮蔽日。

場上衆"靈"在舞蹈。他們歌聲婉轉低昂,舞姿翩翩如飛。不僅在舞,而且在唱。清歌漫舞,"應律合節",是在音樂聲中進行著的。

紛紛遝遝,邊歌邊舞。一場場"靈"巫上下,舒卷如雲,真個是"靈之來兮蔽日"。

這是作者通過太陽神的唱辭説他所寫的娛神之辭在演出時的盛況。

《東君》這一章,在楚辭《九歌》裏,主要是在《湘君》以迄《山鬼》七章娛神之辭裏,它是以"日出入"的手法表示"劇情"發展從早到晚的時間的。它是十一章整個作品中的一個有機的組成部分,而不是獨立於整體之外的。

東君所看到的場面,實際上,是包括他自己在內的楚辭《九歌》演出實況。從《東君》看《九歌》,可以説它是綜合詩歌、音樂、舞蹈爲一體的一種文藝創作。因而有些學者據此認爲楚辭《九歌》是歌舞劇,是有道理的。

把楚辭《九歌》看作歌舞劇是從王國維開始的。他的《宋元戲曲史》第一章,在講到"《楚辭》之'靈',殆以巫而兼尸之用者也"之後,說"至於浴蘭沐芳,華衣若英,衣服之麗也;緩節安歌,竽瑟浩倡,歌舞之盛也",乘風載雲之詞,生別新知之語,荒淫之意也。則'靈'之爲職,或偃蹇以象神,或婆娑以樂神。蓋後世戲劇之萌芽已有存焉者矣。"

從這以後,中外學者有很多人在探索《楚辭·九歌》的戲劇問題。聞一多《九歌古歌舞劇懸解》是國內一例。青木正兒《楚辭九歌の舞曲的結構》[1]是國外一例。

這類論著雖然比較多,但是由於對十一章歌辭的傳統看法沒有完全突破,沒有看到它們的整體關係,因而在一些關鍵性問題上,沒能得到進一步的解決。

詩歌、音樂、舞蹈三者是歌舞劇的必備條件,可是具備這三個條件的並不都是歌舞劇。如單就這三者來認識楚辭《九歌》,那麼,它也不外是"單出頭"、"二人轉"[2]之類的一些散在(包括分組散在)的,以歌舞形式演出的,配樂的表演唱辭彙編而已。

如果楚辭《九歌》面目果真這樣,那麼,它只能是歌舞劇的濫觴,而不是歌舞劇。

它究竟是什麼呢?

我們只有在《東君》所反映的楚辭《九歌》演出情況的基礎上,用語言的各種對立統一關係來分析十一章歌辭,從它的實際來定它的性質。

───────────

[1] 見青木正兒著《支那文學藝術考·文學考》。
[2] 單出頭、二人轉,都是東北民間地方戲。